Halldór Laxness

ex libris
Volk und Welt

Halldór Laxness
Das Fischkonzert

Roman

Aus dem Isländischen von
Ernst Harthern
Die Verse übersetzte
H. Kurt Birger

ISBN 3-353-00346-0

1. Auflage
Lizenzausgabe des Verlages Volk und Welt, Berlin 1988
für die Deutsche Demokratische Republik
mit Genehmigung des Aufbau-Verlages Berlin und Weimar
L. N. 302, 410/82/88

Originalausgabe: *Brekkukotsannáll*, erschienen Reykjavik 1957
Printed in the German Democratic Republic
Einbandentwurf: Horst Hussel
Satz, Druck und Einband: Offizin Andersen Nexö,
Graphischer Großbetrieb Leipzig
LSV 7341
Bestell-Nr. 6489139

01600

I

Ein merkwürdiges Tier

Ein weiser Mann hat gesagt, nächst dem Verlust der Mutter sei nichts so förderlich für kleine Kinder wie der des Vaters. Wenn es mir auch fernliegt, seinen Worten völlig zuzustimmen, bin ich doch der letzte, sie gänzlich zu bestreiten. Wohl hätte ich für mein Teil diese Ansicht so ausgedrückt, daß sie ohne Arg gegen die Welt oder, richtiger, ohne jene Bitterkeit wäre, die dem Ausspruch des Weisen innewohnt. Aber ob einem diese Ansicht zusagt oder nicht, es war nun einmal mein Schicksal, elternlos hier auf Erden zu stehen. Andererseits wäre es jedoch übertrieben, wollte ich diesen Umstand als Glück bezeichnen. Ein Unglück kann man ihn hinwiederum auch nicht nennen, jedenfalls soweit es mich betrifft, und zwar, weil ich einen Großvater und eine Großmutter bekam. Dagegen kann man ruhig sagen, daß diese Tatsache nachteilig für meinen Vater und meine Mutter war – nicht, weil ich ein musterhafter Sohn gewesen wäre, im Gegenteil, sondern weil Kinder nun einmal notwendiger für Eltern sind als Eltern für Kinder; doch das ist eine andere Sache.

Um nicht weitschweifig zu werden, will ich nun erzählen, daß südwärts vom Kirchhof unserer künftigen Hauptstadt, dort, wo der Hang am Südufer des Teiches allmählich weniger steil wird, und zwar genau an der Stelle, wo Gudmundur Gudmunsen, der Sohn des alten Jon Gudmundsson im Gudmunsenladen, sich später ein prächtiges Haus errichtete, einst ein kleines, aus Torfwänden zusammengefügtes Anwesen lag, dessen zwei hölzerne Giebel nach Süden blickten, zum Teich hin. Es hieß der Brekkukot. Darin wohnte mein Großvater, der selige Björn vom Brekkukot, der dann und wann im Frühjahr Seehasen fischte, zusammen mit seiner Frau, meiner Großmutter, die mir nähergestanden hat als die meisten Frauen, obwohl ich weniger von ihr wußte. Dies kleine Anwesen aus Torf und Erde war unentgeltliche Herberge für jeden, der dort Gast sein wollte. Zu jener Zeit, da ich geboren werden sollte, gab es dort einen regen Zustrom von solchen Menschen, die man heutzutage Flüchtlinge nennt. Sie flüchteten von daheim; sie verließen unter Tränen Heimat und Sippschaft, weil man sie dort so hatte darben lassen, daß ihre Kinder schon in jungen Jahren vom Tod ereilt wurden.

Und eines Tages geschah es, wie ich später erfuhr, daß dort im Haus von irgendwoher, vom Westland oder vom Nordland oder vielleicht gar vom Ostland, eine junge Frau ankam. Diese Frau war unterwegs nach Amerika, weil sie, verarmt und verlassen von aller Welt, vor den Machthabern auf Island die Flucht ergriffen hatte. Und wie ich mir habe sagen lassen, sollen es die Mormonen gewesen sein, die der Frau das Geld für die Reise verschafft hatten, und außerdem besitze ich zuverlässige Nachricht, daß es unter ihnen dort im fernen Westen einige der rechtschaffensten Menschen geben soll. Was nun die erwähnte Frau betrifft, so bekam sie, während sie im Brekkukot Obdach fand und auf das Auswandererschiff wartete, plötzlich ein Kind. Und als die Frau ihr Kind geboren hatte, sah sie es an und sagte: „Dieser Junge soll Alfur heißen."

„Ich möchte ihn Grimur taufen lassen", sagte da meine Großmutter.

„So nennen wir ihn Alfgrimur", sagte meine Mutter.

Und das einzige, was diese Frau mir außer Leib und Seele gegeben hat, ist dieser Name: Alfgrimur. Wie alle Vaterlosen auf Island bekam ich den Zunamen Hansson, das heißt: Sohn von ihm. Danach ließ die Frau mich nackt mit meinem eigentümlichen Namen auf dem Schoß des seligen Seehasenfischers Björn vom Brekkukot liegen und zog ihrer Wege. Damit verläßt diese Frau unsere Geschichte.

Und so beginne ich dies Buch mit unserer alten Kastenuhr, die daheim in der Stube vom Brekkukot steht und tickt. In dieser Uhr war eine silberne Glocke. Ihr Stundenschlag hatte einen hellen Klang, und man hörte ihn nicht nur überall bei uns, sondern sogar bis zum Kirchhof hinaus. Aber auf dem Kirchhof gab es ebenfalls einen Turm mit einer Glocke, und die war aus Kupfer; von jener Glocke tönte ein tiefer Klang bis herunter zu uns. So konnte man bei manchem Wetter in diesem Haus aus Torf gleichzeitig zwei Glocken hören, die eine aus Silber und die andere aus Kupfer.

Unsere Uhr hatte ein verziertes Zifferblatt, und mitten in den Verzierungen war eine Inschrift angebracht, die besagte, daß diese Uhr von Herrn James Cowan verfertigt worden war, der im Jahre 1750 zu Edinburgh gelebt hatte. Ohne Zweifel war die Uhr für ein anderes Haus gemacht worden als für den Brekkukot, denn man hatte sie, damit sie in unserer niedrigen Stube stehen konnte, vom Sockel nehmen müssen. Sie tickte langsam und würdig, und ich ahnte schon früh, daß es keinen Zweck hatte, sich um andere Uhren zu scheren. Die Uhren anderer Leute kamen mir im Vergleich mit dieser Uhr vor wie Säuglinge. Die Sekunden der Uhren anderer Leute waren wie haspelnde Insekten, die mit sich selber um die Wette rennen, aber die Sekunden in dem unvergleichlichen Uhrwerk bei Großvater und Großmutter waren wie Kühe und bewegten sich so bedächtig, wie man sich überhaupt bewegen kann, ohne ganz stehenzubleiben.

Es versteht sich von selbst, daß man die Uhr gar nicht hören konnte, wenn es laut in der Stube zuging; dann kam es einem vor, als gäbe es die Uhr nicht. War es jedoch wieder still und die Gäste hatten sich verzogen, der Tisch war abgeräumt und die Tür geschlossen, so begann sie wieder unangefochten zu ticken; und lauschte man genau, so konnte man manchmal im Ticken einen singenden Ton hören, ungefähr wie ein Echo.

Wie konnte mir eigentlich der Einfall kommen, in dieser Uhr wohne ein merkwürdiges Tier, und das sei die Ewigkeit? Eines Tages meinte ich plötzlich, das Wort, das sie sagte, wenn sie tickte, sei ein zweisilbiges Wort, dessen zweite Silbe gedehnt klinge, das Wort e-wig, e-wig. Kannte ich dieses Wort überhaupt schon?

Seltsam, daß ich solchermaßen, lange bevor ich wußte, was ewig war, die Ewigkeit entdecken konnte, und zwar noch ehe ich den Satz gelernt hatte, daß alle Menschen sterblich sind, ja, während ich selbst im Grunde genommen in der Ewigkeit lebte. Es war, wie wenn ein Fisch auf einmal das Wasser entdeckt, in dem er schwimmt. Als ich zufällig mit Großvater allein in der Stube war, sprach ich mit ihm darüber.

„Verstehst du dich auf die Uhr?“ fragte ich.

„Wir hier verstehen uns eigentlich nicht besonders auf diese Uhr“, sagte er. „Wir wissen bloß, daß sie Tage und Stunden und sogar Sekunden zeigt. Doch der Bruder vom Großvater deiner Großmutter, der diese Uhr fünfundsechzig Jahre hatte, der erzählte mir, daß der vormalige Besitzer der Uhr ihm gesagt hat, sie habe, ehe ein Uhrmacher sich an ihr zu schaffen machte, Neumond angezeigt. Alte Leute in der Familie deiner Großmutter behaupteten, daß diese Uhr Heiraten und Sterbefälle ankündigen konnte. Aber daran glaube ich nur mit Maßen, mein Junge.“

Da sagte ich: „Warum sagt die Uhr immerzu e-wig, e-wig, e-wig?“

„Du mußt falsch gehört haben, Kind“, sagte Großvater.

„Gibt es denn keine Ewigkeit?“ fragte ich.

„Nur so, wie du es im Abendgebet von Großmutter oder in der Sonntagspostille von mir gehört hast, mein Junge“, antwortete er.

„Hör, Großvater“, sagte ich da, „ist die Ewigkeit ein Tier?“

„Gewöhn dir nicht an, solchen Unsinn zu schwätzen, mein Junge“, sagte er.

„Hör, Großvater, kann man sich auch auf andere Uhren als auf unsere verlassen?“

„Nein“, sagte mein Großvater, „unsere Uhr geht richtig. Und das kommt daher, weil ich sie längst nicht mehr von Uhrmachern nachsehen lasse. Außerdem habe ich nie einen Uhrmacher getroffen, der sich auf diese Uhr versteht. Kann ich es nicht selber, so lasse ich sie von einem Stümper nachsehen. Stümper gefallen mir am besten."

2

Gutes Wetter

Wenn ich nicht in der Stube war und ein merkwürdiges Tier in der Uhr belauschte, spielte ich oft draußen im Kohlgarten. Die Grasbüschel zwischen den Steinen auf unserm Hof reichten mir fast bis an die Brust, Ampfer und Engelwurz waren ebenso groß wie ich und das Farnkraut sogar noch größer. In unserm Hof gedieh Löwenzahn viel prächtiger als anderswo. Wir hatten einige Hühner; sie legten Eier, die nach Fisch schmeckten. Und die Hühner gackerten, wenn sie frühmorgens vorm Haus herumliefen und pickten. Das war ein schönes Vogelgezwitscher, und ich schlief davon schnell wieder ein; und manchmal konnte man mitten am Tage, wenn sie in ihrer Einzäunung herumstolzierten, wieder ihr Gackern hören, und ich duselte aufs neue über diesem Vogelgezwitscher und dem Duft vom Farnkraut ein. Ich darf auch nicht die Brummfliegen und ihren Teil an meinem glücklichen Duseln im Hochsommer daheim vergessen; die Brummer waren so schwarz, daß sie im Sonnenschein grün schimmerten; und der selige Ton des Erdenlebens bebte unaufhörlich in ihrem vertrauten Gesumm.

Aber wo ich auch war, ob draußen im Kohlgarten beim Spielen oder auf dem Hof oder im Durchgang zwischen Haus und Schuppen, immer war Großvater in der Nähe, still und allwissend. Allzeit stand eine Tür offen oder angelehnt, die Haustür oder die Tür des Fischschuppens oder die des Verschlags für die Netze oder die vom Kuhstall, und dort irgendwo stand er und pusselte an etwas herum. Manchmal legte er ein zusammengeknülltes Netz auf der Steinmauer zurecht, oder er nagelte etwas fest. Immer hatte er etwas unter den Händen, aber es war doch nie so, als arbeite er richtig. Man konnte ihm nie anmerken, daß er wußte, der Junge sei in der Nähe, und ich selber dachte auch nie an ihn, doch ich fühlte unbewußt, daß er irgendwo hinter mir stand. Ich hörte, wie er sich in langen Zwischenräumen schneuzte und danach eine Prise nahm. Seine stumme Nähe, spürbar auf jeder Handbreit Boden vom Brekkukot – das war, als liege man vor Anker; in Großvater hatte die Seele jenen Halt, nach dem sie verlangte. Noch heute ist es mir, als ob irgendwo vor oder hinter mir, ja fast zum Greifen nahe, eine Tür angelehnt ist und Großvater dahintersteht und mit etwas hantiert. Darum versteht es sich von selbst, daß ich, da ich von meiner Welt erzähle, zuallererst einiges über Großvater berichte.

Björn selig war in diesem Winkel der Erde zur Welt gekommen; sein Vater war schon zu jener Zeit Bauer auf dem Brekkukot gewesen, als hier noch Weidewirtschaft getrieben wurde und er südlich des Teiches noch Grasland hatte, wo später für die künftige Hauptstadt Torf gestochen wurde. Damals hatten wir hier noch dänische Obrigkeit. Aber zu Anfang meiner Geschichte war ein residierender Minister für Island gekommen, der hierzulande Ratgeber des Königs genannt wurde, weil er genau wie das sogenannte Althing, das es hier gab, unter der Oberhoheit des Königs stand. Als Großvater geboren wurde, gab es nicht mehr als knapp zweitausend Einwohner in der Stadt. In meiner Kindheit wurden es nach und nach an die fünftausend. In Großvaters Kindheit galt in dieser Stadt niemand etwas außer einigen wenigen Beamten, die man entweder Herrschaftsleute oder Obrigkeit nannte, und dann noch einigen ausländischen Kaufleuten, meistens Juden aus Schleswig und Holstein, die Plattdeutsch sprachen und sagten, sie seien Dänen; denn damals durften Juden im eigentlichen Dänemark keinen Handel treiben, sondern nur in den dänischen Herzogtümern und auf Island. Die übrigen Bewohner der Stadt waren Instleute, die fischten und manchmal mit anderen zusammen eine Kuh oder einige Schafe besaßen. Sie hatten kleine Ruderboote, und mitunter benutzten sie auch Segel. In Großvaters Kindheit versorgten sich alle selber mit Fisch, ausgenommen die Herrschaftsleute und Kaufleute, die meistens Fleisch aßen. Als die Stadt aber größer wurde und mit beginnender Arbeitsteilung allmählich ein wenig städtisches Leben bekam und Handwerker zuzogen und Hafenarbeiter, die nicht aufs Meer fahren konnten, und in der Bevölkerung mehr Geld im Umlauf war, da fingen einige an, sich etwas Verdienst zu verschaffen, indem sie auch für den Kochtopf ihrer Nachbarn fischten. Einer von ihnen war Großvater. Doch er betrieb Fischfang nie als Gewerbe, fischte nie auf Teilung zusammen mit anderen. Man konnte ihn nicht zu jenen Fischern zählen, die Fisch in großen Mengen fangen, ihn trocknen und an die Handelsleute verkaufen, Silber und Gold in ihrer Kiste sammeln, um sich dann eines Tages Ackerboden oder Grundstücke oder, was damals gerade in Mode kam, einen Part an einem Schiff mit Deck zu kaufen. Gewöhnlich ruderte er, wenn gutes Wetter war, zeitig am Morgen entweder vom Strand oder vom Hafen mit ein paar Bootsgästen los und warf draußen vor den Inseln seine Netze aus; weiter als bis Svid ruderten sie nie, wo sie dann in Seelenruhe herumpüttcherten. Kehrte er wieder heim, so standen Großmutter und ich mit einer Flasche Kaffee in einem Strumpf und einigen Scheiben Roggenbrot in einem roten Sacktuch am Landeplatz. Dann zog Großvater, seinen Fang in einer Schiebkarre, nach der Stadt und verkaufte alles gegen bar auf der Straße oder vor den Haustüren. Während der Fischzeit im Winter und gegen Ende des Sommers fing er hauptsächlich Dorsch und Schellfisch, manchmal auch Butt oder sogar kleine Flundern; andere Fische gab es hier nicht. Was nicht sofort verkauft wurde, nahm Großvater daheim aus, hängte es im Fischschuppen auf Stangen und machte Stockfisch daraus. Gegen Ende des Winters hörte er mit dem Fischen, wie man es nannte, auf und verlegte sich auf den Fang von Seehasen. Die suchte er draußen im Schilf, entweder im Skerjafjord oder weiter weg bei Granda. Ich weiß nicht, ob es den meisten bekannt ist, daß die weiblichen Seehasen Quabben heißen. Das Seehasenmännchen ist einer der farbenprächtigsten Fische, die man kennt, und schmeckt ebensogut, wie es aussieht, während die Quabbe für geringer angesehen und meist eingesalzen wird. Die Leute, die Seehasen fangen, nennt man nie Seehasenfischer, sondern stets Quabbenleute, und solch einer war Großvater. Es heißt, sobald die Seehasenmännchen zahlreicher werden und die bunten, gegerbten Segel der Franzosen wieder draußen in der Bucht vor Floi leuchten, sei der Frühling zu den Landzungen hier im Süden zurückgekehrt. Gegen Mitte März zog dann Großvater ganz frühmorgens, wenn die Leute gerade aufstehen, mit seiner Schiebkarre in die Stadt, um frische Seehasen feilzubieten. Wer so dicht am Strand fischt, wird auf Island in der Regel nicht Fischer genannt, und ich glaube auch nicht, daß Großvater während seines ganzen Lebens jemals das offene Meer gesehen hat. Man konnte auch nicht gut sagen, daß er richtig Fischfang trieb, obwohl er oft mit einem Bootsgast in aller Ruhe im Schilf lag oder seine Netze nicht weit vom Strand auswarf. In anderen Ländern würden sie wohl einen Mann, der frühmorgens in einer Jolle hinausrudert und hinterher mit Fischen vor den Haustüren steht, wenn die anderen Leute gerade aus den Betten steigen, einen Fischer nennen. Und Großvater glich gewiß ein wenig den Fischern auf ausländischen Bildern, nur mit dem Unterschied, daß man ihn nie mit Stiefeln oder gar Fellsocken sehen konnte, sondern daß er immer unsere landesüblichen ledernen Halbschuhe trug, die indianischen Mokassins ähnlich sind: sie werden in Heimarbeit aus ungegerbtem Schafleder genäht, und man nennt sie isländische Schuhe. Bei Regenwetter oder bei steifem Wind auf dem Wasser hatte er immer Kniestrümpfe und ein ledernes Wams an, die gehörig mit Tran eingefettet waren. In der Stadt aber trug er stets unsere landesüblichen grünlichen Schuhe und dazu blaue Wollstrümpfe mit weißen Kanten, die Großmutter strickte; bei nassem Wetter zog er die Strümpfe draußen über seine Hose. Aber wie schmutzig es auch auf den Straßen sein mochte, man konnte doch niemals einen Kotspritzer an Großvaters Schuhen oder Strümpfen sehen. Er hatte, wie man es bei holländischen oder dänischen Fischern auf Bildern sieht, einen Backenbart und langes, weißes, gelocktes Haar, das unten gerade abgeschnitten war; trug er nicht seinen Südwester, so hatte er einen schwarzen, weichen Hut mit breiter Krempe auf, wie er in Deutschland von Pastoren und in Dänemark von Künstlern getragen wird, mit niedrigem Kopf und rotseidenem Futter. Ich kann mich nicht entsinnen, diesen Hut neu gesehen zu haben, doch er sah auch nie alt aus, und immer hatte er an derselben Stelle eine Delle. Einmal hatte ein Windstoß Großvater den Hut vom Kopf gerissen, worauf er Großmutter zwei Bänder darannähen ließ, die er hinfort bei windigem Wetter unterm Kinn zusammenknüpfte.

In Großvaters Schuppen, wo auch die Fischfanggeräte untergebracht waren, hingen an Stangen bis tief ins Frühjahr hinein getrocknete Quabben, auch einige Seehasen, und außerdem Butte und Schellfische. Manchmal kochte Großvater auf einem offenen Herdfeuer in der südlichen Ecke des Schuppens Fischleber aus. Der ranzige Geruch der Quabben und der Dunst von der kochenden Fischleber, vom Tran und vom Tranrückstand quollen dann samt dem Torfqualm aus Großmutters Schornstein und mischten sich draußen mit dem Duft von jungem Gras, Rainfarn und Engelwurz. Ehe aber die Schmeißfliegen wieder Eier legten, mußte der jetzt gedörrte Fisch gereinigt werden, denn nun war es Zeit, ihn ins Freie zu schaffen. Jeder Feldstein in den Wänden unseres Wohnhauses glitzerte dann von Fischschuppen, genauso wie das Holzwerk der kleinen Scheune und jedes Stück Torf, das an der Nordseite von Großvaters Fischschuppen gestapelt war, und bei feuchtem Wetter glitzerte auch der Boden zwischen der Scheune und dem Wohnhaus; und alles, was es auf dem Brekkukot gab, schimmerte rötlich und fettig von Fischleber und Tran, von dem Drehkreuz an, das hinter dem Wohnhaus in unserm Zaun angebracht war. Am südlichsten Punkt unseres Anwesens, abseits von allem anderen, vom Wohnhaus und von Großvaters Fischschuppen, lag Großvaters Vorratsschuppen, der ebenfalls durch Planken geteilt war; der Fußboden der einen Hälfte hatte Bohlen. Hier wurden Vorräte verschiedenster Art aufbewahrt, denn es war Brauch, alles, was im Haushalt benötigt wurde, halbjährlich einzukaufen; und Fleisch wurde für ein ganzes Jahr eingepökelt. Auf der anderen Seite der Plankenwand hatten unser Pferd Grane und unsere Kuh Skjalda ihren Stall. Der Dunst von Tran und Torfqualm mischte sich also nicht nur mit dem Duft von Gräsern, sondern auch mit dem Geruch von Pferd und Kuh.

Und der Sommertag verging.

Wie ich nun an diesem Sommertag in unserm Kohlgarten sitze und spiele – die Schmeißfliegen summen, man hört das Gackern der Hühner, die Tür von Großvaters Arbeitsschuppen steht angelehnt, und die Sonne leuchtet vom klaren Himmel so hell und prächtig, wie nur die Sonne in diesem Erdenleben scheinen kann –, sehe ich einen Mann die Kirchhofsmauer entlangkommen, den Rücken tief gebeugt unter der Last eines zum Bersten vollen Sackes, der groß ist wie eine Tonne. Der Mann schiebt sich mit dem Sack durch unser Drehkreuz, dessen Durchlaß kaum eine Elle breit ist, und man kann nicht daran zweifeln, daß er zu uns will. Ich weiß wirklich nicht mehr, ob ich ihn bereits vorher gesehen hatte, aber seitdem erkannte ich ihn schon von weitem, sobald ich ihn nur erblickte. Er gehörte zu jener Sorte von Leuten, die man Gelegenheitsarbeiter nennt und die zu allem möglichen zu gebrauchen sind; er war häufig Großvaters Rudergast gewesen und hatte uns auch beim Fischreinigen geholfen. Ihm gehörte wohl auch eine winzige Klitsche in Skuggahverfi, was aber mit der Geschichte hier nichts zu schaffen hat, und er hatte eine große Schar unmündiger Kinder zu versorgen. Ich glaube, er hieß Jon in der Steinhütte. Nun aber möchte ich berichten, was bei uns mit ihm geschehen ist, zumal ich schon seit langem daran gedacht habe; und meine Geschichte wäre nicht vollständig, würde ich dies übergehen. Ehe ich aber die Sache mit Jon niederschreibe, muß ich meine Zuhörer nachdrücklich warnen, etwa zu glauben, daß es darin spannende Stellen oder gar Stoff zu einem Heldengedicht gibt.

Der Mann legt vor dem Haus seinen Sack auf die Erde, setzt sich darauf und wischt sich mit dem Ärmel den Schweiß von der Stirn. Dann sieht er zu mir her und fragt: „Ist dein Großvater Björn zu Haus?“

In diesem Augenblick kommt Großvater von seiner Arbeit mit den Fischereigeräten, und er geht zum Haus, wo die Sonne sich in den Fischschuppen spiegelt. Da erhebt sich der Gast von dem Sack, fällt neben seiner schweren Bürde auf die Knie nieder, nimmt seinen Hut ab, dreht ihn zwischen den Fingern, senkt den Kopf und sagt: „Ich habe diesen Sack Torf da nachts von deinem Torfstapel nördlich von deinem Schuppen gestohlen, Björn."

„Soso", sagt da Großvater. „Das ist schlimm. Dabei hatte ich dir erst vor einer Woche einen Sack Torf gegeben."

„Ja, ich habe auch die ganze Nacht vor Gewissensbissen kein Auge zukriegen können", sagt der Dieb. „Und heute früh hatte ich nicht mal Lust, einen Schluck Kaffeewasser zu trinken. Ich weiß, ich werde keinen frohen Tag mehr haben, wenn du mir nicht vergibst."

„Tja, das ist nicht so einfach", sagt Björn vom Brekkukot. „Aber versuch doch wenigstens wieder auf die Beine zu kommen, während wir sprechen, und setz deinen Hut auf."

„Mir ist zumut, als könnt ich nie im Leben wieder aufstehn", sagt der Dieb, „und noch weniger mir den Hut aufsetzen."

Großvater nimmt feierlich eine Prise. „Ja, das ist wohl begreiflich, daß es dir nach solch einer Missetat nicht leicht ums Herz sein kann", sagt er. „Darf ich dir eine Prise anbieten?"

„Lob und Preis dir, daß du mir eine anbietest", sagt der Dieb, „aber ich finde, daß ich sie nicht verdient habe."

„Na ja, armer Kerl du", sagt Großvater. „Doch in einer solchen Sache muß ich nachdenken. Willst du nicht so gut sein, mit hineinzugehen und eine Tasse Kaffee zu trinken, während wir darüber sprechen?"

Sie lassen den gestohlenen Sack Torf vor dem Haus liegen und gehen hinein. Und die Sonne scheint auf den Sack Torf.

Und sie treten in die Stube.

„Nimm Platz und sei fröhlich“, sagt Großvater.

Der Dieb legt seinen schäbigen Hut unter den Stuhl und setzt sich.

„Was für ein gesegnetes Wetter wir bekommen haben“, sagt Großvater. „Ich glaube, seit Sommeranfang gab es jeden Tag reichlich Fisch.“

„Ja“, sagt der Dieb. „Es ist wirklich ein gesegnetes Wetter.“

„Ich habe selten im Frühling solch prächtige Schellfische zu sehen bekommen wie dies Jahr“, sagt Großvater. „Saftiges Fleisch, und wie sie duften!“

„Ja, prächtige Schellfische“, sagt der Dieb.

„Und wie das Gras auf dem Tun* wächst“, sagt Großvater.

„Ja, das stimmt auch“, sagt der Dieb. „Wie das wächst!“

Großmutter bedient sie. Und sie sprechen weiter vom Wetter auf dem Wasser und auf dem Lande, während sie ihren Kaffee schlürfen. Und als sie mit dem Kaffeetrinken fertig sind, steht der Dieb auf, gibt den Gastgebern die Hand und bedankt sich. Dann nimmt er seinen Hut vom Boden und macht Anstalten zu gehen. Großvater begleitet ihn wieder hinaus, und der Dieb dreht wieder seinen Hut zwischen den Fingern.

„Willst du mir nicht vielleicht was sagen, ehe ich gehe, Björn?“ sagt der Dieb.

„Nein“, sagt Großvater. „Du hast eine Missetat begangen, die Gott nicht vergeben kann.“

Der Dieb seufzt und sagt leise: „Ja, ja, Björn, da will ich dir nur noch herzlich für den Kaffee dan-

* Eingezäuntes, nur zum Graswuchs bestimmtes Stück Land, meist in unmittelbarer Nähe des Hauses oder der Hofgebäude gelegen

ken, und Gott sei mit dir von nun an bis in alle Ewigkeit."

„Leb wohl", sagt Großvater.

Als aber der Gast gerade mit seinem Hut durch das Drehkreuz gehen will, ruft Großvater hinter ihm her: „He, willst du nicht den Sack hier und das, was darin ist, mitnehmen, du armer Kerl? Mir kommt es beim Teufel auf einen Sack Torf mehr oder weniger nicht an."

Der Dieb kommt aus dem Drehkreuz zurück, geht zu Großvater hin und reicht ihm, ohne ein Wort hervorbringen zu können, nochmals die Hand zum Dank; als er sich aber den Hut aufsetzt, blickt er zu Boden. Dann hebt er den Sack Torf auf den Rücken, windet sich aufs neue mit seiner Bürde durch das Drehkreuz und zieht in dem gesegneten Wetter denselben Weg, auf dem er gekommen ist, heimwärts.

3
Ein ganz besonderer Fisch

Nun habe ich erzählt, was für ein rechtgläubiger Mann Großvater war, obwohl ihm nie hätte einfallen können, Gott zu bitten, sich die Menschen zum Vorbild zu nehmen, wie es in dem merkwürdigen Gebet Vaterunser zu lesen ist: „... und vergib uns unsere Schuld, wie wir vergeben unsern Schuldigern." Großvater hatte ganz einfach zu dem Mann Jon in der Steinhütte gesagt: „Gott kann dir nicht vergeben, aber mir, Björn vom Brekkukot, kommt es beim Teufel auf einen Sack Torf nicht an."

Ich hege daher heimlich den Verdacht, daß Großvater für das meiste, was im Leben eines Fischers vorkommen konnte, einen besonderen Tarif hatte. Zum Beweis hierfür will ich mich jetzt ein wenig mit Fragen beschäftigen, die sich auf den Fisch beziehen oder, richtiger ausgedrückt, mit den moralischen Gesetzen, die für Fisch gelten. Man kann wohl sagen, daß Großvaters Ansichten sich nicht auf Ansichten stützten, die in der schon damals hastig wachsenden Einwohnerschaft unseres Gemeinwesens herrschten, das während meiner jungen Jahre bereits bis an das Drehkreuz in der Einzäunung um unsern Hof reichte, obwohl wir in unserer Einzäunung eigentlich noch nichts von der im Ort immer mehr um sich greifenden Unruhe spürten. Auf jeden Fall kann ich mit Recht behaupten, daß ich mit einer Bewertung des Geldes aufgewachsen bin, die von der Notierung bei den Banken weit entfernt war.

Ich glaube, unsere Notierung fußte auf Großvaters Überzeugung, daß Geld, auf das man Anspruch erhob, entweder unrechtmäßiger Gewinn oder Falschgeld sei, sobald es die durchschnittliche Einnahme eines arbeitenden Menschen überstieg; und folglich widersprächen große Geldbeträge gesunder Vernunft. Ich entsinne mich, daß ich Großvater ständig habe sagen hören, er wolle nie mehr Geld annehmen, als seine Arbeit wert gewesen sei.

Aber, könnte man fragen, wieviel ist denn eine Arbeit wert? Wieviel kann man mit Fug und Recht für eine Arbeit beanspruchen? Wieviel darf ein Fischer für seinen Fang verlangen? Ja, das sind unglaublich verzwickte Fragen. Heutzutage müßte jeder, der sich nicht nach den durch die Banken festgesetzten Geldnotierungen richten will, mehrmals täglich auf eigene Gefahr moralische Geduldspicle lösen.

Solche Schwierigkeiten gab es jedoch offenbar für Großvater nicht. Verwickelte Fragen, die anderen Menschen Kopfzerbrechen ohne Ende verursachten, löste er im Handumdrehen mit der Sicherheit eines Schlafwandlers, der sich ahnungslos über einen sechzig Meter hohen Felshang tastet, ja, ich möchte fast sagen, mit jener Verachtung der Naturgesetze, die ein Gespenst zeigt, wenn es durch Mauern und Wände wandelt.

Ich war noch ein Knirps, als ich zu merken begann, daß manche Fischer es Großvater verübelten, wenn er hin und wieder seinen frisch gefangenen Fisch billiger verkaufte als sie; unverschämt nannten sie es, anderen ehrenhaften Leuten die Preise zu drücken. Aber was ist der richtige Preis für einen Seehasen? Oder für ein Pfund Scholle? Man könnte vielleicht mit gleichem Recht fragen: Was kosten Sonne, Mond und Sterne? Großvater, kann ich mir denken, hätte wohl ohne weiteres darauf geantwortet, der richtige Preis für einen Seehasen zum Beispiel lasse sich dadurch feststellen, daß ein Fischer nicht mehr Geld in die Hände bekomme, als er zur Deckung seiner täglichen Ausgaben für seinen und seiner Familie Unterhalt nötig habe.

Nach den allgemein geltenden Gesetzen von Angebot und Nachfrage erhöhte man den Fischpreis bei geringem Fang oder schlechtem Wetter auf See – mit Ausnahme vom Brekkukot-Björn. Kam jemand zu ihm und sagte: „Ich kaufe alles, was du auf deiner Schiebkarre hast, für das Doppelte oder gar Dreifache deines üblichen Preises", so betrachtete der Großvater den Mann, der ihm solch ein Angebot machte, mit gleichgültigen Blikken und wog mit seinem Besemer weiter ein Pfund Fisch nach dem anderen ab, oder er reichte jedem seiner Kunden etwas von dem verlangten Seehasen, aber nicht mehr, als der einzelne Käufer für seinen Haushalt benötigte, und zwar zum gewohnten Preis.

Danach kamen Tage mit reichlichem Fang bei günstigem Wetter und ausgezeichnetem Fisch aller Sorten. Und allmählich gehörten solche Tage durchaus nicht mehr zu den Ausnahmen, besonders seitdem man begonnen hatte, mit gedeckten Fischkuttern große Mengen Fisch draußen in der Bucht aus dem Meer zu holen; von Trawlern will ich gar nicht sprechen. Aber auch wenn der Markt mit Fisch überfüllt war und die meisten Fischer sich gezwungen sahen, ihren Fischpreis auf der Straße zu senken, kam es Großvater nie in den Sinn, das gleiche zu tun, sondern er verkaufte seinen Fisch zu seinem üblichen Preis, und dann war sein Fisch viel teurer als aller übrige Fisch. So setzte sich Björn vom Brekkukot über alle geltenden wirtschaftlichen Grundregeln hinweg. Dieser Mann trug in sich einen geheimnisvollen Maßstab für die Bewertung des Geldes. War diese Bewertung richtig oder falsch? War die der Banken richtiger? Oder jene, die im Gudmunsenladen herrschte? Wohl möglich, daß Großvaters Bewertung des Geldes verkehrt war, aber verkehrt oder nicht, die meisten, die von seiner Schiebkarre Fisch zu kaufen pflegten, kamen auch an jenen Tagen, an denen sein Fisch teurer als der Fisch aller anderen Fischer war, zu ihm und kauften. Überall in der Stadt, sogar bis zum Haus des Briefträgers Anders, ja bis weit hinaus nach Mosfell hieß es, daß der Fisch, den Björn vom Brekkukot feilbot, besser schmecke als aller sonstiger Fisch; man glaubte deshalb, daß Björn vom Brekkukot auf eine unbegreifliche Weise feineren und schmackhafteren Fisch aus dem Meer hole als sonst einer. Und deshalb wollten alle bei Björn vom Brekkukot Fisch kaufen. Auch an Tagen, wo der Fisch bei ihm teurer war als bei den anderen Fischern.

4
Was kostet die Bibel?

Nun habe ich einiges über Fische erzählt, aber ich habe noch nicht damit begonnen, etwas über die Bibel zu berichten. Ehe ich mit meiner Geschichte fortfahre, muß ich jedoch kurz erwähnen, in welchem Wert die Bibel bei uns stand.

Mein Großvater, Björn vom Brekkukot, war kein belesener Mann; jedenfalls habe ich nie gesehen, daß er in anderen Büchern las als in Bischof Jon Vidalins Hauspostille, wenn er auch manchmal einen flüchtigen Blick auf die Inserate in unserer Zeitung „Foldin" warf. Aus Vidalins Hauspostille las er regelmäßig jeden Sonntag nach dem Mittagessen laut vor. Er las meistens richtig, manchmal verkehrt, niemals jedoch wirklich gut, aber er legte auf zweierlei besonderes Gewicht: nämlich gehörig langsam vorzulesen und außerdem keine einzige der Zahlen zu überspringen, die in dem Buch vermerkt waren – die der einzelnen Kapitel und auch die der Verse, auf die als Zitate aus der Heiligen Schrift hingewiesen wird, mitunter sogar mehrmals im selben Satz. Aber niemals ergänzte er Abkürzungen, sondern er las zum Beispiel: Mark, Röm, Kor und Habak; auch trennte er beim Vorlesen niemals die Zahlen, die von den Ziffern jeder angeführten Belegstelle gebildet wurden, und er kümmerte sich weder um ein Komma noch um andere Satzzeichen zwischen den Ziffern. Anstatt zum Beispiel zu lesen: Der erste Brief an die Korinther, dreizehntes Kapitel, Vers fünf (im Buch stand gedruckt: 1. Kor., 13., 5.), las er: Ein Kor hundertfünfunddreißig. Und unangefochten las er mit dem salbungsvollen, eigentümlichen Tonfall, in dem die Leute hierzulande früher aus Gottes Heiliger Schrift vorzulesen pflegten, eintönig und feierlich mit hoher Kopfstimme, die am Schluß jedes Satzes um einen Viertelton fiel. Dieses laute Vorlesen Großvaters war weit entfernt von normaler Sprechweise, es glich eher ein wenig der Sprechweise gewisser Geisteskranker. Heutzutage wird auf ganz Island kein Künstler mehr geboren, der diesen Tonfall nachahmen könnte.

Es ist mir unmöglich, zu erklären, welche Gedanken sich in Großvater regten, wenn er in der Postille den Hinweisen auf alte levantinische Sonderlinge im Verein mit der dogmatischen Theologie hinzugekommener deutscher Dorfprädikanten begegnete, wie man sie bei Meister Jon Vidalin findet.

Manche könnten vielleicht eine geistige Betätigung, wie sie Großvater mit seinem Vorlesen aus der Postille ausübte, für leeres Getue halten. Ich kann schwören, daß ich nie ein einziges Wort aus seinem Munde gehört habe, das im geringsten auf etwas in der Postille hingedeutet hätte; auch habe ich bei ihm niemals andere Bekundungen von Frömmigkeit erlebt als dies sonntägliche Vorlesen. Ich kenne auch bestimmt keinen Menschen, der sich erinnern könnte, daß Björn vom Brekkukot sich jemals in einer theologischen, ethischen oder philosophischen Frage auf eine Stelle in der Postille berufen hätte. Es ist für mich allzeit ein Geheimnis geblieben, ob Großvater an alles oder an nichts, was in der Postille geschrieben steht, geglaubt hat. Hat er an alles geglaubt, so muß er mit jenen Theologen verwandt gewesen sein, die ihre Theologie irgendwo in einem wasserdichten Schott ihres Gehirns verstecken, oder noch mehr mit jenen Leuten, die auf Reisen eine Flasche mit Jod im Koffer haben und genau aufpassen, daß der Kork auch gut in der Flasche sitzt, damit die Flüssigkeit nicht ausläuft und die Sachen im Koffer verdirbt. Ich bin sicher, daß ich bei der Wahrheit bleibe, wenn ich behaupte, daß Björn vom Brekkukot, mein Großvater, in allen wichtigen Stücken genau derselbe gewesen wäre, wenn er hier in diesem Lande während der heidnischen Zeit oder irgendwo anders auf Erden gelebt hätte, wo man in keiner Postille liest, sondern an den Stier Apis, den Gott Ra oder den Vogel Kolibri glaubt.

Aus allem, was ich erzählt habe, kann man unzweideutig erkennen, daß wir im Brekkukot keine eifrigen Bücherleser waren. Das Lesen von Büchern wurde bei uns hauptsächlich von Gästen besorgt, die selber Bücher mitbrachten. Manchmal lasen sie dann allen Hausbewohnern in der Stube Erzählungen vor, oder sie deklamierten aus dem Stegreif Gedichte. Oftmals ließen nächtliche Logiergäste Bücher bei uns liegen, einige von ihnen gaben sie uns als Entgelt für die Nachtherberge, und auf solche Weise ist wohl unsere Büchersammlung entstanden, diese kleine kunterbunte Schar von Büchern im Brekkukot. Später will ich noch mehr davon erzählen.

Obgleich also solcherweise ein Teil Bücher bei uns gelandet war, kam es erst an den Tag, daß wir im Brekkukot keine Bibel besaßen, als der sogenannte Täufer-Tordur bei uns einzukehren begann. Und somit bin ich endlich zu dem Punkt meiner Erzählung gekommen, über den ich schon längst gern ausführlich berichten wollte.

Jeder auf Island weiß – weshalb ich es hier im Grunde gar nicht zu erwähnen brauchte –, daß nach altisländischer Taxe der Preis für eine Bibel eine Kuh oder deren Verkaufswert betrug, und damit war eine Kuh gemeint, die im Frühjahr kalben sollte, oder ein halbes Dutzend trächtiger Schafe mit voller Wolle. Dieser Preis steht auf dem Titelblatt jener Bibel, die Anno 1584 in einem entlegenen Tal zwischen hohen Bergen im Nordland gedruckt worden ist; und bekanntlich haben die Isländer nie an eine andere Bibel geglaubt. Sie ist mit kunstvollen Randverzierungen und Holzschnitten versehen, hat ein Gewicht von rund drei Kilo und gleicht äußerlich einer Kiste für Rosinen. Diese Bibel hat es seitdem in allen besseren Kirchen auf Island gegeben.

Eines Tages also geschah es, wie so oft im Sommer, daß im Brekkukot ein Gast vorsprach und erklärte, er sei gerade mit dem Dampfschiff angekommen. Seitdem wohnte er zwei oder drei Sommer einige Wochen lang bei uns. Ich weiß noch genau, wie dieser Mann längs der Kirchhofsmauer daherkam, angetan mit seinem Pastorenrock, den man im Ausland wohl Gehrock, bei uns damals auch Prinz-Albert-Rock nannte. Er trug einen runden, steifen Hut, im Ausland „Melone", bei uns aber „halbe Tonne" genannt – zum Unterschied von einer „ganzen Tonne", womit man einen Zylinderhut meinte –, und hatte einen Gummikragen um, der im Nacken zugeknöpft wurde.

Dieser Mann also war der Täufer-Tordur oder, wie er sich selber nannte, der Baptist Tordur.

Daß ich aber glaubte, wieder einen Torfdieb vor mir zu haben, wenn dieser Mann im Pastorenrock auch wie ein feiner Mensch aussah, lag daran, daß er auf seinem Rücken einen zum Bersten vollen, ganz gewöhnlichen Jutesack trug, der voll Torf sein konnte. Um mich kurz zu fassen, es war kein Stück Torf, es waren Bibeln in seinem prallen Sack; anderes Reisegepäck besaß er nicht. Im übrigen will ich mich nicht darüber auslassen, aus welchem Grunde ein Mann in einem so feinen Rock, der mit dem Dampfschiff aus dem Ausland gekommen war, geradewegs den Brekkukot mit seinen Torf- und Erdwänden und Löwenzahn auf dem Dach am äußersten Rande der zivilisierten Welt aufsuchte, anstatt im Hotel d'Islande unter den Stützen der Gesellschaft unserer Stadt und den Ausländern als angesehener Gast zu glänzen.

Der Täufer-Tordur war ein stattlicher, gebieterisch wirkender Mann. Sein Gesicht sah aus, als wäre es durch einen Schlag von unten eingedrückt worden, während seine überaus wohlgeformte königliche Nase dem tiefen Grübchen im Kinn zustrebte. Wenn er keine Rede vom Stapel ließ, hielt er den Mund so fest geschlossen, daß seine Unterlippe einwärts gebogen und nicht zu sehen war; auf seiner Oberlippe, die im Gegensatz zu seiner übrigen Persönlichkeit ungewöhnlich weich und haltlos wirkte, saß ein kurzer, sehr sorgfältig gestutzter Schnurrbart. Die Augen kniff er stets zusammen, so daß sie ihm gleichsam als ein feiner Filter dienten.

Was nun den Titel „Täufer" betraf, so sind wir im Brekkukot uns nie darüber klargeworden, haben uns auch nie darüber den Kopf zerbrochen, und niemand von uns hat je gesehen, daß er irgendein lebendes Wesen getauft hätte. Wie wir vom Hörensagen wußten, sollte er sich in Schottland und Kanada einer gewissen Sekte angeschlossen haben, die ihm das Geld für seinen Lebensunterhalt schickte. Doch sein Verdienst schien nicht sonderlich üppig zu sein, denn anderenfalls hätte er wohl kaum eine der wenigen Herbergen aufgesucht, die in unserem wie im vergangenen Jahrhundert gratis Unterkunft gewährten. Vermutlich war ihm aufgetragen worden, in seinem Geburtsort das Wort jenes Herrn zu verkünden, dessen besonderes Vertrauen die Baptisten genießen. Ich zweifle durchaus nicht daran, daß Tordur beim Predigen aus göttlicher Eingebung sprach, falls dies bei einem Menschen überhaupt möglich ist. Aber diese göttliche Eingebung und der Eifer, den er in seinen Predigten an den Tag legte, waren so stark, daß er sich nicht darum kümmerte, ob er Zuhörer hatte oder nicht; ich möchte sogar annehmen, daß er seine Verkündigungen am liebsten ohne jegliche Zuhörerschaft von sich gab. Übrigens hatte er nur selten Zuhörer, außer hin und wieder ein paar junge Burschen, die sich in der Nähe in einer Tonne versteckt hielten, um herauszubekommen, was dieser eifernde Gottesmann ohne eigentliche Zuhörerschaft mit solch glühender Begeisterung zu verkünden hatte. Ich selbst jedoch besaß damals wohl leider weder genug Verstand noch Reife und wahrscheinlich auch nicht hinlänglich genug Neugierde, um der Botschaft des Täufer-Tordurs auf den Grund zu gehen, genauso wie ich nie Lust verspürte, Großvaters Postille zu begreifen. Es ist nun einmal so, daß wir Isländer wegen unserer Wurstigkeit berüchtigt sind, und Tordur kannte wohl seine Landsleute, da er selber ein guter Isländer war. Blieben aber zufällig bei einer seiner Predigten auf einem leeren Marktplatz ein paar Menschen stehen, um ihm für einige Augenblicke zuzuhören, so drehte er seiner verehrten Zuhörerschaft stets den Rücken zu; er meinte nämlich, dies Gebaren sei die beste Art, Isländer zu bekehren. Ich entsinne mich noch gut, daß ich ihn im Vorbeigehen eines Abends bei Nordwind, Nebel und Sprühregen nicht weit von einigen umgestülpten Schiebkarren unten am Hafen stehen und mit Kraft und Überzeugung predigen sah. Er stampfte mit beiden Füßen auf den Boden, um seinen Worten noch mehr Gewicht zu verleihen, und dazu bearbeitete er mit geballten Fäusten die Bibel, wobei sein Speichel wie Gischt nach allen Seiten spritzte: er wetterte gegen die Ungehörigkeit und Schamlosigkeit, kleine Kinder zu taufen. „Nirgendwo in diesem heiligen Buch steht geschrieben“, rief er schallend, indem er unentwegt auf das Buch hämmerte, „weder mit einem Wort noch mit einem einzigen Buchstaben, noch mit einem Strich oder Punkt, daß man unschuldige Kinder taufen soll. Jeder, der behauptet, irgendwo in diesem heiligen Buch sei zu lesen, daß man unschuldige Kinder taufen dürfe, tut es auf eigene Verantwortung, und er hat selber die Folgen zu tragen.“

Sobald der Täufer-Tordur seine baptistischen Aufgaben auf Island erfüllt hatte, fuhr er in weiterer Ausübung seiner Mission pflichtgemäß nach Norwegen, um dort einige Zeit zu predigen. Aber zum Beweis, wie verschieden Isländer und Norweger sind, muß erwähnt werden, daß im Augenblick, da der Apostel Tordur in Bergen norwegischen Boden betrat, sich eine große Menschenmenge um ihn drängte, die bereit war, seiner Botschaft andächtig zu lauschen; doch waren stets mehrere Polizeiabteilungen und oftmals sogar richtige Soldaten an Ort und Stelle, um zu verhindern, daß Greise und Wehrlose zu Boden getreten wurden oder daß die Anhänger und Gegner dieses Gesandten Gottes aufeinander losgingen und sich gegenseitig umbrachten. Außer dem früher erwähnten kärglichen Lohn als Missionar, den er vermutlich von den Schotten und Kanadiern erhielt, um die Isländer und Norweger davon abzubringen, weiter kleine Kinder zu taufen, hat unser Baptist, wie ich glaube, nichts anderes sein eigen genannt als die Bibeln, die er in einem Sack auf dem Rücken von Land zu Land schleppte. Jedenfalls konnte kein Mensch bezeugen, daß der Täufer-Tordur je andere Wertgegenstände in seinen Händen gehabt hätte.

Nun näherte sich der Tag, an dem der Täufer von Island nach Norwegen weiterreisen sollte, um in diesem Lande alle, die wie bisher kleine Kinder taufen wollten, mit den schlimmsten Strafen des Himmels und dem Feuer der Hölle zu bedrohen.

Früher hatte er, wenn er einen Monat oder sechs Wochen lang im Brekkukot Nachtlogis erhalten hatte, jedesmal unverdrossen versucht, uns als Entgelt für die genossene Gastfreundschaft eine Bibel zu überreichen, welches Geschenk von Großvater jedoch stets mit der Erklärung zurückgewiesen worden war, daß es bei uns nicht Brauch sei, von Gastfreunden kostbare Gaben anzunehmen. Einige Male hatte Großvater zwar unbedeutende kleine Traktätchen als Ehrengeschenke vom Täufer-Tordur nicht zurückweisen können. Doch diesmal schien Tordur offenbar nicht gewillt, nur kleine Geschenke zu hinterlassen, sondern er wollte zum Dank für das wochenlange Nachtlogis ein geziemendes Geschenk, nämlich eine Bibel, überreichen.

„Nimmst du jetzt im Herbst keine Bibel als Präsent von mir an, lieber Björn", sagte er, „so muß ich das so auffassen, daß du dich nicht länger als meinen Freund betrachtest, und da kann ich es mir nicht mehr erlauben, künftighin bei dir einzukehren."

„Ich weiß nicht, wie wertvoll deine Bibeln sind, mein Lieber", sagte Björn vom Brekkukot, „aber solange ich lebe, habe ich nie gehört, daß Bibeln mit läusekleiner Schrift und auf Lokuspapier gedruckt werden."

„Mit meinem christlichen Gewissen als Pfand kann ich mich verbürgen, daß die Bibeln, die ich mitgebracht habe, gut und echt und gesetzmäßig gedruckt und fehlerlos nach der Originalsprache von der Bibelgesellschaft in London herausgegeben worden sind."

„In – wie heißt es?" sagte Großvater.

„London", sagte der Baptist.

„Was ist das?" sagte Großvater.

„Das ist die Hauptstadt von Britannien", sagte der Baptist.

„Kann schon sein", sagte Großvater. „Ich weiß nichts davon. Aber die richtige Bibel hier auf Island ist vom seligen Herrn Gudbrand zu Holar im Nordland ausgelegt und gedruckt worden. Diese Bibel habe ich mit meinen eigenen Augen hier in der Domkirche gesehen. Und darin steht, daß sie eine Kuh kostet. Das ist unsere Bibel."

Der Täufer-Tordur erwiderte: „Ich bleibe bei

meinem Wort, daß meine Londoner Bibel eine justierte Bibel ist, wenn sie auch nicht mehr als fünfundsiebzig Öre kostet."

„Glaubst du vielleicht, daß Herr Gudbrand mit uns hier auf Island Wucher treiben wollte, als er den Preis für eine Bibel auf eine Kuh festsetzte?" sagte Großvater. „Nein, mein Lieber, die Bibel, die Herr Gudbrand herausgab, hatte den richtigen Preis. War die Bibel früher soviel wert wie eine Kuh, die im Frühjahr kalbt, so hat sie auch heute noch denselben Wert. Eine Bibel, die nicht mehr als ein halbes Huhn kostet – pfui Teufel!"

„Bei meiner Seligkeit, die ich als Pfand für meine Bibel setze – soll sie etwa nicht mehr als Scheiße wert sein?" sagte der Täufer-Tordur.

„Da mische ich mich nicht hinein", sagte Großvater. „Mit dieser Sache mußt du selber fertig werden, mein guter Mann. Wir beide bleiben gleichgute Freunde, ob es nun mit dir nach oben oder nach unten geht."

Unser Täufer hatte vor, am nächsten Morgen mit dem Dampfschiff abzureisen.

Als jedoch am Abend vorher Großvater die Uhr aufziehen wollte, was er einmal in der Woche tat, was fand er da im Gehäuse unserer Uhr? Eine von Tordurs billigen Bibeln!

Großvater nahm die Bibel aus der Uhr, ohne ein Wort zu sagen. Es war ungefähr zu der Zeit, als unsere Skjalda das erste- oder das zweitemal kalben sollte.

Am nächsten Morgen, nachdem der Täufer alle übrigen Bewohner vom Brekkukot zum Abschied geküßt hatte und sich mit den Bibeln, die in seinem Sack für die Norweger übriggeblieben waren, auf den Weg machte und bis zu unserm Drehkreuz gekommen war, wer stand da auf dem Weg draußen vor unserer Einzäunung und wartete mit einer Kuh an einem Strick? Niemand anders als Björn vom Brekkukot, mein Großvater.

„Das ist gut, daß ich dich hier antreffe", sagte der Täufer. „So kann ich auch dir noch einen Abschiedskuß geben."

„Gott schenke dir einen guten Tag, mein Lieber", sagte Großvater, „und da du also, wie du selber sagst, eine edle Bibel zurückgelassen hast, so will ich dir eine edle Kuh geben, denn jeder Dienst verlangt einen Gegendienst."

„Du warst schon immer ein Mann, der gern Späße macht, lieber Björn", sagte der Baptist, als er bereits das Drehkreuz hinter sich hatte und nun Großvater küssen wollte. Aber dazu ließ Großvater es nicht kommen.

„Es wird nicht geküßt, bevor wir quitt sind", sagte Großvater.

Der Gegenwert für die Heilige Schrift blickte gen Süden nach dem Torfmoor, schnaubte und schlug im stillen Morgen mit dem Schwanz.

„Das Dampfschiff fährt gleich ab", sagte der Täufer.

„Hier ist der Strick von Skjalda", sagte Großvater.

Danach küßten sie einander, und währenddessen legte Großvater Skjaldas Strick dem Täufer in die Hand. Dann ging Großvater durch das Drehkreuz heimwärts.

Nachdem der Täufer die Kuh einen Steinwurf lang mit sich gezogen hatte, ließ er das Tier los und lief, was das Zeug halten wollte, hinunter nach der Stadt und dem Hafen zu.

Da zog Großvater die Londoner Bibel aus der Hosentasche und sagte zu mir: „Du hast flinke

Beine, mein Junge. Lauf und hol den Täufer-Tordur ein und gib ihm seine Bibel zurück."

Der Täufer war bejahrt und kurzatmig, so daß ich ihn bald eingeholt hatte. Ich gab ihm sein Buch, und er steckte es, ohne ein Wort zu sagen, in seinen Sack und setzte seinen Weg zum Dampfschiff fort.

5

Zwei Frauen und ein Bild

Ich habe nun von allem, was außerhalb wie innerhalb der vier Wände vom Brekkukot erwähnenswert ist, erzählt, aber über Großmutter habe ich noch kein Wort gesagt, und dabei war sie wahrhaftig kein nebensächliches Mitglied unseres Heims. Wollte man sie jedoch das Herz des Heims nennen, so könnte man von ihr dasselbe sagen, was man im allgemeinen von gesunden Herzen sagt, nämlich daß jemand, der ein solches Herz in seiner Brust hat, überhaupt nicht weiß, daß er ein Herz besitzt.

Nachdem ich nun berichtet habe, wie ein über das andere Mal Leute in der Stube vom Brekkukot zu Gast waren, finde ich es jetzt an der Zeit, in aller Bescheidenheit von der Mutter des Hauses zu sprechen. Ich sage, in aller Bescheidenheit, denn ich weiß im Grunde nichts von ihr. Ich war bereits halb erwachsen, als es mir durch einen Zufall klar wurde, daß sie, wie andere Menschen, eine Lebensgeschichte gehabt hat. Was ich hier über sie erzählen kann, beweist im Grunde nur, wie wenig ich von ihr weiß.

Wahrscheinlich ist es wohl vor allen anderen sie gewesen, die mich erzogen hat, soweit ich überhaupt erzogen worden bin; wenigstens glaube ich, kein anderer hat so viel wie sie dazu beigetragen, daß ich wurde, was ich bin; aber erst als erwachsener Mensch wurde mir ihr Wesen so klar, daß ich glaubte, sie wirklich zu kennen. Eines schönen Tages entdeckte ich ganz einfach, daß sie mir vielleicht am nächsten von allen Menschen gestanden hat, obwohl ich über sie weniger als über andere Menschen wußte und sie schon eine Zeitlang in ihrem Grabe lag. Es ist nicht leicht, über einen Menschen zu berichten, von dem man so wenig weiß und der einem doch so nahesteht.

Sie war eine hagere und schwächliche Frau; als ich sie zum erstenmal bewußt sah, muß sie schon sehr alt gewesen sein, älter, als die meisten Menschen werden, wie gesund und stark sie auch gewesen sein mögen. Großmutter hat danach jedoch mindestens noch ein Vierteljahrhundert gelebt. Immer noch sehe ich sie zahnlos, gebeugt, ein wenig hüstelnd, mit entzündeten Augenlidern vor dem offenen Herd im Küchenrauch vom Brekkukot stehen, wie sie vorher wohl in anderen Erdhütten, deren Namen ich nicht kenne, gestanden haben mag. Manchmal saß etwas Ruß in den Runzeln ihres Gesichts, und ihr Kopf zitterte ein wenig, wenn sie einen mit ihren milden Augen anblickte. Ihre Hände waren lang und knochig.

Sie hatte eine Verwandte, die sicher fünfzehn Jahre jünger, aber früher gealtert war als sie; das war Kristin im Küsterhaus, die Wirtschafterin des seligen Küsters. Das Küsterhaus lag auf der Anhöhe am Nordende des Kirchhofs. Wieder einmal nahm mich Großmutter mit zu Tante Kristin. Der Weg führte über den Kirchhof. Es war zu jener Jahreszeit, da die Schmeißfliegen in ihrem Element sind. Die beiden Frauen unterhielten sich in jenem seltsamen, fernen Ton, der sich anhört wie eine Heulboje draußen vor Eingey oder wie eine Fiedel auf Langaness. Bei solchen Tönen läßt sich gut schlafen. Aber nachdem wir Kaffee getrunken hatten und ich meinte, doch nicht mehr einschlafen zu können, wartete ich darauf, daß Großmutter gehen würde, damit ich, wie stets beim Abschied von Tante Kristin, mein blankes Zehnörestück bekäme, weil ich solch ein guter Junge sei. Ich setzte mich ans Fenster, durch das man über den Kirchhof und den Skerjafjord nach Keilir sehen konnte, und fing an, zum Zeitvertreib Fliegen zu töten. Dann sagten wir auf Wiedersehen, und Tante Kristin gab mir meine schönen zehn Öre. Beim Heimweg über den Kirchhof sagte Großmutter zu mir: „Es gibt etwas, das man nie tun darf, mein Kleiner, denn es ist häßlich."

„Was denn, Großmutter?" fragte ich.

„Man darf nie im Haus anderer Leute Fliegen töten", sagte Großmutter.

„Hat denn Tante Kristin ihre Fliegen so gern?" fragte ich.

„Nein", sagte Großmutter, „aber das Küsterhaus ist ihr Haus." Wie froh war ich, daß Großmutter mich nicht bei Tante Kristin zurechtgewiesen hatte, da Tante mir ja immer die zehn Öre gab, weil ich ein so guter Junge sei.

Nachdem ich diese beiden Frauen nun eigentlich ohne besondere Absicht in meiner Erzählung zusammengebracht habe, ist es wohl das beste, unverzüglich zu berichten, was mir am merkwürdigsten an ihrer Verwandtschaft erschien.

Beide hatten bei sich in der Wohnstube ein Bild hängen, das ganz anders war als die übrigen Bilder an ihren Wänden, die durch reinen Zufall dort hingeraten waren.

In unserer Stube hing zum Beispiel ein Bild von zwei Engeln, die, mit emporgerichteten Augen und gemeinsam einen Blumenstrauß tragend, dahinschwebten, und ein anderes Bild mit einem Mädchen, das für Sunlicht-Seife Reklame machte; weiter ein Bild des seligen Psalmendichters Hallgrimur Petursson, eines der langweiligsten Menschen, die ich jemals abgebildet gesehen habe; und schließlich noch einige Photographien von isländisch-amerikanischen Familien, die einstmals bei uns im Brekkukot logiert hatten, um hier auf das Schiff nach Amerika zu warten; diese Leute waren, wie es bei uns hieß, in Amerika „gut vorwärtsgekommen", was bedeutet, daß sie in Steinbrüchen gearbeitet oder Bäume gefällt oder Gräben ausgehoben und dann eines Tages mit Kragen und Schlips und Sonntagskleidern vor einem Photographen gesessen hatten, um sich konterfeien zu lassen.

Genauso verhielt es sich mit den Bildern, die in Tante Kristins Stube im Küsterhaus hingen. Aber *das* Bild, das ich jetzt beschreiben will, war, wie gesagt, ganz anders. Es war die Photographie eines jungen Mannes mit einem begeisterten, im Profil aufgenommenen Gesicht. Sein Blick wirkte so verzückt, als ob er in der Ferne etwas Wunderbares sähe, doch vor allem war es seine Kleidung, die dem Bilde etwas Fremdartiges verlieh und ihn völlig von der Welt, in der wir lebten, unterschied: er trug einen gestärkten Kragen, ein schneeweißes Vorhemd, dazu einen Gehrock mit langen Schößen und seidenen Aufschlägen, die geradezu leuchteten, und überdies eine Rose im Knopfloch.

Wie ich bereits vorher zu meiner Verwunderung gehört hatte, war der Mann Tante Kristins Sohn, also auch ein Verwandter von uns im Brekkukot, dieser Georg Hansson, der „nunmehr“, wie die beiden Kusinen sagten, Gardar Holm hieß.

Ich weiß nicht mehr genau, an welchem Tag ich Gardar Holms Photographie zum erstenmal betrachtete und mich dann nicht enthalten konnte, Großmutter zu fragen: „Wo ist Gardar Holm eigentlich zu Hause? Oder ist er gar ein Engel?“

„Der kleine Georg“, sagte sie. „Nein, der ist nirgendwo mehr zu Hause, der Ärmste.“

„Warum ist er denn nicht bei seiner Mutter, bei Tante Kristin, im Küsterhaus geblieben?“ fragte ich.

„Er ging auf lange Reisen“, sagte sie.

„Wie kam er dazu?“ fragte ich.

„Immer ist ein Unglück schuld daran, daß man auf lange Reisen gehen muß“, sagte Großmutter.

„Was für ein Unglück?“ fragte ich.

„Wir wollen nicht mehr davon sprechen, mein Kleiner“, sagte sie. „Er war ein guter Junge, Kristins kleiner Georg, als er hier auf dem Kirchhof spielte; und er glich dir. Aber dann ging er auf lange Reisen.“

Ich schwieg eine Weile und dachte im stillen über das Unglück nach, das größer als alle übrigen Unglücksfälle gewesen sein mußte, von denen wir im Brekkukot gehört hatten; schließlich aber fragte ich wieder: „Weshalb geht man denn auf so lange Reisen, Großmutter?“

Sie antwortete: „Einige geraten in Not und müssen dann Haus und Hof verlassen; oder ihr Heim wird ihnen von anderen weggenommen; einige verlieren den Verstand; einige kennen keinen anderen Ausweg als Amerika; dann gibt es auch Unglückliche, die was Verkehrtes getan haben und deshalb über Gebirge und Hochheiden, Wasser und Sandwüsten geschickt werden, um ins Zuchthaus zu kommen."

„Hast du nie lange Reisen gemacht, Großmutter?" fragte ich eine geraume Weile später, nachdem ich angestrengt nachgedacht hatte.

Sie blickte auf ihre Stricknadeln nieder, um zu sehen, ob sie beim Stricken eine Masche verloren hatte, und sagte: „Doch, ich habe einmal eine lange Reise gemacht; ich fuhr damals von Ölfus bis zu der Stadt hier. Wir kamen über die Hellisheide."

„War es schrecklich schlimm, Großmutter?" fragte ich.

„Wir wollen nicht mehr davon sprechen, mein kleiner Junge", sagte sie. „Das soll für immer vergessen sein."

Es dauerte lange Zeit, ehe ich wieder den Mut hatte, mich mit dem unglücklichen Gardar Holm zu beschäftigen.

Aber einmal, als ich allein bei Tante Kristin im Küsterhaus war, fragte ich sie vertrauensvoll: „Warum ist Gardar Holm eigentlich immer auf langen Reisen?"

„Natürlich weil er singt", antwortete Tante Kristin ein wenig barsch; und seitdem fiel mir immer, sobald man nur den Namen ihres Sohnes erwähnte, auf, daß sie etwas böse wurde. Wie erstaunt ich darüber auch war, so wagte ich doch nicht mehr, nach ihm zu fragen, sondern betrachtete nur stumm und voll Bewunderung wie früher Gardar Holms Bild.

„Weißt du nicht, daß Singen das Edelste ist, was es auf Erden gibt?" fragte Tante Kristin im gleichen barschen Ton.

„Kann er hoch singen?" fragte ich.

„Glaubst du etwa nicht, Kind?" sagte sie. „Kein

Isländer kann so hoch singen wie er. Aber er kann auch sehr tief singen. Dort hinten in der Ecke steht seine alte Stubenorgel. Hier hast du deine zehn Öre und gewöhne dir ab, nach etwas zu fragen, was du nicht verstehst und was dich auch nichts angeht.“

Wie ich mich seitdem nach dem Tage sehnte, an dem ich so alt sein würde, daß man mich für würdig befände, in anderer Leute Geheimnisse eingeweiht zu werden! Doch bis es soweit war, habe ich unablässig über diese schwierige Sache nachdenken müssen.

6
Die Tiere auf dem Brekkukot

Seltsam, wenn mir auch der Brekkukot so vertraut war, daß ich oft meinte, schon vor meiner Geburt hier gewesen zu sein, und obgleich diese Frau, meine Großmutter, mir das Sprechen und Denken und schließlich auch das Lesen beigebracht hat, so konnte ich es doch kaum fassen, als mir viele Jahre später jemand erzählte, daß sie in ihrem eigenen Heim nicht einmal ein Bett besessen habe; und da mußte ich bekennen, daß sie die seltenen Male, wo ich sie habe schlafen sehen, immer auf dem untersten, ein wenig vorspringenden Stein der Herdeinfassung in der Küche gesessen und sich gegen die oberen Steine gelehnt hatte. Ihr Kopf hing dann leicht vornüber und nickte ein wenig, ihre Hände lagen auf dem Schoß, und ihre Stricknadeln hatten für eine Weile zu klappern aufgehört; im Herd war noch etwas Glut. Wie man mir erzählte, hat niemand je gesehen, daß sie abends zu Bett gegangen ist. Gab es aber wirklich einmal ein leeres Bett bei uns, so hat sie sich vielleicht spätnachts darin niedergelegt. Sonst jedoch begnügte sie sich damit, auf dem untersten, ein wenig vorspringenden Stein der Herdeinfassung einzunicken. Schlief sie wirklich einmal richtig, so bestimmt erst, wenn alle anderen im Haus sich niedergelegt hatten. Doch nie ist jemand bei uns so früh auf den Beinen gewesen, daß nicht Großmutter bereits in der Küche den Kaffee fertig stehen oder sogar die Morgengrütze gekocht gehabt hätte. Und nicht ein einziges Mal habe ich, seit ich Großvaters und Großmutters Junge war, erlebt, daß in ihrem Herd das Feuer ganz erloschen wäre.

Vorhin habe ich berichtet, wie Großmutter mir für immer eingeprägt hatte, niemals bei anderen Leuten Fliegen zu töten. Jetzt will ich kurz von einer anderen Lehre oder, genaugenommen, von zwei anderen Lehren erzählen, die ich ihr verdanke.

Wenn unsere Kuh Skjalda morgens im Spätsommer aus dem Stall gelassen wurde und ich sie zum Weiden treiben mußte, so hatte sie die schlechte Angewohnheit, den Hals über das niedrige Staket zu legen, das um das Stückchen Land mit unsern Kohlrüben angebracht war, und die Spitzen der Kohlrüben abzufressen. Das Staket war mit den Jahren recht altersschwach und morsch geworden, größtenteils sogar von Moos überwuchert und an mehreren Stellen niedriger als Rainfarn, Brustwurz und Engelwurz rundum, so daß es nicht verwunderlich war, wenn das Vieh sich nicht um solch ein schäbiges Staket kümmerte. Sobald sich Skjalda aber die ersten Spitzen der Kohlrüben zu Gemüte geführt hatte, war sie derart versessen darauf, noch mehr davon zu kosten, daß es ihr ganz gleich war, wenn ich sie wild mit einem Büschel Rainfarn bearbeitete. Zu jener Zeit hatte ich von einigen guten Menschen ein paar saftige Flüche aufgeschnappt, und wollte die Kuh trotz der Schläge nicht parieren, nahm ich meine Zuflucht zu diesen Kraftausdrücken und schrie das Vieh an: „Skjalda, du Satansknochen!“

In jenem Sommer hatte ein Mann vom Borgfjord auf seiner Reise südwärts einen Hund bei uns vergessen. Es war ein ganz gewöhnlicher alter Hofhund. Den ganzen Sommer hindurch wartete der Köter auf seinen Herrn, der ihn dann im Herbst wieder mitnahm. In der Zwischenzeit aber langweilte er sich fürchterlich bei uns, dachte an seinen Herrn und wollte nicht begreifen, daß der ihn hatte zurücklassen können. Er lag meist, den Kopf auf den Pfoten, mit offenen Augen beim Drehkreuz oder auf der Haustürschwelle und hatte einen rührenden, schwermütigen Hundeblick. Es machte ihm das Dasein nicht angenehmer, daß eine scheußliche Katze immerzu um ihn herumschwänzelte. Diese dreifarbige herrenlose Hauskatze hatte sich ebenfalls bei uns einlogiert. Der Köter, der selbst Gast war, hielt es für unter seiner Würde, auf einem fremden Hof einer Katze nachzujagen. Großmutter warf dem Hund manchmal Fischhaut oder anderen Fischabfall hin, wenn sie vorbeiging. Dabei hatte sie stets dieselben Worte für ihn: „Na, du armes Biest!“ oder auch: „Bitte schön, du Dreck!“ Der Hund war das einzige Tier, das sie, entsinne ich mich recht, mit verächtlichen Worten bedacht hat. Für die Katze hatte sie überhaupt kein Wort übrig, höchstens eine kleine, müde Grimasse, als ob dies Tier ein widerwärtiges Familienerbe und seit Urzeiten ein Klotz am Bein ihrer Familie gewesen sei. Die Katze hieß Brand und hatte außerdem vier Ehrentitulaturen, nämlich Gespenst, Scheusal, Abschaum und Unglücksgeschöpf.

Es kam nie vor, daß Großmutter den Hund streichelte oder das Fell der Katze mit ihren Fingern berührte. Hingegen hatte sie ständig getrocknete

Fischhaut oder Knochen in ihrer Schürzentasche. Hinzufügen aber muß ich, daß Großmutter der einzige Mensch bei uns war, zu dem sich diese beiden herrenlosen Geschöpfe voll Ergebenheit und rückhaltlos hingezogen fühlten.

Wenn Großmutter sich auch nur vor dem Haus zeigte, zum Beispiel, wenn sie an der Wäscheleine etwas zu schaffen hatte, so liefen beide Tiere flugs zu ihr hin und überrannten sie fast. Der Hund bellte vor ausgelassener Freude, und die Katze schnurrte, drückte sich an Großmutters Beine und streckte den Schwanz mit einem hübschen Haken empor. Hatte Großmutter etwas bei Tante Kristin zu besorgen, so begleiteten beide Tiere sie bis zur Kirchhofspforte; in den Kirchhof ließ Großmutter die beiden selbstverständlich niemals hinein.

Jetzt aber wenden wir uns wieder unserer Skjalda zu und fahren dort in der Erzählung fort, wo wir sie verlassen haben, nämlich mit dem Hals überm Staket, um die leckeren Spitzen unserer Kohlrüben abzuknabbern. Hei, dachte ich da, es ist doch fein, daß wir jetzt im Brekkukot einen Hund bekommen haben, und hetzte den Hund auf die Kuh.

Im Laufe dieses Tages wurde es recht heiß. Der Köter lag wie meist traurig mit dem Kopf auf den Pfoten vor der Haustür, blinzelte mit den Augen und dachte sicher an seinen Herrn, ohne begreifen zu können, weshalb er nicht kam und ihn holte. Ich war fest davon überzeugt, daß der Hund während seines Aufenthalts bei uns vor Langeweile nie hatte Schlaf finden können. Und voll Mitgefühl hockte ich mich neben ihm nieder und streichelte ihn so, wie man es mit mir getan hatte, als ich klein war; und ganz von Mitleid überwältigt, begann ich für den Köter das folgende Lied zu singen. Ich hatte es eigens für ihn gedichtet und selber die Melodie dazu gemacht, und das Lied war so rührend, daß mir beim Singen die Tränen übers Gesicht rieselten:

„Du liebstes Herzenshündchen mein,
Schlapp Milch aus deinem Büttchen
Und flieg dann flugs mit andern Engelhündchen
In eure Engelhündchenhüttchen.“ fein

Inzwischen war es fast Abend geworden. Großmutter kam aus dem Wohnhaus, um in dem schönen Wetter nach den Kohlrüben zu sehen, und mußte bei mir, der ich wieder im Gras saß und spielte, vorbei. Sie hatte mich vielleicht gar nicht bemerkt; als sie jedoch am Staket stand und die Kohlrüben untersuchte, sagte sie wie zu sich: „Hoffentlich habe ich heute früh falsch gehört, als ich meinte, einer hier auf dem Hof habe häßlich von unserer Kuh gesprochen.“

„Das bin ich aber nicht gewesen“, rief ich hastig.

„Soviel ich weiß, hat niemand so etwas von Björn vom Brekkukot jemals hören können“, sagte sie.

„Die Kuh war bei den Kohlrüben“, sagte ich.

„Ich weiß nichts, was so schlimm ist, wie häßlich von einer Kuh zu sprechen“, sagte Großmutter, „außer den Hund auf sie zu hetzen. Die Kuh gibt uns die Milch. Die Kuh ist unser aller Mutter. Geht es beim Melken freundlich zu, so dankt sie dir mit muh, muh, muh! ‚Gesegnetes Geschöpf‘, so spricht man zu einer Kuh.“

Ich sagte nichts. Und Großmutter untersuchte weiter die Kohlrüben und hoffte wohl, darunter eine zu finden, die sie für die Suppe gebrauchen könnte.

„Wer mag es wohl gewesen sein, der heute früh hier vorm Haus ein Loblied für einen Hund gesungen hat?“ sagte Großmutter dann wie zu sich.

„Wüßte nicht, daß ich dergleichen getan hätte“, sagte ich.

„Ich meine wirklich gehört zu haben, wie jemand heute früh ein Loblied für einen Hund sang. Doch ich muß sicher falsch gehört haben“, sagte Großmutter. „Spricht man zu einem Hund, so sagt man stets: ‚Elendes Tier‘ oder ‚Köter‘. Jedenfalls habe ich nie gehört, daß Björn vom Brekkukot einen Hund gelobt hat.“

7
Stacheldraht um ein kleines Anwesen im Tal

Unser Grane graste stets auf einem Moor weitab bei Sog. Wenn man Grane brauchte, mußte er erst geholt werden. Man kann, ohne zu übertreiben, sagen, daß zu jener Zeit Sog zu den entlegensten Gegenden auf der Landkarte gehörte. Inzwischen aber ist in Sog eine moderne Stadt entstanden, und niemand, der sich jetzt diesen herrlichen Ort ansieht, kann ahnen, daß hier vor nur wenigen Jahrzehnten weiter nichts als Weideland für Pferde gewesen ist.

Es ging fast ein ganzer Tag drauf, Grane zu holen. Nicht weit von Sog fließt ein kleiner Bach mitten durch das Moor; er heißt der Sogbach. Eigentlich ist er nur so breit, daß man mit einem gehörigen Satz von Ufer zu Ufer springen kann; aber aus irgendeinem Grunde bekam dieser Bach in Großmutters Gedanken eine geradezu ungeheure Breite. Sie sah nicht gern, daß ich das Pferd allein von der Weide heimbrachte, sondern wollte lieber, daß ein anderer Junge, der gleichfalls ein Pferd von der Weide holen mußte, mit mir ging, damit er mich aus dem Bach herausholen könnte, wenn ich hineinplumpsen sollte. „Nehmt euch vor dem Sogbach in acht", war das letzte, was sie sagte, wenn wir loszogen. Kamen wir dann am Abend mit unserem Grane oder mehreren Pferden zurück, so war das erste, was sie fragte: „Hatte der Sogbach heute viel Wasser?“ Regnete es, während Grane im Moor weidete, und mußte er dann heimgeholt werden, so konnte man Großmutter leise brummen hören: „Ach, ach, nun gibt es im Sogbach sicher hohes Wasser!“

Eines Tages sollte ich, wie schon oft, zusammen mit mehreren anderen jungen Burschen das Pferd von Sog holen. Es war kurz nach dem Ende des Burenkrieges, also in jenen Jahren, als das sogenannte Stacheldrahtzeitalter auf Island begonnen hatte. Diese spezielle Ware, die in den meisten Ländern auf Grund besonderer Gesetze einzig und allein für militärische Zwecke verwendet werden darf – es heißt ja auch, daß sie während des Burenkrieges erfunden wurde –, ist für die Isländer ein besserer Friedensstifter gewesen als irgendeine andere ausländische Ware, die wir hierzulande kennen. Und während in anderen Ländern jeder, der solch widerwärtiges Zeug in Friedenszeiten auf freiem Felde aufstellt, mit harten Strafen bedroht wird, wurde Stacheldraht damals für lange Zeit nächst Branntwein und Zement einer der begehrtesten Luxusartikel auf Island. Es gibt nur wenige Dinge, über die in unserem Volke eine so vollkommene Einigkeit herrschte wie darüber, daß man diese Kostbarkeit zur Einzäunung verwenden sollte, sowohl für steinige Halden wie für öde Heide, für Moor oder Sumpf oder steile Bergwände, bis zu den äußersten Klippen am Meeresstrand. Anfangs ging man bei uns genauso zu Werke wie die Buren in ihrem Krieg gegen die Engländer: Überall dort, wo man auf Stacheldrahteinzäunung stieß, überkletterte man sie einfach;

aber da erließ unser Althing plötzlich ein Gesetz, in dem Stacheldraht auf Island für unverletzlich erklärt wurde. In einigen Gegenden mit bäuerlicher Bevölkerung und an verschiedenen Handelsplätzen, darunter auch bei uns in der Hauptstadt, erhielt dies Gesetz durch besondere lokale Verordnungen eine strengere Auslegung, wonach jeder, der sich gegen diese gewissermaßen sakralen Einzäunungen versündigte, zu einer Geldstrafe von zehn Kronen verurteilt werden sollte. Zu jener Zeit betrug der Taxwert eines Hammels, der einen Winter alt war, zehn Kronen.

Was uns Burschen betrifft, so muß ich berichten, daß wir nach großen Umwegen und Abstechern und dem bei Jungen üblichen Herumlungern schließlich zu den mit Steinen übersäten Hügeln kamen, die östlich und südlich des moorigen Geländes lagen, auf dem unsere Pferde weideten. Hier und da gab es auf den Hügeln und in den Talmulden oder Tälern weit voneinander entfernt einige kleine Gehöfte, und die Ländereien, die zu diesen kleinbäuerlichen Anwesen gehörten, waren kreuz und quer mit Stacheldraht eingezäunt.

Dort lag auch ein Gehöft, das Hammskot hieß. Am Ufer eines Baches, dicht vor dem Tun dieses Gehöftes, machten wir halt, und wir sahen um den Tun eine herrliche, offenbar ganz überflüssige Stacheldrahteinzäunung. Als wir nun dort unten standen, wo wir von den Leuten auf dem Gehöft kaum gesehen werden konnten, gab einer von den Burschen die Weisheit zum besten, daß jeder, der über eine derartige Einzäunung springe, zehn Kronen Strafe zu zahlen habe. Wir waren uns einig, daß es lustig sein müßte, einen solchen Sprung, der also seine zehn Kronen wert war, zu versuchen. Da nun die Gesetzesübertretung genauso verlockend war wie jedes schwindelhafte Unternehmen, ermunterten wir uns gegenseitig, über die Stacheldrahteinzäunung vor uns zu setzen. Ich will nicht behaupten, daß wir ohne Herzklopfen zur Tat schritten, und einer von uns wurde denn auch ausgewählt, Ausschau zu halten, ob man uns irgendwo in der Nachbarschaft beobachten könnte. Aber es ging, wie wir geahnt hatten, niemand war Zeuge unserer Missetat, und keiner von uns mußte eine Geldstrafe zahlen. Solch rechtmäßige Buße, die niemand einzog, war für uns reinweg gefundenes Geld. Bereits nach dem ersten Sprung über die Einzäunung hatte jeder von uns den Wert eines einen Winter alten Hammels verdient. Es war also nicht verwunderlich, daß wir einen zweiten Versuch machten. Während des langen Tages war es keinem von uns möglich, diese so großen Gewinn abwerfende Beschäftigung aufzugeben; und es war noch lange vor dem Abendessen, als jeder von uns bereits durch die vielen nicht eingetriebenen zehn Kronen ein wohlhabender Bursche geworden war. Nach jedem neuen Sprung vermehrten sich unsere Schafherden um weitere einjährige Hammel. Schließlich besaßen wir alle riesige Schafherden. Einer von uns rechnete aus, daß man für den Wert aller dieser Schafherden sämtliche Schokolade, die es hierzulande gab, und dazu noch alle Bonbons auf Island kaufen könne; ein anderer Junge meinte sogar, der Wert unserer Schafherden wäre ausreichend, um damit alle seit Ingolfs Zeiten in Island eingeführte Schokolade einschließlich der Bonbons zu erwerben.

Plötzlich kam ein entsetzlich großer brauner Hund bellend auf uns zugerannt. Wir sahen, daß er alle unsere im Laufe des Tages verdienten Schafherden scheu machen würde; deshalb schimpften wir ihn aus und warfen mit Steinen nach ihm. Dadurch steigerte sich die Wut des Köters nur noch mehr, und wir glaubten einen Bluthund vor uns zu haben, der uns sicherlich alle miteinander zerfetzen würde. Wir hielten es deshalb für das beste, die Flucht zu ergreifen, so schnell unsere Beine uns tragen konnten.

„Wir waren schon unruhig geworden deinetwegen", sagten Großvater und Großmutter. „Wo warst du bloß so lange?"

„Wir waren draußen auf dem Lande."

Sie fragten, was wir dort die ganze Zeit getrieben hätten.

„Wir haben Geld verdient", sagte ich. „Ich bin wohl zweihundertmal über die Stacheldrahteinzäunung um den Hammskot gesprungen. Das macht zweitausend Kronen. Wäre nicht plötzlich ein bissiger Köter, der uns in Stücke reißen wollte, auf uns losgegangen, so hätten wir wohl noch weitere zweitausend Kronen verdient."

„Was du nicht sagst", erwiderte da Großvater, „na, na!"

Er hockte, die Hände unter den Schenkeln, auf der Steinmauer an unserem Kohlgarten, wie oft abends, wenn gutes Wetter war, und verzog während meines Berichtes das Gesicht dermaßen, als habe er heftige Magenschmerzen bekommen. Das tat er immer, wenn er sich etwas Lustiges anhören mußte. „Was du nicht sagst. Na, na!"

Großmutter hatte lange in der Haustür gestanden und ihn forschend angesehen. Mehr wurde an jenem Abend nicht gesprochen.

Aber einige Tage später begann Großmutter ganz

unvermutet folgendermaßen zu mir zu sprechen: „Wir haben untereinander ausgemacht, daß ich und nicht Björn mit dir wegen der Stacheldrahteinzäunung um den Hammskot sprechen soll, lieber Grimur."

„Was für eine Stacheldrahteinzäunung, Großmutter?" sagte ich, denn ich hatte die Geschichte des herrlichen Geldverdienens von neulich längst vergessen.

„Ja, ihr lieben Jungen solltet doch wissen, daß es hier auf Island durch Gesetz verboten ist, über Stacheldraht zu steigen", sagte sie.

„Das war doch nur ein Spaß, Großmutter", sagte ich. „Deswegen braucht ja niemand Geld zu bezahlen."

„Verlaß dich darauf, daß Jon vom Hammskot euch gesehen hat", sagte Großmutter. „Jon vom Hammskot, mein Junge, ist ein guter Bekannter von Björn vom Brekkukot. Was Jon vom Hammskot nicht gern sieht, das sieht Björn vom Brekkukot auch nicht gern. Wer über den Stacheldraht Jons vom Hammskot steigt, der steigt über den Stacheldraht Björns vom Brekkukot."

Ich konnte nichts darauf erwidern, obgleich ich gut wußte, daß Björn vom Brekkukot niemals in seinem Leben Stacheldraht kaufen würde, und deshalb schwieg ich. Denn ich wußte nur allzugut, daß jede Missetat, die jemand beging, stets und ständig gegenüber Björn vom Brekkukot begangen wurde.

„Was soll ich tun, Großmutter?"

„Ich denke, ich schicke dich heute nach Hammskot", sagte sie. „Frage dort dann bitte nach der Hausmutter. Sag ihr, woher du kommst, bestelle ihr Grüße von mir, der Alten, die hier bei Björn vom Brekkukot ist, und gib ihr dann dieses hausgemachte Schwarzbrot von mir." Großutter war nämlich weit und breit wegen ihres Schwarzbrots berühmt.

Als man meine Schuhe gehörig untersucht hatte, marschierte ich los, mit Großmutters riesigem Schwarzbrot in einem Sack auf dem Rücken – einem Schwarzbrot, das einen Wert von zweitausend Kronen oder zweihundert Hammeln hatte, das mehr wert war als alle Schokolade seit der ersten Besiedlung Islands bis zu unseren Tagen, wobei man sämtliche seitdem hier eingeführten Bonbons mitrechnen muß.

Großmutter steht hinter unserem Drehkreuz und ruft mir nach: „Und sei vorsichtig, wenn du am Sogbach bist, lieber Grimur. Spring nicht über den Sogbach, wo er schmal und tief ist. Wate lieber hindurch, wo er breit ist."

„Ja, Großmutter", sagte ich. Als ich einige Schritte weitergegangen war, rief sie mir aufs neue zu: „Und wenn du einen Hund triffst, lieber Grimur, so denk an meine Worte: Schimpf niemals Hunde anderer Leute aus. Triffst du einen Hund, so laß ihn deinen Handrücken beschnüffeln, und er wird gleich zutraulich sein."

8
Im Zwischenstock

Es würde einen völlig verwirren, wollte man von allen Gästen berichten, die es bei uns im Brekkukot gegeben hat, ganz abgesehen davon, daß alle Druckereien auf Island zusammengenommen nicht imstande sein würden, dies Buch zu drucken. Aber einige wenige muß ich hier erwähnen, wenn auch nicht mehr, als ich an den Fingern abzählen kann, zumal diese Gäste in meiner Chronik eine Rolle spielen. Und so beginne ich mit denen, die im Zwischenstock wohnten.

Eine immer knarrende Stiege mit sieben Stufen verband den Hausgang bei uns mit dem Zwischenstock. Hier wohnte ich mit meinen Pflegebrüdern. Der Zwischenstock bestand aus zwei Abteilungen, die durch Bretterwände abgeteilt waren. Wir waren gewissermaßen ein Durchgang für die anderen im Hause, die über uns im östlichen und westlichen Teil des Bodens wohnten, sowie für alle, die die Stiege hinauf- und hinuntergingen. Wenn Großvater sein Bett nicht an Gäste abtrat, schlief er an jenem Ende des Bodens, das nach Süden lag, jedoch die Westseite genannt wurde. Sonst aber lag er nachts im Schuppen auf einem Stapel Netze, was ihm nichts ausmachte. Oft war das ganze Wohnhaus auf der östlichen wie auf der westlichen Seite voll von Gästen, zuweilen sogar überfüllt; man schlief auf den Gängen, schlief vor den Türen im Haus, und manchmal im Herbst herrschte solch ein Gedränge, daß viele Gäste im Schuppen und auf dem Heuboden schlafen mußten. Im Zwischenstock aber waren nur die Leute einquartiert, die man die festen Gäste im Brekkukot nannte. Außer mir gab es drei andere Schlafgäste, wenn ich so sagen darf, die recht lange im Zwischenstock gewohnt haben, jedenfalls während der ganzen Zeit, an die ich mich selbst erinnern kann. Wir vier lagen jeweils zu zweit in einem Bett. Die Betten waren an den Wänden festgenagelt, Schlafbänke unter einem Schrägdach mit einem gemeinsamen Kopfstück, und über dem Kopfstück gab es im Torfdach ein kleines Fenster, kaum eine Handbreit groß, und durch dies Fensterchen konnte man einen Grashalm und einen Stern sehen. Unter dem gegenüberliegenden Schrägdach befand sich die Bodenluke; war sie geschlossen, so hatten wir in unserm Raum etwas mehr Platz. Daneben gab es eine winzige Kammer oder Butze, die durch eine Bretterwand vom Aufgang getrennt war, mit einer Tür, die sich nur selten schließen ließ. Darin standen ein Bett, eine Bank und ein Hocker auf drei Beinen. Hier wurden Ehepaare, Gäste, die sehr beliebt waren, Kranke oder Geistesgestörte untergebracht oder Frauen, die ein Kind bekommen oder sterben sollten, und andere, die aus irgendeinem Grunde für sich allein sein wollten. Ich bin, wie mir erzählt worden ist, einer von den Menschen, die in dieser Butze zur Welt kamen.

Nun will ich einiges über die drei Schlafgäste, meine Kameraden im Zwischenstock, erzählen. Ich beginne, wie es sich gehört, mit Kapitän Hogensen selig, auch Jon Hakonarson vom Helgafell geheißen, einem Mann aus der Gegend des Breidafjords. Kapitän Hogensen war schon hochbetagt. Das Himmelslicht war für diesen Mann so gut wie erloschen, er war fast blind. Er hatte gleich so vielen anderen daheim im Westland gehört, welche geräumige und vortreffliche Herberge es im Brekkukot gab; und als das Greisenalter näher und näher rückte, begab er sich vom Westland nach unserer Stadt, um sich hier irgendwo in Pflege zu geben. Er sah nicht nur schlecht, sondern litt dazu auch an Gicht und sicherlich an mehreren anderen Krankheiten, von denen er jedoch niemals sprach. Wie man mir erzählt hat, soll er seinen Gastgebern ein Stück Land gegeben haben, um sich in seinen alten Tagen im Zwischenstock auf dem Brekkukot in Pflege geben zu können.

Kapitän Hogensen glich in seinem Denken und Handeln einem der großen Männer aus der Saga; jedenfalls habe ich in meinem Leben keinen größeren getroffen. Er war der Nachkomme von Pastoren, Kreisrichtern und Dichtern. Solange ich mich erinnern kann, waren wir Bettgenossen. Im Gespräch brauchte er stets gewichtige Worte. Er sprach nie anders mit mir, als ein Sagamann mit einem anderen Sagamann zu sprechen pflegt. Alles, wovon er sprach, war weit erhaben über täglichen Kleinkram und Zufälligkeiten. Kapitän Hogensen saß auf seinem Bett und spann Roßhaar. Um dies Zeug aufzutreiben, mußte er sehr listig zu Werke gehen. Mit den Händen zerpflückte er zuerst alles Roßhaar, kardete es dann zu einem Wulst, befestigte den Wulst mittels einer Ahle am Bettpfosten und spann dann das Roßhaar mit einer Spindel vom Wulst, um es schließlich zu einem

Strick oder Gürtel zusammenzuflechten, nachdem er das Strickende vorher am Bettpfosten befestigt hatte. Meine Aufgabe war es dann stets, die Roßhaarflocken, die ihm mit seinen schlechten Augen aus der Hand gefallen waren, vom Fußboden aufzulesen.

Dieser Jon Hakonarson hatte den Namen und Titel Kapitän Hogensen bekommen, weil er vor unendlich vielen Jahren das schwierige Gewerbe ausgeübt hatte, die dänischen Seevermessungsfahrzeuge durch den Breidafjord zu lotsen, dessen Fahrwasser für Ortsfremde nicht leicht zu besegeln ist.

Jon Hakonarson stammte also von vornehmen Männern ab, er fühlte sich, auch wenn er auf nichts anderes hätte verweisen können, auf Grund seiner Natur und seines Stammbaums, seiner Einbildung und seiner Ideale als Großbauer am Breidafjord. Aber der dänische König selbst erhöhte ihn durch die Verleihung einer beachtlichen Ehrenstellung in der Welt, so daß Stammbaum, Ideale und Phantasie gleichgültig wurden, und er nannte sich seitdem mit Fug und Recht Königlich-Dänischer Marinekapitän und Seiner Majestät des Königs von Dänemark Lotse im Breidafjord. Die blaue Marineuniform mit den goldenen Knöpfen legte er nach seiner Pensionierung keineswegs für alle Zeit ab, auch nicht die Schirmmütze, die einem Lotsen des dänischen Königs zukommt. Weihnachten, Ostern, am Neujahrstag und am ersten Sommertag zog er diese Uniform an und saß dann in feierlicher Haltung während des ganzen Tages auf seinem Bett, ohne ein Roßhaar anzurühren. Außerdem pflegte er am Neujahrstag zeitig aufzustehen und sich in voller Uniform hinunter nach der Stadt führen zu lassen, um den Segen des Himmels über die Obrigkeit zu erflehen und zugleich vorsichtig bei ihr zu versuchen, etwas Roßhaar zugeschanzt zu bekommen.

Der andere Schlafgast zu meiner Zeit im Zwischenstock war Aufsichtsbeamter, wie wir ihn stets nannten, und ich selbst habe viele Jahre hindurch fest geglaubt, daß er der höchste Aufsichtsbeamte unserer Stadt sei. Er hieß meines Wissens Jon. Dieser Aufsichtsbeamte war übrigens entfernt verwandt mit den beiden Kusinen meiner Großmutter und mit Tante Kristin im Küsterhaus. Er war einer der Gäste, von denen man nie richtig wußte, ob sie da waren oder nicht da waren. Er fand sich erst spätabends ein, wenn alle anderen im Brekkukot längst schlafen gegangen waren, und frühmorgens hatte er schon bei Großmutter Kaffee getrunken und war wieder vom Brekkukot verschwunden, Gott weiß wohin, ehe die anderen Gäste aus ihren Betten gestiegen waren.

Der Aufsichtsbeamte stammte wahrscheinlich von Trollen oder anderen Fabelwesen ab, jedenfalls habe ich von keinem meiner Bekannten auch nur andeutungsweise vernommen, daß seine Ahnen Pastoren, Kreisrichter oder Dichter gewesen seien. Es war wirklich ein großes Ereignis, wenn es uns, seinen nächtlichen Kammergenossen, ein seltenes Mal glückte, mit ihm ein Wort zu wechseln, und im Anfang wußte ich lange Zeit überhaupt nicht recht, ob er wirklich bei uns wohnte; doch solange ich klein war, lagen seine beiden Beutel stets auf dem Wandbrett oberhalb des Bettes, der eine voll Schnupftabak, der andere voll Gold. Begegnete man unserem Aufsichtsbeamten zufällig einmal, war alles an ihm stets so blitzsauber, daß er fast zu leuchten schien. Manchmal konnte ein Monat vergehen, ohne daß jemand im Hause ahnte, ob er noch am Leben war oder nicht, und traf man ihn dann endlich einmal außerhalb unserer vier Wände, so hatte er keine anderen Neuigkeiten zu bieten als etwa die, daß heute schönes Wetter für die Mäuse wäre. Stimmte man ihm bei, fügte er sofort hinzu: „Ja, und für Adler ist es nicht schlechter."

Erst als ich älter war, versuchte ich herauszubekommen, wer dieser Mann eigentlich war. Es schadet nichts, wenn ich jetzt schon erzähle, was eigentlich erst später berichtet werden sollte: er war ein Philosoph. Hinter seinem Ohr mußte sich eine Fliege festgebissen haben, denn eines Tages verließ er plötzlich für immer seinen Hof in Akraness. Er hatte den Einfall bekommen, es wäre nützlicher für seine Mitmenschen, in Zukunft keine Schafe mehr zum Schlachten zu züchten. Für gutes Geld hatte er sein Land samt einem vortrefflichen Lachsfluß an irgendwelche Engländer verkauft und war nach der Hauptstadt gezogen, um Aufsichtsbeamter zu werden. Und zwischen den beiden Beuteln, die nebeneinander auf dem Wandbrett über seinem Bett lagen, entwickelte sich gewissermaßen der Bogen jener Jahre, von denen in dieser Chronik berichtet wird.

Der Bettgenosse des Aufsichtsbeamten war jener Mann, der während meiner Jugend in der Hauptstadt und in den angrenzenden Tälern den Dung auf den Tun hinauszuschaffen hatte.

Er hieß Runolfur Jonsson. Ohne Übertreibung darf man behaupten, daß es in Island nie einen größeren Bewunderer guter Dunggruben gegeben hat als diesen Mann – die isländische Landwirtschaftsgesellschaft nicht ausgenommen.

Runolfur Jonsson war ebenfalls ein Nachkomme von Pastoren, Kreisrichtern und Dichtern, doch überdies war er mit einem der vornehmsten Konferenzräte verwandt, die es jemals hierzulande gegeben hat. Wochentags unterhielt er sich nicht mit anderen über seine Ahnen. Immer wenn er einen Schluck im Glase hatte (das nannte er „ein Kriegsschiff besitzen"), ging er hinunter nach der Stadt, um entweder auf der Freitreppe des theologischen Seminars oder auf dem gepflasterten Platz vor dem Gudmunsen-Kaufmannsladen über den Konferenzrat zu predigen. Bedauerlicherweise hatte er aber nur selten Zuhörer, auf die der vornehme Stammbaum anderer Leute Eindruck machte. Runolfu Jonsson war eine „Teerjacke" und hatte länger als dreißig Jahre auf Gudmunsens Fischkutter gearbeitet, aber jetzt war er für immer abgeheuert und an Land gejagt worden, weil er Salzlake in die Augen bekommen hatte. Nun war er, wie Großvater es nannte, „Ehemaliger" von Gudmunsen. Solange er zur See fuhr, hatte er den größten Teil seiner Löhnung für Strafen herausrücken müssen, denn er war fast nie rechtzeitig an Bord gekommen. Auf seine alten Tage hatte er es also, wie ich bereits erzählte, auf sich genommen, die Dunggruben in der Stadt und in ihrer nächsten Umgebung zu leeren. Genau wie es heutzutage noch in Frankreich zu sehen ist, waren auf Island seit alter Zeit Dunggruben offen und ungeschützt vor allen Haustüren angebracht, und darin sind mehr Isländer ertrunken als in allen sonstigen Gewässern, abgesehen vom offenen Meer. Runolfur war es also vom Schicksal beschieden, fortan mit diesen so gefährlichen Gewässern zu tun zu haben. Aber in diesen Jahren hatten als Zeichen der Zeit in unserer künftigen Metropole wie auch in der ländlichen Nachbargemeinde Seltjarnarness die fortschrittlichen Männer angeordnet, daß an Stelle der bisherigen gewöhnlichen Dunggruben solide Zementbehälter vor Häusern und Gehöften anzulegen seien. Diese neumodischen Jaucheteiche bewunderte Runolfur Jonsson mehr als alle übrigen Kunstwerke, die zu seinen Lebzeiten rings auf Erden erschaffen worden waren: schöne zementierte Jauchegruben rechnete er zu den von Menschenhand vollbrachten Wundern und Glanzleistungen. Es war seine große Freude, die man überhaupt nicht mit Geld abschätzen konnte, und es bot ihm Ersatz für vieles, was er in seinem Leben hatte entbehren müssen, daß er jetzt im hohen Alter von diesen neumodischen unvergleichlichen Meisterstücken Dung zu Tun um Tun fahren durfte.

Runolfur Jonsson war viermal im Jahr betrunken, und jeder Rausch dauerte regelmäßig einige Wochen lang. In der übrigen Zeit war er nüchtern. Wenn er sich ein Kriegsschiff genehmigen wollte, stand ihm meistens der Aufsichtsbeamte, sein Bettgenosse, bei. Rief der Branntwein, so verschwand er vom Brekkukot und ließ sich erst wieder bei uns blicken, wenn alles überstanden und er wieder nüchtern war. Bei uns herrschte nämlich der Grundsatz, daß alle, mochten sie reich oder arm, Heilige oder Zuchthäusler sein, für anständige Menschen, um nicht zu sagen für Herrschaftsleute angesehen wurden, ausgenommen Säufer. Hätten solche Leute in unserem baufälligen Häuschen mit seinen Torf- und Erdwänden, die von morschen Balken gestützt wurden, gewohnt, so wäre der Brekkukot längst eine Ruine gewesen. Kaum aber war die Kriegsschiffexpedition beendet, so tauchte der Vetter des Konferenzrats wieder bei uns im Zwischenstock auf und schlief in gewohnter Weise mit dem Aufsichtsbeamten zusammen.

Ich will hier nicht berichten, wie Runolfur Jonsson nach seiner Rückkehr von der Kriegsschiffreise aussah; aber sobald er sich wieder bei uns einfand, schnitt der Aufsichtsbeamte ihm Haupthaar und Bart und bearbeitete ihn darauf von oben bis unten mit grüner Seife, Kreosot und Bimsstein. Für den Aufsichtsbeamten war dieser Freundschaftsdienst an Runki, wie man Runolfur kurz nannte, ebenso selbstverständlich, wie es für ihn selbstverständlich war, ihm Geld für Branntwein zu geben. Aber obwohl Runki daheim immer nüchtern war, verstand er sich niemals auf Leute, die auf dem Trockenen wohnen, dem sogenannten „Land". Mit solchen Menschen geriet er oft in seltsame Gespräche. Redete er, so merkte man, daß er die Namen von Leuten oder Orten nicht behalten konnte, mit einer einzigen Ausnahme, nämlich Björn vom Brekkukot. Gudmunsens Name fiel ihm nur ein, wenn er betrunken war. Er war daher gezwungen, Namen durch lange Umschreibungen zu ersetzen; und selbst für eingeweihte Leute war es oft schwer, aus seinem Gerede klug zu werden. Ich will hier nicht ausführlich auf seine Wörterliste eingehen, sondern möchte nur erwähnen, daß sie viel Ähnlichkeit mit dem dänischen Wörterbuch von Konrad Gislason hatte. Großmutter nannte er ständig die Frau mit den Kindern, seinen Bettgenossen nannte er den Mann mit den Beuteln, und Kapitän Hogensen nannte er selbstverständlich nie anders als den Mann, der Kriegsschiffe steuert. Runolfur Jonsson erinnerte sich leider auch nie, wie der Heiland hieß, und kam es einmal vor, daß er Gott erwähnen mußte, so blieb ihm nichts anderes übrig, als von dem Mann zu sprechen, der über Björn vom Brekkukot steht. Er wußte auch nicht, wie das Land hieß, in dem er wohnte, sondern nur, daß es trocken war.

Bevor ich mit der Aufzählung von Runolfur Jonssons vortrefflichen Eigenschaften schließe, muß ich von einem berühmten Vorfall sprechen, der allein genügt, seinen Namen der Nachwelt zu bewahren. Dieser mein ehrenwerter Schlafgenosse und Pflegebruder war nämlich der erste Isländer, der von einem Automobil überfahren wurde; er war damals fast achtzig Jahre alt. Schuld daran war seine üble Angewohnheit, während seiner Saufperioden stets mitten auf der Fahrstraße zu gehen, eine Flasche zu schwingen, zu singen, Reden zu halten und zu lachen, und zwar alles zur gleichen Zeit. Dann hatte er stets ein Gefolge von Saufbrüdern, Tagedieben, herrenlosen Hunden, Pferden und Radfahrern, die damals zum erstenmal bei uns auftauchten, und zwar aus Dänemark. Er scherte sich um Autos ebensowenig wie um andere Blechdosen, die auf den Straßen herumrollten. Sollte es so schlimm kommen, daß Runolfur, Abkomme konferenzrätlicher Familie, eines schönen Tages aus diesem Buch verduftet und ich selbst vergesse, auf sein Verschwinden hinzuweisen, so liegt es daran, daß mein Pflegebruder vom ersten Auto, das nach Island kam, überfahren wurde.

9
Vornehme Leute

Manchmal sprachen die Gäste im Brekkukot von vornehmen und wohlhabenden Leuten. Unser Haus lag nun wirklich nicht in einer Wohngegend, in der vornehme Leute hausten. „Vornehme Leute" – ehrlich gesagt, ahnte ich lange Zeit nicht, was für eine ausländische Gesellschaft damit gemeint war. Es ist zum Lachen: da wohnte man selbst in der Hauptstadt, in der die vornehmen Leute ihren Sitz hatten, denn das hatten sie, und doch wußte man nicht mehr von dieser Gesellschaft als von den beiden Engeln auf dem Bilde in Großmutters und Tante Kristins Wohnstube, die mit einem Blumenstrauß in den Händen himmelwärts schwebten. Wohl konnte es an einem klaren Sommertag vorkommen, daß ein Mann, der einen Mantel mit Sammetkragen anhatte und einen Vatermörder, einen steifen schwarzen Hut und ein Pincenez trug, an Großvaters Schiebkarren trat, den Hut abnahm und würdevoll und herablassend fragte: „Wie ging es heute früh mit dem Fischfang, lieber Björn?" Großvater antwortete nicht darauf, sondern wog auf dem Besemer einen mittelgroßen Dorsch für den Mann ab. Der legte eine blanke Silbermünze hin, und Großvater versah den Fisch mit einem Drahthaken zum Tragen, während andere sich damit begnügen mußten, ihren gekauften Fischen den Zeigefinger in den Rachen zu stecken. Alsdann lüftete der Mann wieder seinen Hut, hielt den Fisch weit von sich und ging. Das war einer der vornehmen Leute. Häufiger mußte Großvater jedoch seinen Schiebkarren bis vor ihre Küchentüren schieben und den Dienstmädchen Fisch verkaufen. Ich selbst bekam erst als größerer Junge mit vornehmen Leuten zu tun, als ich mit dem seligen Kapitän Hogensen an einem Neujahrstag bei ihnen vorgelassen wurde.

Ich beabsichtige nicht, alle Neujahrsbesuche bei vornehmen Leuten, zu denen ich als grüner Junge Hogensen begleiten mußte, aufzuzählen, sondern begnüge mich mit der Schilderung des ersten Besuchs, zumal alle späteren fast in der gleichen Weise verlaufen sind, wenn ihnen auch im Gegensatz zu dem ersten der Reiz der Neuheit fehlte.

Wie gesagt, habe ich im Alter von sechs Jahren zum erstenmal Kapitän Hogensen zu vornehmen Leuten begleiten dürfen, denen er ein gutes Neujahr wünschen wollte. Betonen möchte ich aber, daß dieses Zusammentreffen mit den vornehmen Leuten mir nicht im Gedächtnis haftengeblieben ist, weil sich mir dabei die Herrlichkeit der Welt besonders offenbart hätte, sondern ich erzähle es nur, weil ich glaube, daß diese Chronik dadurch unerwartet um einen neuen Ton bereichert wird.

Zuerst sei berichtet, daß Kapitän Hogensen sich ein paar Tage vor Neujahr von einem braven Mann, der sein Handwerk verstand, die Haare schneiden und ein bißchen am Kinn barbieren ließ, um König Christian IX. von Dänemark so ähnlich wie möglich zu sein. Am Neujahrstag erwachte er sehr früh, stieg sofort aus dem Bett und begann sich langsam und sorgfältig anzukleiden, umgeben von dem ihm vom Heiland gesandten Dunkel, das weder von einer brennenden Talgkerze noch von einer Öllampe, ja nicht einmal von der aufgehenden Sonne, sondern nur vom Licht seines mutigen Herzens besiegt werden konnte. Obgleich er so stockblind war, wie überhaupt nur ein Mensch sein kann, putzte er stets selbst die Knöpfe seiner Uniform. Und ich habe niemals echteres Gold gesehen als das seiner Uniformknöpfe. Wenn die anderen am Neujahrsmorgen aufstanden, saß der Kapitän in seiner feinen blauen Marinekapitänsuniform mit den Goldknöpfen auf der Bettkante und wartete. Es leuchtete im spiegelblanken Schirm seiner Mütze. Sagte man ihm, daß es hinter dem Fenster noch nicht heller Tag war, so glaubte er einem nicht recht, sondern bat seinen Begleiter, sich bereitzuhalten und ihm ehrlich zu sagen, wann es für Leute mit gesunden Augen hell genug sei, den Weg nach der Stadt zu finden.

Mit sechs Jahren und noch viel später war ich wie der berühmte Candide fest überzeugt davon, daß die Welt, in der wir unser Heim hatten, die beste aller Welten sei, weshalb ich durchaus nicht besonders neugierig auf das war, was hinter dem Drehkreuz des Brekkukot vor sich ging. Und wie es oft bei primitiven Menschen der Fall ist: Die sogenannte höhere Zivilisation vermochte keinen großen Eindruck auf mich zu machen.

„Ja, ja, Gott schenke uns allen gute Tage und ein gutes, glückliches und gesegnetes Neujahr“, sagte Kapitän Hogensen zum Dienstmädchen des Ministers, als er die Haustür hinter sich geschlossen hatte. „Hier kommt der Königliche Marinekapitän

Jon Hogensen, der gern den Herrn Minister begrüßen möchte!“

Das Dienstmädchen zeigte uns eine Stelle in der Diele, wo wir warten sollten, und sagte, daß man gerade dabei sei, die Stuben nach dem Fest der vergangenen Nacht in Ordnung zu bringen, da sich bald Beamte einfinden würden, die vor dem Mittagessen ihre Aufwartung machen wollten. „Aber ich kann natürlich hineingehen und dem Minister bestellen, daß du gekommen bist, lieber Hogensen.“

Als wir einige Augenblicke beklommen und schweigend in der Diele gewartet hatten, kam plötzlich ein Mann in Hemdsärmeln mit einem Ziegenbart aus der Stube zu uns heraus. Seine Hosenträger schleiften hinter ihm her wie zwei Schwänze. Er rauchte eine Zigarre.

„Ja“, sagte er, „schönen guten Tag, mein lieber Hogensen, und herzlich willkommen, darf ich wohl sagen, obgleich wir wie gewöhnlich nur wenig Zeit für die Flotte übrig haben. Aber wir können uns die Sache mal überlegen. Wie wäre es inzwischen mit einer Zigarre für Sie?“

Kapitän Hogensen schlug die Hacken zusammen, drehte sich zu dem Minister hin und salutierte militärisch: „Ich wünsche Seiner Majestät dem König von Dänemark und Ihnen, seinem Treuhänder, Glück und Wohlergehen für das kommende Jahr, wobei ich gleichzeitig Ihnen und Seiner Majestät gegenüber der Hoffnung Ausdruck gebe, daß im nunmehr beginnenden neuen Jahr uns Isländern zu Wasser wie zu Lande Erfolg für die Regierung und das Land beschieden sein möge. Darf ich mir im weiteren erlauben, Ihnen diesen wohlgearteten und aufgeweckten jungen

Burschen, der neben mir steht, vorzustellen? Er heißt Alfgrimur Alfgrimursson, Pflegesohn des Björn vom Brekkukot, dieses hochgeachteten und verständigen Ehrenmannes."

„Recht so, mein Freund", sagte der Minister, trat zu uns, reichte jedem von uns einen Finger, packte mich dann beim Schopf, zog mich durch die Diele bis zu einer Flügeltür, die er halb öffnete, zeigte in eine überaus prachtvolle große Stube, in der mehrere Dienstmädchen aufräumten, wies auf ein riesengroßes Bild an der Wand neben König Christians Bild und sagte zu mir: „Junger Mann, weißt du, wer das ist?"

Wahrhaftig, dort auf dem Bilde sah ich niemand anderen als jenen merkwürdigen Menschen mit der Adlernase und dem in die Ferne gerichteten schwärmerischen Blick! Und wie ich in der Tür zu der großen Stube des Ministers stand, fragte ich mich aufs neue: Gibt es diesen Mann wirklich, oder ist er nur ein Bild? Sind wir, die wir an einem der beiden Enden des Kirchhofs wohnen, nicht vielleicht im Grunde aus dem Geschlecht der Engel? Ich vermochte kein Wort hervorzubringen.

„Der dort ist der Junge aus dem Küsterhaus", sagte der Minister, „er hat Islands Namen über Länder und Meere berühmt gemacht! Du vom Brekkukot, zeig du auch mal, was mit dir los ist!"

Wirklich, ich glaube, als der Minister mir das Bild zeigte, leuchteten seine Augen verzückt, wohingegen Kapitän Hogensen mit der Starrköpfigkeit aller Blinden unverwandt gerade vor sich hin stierte.

„Nun", sagte der Kapitän, „nachdem ich Eurer Exzellenz und dem Königreich Dänemark wie auch insbesondere meinem Freunde, König Christian IX., der wie ich selber ausländischer Beamter im Königreich Dänemark ist, ein glückliches Neujahr gewünscht habe, will ich durch Sie Seine Majestät bitten lassen, meiner Prophezeiung Gehör zu schenken, die ich bereits im vergangenen Jahr wie im Jahr zuvor hier in dieser Diele ausgesprochen habe, und ich weiß, daß Seine Majestät es nicht ungnädig aufnehmen wird, wenn ich aufs neue behaupte, daß, seitdem es den Engländern, Färingern und Gudmunsen erlaubt worden ist, mit Schleppnetzen und Trawlern bis zu jedem Tun, ja, ich möchte sagen, bis zu jedem unserer Kohlgärten hier in den Buchten wie auch in den Buchten des Breidafjords und ebenso in der Faxibucht Fischfang zu betreiben, Island vom Rosshvalaness bis zum Latraberg von Entvölkerung bedroht ist. Ich bete, daß diesem Unglück Einhalt geboten werde."

„Ja, recht so", sagte der Minister des dänischen Königs, während er die Tür zu seiner großen Stube mit dem berühmten Bild wieder schloß. Er holte dann zwei Zigarren aus seiner Hosentasche und steckte sie in Hogensens Uniformrocktasche. „Dieser Sache soll gründlich nachgegangen werden, und sie soll von den in Frage kommenden Stellen einer eingehenden Prüfung unterzogen werden. Ich werde mir's hinters Ohr schreiben. Wir sind Ihnen sehr dankbar, lieber Hogensen. Sie sind im Grunde genommen die einzige Flotte, die wir haben. Aber wie die Dinge liegen, werden Sie begreifen, daß ich in dieser Sache im Augenblick nichts versprechen kann. Die Zeiten sind, gelinde gesagt, gefährlich. Wie schlimm es auch mit der Flotte aussieht – mit den Landtruppen sieht es noch ärger aus. Unsere einzige Hoffnung sind, wie in alter Zeit, die Jungen auf Island, daß sie unser Land berühmt machen. Kleines Fräulein, geben Sie bitte dem Jungen ein Stück Schokolade. Übrigens, lieber Hogensen, sehen Sie wohl, daß ich noch nicht aufgestanden bin. Aber, wie gesagt, kann ich etwas für Sie tun, so ist es selbstverständlich, daß ich es herzlich gern versuchen werde."

„Wie Seine Majestät der König von Dänemark weiß", sagte Kapitän Hogensen, als er da auf einem Perserteppich in der Diele des Ministers stand und jedesmal, wenn er den Namen des Königs aussprach, die Hacken zusammenschlug und seine von Gicht krumm gewordene Hand salutierend an seine Kapitänsmütze legte, „wie Seine Majestät weiß, wollte es das Schicksal, daß ich Königlich-Dänischer Beamter wurde, als mit mir noch was los war, und das ist mehr, als die meisten meiner Landsleute von sich behaupten können. Und obwohl es mit mir so bergab gegangen ist, daß ich auf meine alten Tage Roßhaar spinnen muß, etwas, womit man früher Strafgefangene im Blauen Turm oder auf Bremerholm in Kopenhagen beschäftigt hat, so schäme ich mich doch nicht, diese Arbeit heute verrichten zu müssen, und ich bereue es ebensowenig, früher dem König und seiner Kriegsmacht gedient zu haben, als ich an Bord von Kriegsschiffen als Lotse den Breidafjord besegelte. Aber man sollte doch in Betracht ziehen, ob es dem Königreich Dänemark nicht zu noch höherer Ehre gereichen könnte, wenn Seine Majestät ihrem Diener aus Dänemark einen kleinen Packen Roßhaar als Zuschuß zu dem geringen Pferdehinternabfall schicken würde, den ich mit Mühe und Not bei den wenigen Bauern hier auf Island, die noch ein paar Pferde besitzen, auftreiben kann."

Der Minister des dänischen Königs unterdrückte ein Gähnen und antwortete: „Sie können fest davon überzeugt sein und sich darauf verlassen, daß ich mich an Ihre Bitte erinnern werde, lieber Hogensen. Aber, hm, um bei der Wahrheit zu bleiben – ich glaube, daß Island, wie Sie selbst sagen, für diese Sache kaum zuständig sein dürfte. Andererseits halte ich es nicht für ganz ausgeschlossen, daß man die Sache an zuständigem Ort unterbreiten und daselbst empfehlen könnte, von der Angelegenheit aufs neue Kenntnis zu nehmen und zu überlegen, ob es nicht recht und billig wäre, hm, in Anbetracht der schweren Zeiten, in denen wir leben, zu untersuchen, was sich in dieser Sache tun läßt. Aber nun müssen wir uns etwas sputen, lieber Hogensen, denn wir erwarten Besuch hier, und ich bin wahrhaftig noch nicht einmal richtig aufgewacht."

„Ja, so bleibt mir eigentlich nichts anderes übrig, als den Herrn Minister zu fragen, ob Eure Exzellenz nicht selbst die Möglichkeit haben, mir zum Frühjahr, wenn die Pferde des Königlichen Ministers ihren Schwanz gestutzt bekommen, etwas Roßhaar zuzuschanzen? Ich weiß nämlich sehr gut, daß mein König Christian IX., der früher mit vielen Schulden und vielen Kindern Kleinbauer in Holstein war, begreift, was es heißt, einer der ausländischen vornehmen Leute im Königreich Dänemark zu sein."

Nachdem unser Gespräch diesen Punkt erreicht hatte, sah es fast so aus, als ob der Minister völlig erwacht wäre, denn er antwortete beinahe mit Kraft und Überzeugung: „Um bei der Wahrheit zu bleiben, Hogensen, so muß ich gestehen, daß ich selber, was Taue und Bindegarn betrifft, mich in einer nicht zu beschreibenden Notlage befinde.

Ich kann kaum das Heu gebündelt bekommen, das auf unserem ministeriellen Tun gemäht wird. Erst jetzt zu Weihnachten habe ich im Einvernehmen mit der zuständigen Instanz beschlossen und demgemäß meine Instruktionen erteilt, daß von amtlicher Stelle das benötigte Bindegarn aus den Haaren der uns zugeteilten Pferde angefertigt werden soll, und zwar auf die Weise, daß Strafgefangene die festgestellte Menge anzufertigen haben. Dagegen habe ich hier ein neugeprägtes Zweikronenstück, das ich Ihnen verehren möchte, und hier sind zehn Öre für dich, Junge. Lebt wohl!"

Gegen Ende Januar, oder war es Anfang Februar, konnte Kapitän Hogensen mich zum Glück aufs neue zum Königlichen Minister schicken, um ihm Roßhaarbindegarn für zwei Bündel Heu als Geschenk zu überbringen.

10

Ungebührliche und geziemende Redeweise

In einigen alten Tonleitern sind die Tonabstände anders als in denen von heute, und daher kommt es uns so vor, als fehlten in den alten einige Töne. Gleichwohl hat man nach den alten Tonleitern viele der schönsten Melodien, die es auf Island gibt, gesungen, wie „Island, du glückliches Land“ und „O meine herrliche Flasche“.

Bei uns im Brekkukot lehnte man viele der heute landesüblichen Begriffe ab, und deshalb hatten wir für sie nicht einmal Wörter. Viele Redensarten, die außerhalb des Drehkreuzes vom Brekkukot in aller Munde waren, wirkten auf uns wie Geschwätz von Toren; Worte, die überall sonst zur Umgangssprache gehörten, klangen in unseren Ohren nicht allein fremdartig, sondern sie berührten uns richtig unangenehm und erschienen uns anstößig wie schamloses Gerede.

Sprach jemand zum Beispiel das Wort „Liebe“ aus, so hatten wir das Empfinden, als ob der Betreffende auf leichtfertige oder ungeziemende Weise einen Ausspruch in der Postille erwähnte. „Liebe“ nannte man bei uns Herzensgüte, und ein liebevoller Mensch, wie man sich in der alltäglichen Sprache der anderen ausdrückte, hieß bei uns ein herzensguter oder wackerer oder braver

Mensch. Das Wort „Verliebtheit" hörte man bei uns nie, ausgenommen aus dem Munde von Trunkenbolden oder ungewöhnlich einfältigen Mädchen vom Lande, die Verse neumodischer Dichter deklamierten. Beim Anhören solcher Gedichte lief es uns kalt über den Rücken, und Großvater hockte sich manchmal draußen vor dem Staket auf den Boden, verzog das Gesicht, zuckte mit den Schultern, kratzte sich, als habe er Läuse am Leibe, und sagte: „Na, na" und „Nicht zu glauben!". Überhaupt wirkte neumodische Dichtung auf uns, als hätte uns jemand unsanft gegen den Strich gekraut. Das Wort „Verliebtsein" durfte man bei uns nicht aussprechen, man sagte höchstens, jemand könne ein Mädchen gut leiden, oder ein Bursche und ein Mädchen gingen zusammen aus. Das Wort „Verlobung" durfte man noch anwenden, aber mehr zu sagen war unstatthaft. Ich kann beschwören, daß ich während meiner ganzen Jugend das Wort „Glück" nur einmal aus dem Munde einer geisteskranken Frau gehört habe, die zufällig für kurze Zeit bei uns im Zwischenstock logierte und im übrigen in diesem Buch nicht erwähnt wird. Ich war bereits halb erwachsen und hatte gerade in der Schule mit Übersetzungen begonnen, als ich zum erstenmal auf dies Wort stieß. Noch als Erwachsener glaubte ich, das Wort „weinen" sei dänischer Slang. Hingegen entsinne ich mich genau, daß Großvater auf eine mitleidsvolle Frage nach einer Familie von einem benachbarten Hof, die im Jahr zuvor den Versorger auf See verloren hatte, kurz antwortete: „Die haben genug Fisch."

Fragte man bei uns, wie es dem oder jenem gehe, so sagte man: „Och, der ist dick und fett." Das bedeutete, es gehe ihm gut, oder, wie man in

Dänemark sagen würde, er sei glücklich. Handelte es sich um einen Mann, dem es schlecht ging, so sagte man bei uns: „Ach ja, man sieht es ihm halb und halb an." War der Betreffende mehr tot als lebendig, so hieß es bei uns: „Ach ja, er sieht nicht lustig aus." Lag jemand im Sterben, so sagte man bei uns: „Jaja, der Mann schmilzt bald keine Butter mehr" oder: „Ach ja, der Ärmste, der ist wirklich zu bedauern." Sollte ein junger Mensch bald dahingehen, hieß es bei uns: „Der wird wohl niemals graue Haare kämmen." Bei Ehescheidungen sagten wir: „Bei diesen Leuten scheint etwas nicht zu stimmen." Im Brekkukot war jedes Wort kostbar, auch das geringste. Großmutter antwortete meist mit Sinnsprüchen und Sprichwörtern. Oft waren ihre Antworten gutmütige Scherze, und dabei schien sie in Gedanken verloren, oder es war, als spräche sie durch ein halboffenes Fenster mit jemandem, der hinter einem stand; ihr langsames, ein wenig mürrisch wirkendes Sprechen klang manchmal mitleidig, manchmal entsagungsvoll, doch niemals bitter. Aber nicht nur Sprichwörter hatte sie bei ihren Antworten zur Hand, sondern häufig auch einen Reim oder einen kleinen Vers, eine Mischung von Weisheitsspruch und kindlichem Geplapper, oder sie brummelte ein Stück von einem Psalm oder einer Litanei, einem Tanzliedchen oder irgendeiner altisländischen Volksweise unbestimmbaren Ursprungs vor sich hin. Obwohl sie kein Wesens davon machte, war sie ein Quell des Wissens, der unerschöpflich schien, wenn man ihr mit Fragen zusetzte oder ihr Wissen auf die Probe stellen wollte. Sie konnte ganze Reimlieder von Anfang bis Ende auswendig. Für Leute, die nicht mehr wissen, was Reimlieder sind, will ich einfügen, daß es Dichtungen zum Preis von Helden sind, die in alter Zeit gelebt haben, oder von großen Taten, die während unserer Sagazeit vollbracht worden sind. Diese Lieder bestehen aus kunstvollen vierzeiligen Strophen, mitunter so kunstvollen, daß jede Strophe ein Wunderwerk von Reimverschlingungen darstellt. Ein mittelgroßes Reimlied, das heißt ein Reimzyklus, kann aus dreißig Gesängen bestehen, und jeder Gesang umfaßt mindestens hundert solcher vierzeiligen Strophen. Auf Island gibt es viele Hunderte, wenn nicht gar viele Tausende von Reimzyklen. Großmutter konnte weiter ganze Bücher mit Psalmen und Chorälen auswendig. Oft, wenn sie allein war und strickte, niemals aber, wenn andere sie hören konnten, brummelte sie dergleichen vor sich hin, und dennoch nicht für sich selber, denn sie dachte offenbar an ganz andere Dinge. Wenn in einem Psalm, den ich sie brummeln hörte, von einer Sache die Rede war, über die ich mich wunderte, zum Beispiel, was für Butter man im Himmel aufs Brot strich, und ich sie in meiner Wißbegier fragte, schien sie aus einem Traum zu erwachen und sagte, sie wisse gar nicht recht, was sie „gelesen" habe; und dann konnte sie den Faden nicht wiederfinden. Ich habe nie feststellen können, ob sie einige Reimlieder oder Psalmen mehr liebte als andere – darin glich sie einem Buchdrucker, dem es gleichgültig ist, ob er gute oder schlechte Bücher druckt. Mit dem, was Großmutter auswendig konnte, hätte man dicke Folianten füllen können, wenn man nur genau darauf achtgegeben hätte. Ich glaube, daß es kaum Universitäten gibt, deren Lehrer mehr Literatur im Kopf haben, als es Großmutter hatte. Dennoch habe ich nicht viele Menschen getroffen, die so wenig „literarisch“ waren wie diese alte Frau – ein Wort, das man zum Lobe von sogenannten gebildeten Leuten anwendet.

Bekanntlich war auf Island die Fertigkeit im Lesen und Schreiben vor der Erfindung der Buchdruckerkunst nicht viel geringer als danach; ich glaube sogar, daß Großmutter den Menschen, die vor Gutenbergs Tagen lebten, innerlich nähergestanden hat als den Menschen ihrer Zeit. Eine Fibel brauchte man nicht auf Island. Großmutter sagte, sie habe die Buchstaben von einem alten Manne gelernt, der im Winter, als sie Schafe hütete, das Abc aufs Eis geschrieben habe. Das Schreiben brachte ihr eine alte Frau bei, die für sie mit einer Stricknadel Buchstaben und Wörter auf ein Stück Glas voll Ruß schrieb. Damit es andere nicht merkten, gaben sie sich damit manchmal abends im Mondschein ab. Als Großmutter neunzig Jahre alt war, schrieb sie mir einmal einen Brief; ich befand mich damals im Ausland. Der Brief hatte vierzehn Zeilen wie ein Sonett. Er ist mir abhanden gekommen, es gibt ihn aber noch, ich sehe ihn noch vor mir, habe ihre Handschrift noch deutlich vor Augen. Sie schrieb nicht nur alle wichtigen Substantive mit großen Buchstaben, sondern auch alle bedeutenden Adjektive, genau wie Fitzgerald, als er Omar Kayyams Gedichte „Rubaiyat“ übertrug, von denen manche zu den schönsten gehören, die in jenem Teil der Welt gedichtet worden sind, der die lichte Seite des Mondes sehen kann: „Oh Moon of My Delight“. Beim Lesen dieser Gedichte sagte ich zu mir selbst: Der Mann schreibt ja wie Großmutter!

Als ich fünf Jahre alt war, holte Großmutter eines Tages ein Buch aus ihrer Truhe und sagte:

„Heute wollen wir mit dem Lesen anfangen, kleiner Grimur."

Das Buch begann mit folgendem Wortschwall: „Abraham zeugte Isaak. Isaak zeugte Jakob. Jakob zeugte Juda und seine Brüder. Juda zeugte Peres und Serah von der Thamar. Peres zeugte Hesron. Hesron zeugte Ram. Ram zeugte Amminadab. Amminadab zeugte Nahesson. Nahesson zeugte Salma. Salma zeugte Boas von der Rahab. Boas zeugte Obed von der Ruth. Obed zeugte Jesse …"

Fast den ganzen Winter mühten wir uns mit diesem Wortschwall ab.

„Das ist doch ein schrecklich langweiliges Geleier, Großmutter", sagte ich.

Da gab Großmutter folgenden Vers zum besten:

„Die Bibel ist ein Fetzen Fischhaut für die Brust,
Schluckt' ich ihn ganz herunter,
Blieb ich nicht lange munter."

Als es fast Weihnachten war, sagte ich: „Wie kommt es, daß das hier ein so schrecklich langweiliges Geleier ist, Großmutter?"

„Es ist hebräisch", sagte Großmutter.

Aber während der drei Wintermonate hatte ich dies langweilige Zeug auswendig gelernt, und seitdem konnte ich jedes beliebige Buch lesen.

II

Die Hochschule der Isländer

Nach altem Brauch ließ man auf allen besseren isländischen Höfen für den Hausstand von einem dazu geeigneten Mann aus unsern Sagabüchern vorlesen oder Gedichte deklamieren, und das war die einzige Kurzweil des Volkes. Manche haben diese Stunden zwischen Dämmerung und Schlafenszeit die Hochschule der Isländer genannt. Alte Leute, die achtzig Jahre hindurch oder noch länger diese Hochschule besucht hatten, konnten, wie man sich denken kann, „ihr Pensum" gründlich.

Dies Vorlesen von Sagas oder Deklamieren von Gedichten am Abend übernahmen auf dem Brekkukot die Gäste, die für kurze oder längere Zeit und manchmal nur während einer einzigen Nacht bei uns logierten, denn, wie ich früher erzählte, war mein Großvater nur recht notdürftig belesen. Gäste, die von weit her kamen, haben uns oft die schönste Unterhaltung bereitet. Am besten waren die Leute aus dem Nordland, besonders aus der Gegend des Skagafjords, kraftvolle Männer mit hohen Schaftstiefeln, während die Leute vom Südland nur einfache isländische Halbschuhe anhatten. Die vom Skagafjord waren vollgepfropft mit Gedichten, guten und schlechten, und sie sprachen mit mehr Schwung als wir. Wenn einer von ihnen sich bei uns, gegen die Stubenwand gelehnt, hingesetzt und, wie es sich gehört, zuerst Ulfarsreime im Singsang der Skagafjordgegend vorgetragen hatte, immer mit einem Preisgesang für König Cyrus beginnend, dann öffnete sich uns die ganze Welt der Saga mit all ihrem herrlichen, flammenden Glanz. – Wie ich bereits berichtet habe, bestand der Haufen Bücher, den es im Brekkukot gab, größtenteils aus herrenlosem Gut. Und dennoch war es leichter, als man glauben sollte, diese Büchersammlung ihrem Inhalt nach zu ordnen.

Unter unseren Gästen waren, wie man unschwer feststellen konnte, mehr Freunde von Helden, Rittern und weitbefahrenen Seeleuten als Bewunderer dänischer Romane – so nannte man bei uns die moderne Literatur in Bausch und Bogen, besonders Bücher mit überspanntem, krankhaftem Inhalt. Sprach man bei uns von dänischen Romanen, so schwebten uns, glaube ich, Erzähler wie Dostojewski vor, Grübler, die so tiefsinnig schreiben, daß alles dickflüssiger Teer wird, der das Erzählte zu einer formlosen Masse macht und nach dem Gesetz der Schwerkraft in jede Falte und Pore eindringt.

Viele Leute, die zu uns kamen, waren nicht nur ausgezeichnete Vorleser, sondern häufig wahre Meister im mündlichen Vortrag. Meistens berichteten sie von abenteuerlichen Reisen zu Wasser und zu Lande oder von Männern mit übermenschlichen Kräften, weiter von Vielfressern und anderen ungewöhnlichen Geschöpfen. Auch Gespenstergeschichten und Geschichten von Fabelwesen wurden zum besten gegeben.

Ein Mann, wettergebräunt, von weit her gekommen, sitzt unter der Hängelampe, die an einem

Türpfosten angebracht ist, und liest laut aus einem Buch vor oder erzählt frei von der Leber weg eine Geschichte. Großvater hat an einem Dachsparren ein Netz befestigt und knüpft lautlos eine Masche nach der anderen. Auch Kapitän Hogensens Strick wird länger und länger, und der Bettpfosten, an dem das eine Strickende festgebunden ist, knarrt jedesmal, wenn Hogensen den Strick strammt. Runki sitzt da, hat einen Finger in seinen zahnlosen Gaumen gesteckt wie ein Säugling, und Wasser rinnt ihm aus den Augen, aber er weint nicht, er war nur zu lange auf See, so daß der Salzbrand nicht mehr aus seinen Augenwinkeln verschwindet. Andere sitzen auf Bettkanten oder sonstigen Sitzgelegenheiten oder auf dem Fußboden. Die Stiegenluke ist offen, und auf der untersten Stufe der Stiege sitzt Großmutter und strickt; sie erwartet noch mehr Gäste. Und die Geschichte wird weiter und weiter erzählt.

Was war das für eine Geschichte?

Es waren so viele Geschichten, die wir zu hören bekamen. Doch die meisten glichen einander in einem Punkt, nämlich daß sie in ganz anderer Art erzählt wurden als die dänischen Romane. Bei uns hatte der Erzähler nichts mit der von ihm vorgetragenen Geschichte zu tun, und es war gleichgültig, wie er über den Inhalt der Geschichte dachte: nur die Handlung war wichtig.

Diese Männer kannten keine Eile, wenn sie erzählten. Kamen sie zu einer Stelle, die bei den Zuhörern Spannung hervorrief, so begannen sie plötzlich mit dem Herunterleiern von Stammbäumen, um danach oft sehr umständlich beiläufiges Zeug zu berichten. Kühl und erhaben führte die Erzählung ihr eigenes Leben, fast im Widerstreit mit den Geschehnissen darin, unbekümmert um Menschen, ähnlich der Natur, in der nur die Elemente herrschen. Was bedeutete denn ein armseliger Mensch, der durch Zufall in einer Herberge untergeschlüpft war, gegenüber den Weiten jener Welt, in der die Helden der Sagadichtung lebten, mit ihren gewaltigen Ereignissen, die sich ein einziges Mal und dann nicht wieder zugetragen haben?

„Lebensberichte großer Isländer" – manchmal träume ich, daß ich dieses Buch wieder in meinen Händen halte. Wo mag es nur geblieben sein? Ich erinnere mich so deutlich an dieses Buch im Brekkukot. In vielen Katalogen habe ich es gesucht, konnte es jedoch nirgendwo finden. Ist es eine Selbsttäuschung, zu glauben, daß es dies Buch jemals gegeben hat? Hat es nur in meinem Innern existiert? Wie ist es möglich, daß ich so viele Geschichten aus diesem Buch kenne? Jetzt, da ich selber ein Buch schreibe, möchte ich darin so gern ein paar Lebensberichte großer Isländer wiedergeben.

Wenn ich nun, ohne mich auf ein anderes Buch stützen zu können, einzig mit Hilfe meiner Erinnerung das Leben eines großen Isländers erzähle, und zwar ähnlich, wie wir es im Brekkukot zwischen uralten Sagas und Reimen zu hören bekommen hatten, so beginne ich am besten mit der Geschichte von Ehrwürden Snorri in Husafell. Aber ich muß vorweg betonen, daß ich sie nicht so erzähle, wie sie im Buch zu lesen war, denn das Buch ist verlorengegangen, sondern ich will in ihren Kern einzudringen versuchen und ihren wesentlichen Inhalt, wie ich ihn, glaube ich, einstmals im Brekkukot vernommen habe, aufs neue berichten. Schon möglich, daß ich dies und jenes aus dem Leben anderer großer Isländer mit Ehrwürden Snorris Leben zusammenmische. Doch was macht das? Es kommt wohl daher, daß ich so für mich meine, so wie Ehrwürden Snorri in Husafell sollten alle großen Isländer sein.

Ehrwürden Snorri war ein hochgewachsener vierschrötiger Mann. Leichtfüßig und kraftvoll war er bis in sein hohes Alter, was man daran erkennen kann, daß er mit mehr als sechzig Jahren über den Hvitá-Fluß südlich von Husafell sprang. Als er in seiner Jugend vor dem Snaefelsjökull* fischte, gab es niemand, der so kräftig rudern konnte wie er, und keiner hatte so großes Glück beim Fischfang wie er; wo andere nicht einen einzigen Fisch an die Angel bekamen, holte er Fisch über Fisch aus dem Meer.

Schon als Jüngling war er ein gewandter Stegreifdichter. Während er die Lateinschule in Skalholt besuchte, machte er so große Fortschritte im Lateinischen, daß viele seiner Lehrmeister, ergraute Latinisten, sich vor ihm in acht nehmen mußten. Unvergessen ist, was sich einige Zeit nach seinem Abgang in Skalholt zugetragen hat: Ein vornehmer französischer Mann, der damals Skalholt besuchte, erschien in der Schule mit einem umfangreichen Folianten, dessen lateinischer Text, besonders gegen Schluß des Buches, so schwer zu deuten war, daß niemand der Skalholter Lehrer sich imstande fühlte, ihn zu übersetzen. Da schickte man einen Boten zu Ehrwürden Snorri nach Husafell. Snorri kam, guckte in das Buch, lächelte und übersetzte dann jedes Wort des Buches Seite für Seite ins Isländische, als sei Latein seine zweite Muttersprache. Und rings um ihn standen Pastoren, Lehrer

* Ein Gletscher in Westisland

und der Franzose, wie aus den Wolken gefallen über solch großes Wissen.

Als man viele Jahre später Ehrwürden Snorri fragte, wie denn das Latein in jenem Buche gewesen sei, das die Pastoren in Skalholt nicht zu deuten vermocht hatten, lächelte er ein wenig und sagte, es sei nicht verwunderlich gewesen, daß die Lehrer in Skalholt es nicht hätten deuten können, denn das Buch des französischen Gelehrten sei in seiner ersten Hälfte griechisch und in seiner anderen Hälfte hebräisch geschrieben gewesen.

Ehrwürden Snorri in Husafell war ein so gewaltiger Ringkämpfer, daß es, wie ein sicher auf Wahrheit beruhendes Gerücht behauptet, fünfzig Jahre lang in keiner zu Skalholt abgehaltenen Synode ein Gottesmann wagte, einen Ringkampf mit ihm aufzunehmen. Besonders berühmt war er als Stierkämpfer. Viele Geschichten sind in Umlauf, in denen berichtet wird, daß er während seiner Reisen über Land oft scheue junge Ochsen mit einem kühnen Griff zu Fall brachte. Weiter wird erzählt, daß er auf einem Kauffahrer in der Nähe von Stapi einen Neger mit einem besonderen isländischen Ringkampftrick bezwang. Von glaubwürdigen Männern weiß man zudem, daß Ehrwürden Snorri auf der Holtavördu-Heide eine Riesin zu Boden streckte, indem er sie an der für Weiber empfindlichsten Stelle packte.

Als Schmied war Ehrwürden Snorri dermaßen berühmt, daß man in der Gegend des Breidafjords allgemein glaubte, er könne Eisen kalt schmieden und schweißen. Er war ein ungeheurer Verbraucher von Schnupftabak. Wenn er seine Filialgemeinde Kalmanstunge besuchte – dort hatte er öfters die Messe zu singen und blieb dann stets über

Nacht –, nahm er immer in zwei prallgefüllten Widderbeuteln Schnupftabak mit. Singen konnte er übrigens wie kaum ein anderer Pastor seiner Zeit.

Jetzt muß kurz von Ehrwürden Snorris Meisterschaft im Dichten berichtet werden. Nach dem Urteil einiger zuverlässiger Zeitgenossen soll es manche Reimschmiede gegeben haben, die nicht minder gut waren als Snorri, ihn jedoch selten übertrafen. Von ihm stammen die folgenden Reime:

Hornlos Schaf im Fettgras geht,
Lenzerquickte Weide,
Lamm alljährlich bei ihm steht,
Blökt im Zottenkleide.

Er hat eine sehr große Anzahl Reimlieder gedichtet, und sein Reimzyklus „Jungfer Johannas Prüfungen“ gehörte wohl zu den umfangreichsten unserer Literatur.

Einmal, heißt es, begegneten einander in der Einöde auf dem Weg gen Norden Ehrwürden Jon Thorlakson, der damals im Ausland als der größte isländische Poet angesehen wurde, und Ehrwürden Snorri. Ehrwürden Jon redete Ehrwürden Snorri folgendermaßen an:

„Schlimm ist's, wenn des Lebens Lauf
Sich verirrt in Traumessehnsucht.“

Worauf Ehrwürden Snorri augenblicklich erwiderte:

„Schlimmer, wenn gar Weisheit auf
Krummen Traumesweg zu gehn sucht.“

Dann lüfteten beide ihren Hut, und jeder ging, ohne noch ein Wort zu sagen, weiter.

Auf Island genossen beide Dichter gleichgroßes Ansehen. Ehrwürden Jon war durch seine Übersetzungen Miltons und Klopstocks berühmt geworden. Ehrwürden Snorri begnügte sich mit dem Ruhm, den er sich durch seinen Zyklus „Jungfer Johannas Prüfungen" erworben hatte.

Nun will ich etwas von Ehrwürden Snorris Glaubensstärke erzählen. Es wird behauptet, daß zu Ehrwürden Snorris Zeit die isländischen Menschen glaubensstärker als vorher und später gewesen sind, und zwar dank einer Verordnung der damals in unserm Lande herrschenden dänischen Könige, derzufolge Leute, die während des Gottesdienstes einschliefen, Stockschläge erhalten sollten. Obwohl, wie Chronisten behaupten, die meisten Isländer sich in diesem Punkte einigermaßen gut benommen hätten, habe es doch nur wenige Isländer gegeben, die sich in ihrer Glaubensstärke mit Ehrwürden Snorri hätten messen können. Auch habe es damals keinen noch so scharfsinnigen Disputanten auf Island gegeben, der nicht schließlich von Ehrwürden Snorri bekehrt worden wäre, wie denn auch kein Gotteslästerer, mochte er Gelehrter oder Laie sein, sich mit Ehrwürden Snorri in ein Wortgefecht einlassen konnte, ohne den kürzeren zu ziehen.

Am Lehmbach wohnte damals der Konferenzrat Magnus Stephensen. Er soll unter seinen Landsleuten der größte Kenner der französischen Kultur gewesen sein und selbst mit verständigem Witz einige Werke über einschlägige Themen verfaßt haben. An einem Sommertag, wird erzählt, ließ der Konferenzrat seine Pferde satteln, um mit einem großen Gefolge nach dem Borgarfjordtal zu reiten. Erst in Husafell ließ er haltmachen und einen Boten zu Ehrwürden Snorri senden, denn er wollte Ehrwürden Snorri treffen. Als beide Männer sich begrüßt hatten, erzählte Konferenzrat Stephensen, zu welchem Zweck er gekommen sei, nämlich um mit Ehrwürden Snorri einen Disput über die Hölle zu führen. Ehrwürden Snorri erklärte sich dazu bereit und lud Stephensen in sein Haus ein, wo er ihn nach besten Kräften bewirtete. Nach Beendigung der Mahlzeit schlug Ehrwürden Snorri vor, nun erst einmal gründlich der Ruhe zu pflegen und am nächsten Morgen mit dem Disputieren zu beginnen. So geschah es.

Magnus Stephensen stand nicht nur wegen seiner Kenntnisse der französischen Philosophen in hohem Ansehen, sondern er soll auch unter seinen Zeitgenossen einer der gründlichsten Edda-Forscher, außerdem ein glänzender Dialektiker und nicht minder bewandert in jenen Wissenschaften gewesen sein, deren Begründer lateinische und griechische weise Männer waren. Er warf ständig mit genauen Zitaten aus den grundlegenden Lehren oder Weisheiten jener Tausendkünstler der Antike um sich, die man „auctores" nennt. Bekanntlich vermag ein Mann, der diese „auctores" wie am Schnürchen zitieren kann, jeden Gegner, mit welchen Argumenten der auch anrückt, leicht aus dem Felde zu schlagen.

Und so disputierten Ehrwürden Snorri und Konferenzrat Magnus den lieben langen Tag über das von Stephensen vorgeschlagene Thema, und beide zeigten ihr großes Wissen und all ihren Scharfsinn und überboten einander in Rhetorik. Nie zuvor hatte man in einer isländischen Stube diese „auctores“ so glutvoll zitieren hören, und beide Herren tranken während ihres Wortgefechts solche Mengen des gesäuerten isländischen Nationalgetränks, daß vier Mägde unablässig neue gefüllte Kannen herbeischaffen mußten. Und nicht nur die alten „auctores“ wurden von beiden Seiten als Zeugen angeführt, nein, auch irländische, französische und zeitgenössische römische, ja sogar moskowitische und mehrere chinesische weise Männer, darunter heutzutage so wenig bekannte Philosophen wie Avicenna und Averroes, mußten mit Zitaten für und wider herhalten. Lange Zeit war es ungewiß, wer als Sieger aus diesem Disput hervorgehen würde. Glaubwürdige Zeitgenossen erzählen jedoch, daß gegen Abend Ehrwürden Snorri, mehr und mehr in die Enge getrieben, beinahe den Kampf hatte aufgeben wollen, weil der Konferenzrat einen so gut wie vergessenen Lehrsatz des im ewigen Fegefeuer schmachtenden Abrakadabra, der sieben Jahrhunderte vor Christi Geburt gelebt hat, präsentierte. Ehrwürden Snorri aber hatte von diesem Kleriker nie zuvor etwas gehört und stand deshalb der in diesem Zitat verborgenen verstockten Irrlehre völlig wehrlos gegenüber, und es nützte ihm nur wenig, als er dem Konferenzrat dies vorhielt und sagte, daß jener Abrakadabra wahrlich eine Ausgeburt der Hölle sein müsse.

Pastor Snorri saß nun eine Weile stumm da, und seine beiden Ohrläppchen waren zu Blasen angeschwollen infolge der Hitze seines in Wallung geratenen Blutes: das Argument gegen die Existenz der Hölle, das Konferenzrat Magnus Stephensen aus Abrakadabras Ketzerei plötzlich herausfischte, hatte Ehrwürden Snorri völlig überrumpelt.

Als er so eine Weile stumm dagesessen hatte,

sammelte er sich wieder, holte tief Atem und sagte: „Magnus, willst du mit mir einige Augenblicke ins nahe Gebirge gehen?“ Stephensen willigte ein. Als sie dann ins Gebirge kamen, führte Ehrwürden Snorri seinen Gast in eine Schlucht und zeigte in einen Spalt unter ihnen, aus dem ein widerwärtig stinkender Rauch emporquoll. Und nun, wird erzählt, lockte Ehrwürden Snorri den Konferenzrat, ein wenig in den Spalt hineinzublikken, und da müssen sich den Augen dieses hohen Würdenträgers und im ganzen Lande bekannten aufgeklärten Philosophen Erscheinungen offenbart haben, die so seltsam und zugleich so abscheulich waren, daß gelehrte Männer sich geweigert haben, auch nur ein Wort über sie aufzuzeichnen. Jedenfalls war Konferenzrat Magnus vom Anblick dieser Erscheinungen so entsetzt, daß er, so schnell ihn seine Füße zu tragen vermochten, zurück nach Ehrwürden Snorris Haus eilte. Dort rief er seine Knechte herbei und befahl ihnen, sogleich die Pferde zu satteln, denn er habe mit eigenen Augen die Hölle gesehen. Und am selben Abend noch ritt er von Husafell fort.

Ein anderes Beispiel von Ehrwürden Snorris Glaubensstärke und Scharfsinn liefert ein Bericht, der erzählt, wie er einmal die meisten Gespenster und Spukgeister in den Tälern um den Borgarfjord sammelte, Trolle, Hexen, Kobolde, unsichtbare Schreihälse, Milchschmarotzer und anderes Kroppzeug, das überall sein Unwesen treibt, Schrecken verbreitet, Dreck hinterläßt – sogar in Ehrwürdens Scheunen hatten sich, von böswilligen Leuten, die auf ihn neidisch waren, hineingeschmuggelt, ein paar Unholde eingenistet –: dies ganze Otterngezücht lud Pastor Snorri an einem Pfingstmorgen vor Sonnenaufgang zu sich ein; das heißt, als Ort des Stelldicheins bezeichnete er den großen Stein in der Ecke der Schafhürde am Rande des Husafell-Tuns. Snorri gab fälschlich vor, er wolle dieser Teufelsbrut die Schwarze Messe zelebrieren. In dieser hundsföttischen Messe werden der Segen, das Vaterunser und das Amen rückwärts gesungen. Einundzwanzig Gäste fanden sich ein. Aber die Tölpel hatten sich verrechnet, denn kaum war Pastor Snorri beim Introitus, als er einen ganz anderen Ton anschlug, nämlich kräftige und glühende Beschwörungen ausstieß, in die die Namen von Jesus, Maria und Maria Magdalena eingeschlossen und so kunstvoll verwoben waren, daß die Satansgemeinde vor einer solchen Gelehrsamkeit zusammenschrumpfte, sich in Gewürm verwandelte und schließlich unter den großen Stein in der Ecke der Schafhürde kroch, um dort auf Nimmerwiedersehen zu verschwinden. Seitdem hat man von diesem Geschmeiß in den Tälern um den Borgarfjord so gut wie nichts mehr gemerkt. Den großen Stein, der das Gesindel verschlang, kann man heutigentags noch bei Husafell sehen, man nennt ihn manchmal den Gespensterstein; und der Stein wird sich erst wieder öffnen, wenn am Tage des Jüngsten Gerichts die Posaunen dröhnen, aber nicht früher.

Pastor Snorri von Husafell hat eine zahlreiche Nachkommenschaft am Borgarfjord. Er soll der Stammvater des jüngeren Husafellgeschlechts sein. Die meisten kundigen Leute sind sich darin einig, daß am Borgarfjord selten ein Geistlicher gelebt hat, der ein besserer Seemann, ein glühenderer Glaubensstreiter, ein größerer Schnupftabakverbraucher, Sänger, Dichter und Schmied war als er.

Seine beiden Töchter Eingilfridur und Mikrilfridur waren ebenfalls gute Schmiede; es ist aber nicht überliefert, ob sie kalt schweißen konnten.

Hier endet der Bericht vom Husafellpastor Snorri.

12

Eine schöne Beerdigung

Habe ich nicht früher schon einmal von der Kupferglocke auf dem Kirchhof gesprochen, die manchmal den Stundenschlag der Silberglocke in der Standuhr bei uns zu Hause erwiderte?

„Heute wird jemand begraben“, sagten die Gäste, als der Klang der Kupferglocke draußen auf dem Kirchhof uns in der Stube erreichte. Kurz danach hörte man im Wehen des Windes auch „Wie die einsame Blume“ singen.

„Ja“, sagte Großvater, „kaum zu glauben, wieviel Leute sterben. Immer stirbt jemand. Ich weiß nicht, wie gräßlich viele in der vorigen Woche gestorben sind. Manchmal zwei Beerdigungen an einem Tag.“

„Ja, die Pastoren haben genug zu tun“, sagte ein gerade angekommener Gast.

„Und unser ärmster Pastor Johann, wie schlecht zu Fuß er jetzt schon ist“, sagte Großmutter. „Viele von den Leuten, die hier im Spital sterben, sind von außerhalb gekommen. Ganz merkwürdig, daß der alte Mann es aushält, alle die Leute zu Grabe zu geleiten.“

„Fehlt es nicht bald an Platz auf dem Kirchhof, wenn alle Menschen im ganzen Land hier begraben sein wollen?“ fragte jemand.

„Ja, ich habe schon eine Stelle für uns Alte ausgesucht, und ich hoffe, daß wir sie behalten dürfen."

Als kleiner Junge kam es mir immer so heimelig vor, wenn ich hörte, wie Großvater und Großmutter mit Leuten vom Tode redeten, und wenn ich sah, wie ein Trauergefolge still durch die Kirchhofspforte zog und zu singen begann. Der schwarzseidene Priesterrock des Domkirchenpastors glänzte in der Sonne, so daß er fast blau aussah; und die Flanken der schwarzen Pferde, die den Leichenwagen zogen, schimmerten fast grünlich. Hoffentlich werde ich nun aber nicht von berühmten Kritikern als ein besonderer Herold von Angst und Tod angesehen werden, wenn ich jetzt sage, daß mir während meiner Kindheit kaum etwas mehr Vergnügen bereitet hat als eine Beerdigung auf unserm Kirchhof.

Plötzlich und ganz unvermutet, irgendwann an einem Vormittag mitten in der Woche, wenn man es am wenigsten erwartet, hört man einen Schlag des Glockenschwengels. Dann vergeht lange, lange Zeit, bis wieder ein Schlag erdröhnt – wie aus weiter Ewigkeit. Beim ersten Klang vom Glockenstuhl neben der Leichenkapelle oben auf dem Kirchhof setzt sich vielleicht von irgendeinem Haus am Laugaweg her das Trauergefolge in Bewegung. Allmählich fallen die Glockenschläge schneller hintereinander, das Geläut wird stärker. Ich sitze irgendwo abseits und warte auf die schwarzen Pferde. Frühmorgens muß es geregnet haben, denn der Rainfarn duftet so gut. Ich bin kaum älter als sechs, sieben Jahre. Nun fangen sie auf dem Kirchhof an zu singen. Auch die Vögel und Fliegen singen. „Wie die einsame Blume", wogt es in der Brise, „Vox humana" und „Vox celestis" im

Wechselgesang, und manchmal ein erschrockenes Tremolo in einem Windstoß.

Wie gut und beruhigend zu wissen, daß die Leute, wenn sie mit dem Leben fertig sind, unter Choralgesang und Geläut in die Erde gelegt werden. Aber ich will doch nicht leugnen, daß mir eine Sorte von Toten recht leid tat, nämlich die Leichen, die an den Strand getrieben wurden, oder Leute, die einsam und verlassen, vielleicht auf einer Reise, gestorben waren und die niemand kannte, oder solche, die ganz einfach Fremdlinge hier auf Island waren. Der alte Polizist Jonas brachte manchmal zusammen mit einem anderen Mann auf einer Schiebkarre solche Leichen aus der unteren Stadt und packte sie, oftmals unverhüllt, auf ein Brett, das quer über den Bänken in der Kapelle lag. Das nennt man auf der Totenbahre liegen. Ich guckte oft durch das Fenster in die Kapelle und betrachtete die Leichen. Mitunter waren es nur Reste, Menschen, die weder Kopf noch Gliedmaßen hatten, und dann und wann Frauen mit langem Haar; und es sah aus, als ob ihr Haar von der Bahre auf den Boden niederfloß. Jetzt aber will ich von einer Beerdigung erzählen.

Ich war noch recht klein und hatte den Beerdigungsgesang „Wie die einsame Blume" so oft von fern singen hören, daß ich seine Worte und seine Melodie einigermaßen kannte. Zu Hause sang ich manchmal Bruchstücke davon, und Großmutter, die zuhörte, half mir dann, die fehlenden Stellen auszufüllen. Manchmal hatte ich das Glück, eine kleine tote Groppe zu finden, die ich zuerst auf den Namen irgendeiner Obrigkeitsperson taufte und danach in der Ecke des Kohlgartens vom Brekkukot feierlich begrub, wobei ich zugleich die

Rolle des Pastors, des Trauergefolges und der schwarzen Pferde übernahm. Dann sang ich zu Ehren des häßlichen toten Fisches mit lauter Stimme von Anfang bis zu Ende „Wie die einsame Blume".

An einem stillen Sommertag saß ich vergnügt auf der Bank vor dem Grabe des seligen Erzengels Gabriel. Dies Grab wurde so genannt, weil ein kniender Marmorengel auf dem Grabmal angebracht war. Ich blickte auf und sah von fern eine Beerdigung, obgleich man es kaum eine Beerdigung nennen konnte, denn es gab weder Pferde noch Leute, die sangen. Vier Männer trugen einen kurzen, breiten Sarg aus der Kapelle, und ich war fest davon überzeugt, daß es eine Leiche ohne Kopf und Gliedmaßen war, die man beerdigen wollte. Zwei von den Männern, die den Sarg trugen, waren die beiden Alten, die im Auftrag der Stadt sich dann und wann auf dem Kirchhof nützlich machten; der dritte Mann war der Hinkefuß, der sonst die Leichenpferde am Zügel hielt, und der vierte Mann war Polizist Jonas mit den goldenen Knöpfen an der Uniformjacke. Ein Stück hinter ihnen kam das eigentliche Trauergefolge: Ehrwürden Johann, unser alter Domkirchenpastor, in seinem Priesterrock, und der Tischler Eyvind, der den Sarg gezimmert hatte. Mehr waren es nicht.

Die Brise fächelte an diesem Tage erfrischend über den Kirchhof, und die sechs alten Männer schienen auch bei bester Stimmung zu sein. Da bemerkten sie in einiger Entfernung einen kleinen Knirps, dessen Kopf kaum zwischen den Grabsteinen zu sehen war, und der Junge betrachtete mit ernstem Gesicht das Gefolge.

„Komm her, Kleiner, und laß mit dir reden",

sagte Ehrwürden Johann. „Uns fehlt der dritte Mann."

Ich lief zu ihnen und gab ihnen die Hand zum Gruß, worauf Ehrwürden Johann und Tischler Eyvind mich in die Mitte nahmen und als dritten Mann hinter dem Sarg im Trauergefolge gehen ließen; aller guten Dinge sind drei.

„Ich habe dich öfter hier auf dem Kirchhof gesehen, wenn wir Beerdigungen hatten, kleiner Kerl. Bist du nicht der Pflegling von Björn vom Brekkukot? Habe ich dich nicht getauft?" sagte Ehrwürden Johann.

„Ich weiß nicht mehr, wer mich getauft hat", sagte ich. „Aber ich heiße Alfgrimur. Hm. Liegt jemand im Sarg?"

„Das kann man wohl sagen, mein Kleiner", sagte Ehrwürden Johann. „Aber wir wissen weder mit Sicherheit, wer ihn getauft hat, noch, wie er hier in der Welt hieß."

„Ich taufe immer die Groppen, bevor ich sie begrabe", sagte ich.

„Ja", sagte Ehrwürden Johann, „wir begraben einen Menschen nicht deshalb, weil wir wissen, wie er heißt, sondern weil wir wissen, daß Gott alle Menschen gleich liebt. Er liebt mich und dich und Tischler Eyvind, der dich bei der Hand hält, genauso wie den Mann, der da im Sarg liegt."

„Das ist vielleicht der Mann, der neulich in der Kapelle lag und kein Gesicht mehr hatte", sagte ich.

„Ja, leider", sagte Ehrwürden Johann. „Ihm fehlt das Gesicht, und drum wissen wir nicht, wer er ist. Wir glauben, es ist vielleicht ein gewisser Mensch. Aber es kann ebensogut auch jemand anders sein. Wir wissen nur eines: Gott hat alle Menschen gleichermaßen geschaffen, und der Erlöser wird alle Menschen gleichermaßen erlösen."

Der Sarg sank in die Grube, worauf Ehrwürden Johann an den Grabesrand trat, ein wenig Erde auf einen Spaten legte, den sie, glaube ich, Holzschaufel nennen, und einige Worte sprach. Dann faßte er mich wieder bei der Hand, führte mich ans Grab und sagte: „Jetzt singen wir beide, du, lieber Alfgrimur, und ich, den Psalm, den Hallgrimur Petursson beim Tode seiner kleinen Tochter für alle Menschen, die auf Island leben und sterben, gedichtet hat."

Und Ehrwürden Johann begann mit seiner dünnen, klanglosen Greisenstimme: „Wie die einsame Blume aus kargem Gras ersprießt", und ich hielt seine Hand und sang mit meiner klaren Kinderstimme mit ihm zusammen, und damit hatte ich begonnen, für die Welt zu singen. Ich war sogar ein wenig stolz, daß man mich aufgefordert hatte, für Lebende und Tote zu singen. Jonas, der Polizist, und Tischler Eyvind brummten dazu, und der Hinkefuß, dem die Leichenpferde gehörten, versuchte gleichfalls zu singen. Und die Vögel sangen.

Als wir zu Ende gesungen hatten, verließen wir das Grab. Ehrwürden Johann hielt mich noch immer bei der Hand. Sein Priesterrock war vorn länger als hinten, denn er hatte einen gebeugten Rükken bekommen.

„Es war nun doch eine schöne Beerdigung", sagte Ehrwürden Johann, „sogar eine richtig feine Beerdigung. Gott gebe uns allen eine so schöne Beerdigung."

Ich sagte nichts, während ich neben ihm hertrippelte und seine Hand festhielt. Ich konnte nicht recht verstehen, wie Ehrwürden Johann das für eine schöne Beerdigung halten konnte, wo es doch nicht einmal Pferde gegeben hatte.

An der Kirchenpforte sagte der alte Domkirchenpastor zu mir: „Leb wohl, mein Kleiner. Und wenn du später wieder einmal hier auf dem Kirchhof spielst und wir gerade jemanden beerdigen und du siehst, daß das Trauergefolge nicht groß ist, sondern so klein wie zum Beispiel heute, da kannst du sehr gern mit uns singen. Ich selbst singe leider nicht mehr gut. Aber wenn ich auch nicht mehr gut singen kann, so weiß ich doch, daß es *einen* Ton gibt, der rein ist. Hier sind zehn Öre. Grüß daheim auf dem Brekkukot, grüß deinen Großvater und deine Großmutter. Und ich danke ihnen ebenfalls für den Gesang."

Sein Geldbeutel war sehr alt und verschlissen. Aber die zehn Öre, die er mir gab, waren herrlich. Damals kostete ein Bonbon nur einen halben Öre.

13
Eine Frau aus Landbrot

Eines schönen Tages geschah es, daß eine ältere Frau, in dunkle Wolltücher gehüllt, auf dem zum Anbinden von Pferden bestimmten Stein schräg gegenüber unserer Haustür saß und nicht recht wußte, ob sie an die Tür pochen sollte. Da kam Großvater hinzu, begrüßte die Frau und nahm den Hut ab.

„Ich meine fast, daß du Björn vom Brekkukot sein könntest", sagte die Frau. „Gott gebe dir einen guten Tag."

Sie war bleich, hatte hervorstehende Augen und entblößte beim Sprechen die Zähne. Sie trug isländische Mokassins, und ihr Rock reichte bis zu den Fußknöcheln. Unter all ihrem Zeug und den vielen Wolltüchern schien sie sehr mager und schwach zu sein.

„Liebe Frau, darf ich fragen, wie deine Familie heißt und woher du bist?" sagte Großvater.

„Ich bin östlich von Landbrot", sagte die Frau.

„Ja, da bist du einen weiten Weg gewandert, muß ich sagen", meinte Großvater. „Willst du hier im Süden jemand besuchen?"

„Ach nein", sagte die Frau und lächelte. „Ich bin hierhergekommen, um zu sterben."

„Na, na", sagte Großvater. „Willst du nicht so gut

sein und ins Haus kommen, damit du was Warmes vorgesetzt erhältst?"

„Ach nein, das ist ganz überflüssig", sagte die Frau. „Aber es ist so, daß ich viel Gutes über euch hier im Brekkukot gehört habe. Und wollt ihr zu einer unbekannten Frau vom Ostland freundlich sein, so möchte ich euch herzlich bitten, mich bei euch sterben zu lassen."

„Ja, da verlangst du wahrhaftig nicht viel", sagte Großvater. „Aber bei uns ist es wirklich nicht wie in einem Spital."

„Ich komme aus einem Spital", sagte die Frau. „Zeitig im Frühjahr reiste ich südwärts, um einen Arzt aufzusuchen, doch dort sagten sie mir, es wäre zu spät. Ich habe wohl nur noch wenige Wochen zu leben."

„Ja, es ist, wie ich sage: mag auch dieser oder jener froh gewesen sein, hier unterzuschlupfen und auf sein Ende zu warten", sagte Großvater, „so können wir doch nur wenig für Kranke tun. Hier gibt es nur ein unbelegtes Bett, nämlich im Zwischenstock bei Jon, dem alten Lotsen, der sich Hogensen nennt, und bei Runki, der Dung wegbringt."

„Oh, man braucht mir keinen Strohsack ins Bett zu legen", sagte die Frau. „Aber die Sache hat einen Haken: ich habe nämlich meinen Leuten daheim eine Kleinigkeit versprochen."

„Da will ich mich nicht einmischen, liebe Frau", sagte Großvater.

„Ja, darin hast du recht, lieber Björn", sagte die Frau. „Es ist das: wenn ich tot bin, soll man mich wieder ostwärts schicken."

„Da haben wir's", sagte Großvater. „Das sind sieben, acht Tagereisen! Weißt du nicht, daß wir sozusagen direkt vor unserer Nase hier einen Kirchhof haben, Frau?"

„Ja", sagte die Frau, „das ist euer Kirchhof."

„Kommt Zeit, kommt Rat", sagte Großvater. „Aber bleib jetzt nicht länger hier draußen auf dem Stein sitzen."

„Ich möchte am liebsten nicht eher ins Haus gehen", sagte die Frau, „als bis diese Sache geordnet ist. Bevor ich abreiste, versprach ich meinen Kindern, mich ostwärts schicken zu lassen, wenn es soweit ist. Sie stehen allein. Es sind junge Menschen. Und unsere Lykla soll im Herbst kalben."

„Ich habe keine Leute, die ich ostwärts bis nach dem Skaftafellskirchspiel schicken könnte", sagte Großvater.

„Ich habe mir überlegt, ob man mich nicht mit einem Sammeltransport ostwärts schicken könnte", sagte die Frau. „Nur müßte man mich unterwegs bewachen."

„Sind Leute tot, so braucht man sie doch nicht mehr zu bewachen, meine ich", sagte Großvater.

„Es muß dafür gesorgt werden, daß man mich nicht südlich von unsern Flüssen beerdigt", sagte die Frau. „Ich will unter keinen Umständen südlich von unsern Flüssen zu liegen kommen. In Landbrot habe ich gelegen, und dort will ich liegen."

„Willst du nicht mit der Post fahren, solange du noch auf deinen Beinen stehen kannst?" fragte Großvater.

„Ich habe mir immer gewünscht, bei fremden Leuten sterben zu können", sagte die Frau.

Wie lange sie sich deswegen gezankt haben, weiß ich nicht mehr, jedenfalls ging die Frau schließlich mit Großvater in die Wohnstube, und dort begrüßte Großvater den neuen Gast in derselben Weise, wie er es bei allen Gästen zu tun pflegte: „Nimm Platz und sei fröhlich, liebe Frau."

Sie war offenbar eine umsichtige Frau, aber in ihrem Wesen ein wenig kühl und nicht besonders ansprechend. Doch sie wurde ohne weitere Umstände in der Butze neben uns im Zwischenstock einlogiert, wenn Großvater auch keinerlei Verpflichtungen für den Fall ihres Todes übernehmen wollte.

„Wer bist du?" fragte Kapitän Hogensen.

„Ich heiße Thorana und bin aus Landbrot."

„Bist du auf einer Vergnügungsreise hierhergekommen?" fragte Kapitän Hogensen.

„Das kann man wohl sagen", erwiderte die Frau.

„Na schön", sagte Hogensen, räusperte sich und fuhr fort: „Ich bin Kapitän Hogensen vom Hogensengeschlecht westlich vom Helgafell. Ich stand einst im Dienst des dänischen Königs und war Lotse im Breidafjord. So ist es, liebe Frau."

„Das ist nicht wenig", sagte die Frau.

„Um von etwas anderem zu sprechen – erzähl doch, wie die Gemeindevorsteher und die anderen vornehmen Leute drüben in Landbrot heißen!" sagte Hogensen. Jetzt unterbrach Großmutter ihn: „Lieber Hogensen, ermüde die Frau nicht. Sie ist krank. Sie will gern liegen, bis es ihr besser geht."

„Ich habe wenig Mitleid mit Menschen, solange sie sehen können", sagte Hogensen. „Und schließ nicht die Butzenklappe zwischen uns, liebe Frau. Wenn ich auch recht langweilig geworden bin, so kommen doch manchmal Leute hier nach oben, mit denen man sich ganz gut unterhalten kann, wie zum Beispiel Runolfur Jonsson. Und abends, wenn alle eingeschlafen sind, kommt unser Philosoph, der Kommandant in der Stadtverwaltung ist. So verhält es sich nämlich. Und wie heißen die vornehmsten Gehöfte bei Landbrot, liebe Frau?"

„Das vornehmste dürfte wohl mein eigenes Gehöft sein, glaube ich", sagte die Frau.

„Akkurat", sagte Hogensen. „... man hat also einen Hof. Aber das langt wohl, liebe Frau? Meine Vorväter besaßen Land weit und breit – und hier liege ich. Das ist so, wie es in einem Gedicht von Sigurdur Breidfjörd heißt, das er zur Erinnerung an den seligen Jon Hakonarson, meinen Großvater, gemacht hat:

Auf Helgafell, wo ist er, Jon
Hakonarson? Was, bist du dahin?

Ob nicht das, was man bei sich selber verwahrt, am sichersten verwahrt ist, liebe Frau? Darf ich dir meine Uniformmütze zeigen? Hör mal, guter Junge, mein lieber Alfgrimur! Such meine Uniformmütze und zeig sie der Frau. Sollte auf dem Mützenschirm ein wenig Staub liegen, so puste ihn weg."

Während die Frau die Mütze betrachtete, polterte Runki die Bodenstiege herauf. Kapitän Hogensen erkannte unsern Schlafgenossen sogleich am Geruch, denn sehen konnte er ihn ja nicht.

„Ein bißchen sachte, Runolfur", sagte Kapitän Hogensen. „Wir haben nämlich eine große Hofbesitzerin hier in die Butze bekommen. Sie ist von ostwärts."

„Na, ist es nicht nett bei dem Mann, der Kriegsschiffe kommandiert?" sagte Runki. „Darf man fragen, woher Ihr seid?"

„Ich bin von Landbrot", sagte die Frau.

„Was für Fisch gibt es bei euch?" fragte Runolfur.

„Wir haben viel Knorpelfisch", sagte die Frau. „Auch ein wenig Langfisch, als ich von daheim fortreiste."

„Knorpelfisch, na, danke schön", sagte Runki. „Und Langfisch? Aber wie steht es mit ordentlichem Fisch, beste Frau?"

„Ordentlichen Fisch sieht man bei uns im Innern des Landes nicht", sagte die Frau.

„Mit den Fischen, von denen du sprachst, düngt man hier im Süden den Tun", sagte Runki. „Aber da wir nun einmal beim Sprechen sind – wenn du wieder auf die Beine gekommen bist, solltest du dir das Vergnügen machen, nach dem Ness* hinauszufahren, um das Mirakelwerk unseres Magistrats zu betrachten. Und vergiß auch nicht das Wunderwerk in Grotta. Beim lebenden Gott, was für herrliche zementierte Dunggruben! Solche Wunderwerke sah man in der ganzen Welt nicht seit der Zeit, als vor vielen Jahren hier im Vatnsmoor die Torfgräben gezogen wurden."

* Landzunge

14
Glanz über dem Küsterhaus

In einem Buch eines großen Schriftstellers heißt es an einer Stelle, daß die Luft der Stadt vom Namen einer gewissen Frau geschwängert sei. Manchmal dachte ich, so sei es mit der Luft überm Kirchhof und um Gardar Holms Namen. Sein Bild hing in unserer und in Tante Kristins Stube wie in der großen Stube des Ministers. Obwohl sein Name bei uns nie absichtlich erwähnt wurde, begriff ich früh, daß er etwas mit dem Werk in unserer alten Standuhr zu schaffen hatte. Fragte einer unserer Gäste zufällig nach ihm, so bekam er meist eine ausweichende Antwort, oder man sagte allerhöchstens: „Ach, der kleine Gorgur, was war das doch für ein lieber Junge, als er bei uns am Kirchhof heranwuchs." Aber gerade solche ausweichenden Antworten steigerten meine Neugier auf ihn mehr und mehr. Seltsam, dieser Mann, der sich in der großen Welt als Sänger betätigte und solch ein Fabelwesen geworden war, daß man seinen Namen kaum laut nennen mochte, war also hier beim Kirchhof als kleiner Junge herumgelaufen – genau wie ich. Sprachen Großmutter und Tante Kristin im Küsterhaus mit andachtsvollen Mienen miteinander, dann meinte ich stets, sie unterhielten sich über diesen wunderlichen Menschen. Möglicherweise ist gerade das geheimnisvolle Gehabe um diesen weltberühmten Sänger die Ursache gewesen, daß ich als Kind, sobald ich Gesang hörte oder etwas, das mit Gesang zu schaffen hatte, stets lauschte. Daher kam es wohl auch, daß ich Ehrwürden Johann bei kleinen Beerdigungen mit Singen zu helfen begann. Aber all dies geschah nicht, weil mir Gardar Holm nacheifernswert zu sein schien. Dazu war mir sein Bild allzu fern, wenn ich es auch in den Stuben der Leute hängen sah. Vielleicht hatte uns beide nur der gleiche Ton geweckt, ihn jedoch ein Vierteljahrhundert früher. Sicher ist aber eins, nämlich daß ich mich kaum einer Zeit erinnern kann, da er in meinem Leben nicht das ferne Brausen hinter den blauen Bergen jenseits des Meeres war.

Damals hatte ich gerade von Großmutter lesen gelernt. Als wir den hebräischen Stammbaum des Erlösers zu Ende gelesen hatten, begannen wir die Anzeigen in den Zeitungen zu lesen. „Foldin" kam zweimal wöchentlich zu uns ins Haus, und dies Blättchen hatte einen Umfang von vier Seiten. Zu jener Zeit war es allgemeiner Brauch, Anzeigen die Form von Gedichten zu geben, ob man nun Klippfisch zu verkaufen hatte oder noch eine Magd als Aushilfe für die Frühjahrsarbeit draußen benötigte. Solche Verse lernten wir auswendig. Noch heute gibt es kaum Gedichte, die ich so gut behalten habe wie jene Anzeigen zum Preise von gedörrtem Schellfisch und anderem Stockfisch, Loblieder auf ein neues ausländisches Kleingebäck, genannt geriebene Semmel, sowie über ein chinesisches Universalmittel aus Dänemark, erfunden von einem Manne namens Valdimar Pedersen. Ich erlaube mir, hier ein Gedicht über Sättel, Zaumzeug und andere Sachen aus Leder darzubieten, das von einem munteren Sattler im Laugaweg verfaßt worden ist:

Frauen, Männer, Mädchen, Knaben,
Schaut herein, hereinspaziert!
Sattlerwaren hier zu haben,
Peitschen, Sättel, reich verziert,
Taschen, dauerhafte Riemen,
Roßgeschirre, die sich ziemen,
Messingbügel, preiswert, billig,
Nähkästchen, macht dein Mädchen willig.
Mein Zaumzeug hält, wie alle wissen!
Die Frau vom Bischof kaufte hier
Ein laubbesticktes Lederkissen,
Ein Meisterwerk von mir.

„Ja, alles wird bei weisen Männern zu Gedichten", sagte Großmutter, wenn ich ihr mühselig diese Anzeigen vorstotterte. Aber es gab auch andere Lektüre, obschon in Prosa, die, kaum hatte ich buchstabieren gelernt, meine Aufmerksamkeit erregte, nämlich die Zeitungsartikel über unsern weltberühmten Sänger Gardar Holm. Ich glaube, daß es damals kaum eine Zeitung auf Island gab, in der nicht mindestens eine kleine Notiz über seinen Ruhm als Sänger stand. Mitunter fand man in einer einzigen Zeitungsnummer nicht einen, sondern mehrere Artikel über ihn. Die Überschriften lauteten fast immer folgendermaßen: „Isländischer Gesang im Ausland" – „Isländische Kunst im Ausland" – „Isländische Musik in fremden Ländern" – „Die Welt lauscht Island" – „Große Konzerte in den Hauptstädten der Welt" oder: „Island wird in der großen Zeitung ‚Le Temps' gefeiert". Der Inhalt dieser Artikel war ständig der gleiche: Gardar Holm hatte wieder einmal im Ausland Glanz über Island gebracht. In der Stadt Küßnacht hatte er folgende Lieder gesungen: „Lieblich zwitscherten die Vöglein" – „Die Schafe blöken im Stall" – „Wie kalt blies uns der Ostwind an" und: Die Zeitung „Küßnachter Nachrichten" hat dies oder das geschrieben. Bald danach sang Gardar Holm in allen größeren Städten Frankreichs, die, so meinte ich damals, samt und sonders mit Q begannen und mit q endeten. Dann hieß es plötzlich, er sei auf einer Konzerttournee, die ihn nach London, Paris, Rom, Kairo, New York und Buenos Aires führe. Alsbald bekam man Auszüge der Zeitung „La Stampa" und der Zeitung „The London Times" zu lesen und auch, daß Muhamed ben Ali in Kairo sich sehr lobend über Gardar Holm geäußert habe. In allen diesen Städten hätten die Menschen, verwundert über solch glanzvolle Kunst aus Island, den Atem angehalten. Tante Kristin selig im Küsterhaus war wie von einem Glorienschein umgeben. Unbekannte Leute traten auf der Straße zu mir heran, streichelten mir den Kopf und sagten, ich sei sicherlich mit ihm verwandt. Wurde ich nach dem Laden geschickt, um Petroleum zu kaufen, so erhielt ich vom Kommis als Beweis seiner Hochschätzung eine Handvoll Rosinen. Ja, ich bekam im Gudmunsenladen zu Ehren Gardar Holms viele Zugaben.

Sommer für Sommer, solange ich mich erinnern kann, wartete man mit gebührender Zurückhaltung im Gespräch, aber mit desto vielsagenderen Blicken zu beiden Seiten des Kirchhofs auf die Ankunft des weltberuhmten Sängers. Schließlich war bei diesem vergeblichen Warten die Spannung so zur Gewohnheit geworden, daß ich es ganz natürlich gefunden hätte, wenn Gardar Holm weder in diesem noch im nächsten Sommer, ja überhaupt niemals gekommen wäre. Es gibt so viele Städte in der Welt.

Aber gerade als ich mich völlig mit dem Gedanken versöhnt hatte, daß Gardar Holm, wie das meiste, was man vom Ausland zu hören bekam, nichts als ein leeres Gerücht und loses Geschwätz sei, und darauf gefaßt war, er werde nie im Leben kommen – da erschien er.

Es war an einem Morgen mitten im Hochsommer. Lämmerwolken schwebten vom Süden her über den Esja, und Tante Kristin im Küsterhaus war gerade aufgestanden und hinausgegangen, um, wie sie es stets frühmorgens zu tun pflegte, die Hühner zu füttern. Stand da nicht ein Herr im Mantel vor dem Küsterhaus und blickt sich nach allen Seiten um? Zuerst glaubte die alte Frau, es sei ein Ausländer, der einige Aufnahmen von dem merkwürdigen Volksleben machen wollte, wie es noch auf Island zu finden war, wo man neben Holzhäusern mit Wellblechdächern Erd- und Torfhütten mit Löwenzahn und Butterblumen auf dem Dach und Kamillenblumen zwischen den Steinen auf dem Hof sehen konnte, wo die Leute noch in selbstgemachten, ungegerbten ledernen Halbschuhen herumliefen, wie die Bauern in Europa sie vor tausend Jahren trugen, als es noch keine Städte und infolgedessen auch keine Schuster gab. Nach seinem Mantel zu urteilen, schien es kein alltäglicher vornehmer Herr zu sein, denn sein Mantel kostete kaum weniger als eine Kuh, und sein Hut war mindestens so viel wert wie ein trächtiges Schaf. „Guten Morgen“, sagte da unsere Kristin auf dänisch, worauf der große, stattliche Mann zu ihr ging und sie umarmte. Es war ihr Sohn.

Ich muß betonen, daß ich diesen Bericht über Gardar Holms Ankunft von anderer Seite, aber nicht im Brekkukot erhalten habe. Ich habe bereits viele Male erklärt, und ich muß es noch einmal nachdrücklich erklären, daß, gleichgültig, was ich selber von Anfang an auch gedacht habe oder was andere Gäste im Brekkukot auch denken mochten, bei uns daheim alles, was Gardar Holm, seine Reisen und seine Berühmtheit betraf, als unwichtig angesehen wurde. Es kann schon möglich sein, daß die beiden alten Frauen damals einander besuchten und unter vier Augen die Sache besprachen, aber diese Besuche waren nicht häufiger als vorher. Andererseits möchte ich nicht bestreiten, daß es für Tante Kristin und Großmutter ein verzwicktes, ja fast unlösbares soziales Problem gewesen sein muß, mit einem Menschen verwandt zu sein, der sich, was Bedeutung und Veranlagung betraf, derart von ihrer Umgebung unterschied, wie es bei Gardar Holm der Fall war.

Ich war gewohnt, daß Leute vom Lande, die nach der Hauptstadt kamen, sich bei uns über Nacht einlogierten, und deshalb war ich nicht wenig erstaunt, daß Gardar Holm nicht um Nachtherberge bei uns im Brekkukot bat. Ich sagte das Großmutter. Sie antwortete folgendermaßen: „Wie kannst du nur denken, daß der Sohn von Kristin im Küsterhaus bei uns Gast sein möchte?"

Ich verstand das so, als ob Gardar Holm natürlich bei seiner Mutter logieren wollte. Und als ich dann mit etwas Milch zu Tante Kristin selig geschickt wurde, spähte ich dort herum, um herauszubekommen, ob es bei ihr Gäste gab.

„Was suchst du denn, lieber Junge?“ fragte Tante Kristin.

„Ich dachte, hier ist vielleicht jemand“, sagte ich.

„Wer denn?“

„Ich dachte, vielleicht könnte Gardar Holm hier sein.“

„Wer hat dir denn seinen Namen beigebracht?“

„Alle reden von ihm.“

„Reden von wem? Alle? Wer sind diese alle? Sicherlich nicht Björn vom Brekkukot!“

„In ‚Foldin‘ schreiben sie über ihn.“

„In ‚Foldin‘! Mein Gott, das Kind liest schon Zeitungen! Hier hast du ein Stück Kandis, und nun geh nach Hause. Aber trödele nicht beim Grab vom Erzengel Gabriel herum, denn Großmutter hat vielleicht was für dich zu tun. Gardar Holm! Unglaublich, was ein Kind alles fragen kann! Wohnte er nicht beim Statthalter, lieber Junge, so würde er selbstredend im Hotel Island logieren, wo ein einziges Nachtlogis soviel wie ein trächtiges Schaf kostet und ein Nachtlogis für eine Woche soviel wie eine Kuh.“

Solch eine Antwort war wirklich nicht geeignet, zu bewirken, daß ein denkendes Wesen sich sputete, durch den Kirchhof zu kommen. Sie war ganz einfach eine Rechenaufgabe. Kostete eine Nacht im Hotel soviel wie ein trächtiges Schaf und eine Woche Logis im Hotel soviel wie eine Kuh, dann mußten wir im Brekkukot ja unermeßlich große Schaf- und Rinderherden besitzen. Sollte Großvater dagegen den Einfall bekommen, mit uns allen vom Brekkukot ins Hotel Island zu ziehen, das übrigens richtig Hotel d'Islande hieß, und Runki und Kapitän Hogensen und auch noch den Aufsichtsbeamten mitnehmen, damit wir alle miteinander dort schliefen, vielleicht sogar einen Monat lang, ja, da würde die Sache schlimmer aussehen. Und dabei war das Hotel d'Islande noch nicht einmal fein genug für Gardar Holm; denn er hielt es für unter seiner Würde, bei einem anderen Mann als dem Minister des dänischen Königs zu logieren, den die alte Kristin Statthalter nannte und der kein Roßhaar besaß.

15
Weiße Raben

„Seltene weiße Raben“, sagte Björn vom Brekkukot eines Morgens, als unsere Pfützen mit ihren Fischschuppen in der Sonne glitzerten und sich zwei vornehm aussehende Gäste durch unser Drehkreuz zwängten.

„Guten Tag, lieber Gorgur, und willkommen daheim. Und guten Tag, kleiner Gudmunsen. Ja, jetzt purzeln mir alle Läuse vom Kopf. Verschmäht aber bitte nicht, bei uns einzutreten.“

Der Mann, den Großvater „kleiner Gudmunsen“ genannt hatte, war kein anderer als Kaufmann Gudmunsen, Besitzer des Gudmunsenladens, in dem ich auf Grund einer zweifelhaften Verwandtschaft mit einem großen Mann Rosinen bekommen hatte; und der „liebe Gorgur“, dieser Ausländer mit breitrandigem Hut, dessen Augen, Nase und Mund den Ausdruck eines Adlers hatten, das war der große Mann in eigener Person. Es war keineswegs verwunderlich, daß mir die Zunge am Gaumen klebenblieb, als ich ihm guten Tag sagen wollte.

„Wer bist denn du, junger Mann?“ fragte der weltberühmte Sänger.

„Alfgrimur“, sagte ich.

Er sah mich verträumt an und wiederholte wie

für sich meinen Namen: „Alfgrimur – er, der eine Nacht bei Alfen verweilt. Alfgrimur – so sollten wir alle miteinander heißen."

Kaufmann Gudmunsen steckte eine Hand in die Hosentasche, um zehn Öre für mich herauszuholen.

„Le petit garçon", sagte er.

Er trug, wie es sich für vornehme Leute gehört, mitten im Hochsommer einen schwarzen Mantel mit Sammetkragen und über seinem Schmerbäuchlein, das nur Standespersonen sich zulegen können, eine dicke goldene Uhrkette, aber er war gut gelaunt und froh wie ein Mädchen vom Lande, richtiger ausgedrückt, wie der Apostel Petrus in einem von Großmutters Reimen, und rotbäckig wie eine saftige Pflaume. Ich, selbst noch ein Junge, fand, daß dieser Mann einem Jungen ähnelte, der einen Schnurrbart bekommen hat, bevor er erwachsen ist.

„Seit langem schon wollte ich dich besuchen, lieber Björn", sagte Kaufmann Gudmunsen, wobei er Björn vom Brekkukot küßte, „aber stets fehlte mir Gesellschaft. Endlich habe ich heute den richtigen Kameraden ergattert."

„Ja, willkommen", sagte Großvater, „doch mit der Küsserei wollen wir im Anfang ein wenig sparsam sein."

Gardar Holm war in den Schuppen gegangen, er küßte dort ein paar Bündel Quabben, die an einer Stange zum Trocknen hingen, und sog dabei ihren Duft tief ein.

„Gott sei gepriesen", sagte er. „Lang lebe Island!"

„Du bist noch immer derselbe, aber das ist gut so, lieber Gorgur", sagte Großvater.

„Wie oft habe ich nicht daheim gesessen und mir

ausgemalt, wie romantisch es hier im Brekkukot ist", sagte der Kaufmann, „wo im Schuppen ein Bündel Quabben neben dem andern an Stangen zum Trocknen hängt. Madame la Baronesse est chez elle. Oder, wie Gorgur sagt: ‚Sicher und gewiß, hier wohnt das wahre Island, die Seele unseres Volkes, der Gesang unseres Volkes, der Gott unseres Volkes.' Ist es nicht herrlich, daß weltberühmte Männer bestätigen, was unsereins denkt? Keine Quabbe ist so lecker wie eine halbgetrocknete Quabbe. Papa hat immer eine halbgetrocknete Quabbe bei sich in der Kammer hängen. Oft stehle ich mich in unsern Keller hinunter und knabbere ein Stückchen davon. In Wirklichkeit, finde ich, ist eine halbgetrocknete Quabbe und sonst nichts die einzig wahre Kost."

„Ja, lieber Gvendur", sagte Gardar Holm. „Jedenfalls ist es überflüssig, sie mit Schleifen zu dekorieren, ehe man sie verzehrt."

„Du weißt, lieber Georg, meine Frau stammt von dem dänischen Kaufmannsadel ab, dessen Nachkommen hier an der Südküste Landwirtschaft und Fischerei betrieben", sagte Gudmunsen. „Monsieur Gaston est sorti. Sie ist nämlich eine feine Frau, und was das bedeutet, wissen wir, auch was das kostet. Quabben – ausgeschlossen, auf keinen Fall in der Küche, noch weniger in der guten Stube, und schon gar nicht in der Kammer. Doch wahre Romantik, all mein Sinnen und Trachten galt zeit meines Lebens ihr, was du übrigens gut weißt, sonst hätte ich nicht zehn Jahre lang Gold und Silber in dich hineingeschaufelt."

„Wir wissen, daß es nirgendwo so gut geröstetes Weißbrot gibt wie bei deiner Frau", sagte der weltberühmte Gardar Holm.

„Na, ihr seid gut", sagte Großvater, „ihr seid sogar sehr gut. Doch nun kommt bitte ins Haus. Hoffentlich hat die Alte etwas Warmes vorzusetzen. Ein Stück Quabbe gibt es aber bestimmt für euch."

Nachdem die vornehmen Herren in die Stube getreten waren, sagte Großvater: „Nehmt Platz und seid fröhlich."

Als sie Platz genommen hatten, sagte Großvater: „Und wie steht es bei euch mit der Fischerei, liebe Leute?"

Da antwortete Gardar Holm: „Unmengen von Rochen gibt's im Frühjahr in Paris, lieber Björn. Um Appetit zu bekommen, habe ich einen ganzen Monat lang jeden Abend zuerst Rochen gegessen. Haifischfleisch ebenfalls – eine Delikatesse dort im Süden. Tatsächlich. Raie et requin, um französisch zu parlieren wie de la Gvendur."

Björn, mein Großvater, hockte sich auf seine Hände, wiegte sich aber nicht, er verzog nicht das Gesicht und lächelte auch nicht, doch wie stets, wenn jemand Witze machte oder unpassende Worte äußerte, sagte er „Na, na!" und „Nicht zu glauben!" und fügte dann hinzu: „Freut mich, daß du Fisch hattest, lieber Junge. Ich weiß, daß deine Mutter sicher froh darüber war. Es ist gut, wenn man Fisch hat."

Sah man durch das kleine Fenster unserer Stube, so konnte man zwischen den Steinen in unserm Hof Kamillen blühen sehen und im Kohlgarten die ersten Sprößlinge von Rüben und Kartoffeln. Das morsche Staket zwischen Tun und Kohlgarten war von Rainfarn, Brustwurz und Engelwurz überwuchert. Der Tun erstreckte sich bis hinunter zum Teich, wo Butterblumen wuchsen. Dahinter war das Vatnsmoor, wo die Seeschwalbe wohnt und in dem, wie Runolfur Jonsson sagte, größere Torfgräben als sonstwo in der Welt gezogen waren. Weiter weg sah man den Skerjafjord, an dessen sumpfigem Strand Seehasen hausen, und dann kam Bessastadir und schließlich der Mond mit seinen Gebirgen.

„Ob ich dir nicht die ganze verfluchte Klitsche mit allem Drum und Dran abkaufen sollte, lieber Björn?“ sagte Kaufmann Gudmunsen.

„Was?“ sagte Björn vom Brekkukot.

„Die ganze Romantik hier“, sagte der Kaufmann.

„Romantik?“ fragte Großvater. „Was ist denn das?“

„Hahaha“, sagte Gudmunsen. „Romantik. Ja, die fremden Sprachen sind manchmal komisch. Neulich habe ich mir Französisch beigebracht. Habt ihr gehört, wie ich ‚le petit garçon‘ sagte? Klingt das nicht fast wie im Isländischen ‚Lubbi Tikarson‘?“

Und der Kaufmann lachte gewaltig.

„Hier hast du zehn Öre, Gvendur“, sagte der weltberühmte Sänger und grinzte. „Und nun geh.“

Da wurde der Kaufmann wieder ernst.

„Ich will diese Hütte kaufen“, sagte er. „Wir müssen auf Island endlich Schlösser bauen. Was sagst du, Björn? Du kriegst von mir einen erstklassigen Keller am Laugaweg und dazu so viel Gold, daß du für den Rest deiner Tage darin wie in Scheiße waten kannst.“

„Na, na“, sagte mein Großvater, wie er da auf seinen Händen hockte. „Nicht zu glauben. Das Wetter war im Frühling ziemlich schlecht, Jungens.“

„Was sagst du?“ fragte der Kaufmann.

Da wandte Großvater sich an mich und sagte: „Willst du dem Mann ausrichten, daß ich und wir hier im Brekkukot nicht mehr gut hören können.“

„Er will dir Goldgeld geben, Großvater", sagte ich.

„Willst du ihnen sagen, wenn sie mit mir über Fisch sprechen wollen, so kann ich dem kleinen Gudmunsen fünf Bündel Quabben, halbgetrocknet, auf Borg verkaufen."

Da erhob Kaufmann Gudmunsen seine Stimme und sagte zu Großvater: „Ich will dies Stückchen Land hier von dir kaufen, lieber Björn. Ich will eine große Villa hier bauen. Ich bezahle, was du haben willst."

„Ich will dir ein Bündel geräucherte Seehasen geben, kleiner Gudmunsen, damit du, wenn du nach Hause trippelst, was zu kauen hast", sagte Großvater.

„Vergiß nicht, was ich gesagt habe, Björn", erwiderte Gudmunsen. „Mein Angebot steht fest. Wenn du einwilligst, bezahle ich dir, was du von mir verlangst."

„Es ist wirklich nicht schön, wenn man sich nicht mit Leuten kabbeln kann, weil man nicht hört, was sie sagen. Und noch schlimmer, wenn man das wenige, was man hört, nicht versteht."

Gudmunsens Gesicht sah plötzlich aus, als habe man trockenen Pfeffer darübergestreut. Die saftige Pflaume hatte ihre Süße verloren. Er fischte seine goldene Uhr aus der Westentasche und sagte, er könne leider nicht länger bleiben, da dringende Sachen und schwierige Probleme ihn heimwärts riefen. „Allons, enfants de la patrie!" sagte er. „Lebt wohl!"

„Das war kein gelungener Besuch", sagte Großvater. „Nicht die geringste Bewirtung – und dabei haben wir doch bestimmt etwas Fischbrühe im Haus. Sogar Zichorienwasser. Aber was hilft's, wenn die Leute Eile im Hintern haben. Nächstes Mal wirst du besser bewirtet. Ich begleite dich zur Tür hinaus, damit du den Verstand nicht mit vom Hofe nimmst."

Sie schlossen die Tür hinter sich.

Und zurück in der Stube blieb der berühmte Mann, der vor aller Welt und vor Muhamed ben Ali gesungen hatte. Im selben Augenblick, da die Tür sich hinter seinem Begleiter geschlossen hatte, war aller Übermut aus dem Gesicht des Gastes verschwunden. Er saß da wie in Gedanken versunken. Und als ich ihn mit seinem Bild an der Wand verglich, sah ich zu meiner Verwunderung, daß auf der Photographie sein träumerischer Blick leuchtend wie der der Engel war; doch hier in der kleinen Stube vom Brekkukot, wo ich den großen Mann leibhaftig vor mir hatte, war sein Blick wie erloschen, und ein schmerzlicher Schimmer, voll von Bitternis, war in seinen Augen zu sehen, als sei der goldene Wagen, der eben noch über den Himmel gefahren war, für immer verschwunden. Er legte abwechselnd das eine Bein über das andere. Er hatte einen blauen Anzug an mit schmalen roten Streifen im Stoff, und er knipste mit den Fingern etwas Moos von der Hose; oder war es Heu?

Dann sah er mich an.

„Wie heißt du, mein Freund?" sagte er.

„Alfgrimur."

„Ach, wie dumm von mir, so zu fragen. Natürlich heißt du Alfgrimur. Um von etwas anderem zu sprechen – was hältst du von der Welt, Alfgrimur?"

„Ich halte überhaupt von nichts was. Ich wohne nur hier im Brekkukot."

Bei diesen einfältigen Worten, die für mich so selbstverständlich waren, schien der Gast plötzlich zu sich zu kommen. Er entdeckte mich. Er betrachtete mich lange; und dabei hatte ich gehofft, gar nicht vorhanden zu sein, obwohl ich sichtbar dort in der Ecke hockte.

„Merkwürdig“, sagte er. „Höchst merkwürdig.“

Er stand auf und blickte durch das Fenster unserer niedrigen Stube, das vier Scheiben aus grobem Glas hatte. Das Glas war bläulich, voller Luftbläschen und anderer Mängel; es erinnerte an das Glas alter Flaschen. Der weltberühme Sänger betrachtete die Welt durch unser Fenster, und soviel ich hörte, flüsterte er vor sich hin: „Diese Stube mit dem Fenster gibt es also.“

Im selben Augenblick schlug unsere Uhr zwei oder drei, mit jenem hellen, klaren Klang, der silbernen Glocken eigentümlich ist.

„Und sie schlägt noch“, sagte der Mann.

Er ging zu der Uhr und stand lange vor ihr und lauschte ihrem altgewohnten Ticken, das man immer so deutlich hörte, wenn es ringsum still war. Er sah zu, wie die Zeiger sich bewegten, betrachtete die Verzierungen auf dem Zifferblatt und sprach laut immer wieder James Cowans Namen mit jener Ehrerbietung, die man den Namen von Männern schuldet, welche den Gang der Weltgeschichte lenken. Schließlich begann er mit seinen Fingern über die Uhr zu streichen, wie wenn ein Blinder an einem lebenden Geschöpf herumtastet, um sich dessen Gestalt einzuprägen. Und da kam es mir vor, als ob über die Wangen dieses berühmten Mannes Tränen liefen.

16
Ein Gast beim Aufsichtsbeamten

Der Mann, der zwei Beutel besaß, wie Runolfur Jonsson ihn nannte, der Kommandeur der Stadtverwaltung, wie Kapitän Hogensen ihn titulierte, das heißt der höchste Aufsichtsbeamte der Stadt – denn dafür hielt ich ihn –, war derjenige von uns Kumpanen, der unser Zusammenleben am meisten durch seine Abwesenheit verschönte. Ich war seit meiner Geburt sein Kammergefährte gewesen, aber erst in diesem Sommer entdeckte ich ihn, und zwar durch reinen Zufall: der Mann existierte also wirklich. Es war, als ob einem zum erstenmal der Steinhaufen auffiele, der auf einer Anhöhe südlich von unserm Haus steht und der immer dort gestanden hatte und einem deshalb nicht aufgefallen war. So vergeht ein Menschenleben – bis man entdeckt, daß der Steinhaufen, den man seit Jahren gesehen hat, genau die Mittagslinie bezeichnet.

Der Hochsommer hatte gerade begonnen, als ich mitten in der Nacht plötzlich erwachte – nicht eigentlich erschrocken, das wäre übertrieben, jedoch höchst erstaunt, die Stimme des Aufsichtsbeamten zu hören, und nicht zum wenigsten, weil er von etwas anderem als von Adlern und Mäusen sprach. Hätte er Großmutter erzählt, daß das Mäuseweibchen unter der Türschwelle seiner Anstalt heute Junge bekommen habe, ja sogar wenn er es in der Stille der Nacht gegen Kapitän Hogensens ledernes Trommelfell geschrien hätte, würde ich weitergeschlafen haben, als ob nichts geschehen wäre. Ich erwachte, weil dieser Mann aus dem Geschlecht der Alfen vertraulich mit einem guten Freunde zu flüstern begonnen hatte, und zwar über die Welt und die Zeit, über die Menschheit und das Schicksal der Menschenwerke auf Erden, und auch, weil das Gespräch vom Klang jenes Metalls begleitet wurde, das viele höher schätzen als Silber und Kupfer und nur wenige geringer als Dreck. Ich begriff instinkiv, daß hier von Geheimnissen gesprochen wurde, und ich hütete mich, die Augen zu öffnen und mich in das Gespräch einzumischen. Ich lag stiller als einer, der schläft. Großmutter und Tante Kristin führten manchmal, wie ich früher schon berichtet habe, Gespräche unter vier Augen; und von beiden, besonders jedoch von Tante Kristin selig, war mir eingeschärft worden, daß jemand, der ein Gespräch belauscht, das zwei andere unter vier Augen führen, eine Todsünde begeht und daß ein anständiger Mensch, der unglücklicherweise Zeuge eines solchen Gesprächs wird, es als eigenes Geheimnis betrachten muß.

Ich ahnte natürlich nicht, was zwischen diesen beiden vertrauten Freunden vor sich gegangen war, als ich mitten in ihrem Gespräch erwachte, noch weniger, um was es sich eigentlich gehandelt hatte, als unser Kammergefährte seinen Gast schließlich zur Tür hinausbegleitete und alles wieder still war wie zuvor. Ebensowenig habe ich den Gast zu Gesicht bekommen – denn nichts lag mir ferner, als mich im Bett neben Kapitän Hogensen aufzurichten, um mir den Fremden anzusehen.

Neugier kann man eine Tugend oder ein Laster nennen; das hängt von der Morallehre ab, die man eingetrichtert bekommen hat. Bei uns im Brekkukot war Neugier gleichwertig mit Diebstahl. Aber nun, da alle, die an diesem Geheimnis teilhatten, längst dahingegangen sind, die Welt, in der sie gelebt haben, der Vergangenheit angehört und nur ich allein übriggeblieben bin, steigen Geister aus tiefer Vergessenheit empor. Menschen und Bilder aus versunkener Zeit melden sich wieder und erhalten eine Bedeutung, die einstmals verborgen geblieben war.

So verhält es sich auch mit diesem unvollständigen Bericht über ein Gespräch, das mich vor vielen Jahren aus dem Schlaf geweckt hat, eine nächtliche Beratung, deren Zeuge ich unfreiwillig wurde. In Wirklichkeit sind die Worte, die damals gesprochen wurden, selbstverständlich nicht genau die gleichen, die ich hier niederschreibe, ebensowenig wurden sie damals in derselben Reihenfolge geäußert, doch ich bin felsenfest davon überzeugt, daß Inhalt und Gedankengang jener nächtlichen Beratung und ihre Beweisführung so gewesen sind, wie ich sie nun aus der Erinnerung wiedergeben werde.

„Ja, du hast recht, mein Freund, wir sind wahrlich miteinander verwandt. Obwohl ich begreiflicherweise nicht so gut wie die Rassenveredler oder Biochemiker weiß, was Verwandtschaft ist, so weiß ich doch, was wichtiger ist, nämlich daß wir beide inniger verwandt sind als andere Menschen, obwohl du der berühmteste Isländer bist, ich hingegen der unberühmteste."

„Liebster Anverwandter", wurde flüsternd entgegnet, „du weißt, daß ich nicht würdig bin, deinen Schuhriemen zu lösen. Ich weiß auch, daß es geradezu lächerlich ist, wenn ich dich meinen Anverwandten nenne. Meister ist der Name, der dir gebührt. Hättest du deine Heimat in Indien, du würdest in einem rotgoldenen Schloß hoch auf einem Berge wohnen. Männer und Frauen aus fernen Reichen würden dorthin kommen und auf ihren Knien den Berg emporkriechen zu dir, und sie würden ihre Stirn vor dir in den Staub senken."

„Seltsam", sagte der Aufsichtsbeamte, „daß es mir stets so vorgekommen ist, als sei der, der auf seinen Knien den ganzen Weg zum Berg emporpilgert, und der, der oben in einem rotgoldenen Schloß wohnt, ein und derselbe Mann."

„Denkst du nie darüber nach, wie schlecht du mit diesem deinem einzigen Leben verfährst, lieber Anverwandter?"

„Man sagt, die Katze besitze neun Leben – bis sie gehängt wird."

„Ich frage, findest du es nie unziemlich, daß du, ein weiser Mann, dein Leben gleichsam in Sühne verbringst, als der niedrigste von allen?"

„Hoch oder niedrig, Freund", sagte der Aufsichtsbeamte wie überwältigt von innerer Heiterkeit, „ich weiß nicht, was das ist."

„Ich meine den Platz, den ein Mann in der Welt einnimmt, die Größe der Entschlüsse, die er faßt, das Gewicht seiner Taten – wenn du mir solche Worte verzeihen kannst."

„Das ist völlig richtig", sagte der Aufsichtsbeamte. „In unseren alten Sagas macht man einen Unterschied zwischen Menschen und Geschehnissen. Dort gibt es Helden und kleine Leute. Dort gibt es große Taten und Spatzendreck. Oder richtiger ausgedrückt: Kleine Leute und Spatzendreck dürfen in den alten Sagas am besten nicht vorkommen. Mich hingegen hat das Leben gelehrt, keinen Unterschied zwischen Helden und kleinen Leuten zu machen. Von meiner Kammertür aus betrachtet, sind Menschen und Geschehnisse ziemlich gleich groß oder gleich klein."

„Aber wenn du nun einen anderen Platz haben würdest, Anverwandter? Oder überhaupt keinen Platz; ich meine, wenn du irgendwo stehen würdest, von wo aus du die Dinge sehen könntest, wie sie wirklich sind; in re vera, wie wir es in der ersten Klasse gelernt haben?" fragte der Gast.

„Leider kann ich nur schlecht Latein", sagte der Aufsichtsbeamte. „Aber manchmal erinnere ich mich noch an Rechnen und ganz besonders an eine Zahl: das ist die Zahl Eins. Doch ich muß zugeben, daß sie die unbegreiflichste von allen Zahlen ist, die es in der Welt gibt. Wo diese besondere Größe aufhört, da weiß ich nur noch etwas, das übernatürlich ist, obgleich es vielleicht *die* Wirklichkeit ist, die die menschlichen Geschöpfe am tiefsten berührt, und das ist die Zeit. Und wenn man an diesen eigentümlichen Ort denkt, von dem ich vorhin sprach, nämlich an die Welt, die nur eins ist, und ihren Zusammenhang mit dem einzigen Übernatürlichen, das wir kennen, der Zeit, da hört alles andere auf, höher oder niedriger, größer oder kleiner zu sein."

„Ja, aber bist du zufrieden?" fragte der Gast den Aufsichtsbeamten geradeheraus und vielleicht auch ein wenig ungeduldig.

„Kann ich etwas für einen Mann, der zu mir kommt, tun, so bin ich zufrieden", sagte der Aufsichtsbeamte. „Ich will nicht behaupten, daß ich stets vollkommen zufrieden bin. Zum Beispiel tut es mir immer leid, wenn man Diebe hängt. Aber ich freute mich riesig, als ich hörte, der Fürst von Montenegro habe jüngst geheiratet. Ich weiß recht gut, daß ich für keinen Menschen etwas bedeute; doch der lange Finger ist nicht größer als der kleine Finger, wenn man beide an der Unendlichkeit mißt oder wenn man die Hand ballt. Oft kommen hier Männer angeritten und steigen vor der Tür ab; sie sind vielleicht auf weiten Ritten, Ritten von zehn Tagen oder gar mehr. Was ich für sie tun kann, ist, daß ich ihnen den Steigbügel halte, wenn sie wieder zu Pferde steigen. Ich finde, die Quelle allen Wohlbefindens ist, sich nicht darum zu kümmern, wo die Leute hinreisen wollen. Ich fühle mich deshalb auch stets so wohl, weil ich es als eine Selbstverständlichkeit betrachte, jedem einzelnen zu helfen, dorthin zu kommen, wohin er will."

„Im übrigen, lieber Anverwandter, um auf die Hilfe zurückzukommen, die ich, wie ich bereits andeutete, von dir erbitten wollte: Weißt du, ob du mir nicht damit helfen würdest, ein Verbrecher zu werden? Möchtest du mir dazu verhelfen?"

Da sagte der Aufsichtsbeamte: „Ich möchte dir nicht gern beistehen, anderen Menschen Schaden zuzufügen, Guter; und auch nicht dabei, dir selbst Schaden zuzufügen, es sei denn, daß du dich dabei wie im Paradiese fühlst. Die Maus wohnt in einem Loch. Es ist entsetzlich schwer, in einem Loch zu wohnen; jedenfalls würden die Vögel es für ein klägliches Paradies halten. Andererseits fühlt der Adler sich auf den Felsgraten daheim und nennt sich König in der Vorhalle der Winde; ja, welch ein unglaublicher Unsinn, Freund. Und unsere armen kleinen Heidevögel, die jeden Frühling nach

Island geflogen kommen, um im Herbst wieder auf ihren unzulänglichen Flügeln über das gewaltige Meer zurückzureisen! Aber glaube nicht, sie täten es aufs Geratewohl oder ins Blaue hinein. Nein, sie haben ihre Weisheit, obwohl man mit Belegstellen aus Schriften von Fachleuten beweisen kann, ihre Weisheit sei Aberwitz. Ich beziehe mich nie auf Fachleute. Viele meinen, es sei richtig, Vögel zu schießen, denn sie seien so dumm. Ich würde es nie tun. Ich meine, man soll allen helfen, so zu leben, wie sie wollen. Käme eine Maus zu mir und sagte, sie wolle übers Meer fliegen, und der Adler sagte, er wolle sich ein Loch in die Erde graben, so würde ich nur entgegnen: Bitte schön! Zum mindesten soll man allen erlauben, so zu leben, wie sie wollen, solange sie nicht andere daran hindern, so zu leben, wie sie wollen. Ich weiß, es ist am bequemsten, zu beweisen, daß es für alle das beste wäre, Würmer im selben Kohlgarten zu sein; aber weder der Adler noch die Maus glauben an diese Wahrheit. Ich fühle mich ebenso verbunden mit dem Adler, der nachweisbar einer Irrlehre huldigt, wie mit der Maus, die so geringe Gedanken im Kopf hat, daß sie sich ein Loch in die Erde gräbt. Ich bin ein Freund der Zugvögel, obwohl sie, milde gesagt, einer bedenklichen Lebensanschauung huldigen, vielleicht noch dazu einer unrichtigen. Und obwohl es unvernünftig und lebensgefährlich, ja in Wirklichkeit reinweg verbrecherisch ist, mit diesen winzigen, unzulänglichen Flügeln übers Meer zu fliegen, so ist es dennoch so schön, den Goldregenpfeifer im Frühling flöten zu hören, daß Jonas Hallgrimsson darüber ein Lied gedichtet hat."

„Und es kommt dir niemals der Gedanke, Anverwandter, daß du einen widerwärtigen Dienst verrichtest?" fragte der Gast.

„Ja, das ist nun so, und so ist das nun", sagte der Aufsichtsbeamte und wurde nachdenklich. „Ich will dir eine Geschichte erzählen. Wie du weißt, gibt es nichts, was einen Isländer so reizen kann, als wenn man zu ihm sagt, er sei Däne. Als ich noch Bauer draußen in Skagi war, fuhr ich einmal zu meinem Vergnügen hierher zur Stadt. Ich kam zu zwei Orten, die einander darin ähnelten, daß Leute vom Lande sie wegen ihrer Gesundheit besuchten. Der eine Ort war der, wo ich jetzt Aufsichtsbeamter oder, wie Jon Hogensen sagt, der dort hinten schläft, Kommandeur bin. Ich war vorher in einigen mitelmäßigen Orten gewesen, aber dieser Ort war weniger reinlich als die meisten anderen, die ich besucht hatte. Leider waren es Isländer, die für die Sauberkeit dieses Ortes zu sorgen hatten. Und dann hatte ich etwas in der Apotheke von Mikael Lund zu tun, der, mit Verlaub, ein Däne ist. Und ich scherze nicht, wenn ich sage, daß man sich dort nicht nur oben in der Decke und an den Wänden, sondern auch auf dem Fußboden spiegeln konnte. Dort duftete es nicht nur von allen Regalen nach Desinfektionsmitteln, Arzneien und Seifen, sondern auch nach Flüssigkeiten mit Wohlgerüchen. An diesem Tag empfing ich eine Berufung."

„Berufung?" fragte der Gast. „Von wem?"

„Von Gott", sagte der Aufsichtsbeamte.

„Von welchem Gott?" fragte der Gast. „Ich dachte, du glaubst an keinen Gott."

„Du mußt ein wenig vorsichtig mit deinen Worten sein, mein Guter. Wer weiß, ob ich nicht an mehr Götter glaube als du. Jedenfalls empfing ich eine Berufung. Ich empfing eine Berufung vom lieben Gott, die Anstalt hier unten am Wasser auf ihre Weise ebenso proper und duftend wie die Apotheke des Dänen Mikael Lund zu machen. Ich verkaufte alles, was ich besaß, um dieser Berufung Folge zu leisten. Ich weiß bestimmt, wenn du nur ein wenig nachdenkst, mußt du einräumen, daß für mich keine Arbeit widerwärtig sein kann, zu der mich der liebe Gott berufen hat. Es gibt nur *eine* Arbeit, die widerwärtig ist, nämlich schlecht ausgeführte Arbeit. Die Welt ist eins, und der Mensch ist eins, und darum ist auch das Werk eins. Es gibt Unterschiede in der Sorgfalt, aber nicht im Werk."

„Würde die Sache sich nicht doch anders stellen, Anverwandter", sagte der Gast, „wenn ich, da du hast durchblicken lassen, daß du mir vielleicht helfen willst, dir einen Gegendienst leisten dürfte, wozu sicher nicht viele so gut imstande sind wie ich? Ich stehe bei fast allen bedeutenden Männern der Stadt hier in Gunst, und ich duze mich mit den führenden Leuten des Landes. Mit deiner Erlaubnis könnte ich dir ohne weiteres sofort eine Arbeit verschaffen, durch die du ein Vielfaches verdienst wie bei deiner jetzigen Arbeit; eine Stellung, die es dir ermöglichen würde, zum Besten deiner Mitbürger auf edlere Weise tätig zu sein als in deiner jetzigen Stellung."

Der Aufsichtsbeamte antwortete: „Ich weiß, daß meine Stellung nicht hoch genannt werden kann. Aber niedrig ist sie auch nicht, solange Menschen gezeugt und geboren werden."

So wie vor Jahren jemand entdeckte, daß der Steinhaufen auf der Anhöhe südlich vor unserem Haus die Mittagswarte war, entdeckte ich, Alfgrimur, viele Jahre später, daß ich während einer

Nacht in meiner Jugend einen wirklichen Menschenfreund mit den Worten der Kirchenväter und Heiligen habe sprechen hören – nur mit dem großen Unterschied, daß deren Worte umgekehrte Vorzeichen trugen, denn sie sprachen mit vollkommenem Abscheu von der Entstehung des Menschen: Homo inter faeces et urinam conceptus est.

Ich weiß nicht, ob der Gast eingesehen hatte, daß es völlig hoffnungslos war, den Aufsichtsbeamten zu seiner Ansicht zu bekehren – jedenfalls sagte er nichts mehr. Der Aufsichtsbeamte sprach dagegen da weiter, wo er aufgehört hatte, und ehe sie hinausgingen, schloß er das Gespräch, soweit es im Zwischenstock geführt worden war, folgendermaßen:

„Nein, Freund", sagte er. „Ich schere mich um keine andere Arbeit als um die, welche ich verrichte. Und wäre ich Statthalter, ich könnte den Menschen nicht besser dienen, am allerwenigsten mir selbst, als ich es jetzt tue. Ich halte den Steigbügel, wenn Leute wieder aufsitzen wollen. Was ich für dich tun kann, ist, ich weiß es gut, nur eine Kleinigkeit; und zwar deshalb, weil die Welt nur eins ist und in der Zeit existiert; und die Zeit ist übernatürlich und der unüberwindliche Herrscher von allem, was ist. Trotzdem bin ich bereit, dir noch etwas mehr als bisher beizustehen. Ich habe zwei Beutel. In dem einen ist Schnupftabak. Im andern ist Gold. Wie oft habe ich gedacht, daß ich der Vorsehung dankbar sein würde, wenn ich eine Gelegenheit fände, mit Schnupfen aufzuhören. Jetzt ist endlich diese ersehnte Gelegenheit gekommen. Du sollst meinen ganzen Monatslohn auf Heller und Pfennig erhalten. Dagegen wage ich es nicht, dir von dem Kaufschilling, den ich für mein Land bekam, im Augenblick mehr als zwanzig, dreißig Goldstücke zu geben. Unvermutet könnte nämlich ein anderer Mann sich bei mir einfinden, und ich würde dann vielleicht denken, daß es meine Schuldigkeit sei, auch ihm den Steigbügel zu halten, wenn er wieder aufsitzen will.“

17

Für drei Öre Pfeffer

Man braucht nur flüchtig in den Zeitungen von damals zu lesen, zum Beispiel in „Foldin", um feststellen zu können, daß das Leben in diesem kleinen Fischerort durchaus nicht ganz ereignislos gewesen ist, obwohl einige behaupteten, er läge außerhalb der Welt. Gerade in jenen Tagen verbreitete sich überall im Lande die Neuigkeit, unser berühmter Sänger habe an das hohe Althing einen Brief geschrieben. Darin habe er der gesetzgebenden Versammlung mitgeteilt, er sehe es auf Grund seiner Berühmtheit draußen in der Welt, die er mehr der Gnade Gottes als eigenen Verdiensten verdanke, als überflüssig an, daß jedem Menschenkind, das sich mit schwieligen Händen auf Island abrackere, weiterhin seinetwegen Steuern aufgebürdet würden. Mit diesem Brief verzichte er auf die Gelder, die ihm von der Staatskasse bewilligt worden seien; denn jetzt wäre die Zeit gekommen, hieß es in dem Brief, wo die Rollen getauscht werden müßten. Es sei angemessener, daß *er* fortan die Bauern und Fischer an diesem Strand mit Geschenken überschütte. Gleichzeitig danke er dem Althing für die Summen, die man ihm bislang aus den öffentlichen Mitteln Islands zur Hebung der Kultur im Ausland bewilligt habe. Die Großherzigkeit der Landesregierung beweise mit aller Deutlichkeit, daß das auf dieser Insel ansässige Volk auch fürderhin das Banner der Vorzeit hochzuhalten gedenke. Über diesem Brief war ein Bild Gardar Holms gedruckt – eins der ersten Bilder, die isländische Zeitungen von Männern des Landes gedruckt haben, und außerdem das größte, das diese Zeitung brachte bis zu dem Tage, an dem einige Jahre später der König von Dänemark unser Land besuchte.

In den Zeitungen konnte man damals viele lobende Worte über dies junge Genie lesen, das bereits der allgemeine Liebling des Volkes sei. So pries man Gardar Holm wegen seiner Achtung vor unserm Staatssäckel und sagte, daß er allein schon aus diesem Grunde ein leuchtendes Beispiel für jeden kunstbeflissenen jungen Isländer sei. Wegen seiner Bemühungen, die isländischen Bauern und Fischer zu schonen, wurde er den vorzüglichsten kulturellen Köpfen des Landes zugesellt. In einer Zeitung hieß es, kein Künstler könne in seiner Laufbahn ein höheres Ziel erreichen, als auf das Gold zu verzichten, das die rauhen Hände der Ärmsten des Volkes erarbeitet hätten. Man bezweifle auch nicht, hieß es weiter, daß unsere Bauern und Fischer vollauf verstünden, welche moralische Kraft der Brief dieses berühmten Mannes ausstrahle. In einer knappen Notiz an einer anderen Stelle desselben Blattes konnte man außerdem lesen, daß der Sänger dem Lande zehntausend Ansichtskarten mit seinem Bildnis geschenkt habe, die zum Besten von Lungenkranken verkauft werden sollten. In der nächsten Nummer dieser Zeitung war dann ein neues Schreiben Gardar Holms abgedruckt und darüber ein großes Porträt von ihm: „Innig und aus heißem Herzen danke ich dem Herrn Fischereibesitzer und Inhaber des Danebrogordens, dem Kolonialwarenhändler Jon Gudmundsson sowie dem Großkaufmann und Großritter des Danebrogordens G. Gudmunsen für die Gelder, die diese hochbegabten Streiter für den Fortschritt unseres Landes, diese glühenden Patrioten und lieben Landsleute gespendet haben, als ein junger Isländer sich mit bebendem Herzen auf den steilen Weg begab, der vorher noch niemals von Leuten unseres Landes beschritten worden ist, und zwar ohne viel mehr in seinem Ränzel zu tragen als seine kühnen Hoffnungen. Für das Verständnis, das diese beiden Männer damals dem Knaben geschenkt haben, und dafür, daß sie an Islands Stimme im Chor der Welt von Anfang an geglaubt haben, danke ich diesen guten Männern, Vater und Sohn, diesen wahren Isländern und Danebrogmännern. Es ist meine aufrichtige Hoffnung, daß die Isländer *den* Gesang erhalten, den das Land verdient hat. Hochachtungsvoll Gardar Holm."

Über einem anderen Artikel stand in großen Buchstaben folgende Überschrift: „Der Elfenkönig auf dem Austurvöll*". Darin wurde bekanntgegeben, daß der Sänger am nächsten Sonntagabend, falls es nicht regnete, vom Altan des Althings ein Konzert für das ganze Land geben werde. Der berühmte Sänger beabsichtige, einige Lieder aus jenem Programm zum Vortrag zu bringen, das bereits in anderen Ländern von ihm dargeboten worden sei, darunter einige Lieder, die er unter begeistertem Beifall im Teatro Colon zu Buenos Ai-

* Ostwall; Platz in Reykjavik, auf dem das Althinggebäude steht

res sowie vom Balkon des Sultanschlosses in Algier gesungen habe, beispielsweise „Die Schafe blöken im Stall“ – „Lieblich zwitscherten die Vöglein“ und „Der kalte Ostwind blies uns an“. Diesen isländischen Liedern hätten unzählige Tausende von Menschen rings auf Erden, sowohl Anhänger des Papstes wie des Sultans Muhamed, andächtig mit gesenktem Haupt gelauscht. Des weiteren beabsichtige er, hier für ganz Island einige Lieder darzubieten, die unter dem warmen, sonnengoldenen Himmel des Mittelländischen Meeres zu Hause seien, bislang aber noch niemals im blaukalten Saal der isländischen Berge vernommen worden wären. Zum Abschluß gedächte er den „Erlkönig“ zu singen.

Ich fragte Großmutter, weshalb sie nie „Foldin“ lese.

Sie antwortete: „Es hieß stets, ich sei dumm.“

„In den Zeitungen steht, daß Gardar Holm am Sonntag auf dem Austurvöll singen will.“

„Das geht mich nichts an“, sagte sie. „Schön singt der Schwan, solange es Sommer ist.“

„Können wir nicht Sonntag zum Austurvöll gehen, Großmutter?“ fragte ich.

„Ich meine, einen Gesang, den wir nicht im Brekkukot zu hören bekommen, brauchen wir nicht auf dem Austurvöll zu suchen, lieber Junge“, sagte Großmutter.

„Na, dann gehe ich allein hin“, sagte ich.

Sie sagte: „Tu das. Ich habe jedenfalls *meinen* Gesang gehört. Ach ja, ach ja. Aber du sollst erst noch *deinen* Gesang hören. Geh drum ruhig hin. Und vergiß Gott nicht, wie meine Großmutter zu sagen pflegte.“

Dennoch ahnte ich, daß nichts die Gedanken

der Menschen auf beiden Seiten des Kirchhofs so sehr beschäftigte wie das Konzert am nächsten Sonntag. Ich glaube sogar ohne Übertreibung behaupten zu können, daß dies Konzert von allen Menschen in der Stadt, ja vom ganzen Volk und selbst von der Luft mit Spannung erwartet wurde. Der Kirchhof mit seiner zauberischen Welt verschwand aus meinem Gesichtskreis, die beiden Glocken schienen nicht länger zu klingen, und das Ticken unserer Uhr schien aufgehört zu haben.

An einem dieser erwartungsvollen Tage vor dem Konzert schickte Großmutter mich wegen einer kleinen Besorgung in die Stadt. Ich ging durch die Laungustett, wie damals die Hauptstraße unserer Stadt hieß, in der Gudmunsens Kaufmannsladen, das theologische Seminar und auch das Hotel d'Islande lagen. Es war kurz nach Mittag, das Wetter war trocken. Ich sah gerade, wie eine Karawane mit getrocknetem Fisch beladener Lastpferde sich in Bewegung setzte. Zu jener Zeit kauften die Bauern in der Stadt getrocknete Fischköpfe, die sie nach den östlichen Landkreisen transportierten. Die langen Märsche waren für sie so weit wie der Weg von Paris nach Peking, gemessen in Tagesreisen; sie führten durch ganz verschiedene Landschaften, über Gebirge und Hochheiden, durch Geröll und sandiges Gelände und reißende Ströme. Solch eine Menge von Tragpferden im Aufbruch war ein gewaltiges, eindrucksvolles Schauspiel, das an ferne Stätten im Morgenland erinnerte. Da fühlte ich plötzlich, daß jemand mein Kinn berührte.

„Mir kam es vor, als sähe ich mich selber", sagte Gardar Holm, der gleich anderen feinen Leuten mit einem Stock spazierenging. Zuerst starrte ich den Mann an, ohne ein Wort hervorbringen zu können; schließlich aber antwortete ich einfach: „Nein, das bin ich."

„Was hast du vor?" fragte er.

„Ich soll für drei Öre Pfeffer kaufen."

„Genau wie ich", sagte er. „Darf ich dich zu etwas einladen?"

„Nein", sagte ich.

„Nicht einmal zu einem Fünförekuchlein?" sagte er.

„Ganz überflüssig", sagte ich.

Ein Sahnetörtchen, nur wenig größer als ein Fünförestück, kostete damals soviel wie Fisch für zehn Menschen. Bedauerlicherweise hatte ich in jenen Jahren, als ich geradezu versessen auf süße Sachen war, nur selten Gelegenheit, für dergleichen Kapital anzulegen. Solche Leckereien hatten außerdem den Nachteil, daß man sie nur wenige Augenblicke im Mund behalten konnte, denn der Kuchen zerschmolz auf der Zunge wie Schnee bei Sonnenhitze, um einem dann von allein in den Hals zu rinnen, und gerade in dem Augenblick, wo man den lieblichen Geschmack erst richtig zu spüren begann. Und hinterher hatte man kein Geld mehr für einen zweiten Kuchen. Es war wirklich keine Kleinigkeit, zu einem Fest mit Aussicht auf eine derartige Bewirtung eingeladen zu werden.

Er ließ mich in der Laungustett an seiner Seite gehen. Alle, die zur angesehenen Bürgerschaft gerechnet wurden, nahmen den Hut ab, und sämtliche besseren Frauenzimmer nickten uns zu. Einige blieben stehen, blickten sich um und schauten ihm nach.

„Sag, wie heißt du eigentlich, mein Freund?" fragte mich Gardar Holm.

„Ich heiße Alfgrimur."

„Unglaublich, was ich schwätze", sagte er. „Das kommt natürlich daher, daß ich es kaum glauben kann. Was wollte ich sonst noch fragen? Richtig, interessiert dich sonst etwas?"

„Ich habe vor, Sonntag hinunter nach dem Austurvöll zu gehen."

„Was willst du dort?"

„Ich möchte dich singen hören."

„Warum denn?"

Ich überlegte kurz und antwortete dann: „Es gibt nämlich etwas, was ich gern hören möchte."

„Etwas? Was meinst du?"

„Ich möchte so furchtbar gern den reinen Ton hören."

Da schien Gardar Holm plötzlich gleich einem Schlafwandler zu erwachen, er blieb mitten auf der Straße stehen und betrachtete mich.

„Was redest du nur, Kind?" sagte er verblüfft.

Jetzt vergaß ich meine Schüchternheit und blickte ihm in die Augen. Und mitten in der Laungustett richtete ich ohne weiteres jene Frage an ihn, die ich seit drei Jahren in mir herumgetragen hatte, nämlich seit meinem Gespräch mit Ehrwürden Johann: „Stimmt es, daß es nicht mehr als *einen* reinen Ton gibt?" fragte ich Gardar Holm.

„Das stimmt", sagte er. „Fast hätte ich gesagt: leider."

„Wenn man nun diesen Ton treffen könnte!" sagte ich.

„Ach, ahnte ich es nicht, daß ich mir selber hier auf der Laungustett beim Pfefferkaufen begegnen würde! So, du hast also ebenfalls mit Ehrwürden Johann gesprochen?"

In meiner Jugend waren es ausschließlich

schöne Damen und feine Fräulein, denen die Bewachung der Schätze der Zuckerbäckerkunst anvertraut wurde, die in den Bäckerläden unserer Hauptstadt angehäuft waren und sich über Tische und Bänke, Borde und Regale an allen Wänden ausbreiteten. Eine Bäckerei zum Beispiel wie die von Fridriksen konnte im Grunde genommen nur mit dem Lande Persien unter Einschluß von halb Syrien und einem Teil von Konstantinopel verglichen werden, das heißt, so wie diese Gegenden in den Ulfarsreimen beschrieben sind. Kaum hatten wir die Ladentür von Fridriksens Bäckerei, die in einem Keller lag, hinter uns geschlossen, als der berühmte Sänger seinen Hut vom Kopf riß, sich tief, ich möchte fast sagen: in den Staub verneigte und ehrerbietig dies eine Wort von sich gab: „Madonna!"

Da war also endlich ein Mann, der wußte, wie man sich schicklicherweise gegen ein Mädchen in einem Bäckerladen zu benehmen hatte. Sie stand in isländischer Tracht, mit Silberschmuck am Busen, hinter dem Ladentisch, lächelte stilvoll und errötete ein wenig. Aber sie wurde nicht ohnmächtig. Wahrscheinlich war der Sänger schon früher hier gewesen.

Vor dem Ladentisch stand ein kleines dralles Mädchen, vielleicht gut ein Jahr älter als ich, und kaufte zwei Weißbrote. Als der berühmte Mann den Bäckerladen betrat, seinen Hut vom Kopf riß und die Madonna errötete, wurde die rundliche Kleine plötzlich recht verlegen, dann knickste sie tief mit begeistertem Entsetzen in den Augen. Gardar Holm sah das Mädchen flüchtig an, und da erkannte er es. Er trat zu ihm, gab ihm einen Kuß auf die Stirn, streichelte das rotbäckige Gesicht und fragte, was für Neuigkeiten es zu berichten habe.

„Gar keine“, sagte die dralle Kleine, und dann plapperte sie los: „Aber Papa und Mama sagen immerzu, daß du ja doch nicht kommst.“

„Jetzt komme ich und esse geröstetes Weißbrot“, sagte er. „Doch nun sollst du erst einmal diesen Jungen kennenlernen, der bald ebenso groß ist wie du: er ist nämlich in Wirklichkeit ich selbst. Wie heiße ich noch?“

Er sah mich an und dachte vielleicht, ich würde antworten; aber ich wagte es nicht, in einem so merkwürdigen Zusammenhang meinen Namen auszusprechen. Da ich also schwieg, sagte er: „Dies ist das kleine Fräulein Gudmunsen. Ihre Mama röstet Weißbrot besser als alle anderen Frauen auf Island.“

Es war, als ob eine Wolke über das Gesicht des kleinen Mädchens zog, und es sagte unsicher: „Ist – der da mit dir zusammen?“

„Wir sind alle miteinander zusammen, liebe Kinder. Seid so gut und nehmt euch einen Fünförekuchen.“

„Nein, danke“, sagte das kleine Mädchen und betrachtete mich fragend. „Ich muß schnell nach Hause gehen.“

„So eilig dürfte es wohl doch nicht sein, kleines Fräulein“, sagte Gardar Holm. „Madonna, darf ich Sie bitten, uns jene breite weiße Platte auf dem Untersatz da hinten herüberzureichen?“

Die Madonna setzte eine mit Sahnekuchen beladene Platte vor uns auf den Ladentisch. Man hätte beim Anblick dieser vielen leckeren Kunstwerke vor Glückseligkeit fast schwindelig werden können.

„Bitte, liebe Kinder", sagte Gardar Holm.

Ich nahm mir einen Kuchen und wollte so manierlich essen, wie ich es daheim gelernt hatte; ich versuchte noch dazu, mir das Stückchen Kuchen auszusuchen, das in Farbe und Form am unscheinbarsten war, denn Großmutter hatte mir eingeschärft, als Gast stets den unansehnlichsten Bissen zu wählen. Nimmt man aber solch ein Stückchen Kuchen und beginnt es manierlich zu essen, so bleibt eigentlich nichts davon übrig als etwas Klebriges an den Fingern. Doch da sah ich plötzlich, wie der Sänger über die Kuchen herfiel. Ich übertreibe nicht, wenn ich sage, daß er die Kuchen behandelte, als ob sie allesamt einzig und allein ihm gehörten. Solch ein Benehmen hatte ich nie vorher erlebt: hier konnte keine Rede davon sein, das geringste Stück zu nehmen. Das kleine Fräulein Gudmunsen war genau wie ich überwältigt, und die Madonna lächelte bei jedem neuen Stück Kuchen, das der Sänger verschlang. Sie verschwanden oder, richtiger, rannen wie reißende Gewässer seinen Schlund hinab, eins nach dem andern, manchmal zwei und drei Kuchen auf einmal. Während er aß, sagte er unablässig: „Bitte, liebe Kinder!" Ich war dermaßen verblüfft, daß ich nicht mehr genau weiß, ob ich mich damals überhaupt an das zweite Stück Kuchen herangewagt habe. Ich glaube mich nur schwach zu entsinnen, daß ich mich damit begnügt habe, närrisch und mit vom Kuchen Nummer eins klebrigen Fingern dazustehen und ihn anzugaffen.

„Jesus", sagte das kleine Fräulein Gudmunsen.

„Es kommt darauf an, so viele Stücke wie möglich zu verschlingen, bevor sie sauer werden", sagte Gardar Holm, nachdem die Platte fast leer geworden war. „Wollen wir nicht die Madonna um eine zweite Platte voll Kuchen bitten?“

„Ja“, sagte keuchend das kleine Fräulein Gudmunsen. „*Das* hätte Papa sehen sollen, der immerzu sagt, verfaulter Fisch sei das beste. Oder Mama, die sagt, Weißbrot muß geröstet sein.“

Gardar Holm wischte sich mit seinem Taschentuch die Lippen und lachte über uns. „Wieviel, Madonna?“ fragte er dann, steckte die Hand in eine Tasche, klimperte mit etwas und holte dann eine Handvoll Goldstücke hervor. Er warf ein Goldstück auf die leere Platte und sagte: „Bitte schön, Madonna.“

„Jesus“, sagte das kleine Fräulein Gudmunsen. „Ist das ein echtes Goldstück?“

„Echtes Gold gibt es nicht, liebe Kinder“, sagte er. „Gold ist seiner Natur nach unecht.“

„Jesus“, sagte das kleine Fräulein Gudmunsen.

„Ich kann leider nicht wechseln“, sagte die Madonna, während sie beide Seiten des Goldstücks betrachtete. „Soviel Geld hat es noch niemals in meiner Kasse gegeben, seit ich hier angestellt bin. Sie reden am besten mit Fridriksen selber.“

„Damit warten wir bis zum nächsten Mal“, sagte Gardar Holm. „Adieu, Madonna.“

„Nein“, sagte die Madonna, „ausgeschlossen. Ich wage es kaum anzufassen. Ich hätte keine Ruhe mehr im Leibe, solange ich es in der Nähe wüßte.“

Gardar Holm war bereits halb aus dem Keller hinaus und hatte seine Hände über meine und Fräulein Gudmunsens Schulter gelegt, als ob wir beide ihm gehörten. Die Madonna lief mit dem Goldstück hinter uns her. „Ich flehe Sie an, Gardar Holm, nehmen Sie Ihr Goldstück wieder mit!“ rief sie.

„Dann geben Sie es diesem jungen Mann, Madonna“, sagte der Sänger. „Er ist beinahe mehr Gardar Holm als ich selber.“

Die Madonna legte das Goldstück in meine Hand und preßte meine Finger darüber zusammen.

„Hier ist das Goldstück“, sagte ich, als wir die Straße erreicht hatten. „Und nun muß ich gehen. Ich hätte fast vergessen, daß ich für Großmutter Pfeffer besorgen soll.“

„Genau wie ich“, sagte Gardar Holm. „Meine Mutter schickte mich einmal fort, um für sie Pfeffer zu kaufen, und ich bin noch nicht wieder zurückgekommen.“

„Hier ist das Goldstück“, sagte ich noch einmal.

„Mein Lieber“, sagte er, „steck doch diese paar Öre in deine Tasche.“

„Jesus“, sagte das kleine Fräulein Gudmunsen. „Das sollte mein Papa sehen. Und Mama.“

Er ließ mich mit dem Goldstück in der Hand auf der Straße vor Fridriksens Bäckerei stehen und ging in die entgegengesetzte Richtung, den Stock in der einen Hand und an der anderen das kleine Fräulein Gudmunsen mit ihren beiden Weißbroten. Als er aber ein paar Schritte gegangen war, fiel ihm plötzlich etwas ein, er drehte sich um und rief mir zu, der ich noch mit dem Goldstück in der Hand dastand: „Ich habe ganz vergessen, dich zu bitten, deine Großmutter zu grüßen. Ich bitte dich gleichfalls, unsern lieben Pastor Johann zu grüßen. Bestell ihm, daß er völlig recht hat: es gibt nämlich *einen* Ton – und *der* ist rein.“

18
„Wenn unsre Lykla gekalbt hat“

Da habe ich nun die Frau aus Landbrot über dem glänzenden Konzert am Austurvöll vergessen, aus dem selbstverständlich nie etwas geworden ist, denn der Gast, der uns besucht hatte, mußte natürlich einen Tag vor seinem Konzert über See abreisen, weil er von der Welt draußen gerufen wurde, um ruhmreiche Taten zu vollbringen, die keinen Aufschub duldeten. Aber der Gast, der gekommen war, um die Frau aus Landbrot zu besuchen, der verweilte.

„Lerne, dich nie im voraus auf etwas zu freuen“, sagte die Frau, „denn das ist der Anfang dazu, alles ertragen zu können.“

„Was, glaubst du wohl, würden deine Kinder denken, wenn sie wüßten, in welche Gesellschaft du auf dem Zwischenstock hier im Brekkukot geraten bist?“ sagte Großmutter.

„Ich bin so froh, wenn ich Stimmen höre“, sagte die Frau. „Ich bekomme stets Angst, wenn jemand geht.“

„Ja, wir können dir eigentlich nichts anderes bieten als unser Geschwätz“, sagte Großmutter.

Da sagte die Frau: „Mein Junge, der nicht einen Augenblick ohne seine Mutter sein will, und das Mädchen, das jetzt zwölf Schafe hat – nein, ich weiß, so Schlimmes wünschen sie mir denn doch nicht, wie vor ihren Augen zu sterben, gerade jetzt, da unsre Lykla bald Milch geben wird. Seit sieben Jahren haben wir kein Klauenvieh mehr gehabt!“

„Ich sehe, du hast deinen Rock hierhergehängt, Kommandeur“, sagte Kapitän Hogensen. „Lüg etwas, bevor du einschläfst.“

„Nun ist das Katzenbiest, das sich seit einem Monat bei mir unten am Wasser herumgetrieben hat, verschwunden“, sagte der Aufsichtsbeamte. „Ich möchte fast glauben, daß die Obrigkeit den Kater aufgehängt hat. In unserer Zeit macht alles mächtige Fortschritte. Mit Verlaub, wem gehört das Goldstück da oben auf dem Wandbrett hinter dir, Kapitän Hogensen?“

„Es gehört Alfgrimur“, sagte Kapitän Hogensen. „Jetzt hat man angefangen, Goldstücke zu verschenken. Heutzutage wagt man nicht, einem Kind weniger zu schenken als den Wert einer halben Kuh. Lüg nun was Gewaltiges.“

„Gibt es nicht!“ sagte der Aufsichtsbeamte. „Wenigstens noch nicht. Höchstens hier im Zwischenstock. Wie geht es denn im Verschlag?“

„Mir geht es nicht viel anders als dem Kater“, rief die Frau aus der Butze nebenan. „Eine Katze verschwindet dann und wann und taucht wieder auf, wenn man überhaupt nicht mehr an sie denkt.“

„Genau“, sagte der Aufsichtsbeamte, als er sich auf der Bettkante neben Runolfur Jonsson die Socken auszog. „Neun Leben stecken in einer Katze. Früh genug, über sie zu jammern, wenn man so eine Graugestreifte hängen sieht. Aber etwas Gewaltiges wär’s, Hogensen, wüßte jemand mit Bestimmtheit, daß es *nach* den neun Leben im Katzengeschlecht noch was gäbe. Darüber habe ich bis jetzt noch nichts gehört. Wenigstens nicht bis heute, Freund. Vielleicht aber morgen, Freund."

Runolfur Jonsson, der, wie alle meinten, eingeschlafen war, drehte sich auf die andere Seite und sagte: „Die Frau, die Langfische ißt, sollte eine Vergnügungsfahrt nach dem Ness hinaus machen und sich dort die Wunderwerke ansehn."

„Um Katzen schere ich mich überhaupt nicht", sagte Kapitän Hogensen. „Einzig und allein um Sachen, die einen Tick haben, zum Beispiel um Poli-tik. Hahahaha. Neuigkeiten sind für mich nur Sachen mit einem Tick."

„Ich verstehe, mein Freund", sagte der Aufsichtsbeamte. „Wir verstehen. Wir wissen, daß du auf Kriegsschiffen fährst. Eine unerhört vornehme Sache. Aber ich bin auch auf meinem Platz, lieber Hogensen. Die Schöpfung ist unvergleichlich, weit und breit."

„Ich scherte mich auch nie um Quengler, solange ich navigierte", sagte Kapitän Hogensen. „Die fluchten alle Tage mit Ausnahme von Sonntagen. Jeden Tag gab es Suppe. Diese verdammte Suppe, sagten sie. Doch am Sonntag lag ein Stückchen Speck in der Suppe. Dann sagten sie: Gelobt sei Gott der Allmächtige."

„Genau", sagte der Aufsichtsbeamte, „gelobt sei Gott der Allmächtige. Ich aber wollte diese hübschen Worte jeden Tag, nur nicht am Sonntag, sagen, weil ich überhaupt keinen Speck ausstehen kann. Rieche ich Speck, so habe ich die Nase voll. Und nun steige ich in die Klappe. Gott gebe euch allen eine gute Nacht. Aber vergeßt bitte nicht, dem kleinen Alfgrimur zu bestellen, wenn er morgen früh erwacht, daß ich sein Goldstück in Verwahrung genommen habe, damit es nicht abhanden kommt."

Und die Frau, die Langfische aß, lebte weiter. Wenn sie ihre Anfälle bekam, zog sie stets ihre Tür zu. Denn sie wollte mit ihrem Stöhnen und Jammern nicht den Mann stören, der Kriegsschiffe steuerte. Waren die Anfälle überstanden, so öffnete sie die Tür wieder ein wenig. Kamen aber Gäste, die große Neuigkeiten berichteten oder einen Abschnitt aus der Lebensgeschichte eines berühmten Isländers vorlasen, oder war gar ein gutgelaunter Mann angelangt, der ein Seemannslied oder ein Reiterlied zum besten gab, so versetzte die Frau ihrer Tür einen Schubs, daß sie sperrangelweit offenstand. Immer, wenn ich an ihrer Tür vorbeiging, sagte die Frau etwas zu mir. Sie erkundigte sich nach dem Wetter, fragte, aus welcher Richtung heute der Wind käme oder ob ich glaubte, daß das Wetter heute trocken bleiben würde. Es war jedoch ziemlich schwierig, ihre Fragen zu beantworten. Einmal sagte ich zu ihr: „Es ist Regenwetter geworden."

„Wie kann man nur solchen Unsinn reden", sagte die Frau da. „Ich weiß doch, daß es heute früh trocken war."

„Guck dir das Fenster an", sagte ich.

„Ich weiß recht gut, daß es jetzt gießt", sagte die Frau. „Aber kein Mensch sagt, daß es Regenwetter geworden ist, wenn es nicht mindestens eine Woche hindurch keinen trockenen Fleck gegeben hat."

Später am Tag fragte sie noch einmal, und da wollte ich mich besonders genau ausdrücken und sagte: „Heute gegen Mittag war es draußen naß."

„Entsetzlich, welchen Unsinn man sich anhören muß", erwiderte die Frau, „... jetzt, wo die Heuernte vorüber ist! Man kann nur dann sagen, daß es naß ist, wenn es auf das noch ausgebreitete Heu regnet."

Daher wunderte ich mich auch nicht besonders, als diese sprachgewandte Frau mich eines Tages fragte: „Hör mal, Junge, kannst du lesen und schreiben?"

Ich konnte es nicht bestreiten, aber ich wagte auch nicht, davon viel Aufhebens zu machen.

Lese- und schreibkundig zu sein bedeutete auf Island nie etwas Außergewöhnliches, nicht einmal unter armen Leuten. Es war so selbstverständlich, wie einen gedörrten Dorschkopf abpellen zu können. In meiner Kindheit wurde man erst dann in die Schule geschickt, wenn man zuvor zu Hause die isländischen Sagas gelesen hatte, ungefähr vierzig Bücher. Obwohl ich oft zugehört hatte, wenn Gäste bei uns aus den Sagas vorlasen, habe ich doch nur *die* Sagabücher gelesen, die zufällig bei uns liegenblieben.

Obwohl ich also versuchte, mit meiner Fertigkeit im Lesen und Schreiben möglichst wenig zu prahlen, beschloß die Frau, mich sofort zu bitten, ihr in der Stadt für einen halben Öre eine Stahlfeder und für zwei Öre Schreibpapier zu kaufen. Kaum war ich damit zurückgekommen, begann die Frau mir einen Brief in die Feder zu diktieren. Ich muß einräumen, daß ich mit der Rechtschreibung noch keine sonderlich gute Bekanntschaft gemacht hatte und deshalb ungefähr so schrieb, wie es die isländischen Schriftgelehrten um das Jahr elfhundert nach Christi Geburt getan haben. Der Brief dieser Frau dürfte daher mein erster Versuch in der Schreibkunst gewesen sein. Insofern müßte ich gewissermaßen jenen Leuten auf Island beigesellt werden, die bei uns die Rechtschreibung begründet haben. Ich will jedoch nicht versuchen, diese meine damalige Rechtschreibung hier genau wiederzugeben, aber in Rohschrift dürfte jener mir von der Frau diktierte Brief ungefähr folgendermaßen gelautet haben:

„An Nonni und Gunna, das sind nämlich meine Kinder. Nun kalbt unsre Lykla im Herbst – und wir haben so lange nach einem Klauenvieh getrachtet. Wenn sie kalbt, bitte ich Euch, gut zu ihr zu sein. Ich weiß, daß sie sich schon lange darauf vorbereitet hat. Ich meine nun, wo die Heuernte so gut war, daß wir uns zusammen dazu entschließen sollten, uns noch ein Kalb zuzulegen. Wird es ein Kuhkalb, so soll es Rosa heißen. Aber es ist eine Kunst, ein Zuchtkalb ordentlich zu pflegen, liebe Gunna. Wenn unsre Lykla gekalbt hat ..."

Es sah so aus, als sollte die Abfassung dieses Schriftstücks eine langstielige Sache werden. Die Frau war so genau in ihrer Wortwahl, daß ich alles, kaum daß es niedergeschrieben war, sofort wieder ausstreichen mußte.

„Wir zerreißen diesen verwünschten Unsinn wieder", sagte die Frau. Und die wenigen Zeilen, für die wir fast den ganzen Tag gebraucht hatten, waren wieder aus der Welt. So mühten wir uns einen Tag nach dem andern ab.

Es gelang uns nie, klar genug zu Papier zu bringen, was für eine Suppe das Kalb schlappen sollte. Gegen Abend waren wir immer so ermattet, daß wir uns fast schwindlig fühlten; und dann wurde die mühselige Arbeit des Tages wieder vernichtet. Ob diese Frau vielleicht in absteigender Linie mit Snorri Sturluson verwandt war? Sicher aber ist, daß sie nicht mit einem Wort von jener isländischen

Stilart abwich, die die strengsten Forderungen an den Schreibenden stellt. Oft, wenn ich selbst etwas niederschreiben will, muß ich an diese Frau denken. Sie hat sich nicht vorgestellt, man könnte seine literarische Betätigung so erbarmungslos ernst nehmen, daß es einem manchmal unmöglich wird, auch nur ein Wort oder einen Seufzer hervorzubringen, und man allerhöchstens a – a sagen kann. Nicht selten endete die Briefschreiberei damit, daß die Frau Krämpfe bekam. Vernichtet ging ich dann mit Federhalter und Papier aus der Butze und schloß die Tür hinter mir. Kapitän Hogensen nahm eine Prise aus einer Medizinflasche, die unter dem Kopfkissen seines Lagers steckte, und sagte: „Ich glaube, ich werde mir wohl bald wieder meine Jacke bürsten müssen."

Die Winternächte näherten sich bereits, ohne daß sich in der Butze eine Veränderung bemerkbar gemacht hatte. Nur war die Frau schwächer und bleicher geworden, bis sie schließlich fast durchsichtig aussah. Es war eine Wandlung mit ihr vor sich gegangen, und ihre Augen leuchteten manchmal verklärt, wie es bei von langen Leiden geplagten Menschen der Fall ist, deren letzte Stunde sich anmeldet.

An einem Tage, als der erste Frost in der Luft zu spüren war, schickte die Frau aus Landbrot einen Boten zu Björn vom Brekkukot. Sie wollte ihm Geld geben, das sie in ihrem Kleiderrock aufbewahrt hatte, damit er Bretter zu einem Sarg für sie kaufen könnte, und sie wollte ihn bitten, den Sarg für sie zusammenzufügen.

Er sagte: „Bis jetzt habe ich nichts anderes zusammengefügt als Fischnetze. Aber vielleicht kann ich einen Stümper auftreiben."

Um nicht weitschweifig zu werden, erwähne ich nur kurz, daß ein Mann, der ein bißchen tischlern konnte, gefunden wurde, worauf man sogleich unten im Schuppen mit der Arbeit begann. Großvater und der Mann, der also ein bißchen tischlern konnte, nahmen nun mit einem Zollstock bei der Frau Maß. Ich beteiligte mich an der Arbeit, indem ich Nägel zureichte oder sonst zur Hand ging und schließlich ein kleines Holzgefäß mit Kienruß hielt, den man als Zeichen der Trauer auf den Sarg strich. Während der ganzen Zeit erkundigte sich die Frau nach den Fortschritten, die die Arbeit machte. Sie hatte sich in den Kopf gesetzt, der Sarg würde nicht lang genug sein, und das ängstigte sie besonders dann, wenn sie heftige Schmerzen hatte. Ich mußte also mit Hilfe eines Bindfadens aufs neue bei ihr Maß nehmen, worauf sie mich mit dem zurechtgeknoteten Bindfaden hinunter in den Schuppen schickte, um die Länge des Sarges genau damit zu vergleichen. Aber der Sarg war bereits fertig, und der Stümper antwortete: „Sag der klapperdürren Alten, mein Junge, falls sie zu lang für den Sarg sein sollte, werden wir sie kappen. So hat man es schon in den alten Sagas gemacht."

Wenn unsre Lykla gekalbt hat, sagte die Frau –
Wenn unsre Lykla gekalbt hat;
Ja, wenn unsre Lykla gekalbt hat:
Ist es ein Stier,
Ist es ein winziges Stierkalb,
So denk dran, Nonni, ihm Torf hinzustreuen.
Abends und morgens: trocknen Torf.
Aber ist es ein Kuhkalb, was wir hoffen,
So soll es Rosa heißen.
Dann geben wir ihm Milch, jedesmal eine Bütte;

Nein, zwei soll es jedesmal haben;
Wir wollen mit Futter nicht knausern.
Es lohnt sich auf die Dauer, liebe Kinder.
Gut ist ein bißchen Grütze im Futter.
Fischbrühe schadet nichts.
Manche schütten Kaffeesatz
In den Brei fürs Kalb; das soll gesund sein,
Doch mehr fürs Wiederkäuen als für die Nahrung.
Hab ich geschrieben, daß es Rosa heißen soll?
Ach, wie ungereimt ist doch dies alles!
O je, wie mir das Schreiben durcheinandergeht;
Wir zerreißen diesen Brief und versuchen's noch mal:
Wenn unsre Lykla gekalbt hat.
Wenn unsre Lykla gekalbt hat.
Wenn unsre Lykla gekalbt hat:
Ja.

Als wir so weit gekommen waren, ging es mit der Frau schnell bergab. Ich saß auf dem Schusterschemel mit dem halbfertigen Brief auf den Knien. Da kam gerade Runolfur Jonsson nach Hause, und er begann von Wunderwerken und von mirakulösen Geschehnissen zu berichten.

„Sachte, Runolfur", sagte Kapitän Hogensen. „Mit der Frau geht es bald zu Ende."

Runolfur guckte in die Butze und sah, wie schlecht es stand.

„Nun ja, guten Tag", sagte Runki. „Es ist wohl am besten, wenn man Björn vom Brekkukot herruft."

„Ich kann nicht begreifen, was es nutzen könnte, jemand herzurufen", sagte Kapitän Hogensen. „Mensch, du mußt verstehen, daß es bald Schluß ist."

„Ja, dann weiß ich keinen andern Ausweg, als mit dem Mann zu reden, der über Björn vom Brekkukot steht“, sagte Runolfur Jonsson.

Nun waren Frost und Schnee gekommen.

Tags darauf wurde die Frau hinausgetragen. Jonas, der alte Polizist, war mit einem jungen Arbeiter erschienen, der von Osten, von Kolvidarholl, kam und halb und halb versprochen hatte, die Leiche während der ersten Tagereise zu begleiten. Danach wollte man die Leiche in Kolvidarholl verwahren, bis man einen zuverlässigen Mann auftreiben konnte, der sowieso ostwärts übers Gebirge mußte.

Damals rechnete man für eine Reise zu Pferde von der Hauptstadt ostwärts bis nach Landbrot einen Siebentageritt. Aber man hielt es doch für wahrscheinlich, daß die Leiche den größten Teil des Winters unterwegs sein würde und durch schwere Unwetter, endlose, wenig besiedelte Landschaften, über Hochheiden, Gebirge und sandige Einöden ziehen müßte, die den Weg ostwärts nach Landbrot gefährdeten, ganz abgesehen von den mächtigen, reißenden Wasserläufen.

Aufbahrung und Hausandacht fanden bei uns gleichzeitig statt, als eine einzige feierliche Handlung, und zwar ohne Pastor und ohne anderen Gesang zu Ehren der Leiche als den langen Begräbnispsalm, den ich allein singen mußte, zumal ich dies von anderen Begräbnissen her gewohnt war. Damit mußte ich beginnen, als Großmutter die Leiche eingekleidet hatte. Ich stand neben der Stiegenluke und sang wie ein Vogel auf einem Zweig, während man den Sarg vorsichtig die Stiege hinuntertrug.

Runolfur Jonsson saß auf der Bettkante mit seinen vom salzigen Meerwasser entzündeten Augen und steckte wie ein kleiner Junge den Finger in den Mund. Die feierliche Handlung erhielt ihr besonders weihevolles Gepräge dadurch, daß Kapitän Hogensen aus seinem Bett gestiegen war und seine Uniform angelegt hatte, um so die Flotte würdig zu vertreten. Die Uniform war sorgfältig gebürstet, wobei ich gar nicht die Goldknöpfe und den Schirm seiner Mütze erwähnen will. Wie ein Admiral stand er vor dem Bettpfosten, und man konnte sehen, daß die blauen Adern unter der Haut seiner Schläfen anschwollen, und die Haut nahm sich wie Pergament aus. Dieser ausländische Beamte im dänischen Reich, der Seiner Majestät König Christian IX. so sehr glich, hob, ohne zu blinzeln, die krumm gewordene Arbeitshand an den Schirm seiner Mütze, als die Leiche an ihm vorbeigetragen wurde, und ich sang den Psalm bis zum Amen.

19
Der Morgen der Ewigkeit; alles hat ein Ende

Im Spätwinter nahm Großvater mich manchmal frühmorgens mit zu den Seehasennetzen im Skerjafjord, damit ich ihm etwas helfen konnte. Diese Morgenstunden habe ich nie vergessen können.

Was geschah da? Im Grunde weiter nichts, als daß die Sonne gerade aufgehen wollte. Selten strahlen die Sterne so klar wie in der Morgenfrühe, mag es nun daher kommen, weil man kurz nach dem Erwachen am schärfsten sieht oder weil die Jungfrau Maria die ganze Nacht hindurch die Sterne blankgeputzt hat. Mitunter stand auch noch der Mond am Himmel. In einer Hütte auf Alftaness schimmerte ein mattes Licht; vielleicht wollte jemand zum Fischen hinausrudern. Oft gab es Frost, und der Schnee war hartgefroren, und nachts hatte man es im Eis krachen hören. Irgendwo in der Unendlichkeit war es wohl Frühling, wenigstens in Gottes Gedanken oder in Kindern, die noch kein Mutterschoß empfangen hatte.

Großvater hatte ein großes und ein kleines Boot. Das kleine Boot brauchten wir beim Fangen von Seehasen. Es lag unten am Strand vor einem Schuppen, in dem wir unsere Gerätschaften verwahrten. Es war leicht, dies Boot ins Wasser zu schieben. Lagen die Rollhölzer richtig, glitt es fast von selbst hinein.

Dann ruderten wir zwischen flachen Klippen und Schären bis zu der Stelle, wo die Trossen lagen. Bei Mondschein begleiteten uns manchmal Möwen. Man holt die Seehasennetze nicht ein, sondern läßt sie neben dem Boot im Wasser treiben, wenn man hinausrudert, um die Seehasen dann mit einem Fischeisen zu stechen oder sie mit den Händen in Fausthandschuhen zu greifen. Ich hielt die Riemen überm Wasser und sah zu, wie Großvater mit dem Fischhaken Seehasen aus dem seichten Gewässer holte.

Großvater war ständig gut gelaunt, wenn auch nie sehr gesprächig. Er konnte auf harmlose Weise spaßen, zum Beispiel an seiner Seite des Bootes stärker rudern als ich an meiner. Nahm er eine Prise und flog mir dabei ein Körnchen ins Auge, dann lachte er oft, weil er sicher meinte, ein richtiger Kerl dürfe es sich nicht anmerken lassen, wenn ihm die Augen tränten. Ich wußte niemals, woran er dachte, denn er hatte immer die gleiche Ausdrucksweise, mochte er vom Wetter oder vom Fischen sprechen. Aber immer hatte ich das Gefühl, daß in der Nähe dieses Mannes nichts Falsches geschehen konnte. Oft dachte ich, wie gut es vom Heiland gewesen sei, mir diesen Mann als Schutz und Beistand zu senden, und ich war fest entschlossen, bei ihm zu bleiben, solange er lebte, und immer im Spätwinter zusammen mit ihm Quabben zu fangen. Und ich wünschte, daß Gott ihn mir erhalten möge, bis ich selbst ungefähr so alt wie Großvater sein würde. Dann wollte ich irgendwo einen kleinen Jungen ausfindig machen, um zusammen mit ihm frühmorgens im Spätwinter mit den Netzen hinauszurudern, wenn die Sterne am klarsten leuchten.

Im Mondschein sahen die Möwen aus, als hätten sie einen goldenen Schild vor ihrer Brust. Beugte man sich über den Bootsrand, so konnte man sehen, wie sich unten im Tang die Seehasen tummelten. Hin und wieder drehten sie ihren hellroten Unterleib im Wasser nach oben. Manchmal hatten wir unsern Handkarren und die Schiebkarre voll von diesen fetten Fischen.

Wurden die Sterne dann bleicher, so fuhren wir mit unserm Fang quer über den Kies heim. Zu Hause bekamen wir von Großmutter Kaffee und fuhren danach weiter in die Stadt, wo die Leute gerade aus den Betten stiegen. Großvater blieb mit dem Schiebkarren irgendwo auf dem Markt, und viele kamen mit ihrem Geld, um von ihm Seehasen zu kaufen, manche auch nur, um ihm guten Tag zu sagen und sich mit ihm über die Wetteraussichten zu unterhalten. Ich wurde oft mit einem Bund Seehasen oder Quabben zu festen Kunden geschickt. Gewöhnlich kam das Dienstmädchen mit dem Geld und nahm den Fisch, hin und wieder auch die Hausfrau oder unerklärlicherweise die Tochter des Hauses.

„Bist du nicht der Junge, der mit Gardar Holm verwandt ist?“ sagte ein ganz junges Mädchen, das plötzlich aus der Hintertür eines Hauses trat, um mir die Fische abzunehmen.

„Nein“, sagte ich.

„Doch, du bist mit ihm verwandt“, sagte das Mädchen. „Dir hat er ja damals das Goldstück gegeben. Ich bin ganz starr. Und nun verkaufst du Quabben! Weißt du denn nicht, daß es keinen schäbigeren Fisch gibt als Quabben?“

Ich sagte nichts.

„Hast du denn nicht vor, was zu werden, wenn du groß bist?“ fragte sie.

„Ich werde Fischer, wenn du's wissen willst“, sagte ich.

„Quabbenmann!“ sagte sie. „Schämst du dich denn nicht? Und dabei hast du einen solchen Mann zum Verwandten! Leg die Quabben dort auf die Treppe. Ich rühr sie nicht an. Die sehn ja fast aus wie Groppen! Und du hast einen so berühmten Mann in deiner Verwandtschaft!“

„Ich will Geld für den Fisch haben“, sagte ich.

„Ich habe kein Geld“, sagte die Haustochter. „Unser Dienstmädchen ist weggegangen.“

„Ich will Geld für den Fisch haben“, sagte ich.

Sie antwortete: „Du kannst ja das Goldstück behalten, das du letztes Jahr bekommen hast, du Schweinebiest.“

Dann knallte sie die Tür zu, schloß ab, öffnete einen Augenblick später die Tür von neuem und platzte heraus: „Ich hoffe aber, daß es unecht war!“

Damit schloß sie endgültig die Tür hinter sich. Die Fische lagen auf der Treppe. Ich nahm sie, warf sie wieder auf Großvaters Schubkarre und sagte ihm, ich hätte kein Geld bekommen. Ehrlich gestanden, wurmte es mich nicht wenig, daß man unsern fetten Fisch verhöhnt hatte.

Jene frühen Morgenstunden, da wir mit Seehasennetzen im Skerjafjord ruderten, waren im Grunde immer die gleichen Morgenstunden gewesen: unversehens sind sie zu Ende. Ihre Sterne sind verblaßt. Dein chinesisches Buch ist geschlossen.

Großvater hatte mir einen Wink gegeben, die Riemen einzuziehen. Das Boot stand mit dem Steven vorn auf einer flachen Klippe, im zitternden Wasserspiegel bewegten sich unter der aufgehenden Sonne rote Tangbüschel langsam auf den Steven zu. Es war kurz vor Sommeranfang.

Großvater nahm sich bedächtig ein Prischen aus seinem Tabakshorn und sagte dann: „Deine Großmutter hat mit mir gesprochen."

Ich schwieg und wartete.

„Du weißt, mein Junge", sagte er, „in Wirklichkeit sind wir gar nicht deine Großeltern. Wir sind überhaupt niemandes Großvater oder Großmutter; wir sind nicht einmal verheiratet. Wir sind nur zwei alte Menschen. Doch ich kannte vor langer Zeit eine Schwester deiner Großmutter."

„Wußte gar nicht, daß Großmutter eine Schwester hatte", sagte ich.

„Die Schwester deiner Großmutter ist seit mehr als fünfzig Jahren tot", sagte Großvater. „Aber sie ist ein wenig schuld daran, daß deine Großmutter bei mir ist. Ich konnte Großmutters selige Schwester gut leiden."

„Kam Großmutter vielleicht zu dir, als ihre Schwester tot war?" fragte ich.

Er antwortete: „Die Schwester deiner Großmutter ist nie bei mir gewesen. Und deine Großmutter war östlich vom Gebirge verheiratet."

Da fiel mir plötzlich ein, daß Großmutter mir früher erzählt hatte, sie habe einmal eine Reise von ostwärts hierher nach der Stadt gemacht.

„Ja", sagte er. „Das stimmt. Sie hatte da ihren Mann während der Fischzeit verloren. Er ertrank damals gegen Ostern in Torlakshöfn. Und dann war niemand weiter da."

„Was?" sagte ich. „Dann war niemand weiter da? Wieso denn? Wo waren – die andern?"

„Niemand war weiter da", sagte Großvater. „Drei Söhne hatte sie geboren, und sie hatte das Mißgeschick, sie allesamt zu verlieren. Ihr letzter Junge lag auf der Bahre, als sein Vater umkam. Sie hatte ihnen allen denselben Namen gegeben. Sie war schon immer ein bißchen eigensinnig. Nach Großmutters Großvater hießen sie Grimur. Damals starben auf Island die meisten Kinder, wenn nicht an was anderem, dann an der Halsbräune. Als ihr jüngster Sohn tot war und sie gleichzeitig den Vater ihrer Söhne um Ostern verloren hatte, ja, da war es natürlich klar, daß die Frau aufbrechen mußte. Nachdem der Hausvater nicht mehr da war, ging es natürlich nicht länger. Deshalb bot ich ihr an, sie sollte hierher nach dem Südland kommen, wenn sie wollte, da ich ja ihre Schwester ein bißchen gekannt hatte."

„Ich dachte, Großmutter wüßte nichts, was so gefährlich ist wie der Sogbach", sagte ich.

„Als deine arme Mutter dir damals den Taufnamen Alf geben wollte, lieber Junge, da bestand deine Großmutter darauf, daß du auch Grimur heißen solltest. Sie ist so eigensinnig. Und deswegen will sie nicht haben, daß du im Sogbach ertrinkst, wenn du Grane holst."

„Ich will versuchen, vorsichtig zu sein, Großvater", sagte ich.

Dann begann er aufs neue: „Deine Großmutter hat also mit mir gesprochen. Sie sagt, der Lehrer Helgesen meint, daß du leicht lernst. Wir möchten deshalb, daß du gebildet wirst."

„Warum?" fragte ich.

„In ihrer Familie gab es früher gelehrte Männer."

„Und was soll ich da tun? Darf ich dir nicht mehr mit den Netzen helfen?"

„Wir haben beschlossen, dich in die Schule zu schicken, lieber Junge, damit du das lernen kannst, was sie Latein nennen. Wir meinen, daß du im Herbst anfängst, falls du aufgenommen wirst. Ich bin bei Ehrwürden Johann gewesen. Wir haben da einen Mann, der in Kopenhagen studiert hat. Er will dich vorbereiten. Wir haben verabredet, daß du morgen anfangen sollst."

Ich fragte: „Willst du mich denn nicht morgen früh wecken, damit ich dir bei den Netzen helfen kann?"

Er antwortete: „Deine Großmutter will dein Bestes, mein Junge. Und ich ebenfalls, wenn ich auch dumm bin."

Nach diesen Worten legte er die Riemen ins Wasser, und wir stießen von der Klippe ab und ruderten an Land.

In Stephan G. Stephanssons Lebensbeschreibung steht irgendwo, daß dieser große Dichter unseres Volkes, als er noch Armenpflegling am Skagafjord war, einmal zur Herbstzeit einige junge Burschen gesehen hat, die südwärts übers Gebirge ritten, um ihre Schule zu besuchen. Bei ihrem Anblick wurde er von seinem Elend, nicht selber in die Schule gehen und studieren zu können, so überwältigt, daß er sich ins Heidekraut warf und den ganzen Tag weinte. Diese Geschichte habe ich nie richtig verstehen können.

Nicht im entferntesten hatte ich gewünscht, ein Mann zu werden, der Latein kann. Noch weniger war ich auf den Einfall gekommen, wenn ich in der Stadt Lateinschüler mit abgegriffenen Schulbüchern unterm Arm sah, ich könnte einmal einer von ihnen sein. Und nun, da mir verkündet wurde, ich sollte mit Latein anfangen, war mir ungefähr zumute, als ob Großvater mir befohlen habe, Leierkastenmann oder Scherenschleifer zu werden – Leute dieses Gewerbes mit Zigeunerblut kamen manchmal im Sommer aus Dänemark zu uns.

Wie der Blitz aus heiterm Himmel trafen mich Großvaters Worte. Alle meine Pläne von einem ewigen Leben im Brekkukot waren vernichtet, zerstört meine Freude am Dasein. Die chinesische Mauer, hinter der ich selber Sohn des Himmels gewesen, fiel um, nicht durch den Schall der Posaune, sondern durch ein Wort. Am schlimmsten aber war es, daß Großvater dieses Wort ausgesprochen hatte, durch das unser Drehkreuz nutzlos wurde. Ich begann zu weinen. Seit ich klein war, hatte ich nicht geweint, denn im Brekkukot weint man nicht. Mir war, als gäbe es auf Erden keinen Trost mehr für mich. Ich ruderte und ruderte aus Leibeskräften mit Großvater um die Wette und weinte und weinte. Als wir den trockenen Strand erreicht hatten, sagte er: „Denk daran, mein Junge, du sollst den Alf deiner Mutter und die drei Grimurs deiner Großmutter ersetzen."

20
Latein

Was hatte sich wohl mein Großvater Björn vom Brekkukot unter Latein vorgestellt? Glaubte er vielleicht, es sei eine uralte Zauberformel, durch die man Felsen auf Island öffnen könnte? Verhielt es sich so, dann möchte ich fast meinen, daß er mit seiner Ansicht nicht ganz unrecht hatte. Denn wo es mit Fisch auf Island Schluß ist, da hilft Latein weiter.

In alter Zeit gab es hierzulande verhältnismäßig mehr lateinkundige Männer als in den meisten anderen Ländern. Latein bedeutete auf Island soviel wie ein Adelsbrief. Ein Bettler, der Latein in seine Rede einflocht, galt stets für vornehmer als der, der ihm ein Almosen gab. Nur diejenigen, die Latein konnten, wurden in Island als des Lesens und Schreibens kundig betrachtet.

Bis zu diesem Tage hatte mir die Welt, in der ich lebte, genügt, so daß ich mich nach keiner andern Welt sehnte. Ich hatte alles. Alles daheim bei uns war in meinen Augen vollkommen. Nie war mir der Gedanke gekommen, daß Kapitän Hogensen oder Runolfur Jonsson oder der Aufsichtsbeamte nicht wirklich vollkommene Männer wären. Bis dahin hatte ich geglaubt, Großmutter habe nie andere Grimurs besessen als mich, Alfgrimur. Und ich hatte geglaubt, daß, genau wie sie mein ein und alles war, auch ich ihr genügte, wie mich die Natur geschaffen hatte. Jetzt aber bekam ich unversehens zu wissen, daß sie bereits drei Grimurs besessen hatte, und zwar, wie ich meinte, mit der Hoffnung, daß wenigstens einer von ihnen Latein lernen würde gleich ihren Vorvätern. Als diese Hoffnung fehlschlug, war sie über die Hellisheide gereist und hatte mich hier auf der Westseite der Heide gefunden und mich in der Hoffnung aufgezogen, daß ich an Stelle ihrer drei Grimurs Latein lernen würde. Es kam mir fast vor, als habe man mich an der Nase herumgeführt.

Aber nach jenem Morgen weinte ich nicht mehr, sondern begann stillschweigend den Pfad der Gelehrsamkeit zu wandeln. Nach und nach versöhnte ich mich auch mit den drei Grimurs, die mir ja sozusagen beim Fischen, während einer Kahnfahrt, aufgehalst worden waren. Und mit dem neuen Tag begann eine neue Kahnfahrt und ein anderes Lied. Ich nahm Abschied von Fisch und Seehasen, von Kuh und Pferd, Schmeißfliegen und Hühnern, dem niedrigen Staket, das unterm Farnkraut schier verschwand, und von den Kamillenblumen. Auch der Zwiegesang von Silber und Kupfer verhallte in der Ferne.

Doch es galt nicht nur, Latein zu erlernen, nein, ich mußte mir auch mehrere andere Bücher anschaffen, einige davon in Sprachen, deren Namen ich bislang nie vernommen hatte. Darunter gab es ein dänisches Buch, in dem alle Knochen, die ein Hund hat, aufgezählt wurden, und das berühmte Werk von Geir, das folgendermaßen anfängt: „I have a book, you have a pen, there is no ink in the inkstand." Diese Sprachen gehörten nicht zu den eigentlichen Unterrichtsfächern in der Schule. Es wurde mir befohlen, sie mir während des Essens allein einzutrichtern.

Als Hauptsache im Schulunterricht wurde hingegen das Deklinieren und Konjugieren angesehen, das heißt, man mußte verstehen, wie lateinische Substantiva nach Genus und Kasus behandelt und Verba gebeugt werden. Das richtige Konjugieren und Deklinieren war die besagte Zauberformel, deren Kenntnis das A und O aller Schulweisheit ist. Weiter hatte ich eine Sache zu lernen, welche das große Einmaleins hieß, das der Dichter Benedikt Gröndal in seinen Lebenserinnerungen eine „Scheißtirade" nennt. Gegen Mittsommer konnte ich dies Zeug wie am Schnürchen herleiern, wenn der bleichsüchtige Student, der mich auf Empfehlung von Ehrwürden Johann für die Lateinschule vorbereitete, mich abhörte. Als Ehrwürden Johann zu Beginn der Heuernte kam und mich prüfte, konnte ich ihm sämtliche Subjektiva in drei Geschlechtern von „mensa" bis „dies" deklinieren und obendrein vier Konjugationen von Verben in allen „temporibus" abhaspeln. Darüber war Ehrwürden Johann dermaßen begeistert, daß er erklärte, wer richtig konjugieren und deklinieren könne, der könne auch richtig denken, und wer richtig denken könne, könne auch – mit Gottes Hilfe – richtig leben. Nun sollte ich versuchen, zum Herbst in die zweite Klasse der Lateinschule zu kommen.

Ich muß aber betonen: Wiewohl ich in allen Stükken meiner Großmutter zu Willen war, hegte ich durch viele Jahre einen tiefen Abscheu gegen die Verkümmerung meines eigenen Wesenskerns, die der Schulbesuch unweigerlich mit sich bringt. Einstweilen ruhte ich jedoch ziemlich unangefochten im sicheren Mutterschoß, voller Mißtrauen und Angst gegen alles, was von außen kam, gegen andern Geruch, andre Menschen, andern Fisch. Während dieser Zeit meines Lebens stumpfte ich ab. Eine Gleichgültigkeit befiel mich, die alle Freuden der Jugend nicht beseitigen konnten. Unbekannte Menschen glitten an mir vorüber gleich Schatten, die vergeblich Form annehmen wollten und wie Wollflocken vor mir verwehten. Hörte ich jemand sprechen, so vernahm mein Ohr es wie Laute, die in der Dämmerung mit dem Wind durchs Fenster dringen; höchstens, daß dann und wann ein Wort wie Tropfenfall an mein Ohr schlug. Am liebsten hockte ich neben dem Herd, wenn Großmutter kochte, sprach mit ihr vom Wetter oder lauschte, wenn sie eine alte Tanzweise summte oder beim Stricken einen Psalm murmelte.

Man hat mir erzählt, daß ich in den Schuljahren zu den Einfaltspinseln gehört habe, die ohne ihr Zutun Klassenprimus werden. Auf Island heißt es, daß junge Menschen mit solch krankhafter Veranlagung weiter nichts als Säufer oder Zeitungsschreiber oder untergeordnete Kontoristen werden können. Ich für mein Teil kann nur sagen, daß mir alles einerlei war, seitdem ich kein Quabbenmann mehr werden durfte. Für nichts hatte ich sonderliches Interesse, zu nichts Lust. Möglich, daß meine damalige innere Leere der Leichtigkeit, mit der ich lernte, zugute gekommen ist. Alles zwischen Himmel und Erde lernte ich, wenn auch gleichgültig und willenlos. Geistig wie körperlich war ich im Übergangsstadium. Die Schulaufgaben verrichtete ich sozusagen im Schlaf. Jederzeit konnte ich sämtliche Knochen eines Hundes aufzählen, als hätte ich sie ständig in meiner Tasche. Wäre ich nachts um drei Uhr geweckt worden, ich hätte jeden einzelnen Knochen augenblicklich abliefern können, als hätte ich darauf gelegen. Diese seelische Entartung nannte man einst Begabung. Aber deswegen konnten mich meine Lehrer gut leiden, und zweifellos hat diese „Begabung" mir mancherlei Ungemach erspart, dem ich sonst ausgesetzt gewesen wäre, zumal als meine unbeschwerte Kindheit dem Flegelalter näher rückte. Auf Bildern von mir aus der Schulzeit glich ich einem Jungen, der aus einem Tollhaus entwischt ist. Fischleber und Rogen, die ich im Brekkukot allzu reichlich zu essen bekommen hatte, bewirkten, daß ich schon frühzeitig lang aufgeschossen war, und die allzu fetten Seehasen machten auch nicht gerade mager. In der zweiten Klasse, kurz vor der Konfirmation, überragte ich fast alle meine Schulkameraden. Ich hatte so große Füße und so lange Beine, daß ich ständig über sie stolperte. Meine Arme baumelten an mir, so daß ich nicht wußte, wo ich sie beim Gehen lassen sollte. In meinem Gesicht gab es keine Spur eines Lächelns, die Seele war aus ihm herausgefallen, und nichts war darin zurückgeblieben als Angst über seine Leere. Ein zu lebenslänglichem Zuchthaus Verurteilter, der durch sein Eisengitter blickt. Um den Wirbel standen zweihundert Borsten steif wie ein hartes Büschel, und keine Macht der Welt vermochte sie glattzukämmen und zu scheiteln, bis die Zeit selber die Zügel übernahm und ich anfing, kahlköpfig zu werden. Ich will nicht zu redselig werden, wenn ich hier das Aussehen dieses jungen Menschen schildere, der aus einer Torfhütte kam und nun auf dem frisch gefirnißten Fußboden der Lateinschule zwischen Söhnen von Kaufleuten, Beamten und Großbauern herumstelzte. Dennoch kann ich meine Stiefel nicht völlig unerwähnt lassen, weil sie später ein bißchen mit meiner Geschichte zu tun bekamen. Man hatte ein Paar Stiefel für mich aufgegabelt, die irgendein Bauer, der vor fünfundzwanzig Jahren nach Amerika gereist war, damals bei uns vergessen hatte. Man sagte mir, daß ich sie während des Winters auftragen sollte, denn Großmutter und Großvater glaubten allmählich nicht mehr daran, daß der Mann jemals zurückkehren und die Stiefel bei uns abholen werde. Doch Großmutters und Großvaters Anweisung an mich, diese Stiefel aufzutragen, war leichter ausgesprochen als ausgeführt. Ich kann nicht beurteilen, ob es häßliche oder schöne Stiefel waren, zumal der Geschmack in bezug auf Schuhe bei den Menschen sehr verschieden ist. Schuhe jeder Fasson sind in dieser Welt je nach der herrschenden Mode beliebt gewesen. Manchmal galten längliche Fassons – mitunter derart länglich, daß ihre Spitzen fast bis hinauf zu den Knien reichten – für feiner als alle übrigen. Zu anderen Zeiten ließ man auf Erden nur Schuhe gelten, in denen es überhaupt keinen Platz für die Zehen gab. Es ist nicht ausgeschlossen, daß jene Fußbekleidung, die ich zur Zeit meiner Konfirmation trug, eines schönen Tages wieder die allerletzte Mode sein wird. Jedenfalls waren es solide Stiefel, und selten ist wohl ein Mensch so zufrieden mit seinen Schuhen gewesen wie ich damals, wenigstens zuerst. Ehrlich gestanden war ich glücklich, meine dünn besohlten, zu Hause angefertigten landesüblichen Halbschuhe aus ungegerbter Rindshaut, die während meiner Jugend bei uns in der Hauptstadt Kuhhautmokassins genannt wurden, ablegen zu können. Wenn ich an den mir ausgehändigten Stiefeln etwas auszusetzen hatte, so nur, daß es in ihren Innensohlen ein wenig zuviel Nägel gab, weshalb man den Stiefelboden mit einer Kiste voller Nägel hätte vergleichen können. Denn immer, wenn ich in meinen Stiefeln fast bis nach der Stadt hinunterspaziert war, spürte ich, daß mein Fuß bei jedem Schritt mit einem Nagel oder sogar mit mehreren Nägeln in Berührung gekommen war. Es war nicht möglich, in diesen Stiefeln zu promenieren, ohne eine Kneifzange in der Tasche zu haben. Damals war ich zudem noch kein derartiger Snob, daß ich mich geniert hätte, mich an den Straßenrand zu setzen, um mir nötigenfalls einige Nägel aus den Stiefeln zu ziehen. Andererseits hat es in den Absätzen meiner Stiefel nie eine lebendige Maus gegeben, was, wie mir erzählt wird, heutigentags in Paris der letzte Schrei sein soll. Insbesondere aber entsinne ich mich, wie fürchterlich laut diese Stiefel in besseren Häusern und vor allem in der Lateinschule bei jedem Schritt geknarrt haben. Die mehrere Zoll dicken, harten Sohlen und die eisernen Kanten, mit denen man meine Stiefel beschlagen hatte, waren schuld daran, daß sich die meisten Leute, sobald sie mich von ferne kommen hörten, nicht mehr sicher fühlten.

21
Chinesen bekehren

Ich legte mir eine gleichgültige Miene zu, wodurch ich für andere fast Luft wurde; es war, als hätte ich mich durch Verpuppung unkenntlich gemacht. Daher kam es nie so weit, daß sich jemand versucht gefühlt hätte, sich lange über mich lustig zu machen. Ich war gewiß auf belanglose Art ein wenig sonderbar. Mag sein, daß sie mich mehr zum Narren hielten, als ich selber merkte, denn während dieser Jahre war ich gegen dergleichen so wenig empfindlich, daß ich Spott erst begriff, wenn er offen in Niedertracht und Bosheit ausartete, ja nicht einmal dann.

Es gibt keinen Menschen, der nicht seinesgleichen trifft. Ich traf Opa Jon am ersten Tag in der zweiten Klasse, und wir hielten fortan zusammen. Seinen Spitznamen Opa hatte er erhalten, weil er in unserer Klasse bei weitem der Älteste war. Er war doppelt so alt wie ich, und er mußte sich täglich rasieren, um keinen Vollbart zu bekommen. Er kam aus einem der Täler im Westland. Von einer Gesellschaft, die in Norwegen Traktätchen vertrieb, hatte er den erhabenen Auftrag erhalten, Chinesen zu bekehren, weswegen er von vielen oft gehänselt und verlästert, ja sogar gequält wurde. Dieser breitschultrige, hellblonde Mann war überzeugt, daß die Leute anständiger werden müßten, wenn sie norwegische Traktätchen läsen, und daß die Chinesen bessere Menschen werden könnten, wenn sie in Kristiania gedruckte riesige illustrierte biblische Geschichten studierten. Man hörte nicht auf, ihn wegen dieser Ideen zu verspotten, zumal nach eingewurzelter Überzeugung auf Island alle gläubigen Menschen geistesgestört sein müssen. Bei seinem Alter fiel Opa Jon das Lernen sehr schwer. Seine langsame Auffassungsgabe war jedoch nichts im Vergleich mit seinem Unvermögen, etwas zu behalten. Latein sei, meinte er, eine unsinnige, nutzlose Erfindung, besonders der Konjunktiv. Er glaubte, es sei ein Einfall des Herrn der Finsternis gewesen, daß ein einziges Verbum im Lateinischen Dutzende und im Griechischen viele hundert verschiedene Formen habe. Nur seinem Ruf von oben zuliebe gab er sich mit diesem Zeug ab. Da ich den ganzen Krempel schon seit dem ersten Schultag wie geschmiert herleiern konnte, schlug der Lehrer mir vor, Opa Jon im Lateinischen ein wenig unter die Arme zu greifen.

Ich büffelte oft bis tief in die Nacht mit ihm Latein, zottelte dann heim nach dem Brekkukot, um ein bißchen zu schlafen, und war in aller Herrgottsfrühe wieder auf den Beinen, um Opa Jon zu überhören. Er war seit Jahren gewohnt, früh aufzustehen, um den Kühen Futter zu geben. Kam ich dann zu ihm, war er in rosigster Laune, wenn er auch meist alles Latein vom vorigen Abend vergessen hatte. Er wollte, daß wir auf neunorwegisch für die Chinesen beteten, wogegen ich an sich nichts einzuwenden hatte, obschon es mir näherliegend schien, den Erlöser zu bitten, ihm beim Latein zu helfen. Neunorwegisch war übrigens die rechte Sprache für Opa Jon, denn sie ist dermaßen verstümmelt, daß es in ihr überhaupt keinen Kasus und nur einen Schimmer von plattdeutschem Genitiv gibt: De Manns sine Köters. In dieser komischen Sprache baten wir den Erlöser, die Chinesen zu bekehren. Unsere Mitschüler nannten uns beide Stoffel: ihn den Kurzstoffel und mich den Langstoffel. Sie gafften uns nach, wo wir gingen, und Trunkenbolde belästigten uns auf der Straße.

Eine Sache aber verband uns mehr als alles Latein und Neunorwegisch und selbst das Seelenheil der Chinesen: die Musik. Wie beschwerlich auch der Weg sein mochte, an dessen Ende Opa Jon einmal der Anfang seines Bekehrungswerkes zum Besten der Chinesen winken würde – es gab keine Mühe, die er deswegen nicht auf sich genommen hätte. Und aus diesem Grunde hatte er auch nicht gezögert, Musik zu treiben. Auf irgendeine Weise hatte er sich ein kleines Harmonium verschafft, auf dem er seitdem herumpaukte, wenn auch mit geringem Erfolg. Daran, meinte er, hätten die Tangenten schuld, denn sie wären zu schmal. Eigentlich hielt er nicht viel von Musik; aber ihm war zu Ohren gekommen, daß man den Unterricht von Chinesen in biblischer Geschichte durch Orgelspiel begleiten müsse, worauf er sich also entschloß, das Orgelspiel zu erlernen.

Dies geschah in einer Zeit meines Lebens, als alles Gefühl für Gesang in mir erstorben schien. Öffnete ich den Mund, so ahnte ich nie, was für einen Ton ich hervorbringen würde. Jenen Gesang, von dem früher die Luft rings um mich erfüllt gewesen, konnte ich überhaupt nicht mehr hören. Mir genügte es, die Zeitungsnachrichten zu lesen, die von Gardar Holms unvermindert strahlender Sängerlaufbahn im Ausland berichteten: jetzt hieß es, er wohne in einem gräflichen Schloß.

Eines Tages blieb ein nach dänischer Mode gekleidetes Mädchen auf der anderen Seite der Straße stehen und blickte zu uns herüber. Es gab kaum etwas, das Jon und mir ferner lag, als uns um Frauensleute zu kümmern. Ich blickte nicht einmal nach der anderen Seite hin. Es kam mir jedoch so vor, als habe das Mädchen rote Handschuhe an. Wir waren daran gewöhnt, von Leuten angeglotzt zu werden, und machten uns nichts mehr daraus. Plötzlich aber sah ich, wie sie quer über die Straße ging und auf uns zukam. Sie sah mich an. Es war im Frühling, ich sollte gerade in die dritte Klasse kommen, und Ehrwürden Johann wollte mich konfirmieren. Ihr Gesicht hatte eine Farbe wie Butter im Sommer. Ihre Handschuhe waren tatsächlich rot und mit Fransen besetzt. Es kam mir vor, als ob ich sie von früher her kannte. Sah ich recht?

„Kennst du mich denn nicht mehr?“ fragte sie.

„Nein“, sagte ich.

„Weshalb willst du mich denn nicht mehr kennen?“

„Nimm die Mütze ab“, sagte Opa Jon.

„Wozu denn?“ fragte ich.

„Was für ein Tölpel du bist“, sagte sie.

Als ich sie genauer betrachtete, fand ich, daß sie höchstens dem Namen nach eine Frau war, trotz der roten Handschuhe; sie konnte kaum zwei Jahre älter sein als ich.

„Wieso kommen nie Karten von Gardar Holm?“ fragte sie.

„Was für Karten?“ fragte ich.

„Was für ein Esel du bist“, sagte sie. „Und was für einen Esel hast du bei dir?“

„Warum kümmerst du dich um uns?“ sagte ich.

„Erzähl mir jetzt ganz genau, wie es ist“ – und sie senkte die Stimme und trat dicht an mich heran –, „war es wirklich ein Goldstück?“

„Ja“, sagte ich.

„Jesus, wie bin ich froh, es von dir zu hören“, sagte sie. „Papa meint, es sei Messing gewesen.“

„Was weiß er davon!“ sagte ich.

„Genau das meine ich auch. Vielen Dank. Ich sehe, daß du in die Lateinschule gekommen bist. Was willst du werden?“

„Quabbenmann“, sagte ich.

„Wann wirst du aufhören, dich wie ein Esel zu benehmen?“ sagte sie.

Kurze Zeit später sagte ich zu Opa John: „Hör mal, Jon, ich möchte gern Orgel spielen lernen.“

„Dazu möchte ich keinem Menschen raten“, sagte Jon. „Eine langweilige und fade Sache. Nie hätte ich mich damit abgegeben, wäre es nicht in China notwendig.“

Seit dem Mittelalter rechnete man auf Island Musik nicht zur Bildung. Wer sich damit befaßte, besonders unter gebildeten Leuten, galt für übergeschnappt und närrisch – bis Gardar Holm Island durch seine Gesangskunst draußen in der Welt berühmt machte. Da begannen einige Leute anders darüber zu denken. Aber auch dann dauerte es noch lange, ehe Gesang von der Allgemeinheit ernst genommen wurde. In meiner Jugend schien es allen fast unbegreiflich, daß ein Mensch die Mühen auf sich nehmen sollte, die das Musikstudium verlangt, wenn er nicht beabsichtigte, Seelsorger zu werden: Musik ist gut, wenn Leute beerdigt werden.

Höchst erstaunt war ich, als der Kantor der Domkirche mich bei meinem ersten Besuch sofort erkannte. Ich war zusammen mit Opa Jon zu ihm gegangen, um bei ihm Orgel spielen zu lernen. Er sagte: „Warst du es nicht, den Ehrwürden Johann manchmal auf dem Kirchhof bei der Hand nahm und singen ließ?"

„Nur bei kleinen Beerdigungen", sagte ich, um mich zu entschuldigen, denn ich wußte, daß der Kantor alle Ehren und Mühen bei großen Beerdigungen für sich in Anspruch nahm.

„Einerlei, ich kenne dich gut", sagte der Kantor. „Außerdem bist du ein wenig mit unserm Gardar Holm verwandt. Hast du vielleicht die Absicht, beim Sultan in Algier Orgel zu spielen? Oder bei den Leuten in China wie unser Freund Jon?"

Zum erstenmal machte ich Bekanntschaft mit einer Einrichtung, die man menschliche Wohnung nennt nach den Begriffen, die in einem Teil der Welt in der zweiten Hälfte dieses Jahrtausends gültig sind: es gab ein Speisezimmer und eine gute Stube, statt einer Feuerstelle eine Küche, und die Möbel hatten französische Namen: Chiffonniere, Buffet, Canapé. Und die Frau war Dänin.

Ich saß zum erstenmal auf einem Plüschstuhl mit Borten. In der Studierstube des Kantors neben dem Hauseingang stand das Harmonium. Aber das spiegelblanke Piano in der guten Stube schien mir die Krone des Hauses zu sein. Zuerst glaubte ich, ein Musikinstrument mit so breiter Klaviatur müsse doch wohl sämtliche Töne beherbergen, die man im Weltall hören könne, und ich war sehr verblüfft, als man mir sagte, das wichtigste sei, daß jeder Ton seine feste Lage halte, da sonst das Instrument verstimmt sei; und obendrein gebe es in einer Geige mehr Töne, obgleich sie nur vier Saiten habe.

„Hast du jemals richtige Musik gehört?" fragte der Kantor.

„Nicht, seit ich klein war", antwortete ich.

„Jaja!" sagte er. „Ich finde, es ist nicht wenig, wenn du schon als kleiner Junge Musik gehört hast."

Ich verlor darüber keine weiteren Worte, denn, um bei der Wahrheit zu bleiben, ich dachte an die Schmeißfliege. Manchmal im Winter kurz vor dem Einschlafen summte sie wirklich noch tief in meinem Ohr.

„Blaer*", rief da der Kantor, „setz dich ans Harmonium."

In der Tür offenbarte sich ein Bild, das mich für lange Zeit stumm machte. Alle Strahlen der Luft hatten sich in einem Punkt gesammelt, und dort stand dies verklärte Geschöpf. Die Sonne glänzte auf ihrem Haar, und sie schien selber zu leuchten. Sie blickte mich an mit Augen, in denen sich Blau und Grün mischten. Dann setzte sie sich ans Harmonium.

Ich weiß jetzt nicht mehr genau, was sie gespielt hat, aber ich möchte glauben, daß es irgend etwas von Gade oder Lumbye war; oder war es Hartmann? Vielleicht war es nur „Schneeglöckchen". Spielte sie gut? Sie hatte große blaue Hände. Ich kenne keine schöneren Hände. Die Bewegungen ihres Körpers erinnerten mich an die langsame Art, in der ein Seehase seinen Schwanz bewegt, und die Seele, die sich in ihrem Antlitz widerspie-

* (isl.) Hauch, Lüftchen, leichte Brise; ein Kosename

gelte, war wie der Duft von Erdbeeren. Selten hat ein Mensch so andächtig und atemlos einem Spiel gelauscht: Das dürfte das Leben selber sein, und ich wünschte und hoffte, daß es nicht länger dauern möge als diese Melodie.

Und dann war es zu Ende. Sie stand auf und lächelte. Vom Spielen hatte sie glänzende Augen und rosige Wangen bekommen. Mir wurde fast schwarz vor Augen, und ich glaubte in Ohnmacht zu fallen. Aber als sie mich ein wenig betrachtet hatte, erlosch ihr Lächeln. Dann ging sie hinaus. Ich glaube, sie fand, es lohne die Mühe nicht, wegen eines solchen Menschen zu spielen.

Unter dem Schrägdach des Küsterhauses stand ein Harmonium mit vier Oktaven und einer halben, und jede zweite seiner Tasten war stumm: Gardar Holms Hinterlassenschaft.

„Schrecklich, wie mißhandelt das Harmonium ist, liebe Tante Kristin“, sagte ich.

„Was sagst du, Kind?“ entgegnete die alte Frau. „Ich kann dir nur sagen, daß ich es jedesmal im Frühjahr und Herbst mit Wasser und Seife reinwasche.“

„Man hört nur noch jeden zweiten Ton im Harmonium“, sagte ich.

„Ich finde, es klingt vortrefflich“, sagte sie. „Hätte es mehr Töne, würde ich Angst bekommen. Rühre ich nur daran und höre einen Ton, so sehe ich alles vor mir, wie es einst hier auf dem Kirchhof war.“

Aber sie erlaubte mir, zusammen mit Opa Jon das Harmonium ein wenig in Ordnung zu bringen. Niemand von uns hatte vorher derlei gemacht. Ehe wir ans Werk gingen, beteten wir auf neunorwegisch zum Heiland, und schließlich glückte es uns, aus den meisten Tangenten Töne herauszuholen. Als ich abends anfing, zur Übung Tonleitern zu spielen, kam Tante Kristin hinzu, setzte sich auf einen Lehnstuhl und lauschte. Und der Morgen des Lebens besuchte sie wieder, der Morgen der Ewigkeit, der Kirchhof, wie er einst gewesen war. Kurz darauf war sie auf dem Lehnstuhl eingeschlummert.

22
Schubert

Wöchentlich einmal oder auch öfter ging ich zum Musikunterricht zu jenem gütigen, hageren Mann mit den dunklen Augen und dem großen Adamsapfel, in dem der weiche Baß wohnte, den ich als Junge im Lufthauch vom Kirchhof her vernommen hatte. Wegen seines großen Adamsapfels trug der Kantor einen Eckenkragen, den man auch auf Bildern dänischer Komponisten sehen kann. Seine gute Frau gab mir Kaffee und Butterbrot mit Käse. Ich war so begeistert vom Musikunterricht, daß ich zur Schlafenszeit zu Tante Kristin ging und unterm Schrägdach bis in den grauenden Morgen Harmonium spielte, um danach zu Opa Jon zu wandern.

Die Musikstunden verliefen immer sehr zwanglos; sie hatten eigentlich wenig mit Musik zu schaffen. Es war wie die stetige Fortsetzung eines Gesprächs über alles mögliche zwischen Himmel und Erde oder wie ein munterer, harmloser Zeitvertreib, als hätten wir sonst nichts zu tun. Nie hatte man das Empfinden, daß dieser Musiker, der damals der bedeutendste auf Island war, es vielleicht als vergeudete Zeit ansehen könnte, einem Tropf Tonleitern beizubringen. In einer Sache glichen wir, Meister und Schüler, einander: niemand dachte an Lehrgeld. Erst viele Jahre später wurde mir klar, daß die Zeit des Tondichters, der dazumal bei uns der einzige war und außerdem auch noch Domorganist, in Geld gemessen werden könnte – oder vielleicht war es doch nicht so.

Obwohl dies sonnige Haus so weit von meinem Heim und meinen Angehörigen entfernt lag, fühlte ich mich dennoch ständig dorthin gezogen, so daß die Lateinschule im Nebel versank, mochte ich auch im Klassenzimmer sitzen. Durch die Musik wurde alles übrige fahl. Am liebsten wäre ich tagtäglich zu dem Haus gegangen. Es geschah nicht selten spätabends, daß ich meine Schulaufgaben liegenließ und ohne jeden vernünftigen Anlaß ausging. Ehe ich's ahnte, stand ich vor dem roten Holzhaus mit dem Wellblechdach und den weißen Fensterrahmen; oder ich hockte auf der steinernen Mauer, welche die Hütte diesem Haus gegenüber umgab, und starrte zu den Fenstern hinüber. Manchmal hörte man aus dem Haus Klavierspiel oder Gesang, oder hinter einer Gardine bewegte sich ein Schatten, der, so bildete ich mir ein, einem Mädchen gehörte. Obwohl ich aufrichtig bemüht bin, keine großen Worte zu gebrauchen, muß ich gestehen, daß niemals etwas einen so tiefen Eindruck auf mich gemacht hat. Zuerst war mir, als ob mein Herzschlag stocken wollte; dann begann es in der Brust heftig zu pochen, bis ich schließlich wie ein Dieb auf und davon rannte, um mich in Sicherheit zu bringen. Nachtwächter blickten mich, milde ausgedrückt, mit scheelen Augen an. Ich kann mir kaum vorstellen, daß irgendein Dieb schlimmere Gewissensqualen empfunden hat als ich, weil ich mit den Augen jenen Schatten stahl. Mitunter fand ich meine einzige Rettung in dem

Gedanken, es sei der Schatten eines anderen Menschen gewesen.

Ich wußte immer, ob sie zu Hause war oder nicht. Am wohlsten fühlte ich mich, wenn ich sah, daß ihr Mantel nicht im Flur hing. Hörte ich im Haus nur ein leises Geräusch, so daß ich annehmen mußte, sie sei daheim – das Knarren einer Treppenstufe, eine Tür, die im oberen Stock geschlossen wurde, oder einen Schritt in der Küche –, dann war ich augenblicklich ratlos und verwirrt und dachte, meine Stiefel könnten vielleicht zu groß sein.

„Was ist los?" fragte der Kantor. „Hast wohl wieder die ganze Nacht nicht geschlafen und mit Jon für die Chinesen gebetet?"

Einmal, als sie zu meinem Glück während einer ganzen Musikstunde nicht zu Hause war, sagte der Kantor: „Ich glaube bestimmt, daß du Orgel spielen lernen kannst. Aber um von etwas anderm zu sprechen – ich möchte gern wissen, was du werden willst, wenn du die Schule hinter dir hast."

Ich sagte, daß ich schon seit langem daran gedacht hätte, Fischer zu werden, aber ich brachte es doch nicht über mich, zu gestehen, daß ich Quabbenmann werden wollte; ich fügte nur hinzu, daß ich noch keine bestimmten Pläne hätte.

„Du denkst doch hoffentlich nicht daran, ein Allerweltskerl zu werden wie Gardar Holm?" sagte der Kantor.

„Das weiß ich wirklich nicht", sagte ich und wurde nachdenklich; dann äußerte ich, daß es immerhin amüsant sein müsse, Gardar Holm so etwas wie den „Erlkönig" singen zu hören.

„Ja", sagte der Kantor, „darauf warten wir alle miteinander."

„Ist er denn nicht der größte Sänger der Welt?" fragte ich.

„Ich weiß es nicht", sagte der Kantor. „Als ich ihn kennenlernte, war er Ladengehilfe beim alten Jon Gudmundsson. Soweit ich mich erinnere, hat der Alte ihn sogar die Schule besuchen lassen. Aber dort brachte er es wohl nicht weit. Männer, die weltberühmt werden wollen, haben selten lange die Schulbank gedrückt."

„Stimmt es denn nicht, daß er weltberühmt ist?" fragte ich beharrlich.

„Jedenfalls ist er zumindest so berühmt, daß wir beide es gehört haben", sagte der Kantor. „Und das ist doch wohl nicht so wenig."

„Haben Sie ihn denn nicht singen hören?" fragte ich.

„Nein", sagte der Kantor. „Aber ich war auch nicht dabei, als Christus die Welt erlöst hat."

Ich war nun doch recht verblüfft, im Kantor unversehens den ersten Menschen außerhalb des Drehkreuzes vom Brekkukot getroffen zu haben, der nicht bereit zu sein schien, sich über Gardar Holms wahre Berühmtheit und Vortrefflichkeit als Sänger zu äußern.

Ich kann mich, soweit dies Buch reicht, nicht entsinnen, mit anderen so eingehend über meinen einstigen Nachbarn im Küsterhaus gesprochen zu haben, über ihn, den viele meinen Anverwandten nannten, über ihn, der, wie er selber sagte, einmal nach der Stadt geschickt worden war, um für drei Öre Pfeffer zu kaufen, genau wie ich.

Habe ich erzählt, daß der Kantor mir öfters Notenbücher mit Übungsstücken lieh? Einmal geriet ein Buch dazwischen, und das Buch enthielt wirkliche Musik. Es waren Lieder von Schubert; aus diesem Buch habe ich mir das Lied „Der Erlkönig“ beigebracht.

Ich saß vor dem kleinen Harmonium im Küsterhaus und blätterte in dem Buch, kam aber bald dahinter, daß es für solche bestimmt war, die bereits mehr Musik gelernt hatten als ich: Sologesang mit Klavierbegleitung und deutschem Text. Ich schnüffelte etwas in dem Buch herum, und da ich in jenen Jahren keine Stimme hatte, mußte ich mir die Melodien mit den Fingern zusammenklimpern. Latein hatte ich vor Deutsch gelernt, weshalb ich jedes zweite Wort im deutschen Wörterbuch suchen mußte; sonst hätte ich die Gedichte zu den Melodien überhaupt nicht verstehen können. Aber welch eine sonderbare Gesellschaft hatte die Texte zu Schuberts Melodien angefertigt! Darüber war ich so verwundert, daß ich mir nicht vorstellen kann, das in den afrikanischen Urwäldern lebende Zwergvolk hätte perplexer sein können als ich. Natürlich kam ich nur selten mit der Begleitung zu Rande, aber es gab Harmonien, die mich heftig ergriffen. Leider war Tante Kristins Instrument für solche Musik nicht gut genug. Singende Wasser und Winde, begleitet von unbestimmtem Trommelschlag, meinte ich damals oft tagelang zu vernehmen. Es war kein geringes Erlebnis, sich mitten in seiner Entwicklung im Herzen der deutschen Romantik zu finden, wenn auch die eiserne Zucht in Wort und Rede, die im Brekkukot herrschte, mich in ihrem Griff behielt. Der Überschwang jener Versifexe wirkte auf uns wie leeres Gefasel. Im Brekkukot war man behutsam im Gebrauch der Sprache, denn jedes Wort bedeutete etwas. Unsere Rede war wie wertbeständiges Geld: bei uns wohnte das Erlebte zu tief, um es in Worte kleiden zu können; nur die Schmeißfliege gab es bei uns umsonst. Die schwülstigen deutschen Gedichte sagten mir wenig oder nichts; ich wunderte mich nur über sie. Hingegen sagte mir ein Ton, und zwar im richtigen Zusammenklang mit anderen Tönen, viel, mitunter alles.

Ja, spanne nur den Bogen, mich zu töten,
Du himmlisch Weib.

Huldigt man der Ansicht, Worte seien nur dazu da, die Gedanken zu verbergen, und bedeuteten etwas andres, als sie aussagen, oft genug das Gegenteil davon, so ist es wohl möglich, sich mit ihnen zu versöhnen und dem Dichter zu verzeihen, um so mehr, wenn die Worte trotz ihrer Verschrobenheit zur Wahrheit in der Musik hinleiten. Da ist man sogar genötigt, sie gewissermaßen anzuerkennen – der Musik zuliebe.

Eines Tages, kurz vor Anbruch des Frühjahrs, ging ich wie gewohnt zum Kantor, um ihm Übungsstücke vorzuspielen. Als ich die paar Stufen zur Haustür emporstieg, dachte ich wieder einmal, ob ich wohl die richtigen Stiefel anhätte. Kaum aber stand ich vor der Tür, als sie im selben Augenblick geöffnet wurde, und Blaer stand auf der Türschwelle.

Ich will gar nicht versuchen, das Aussehen dieses jungen weiblichen Wesens zu beschreiben. Außerdem weiß ich seit Jahren überhaupt nicht mehr, wie sie eigentlich aussah. Ihr Aussehen war so weit entfernt davon, die Wahrheit über sie zu sagen, wie es Worte gewesen wären. In meinen Augen war sie nicht nur „Die schöne Müllerin“ und „Das Fischermädchen“ – „Des Mädchens Klage“ – „Die zürnende Diana“ und „Die junge Nonne“; sie war auch „Die Forelle“ – „Der Lindenbaum“ – „Auf den Wassern zu singen“ und „Die Litanei“; kurz gesagt: Schubert. Sie sah mich an.

„Papa ist nicht zu Hause“, sagte sie. „Er bat mich, Ihnen heute Unterricht zu geben.“

Ich sagte kein Wort, blieb nur stumm vor der Tür stehen. Sie sah mich weiter an. Mir wurde schwarz vor den Augen.

„Kommen Sie doch“, sagte sie und nahm mich bei der Hand, da ich mich immer noch nicht von der Stelle rührte. Sie ging mit mir ins Haus und ließ mich vorm Harmonium Platz nehmen. Ich glaubte sterben zu müssen, und vielleicht starb ich auch ein bißchen, wenigstens wie ein Insekt, wenn am Ende des Winters die Verpuppung zu bersten beginnt; aber leider starb ich nicht so vollkommen, daß ich wie ein Schmetterling zu neuem Leben erwachte.

„Was sollen Sie vorspielen?“ fragte sie.

„Ich weiß es nicht mehr“, sagte ich.

Sie schlug das Übungsbuch auf und sagte: „Dann spielen Sie, was Sie früher geübt haben.“

„Ich habe es vergessen“, sagte ich.

„So spielen Sie einfach Tonleitern. Die haben Sie jedenfalls nicht vergessen.“

„Doch“, sagte ich. „Ich habe die Tonleitern vergessen.“

„Unmöglich“, sagte sie. „Niemand kann Tonleitern vergessen. Die sind ja weiter nichts als eine Reihe Töne.“

Aber ich hätte schwören können: Auch die hatte ich vergessen. Da fing sie an zu lachen. Ich stand auf, verließ meinen Platz vor dem Harmonium und ging zur Tür. Ich ging in meinen Stiefeln durch die

Stube, mit der Kneifzange in der Tasche; und dazu meine borstigen Haare; und sie folgte mir mit den Augen.

Ich kam nie wieder. Ich hörte mit dem Musikunterricht auf. Es wurde Frühling. Man konfirmierte mich, und ich bestand das Examen. Opa Jon reiste westwärts in sein Tal. Ich wagte nicht einmal, mich in der Nähe des Hauses blicken zu lassen, wagte kaum in die Richtung des Hauses zu sehen. Vielleicht stehle ich mich eines Nachts dorthin, wenn es wieder dunkler wird, dachte ich manchmal. Aber im selben Augenblick mußte ich auch an die Nachtwächter denken.

23
Gardar Holms zweite Heimkehr

In jenem Sommer, als Gardar Holm zum zweitenmal nach Island kam, war ich noch nicht ganz achtzehn. Zu der Zeit war es mit dem Schnupftabak des Aufsichtsbeamten längst Schluß, der Beutel lag zusammengeschrumpft und mit Staub bedeckt auf dem Wandbrett; aber im andern Beutel gab es noch einige Goldstücke.

In den Zeitungen standen dann und wann Artikel, worin es hieß, daß man bald mit der Heimkehr des Sängers rechnen könne, aber niemand wußte genau, wann. Schließlich wurde erklärt, er werde mit dem Postdampfer „Nordstern“ in der ersten Augustwoche kommen. Er war längere Zeit auf der anderen Seite der Erde gewesen und hatte in Australien und Japan Konzerte gegeben. Nun kamen von Opern in Europa und Amerika Angebote über Angebote, aber er dachte nicht daran, sich für eine bestimmte Oper zu verpflichten, solange ihm die ganze Welt nicht mehr wert war als ein halbes Kalbsfell.

In den ersten Wochen der Heuernte fing man an Besprechungen abzuhalten, um sich darüber klarzuwerden, welche Vorbereitungen man zum Empfang Gardar Holms treffen sollte: die Öffentlichkeit müsse sich doch würdig benehmen, wenn der weltbekannte Sänger nun auf den Wogen des Ruhmes in seine geringe Geburtsstadt heimkehre, die den immer wiederholten Feststellungen ausländischer Touristen zufolge fast ein Anhängsel des Nordpols sei. Einige Leute am Steven des Staatsschiffs hielten Beratungen ab, so die Stadtverordneten, die Feuerwehr, die Literaturgesellschaft, die Blechmusiker und der Frauenverein „Armband". Bei dieser Zusammenkunft wurde beschlossen, auf der Landungsbrücke eine Ehrenpforte mit Blumengewinden zu errichten und vier kräftige Kerle dort in Bereitschaft zu halten, die den Sänger auf ihren Armen im Triumph durch die Ehrenpforte tragen sollten, wobei die Blechmusik den „Björneburger Marsch" zu blasen und weißgekleidete kleine Mädchen Blumensträuße zu überreichen hätten. Weiter war eine kurze Rede des Stadtvogts geplant. Schließlich hoffte man einen der berühmtesten Dichter des Landes, wahrscheinlich den Redakteur von „Foldin", für ein Huldigungspoem zu gewinnen. Man glaubte zudem, daß Gardar Holm nach der Landung zu Ehren seiner Vaterstadt singen würde, aber es war nicht möglich, sich darüber zu einigen, von welchem Balkon er singen würde.

Mehrere Tage vor Ankunft des Postdampfers begann man eilig einige Häuser an der Hauptstraße neu anzustreichen. Gudmunsens Haus erhielt eine graugrüne Bemalung genau wie das Haus der Zeitung „Foldin", und das theologische Seminar wählte dieselbe Farbe.

Ladenbesitzer in den Nebenstraßen wie Veltusund und Fischersund wollten auch zeigen, was sie konnten, und stellten deshalb in ihre Schaufenster zwischen Seife und Hanf, Streichhölzer und Kochtöpfe vergrößerte Photographien des Künstlers.

Broschen mit Gardar Holms Bild kamen in den Handel; eine Neuauflage jenes Mannes, der mit sehnsuchtsvollen Augen nach dem goldenen Wagen am Himmel blickte.

Verstrichen manchmal einige Wochen, ohne daß die Zeitungen etwas über Gardar Holm enthielten, so konnte es vorkommen, daß jemand im Brekkukot sagte: „Ach ja, er war doch ein lieber Junge, Kristins kleiner Gorgur, als er hier am Kirchhof heranwuchs.“

Aber je mehr draußen über Gardar Holm gesprochen oder geschrieben wurde, desto stiller wurde es um ihn im Brekkukot. Die Woge seines Ruhmes war nie ferner davon, an unser Drehkreuz zu schlagen, als in dem Augenblick, da sie sich mit voller Kraft daran brach.

Ich glaubte auch nie wirklich, daß der geplante feierliche Empfang stattfinden würde. Um keine Umschweife zu machen, will ich sofort hinzufügen, daß er auch nie stattgefunden hat. Mir kam es vor, als werde man von Gardar Holm immer zum Narren gehalten, gleichgültig, ob er kam oder abreiste. Er aber ließ sich nie zum Narren halten, weder durch Ehrenpforten noch durch Blechmusik. Insofern hatten seine Jugendjahre am Kirchhof wenig Einfluß auf ihn gehabt. Man konnte also kaum annehmen, daß er sich nach anderer Leute Plänen richten würde.

Ich erinnere mich des Tages, an dem der Postdampfer ankam, als sei es gestern gewesen. Selbstverständlich regnete es in Strömen. Wer hätte etwas anderes erwarten können? Die acht oder zehn Mädchen standen in ihren klitschnassen Kleidern fröstelnd an der Landungsbrücke, und es regnete auf ihre Blumensträuße. Einige müde Handwerker mit Blasinstrumenten, unter ihnen der verkrüppelte Schuster von Brunnhus, erfroren fast, und es regnete in ihre Trompeten hinein. Um ihre steifgefrorenen Gesichter und Hände aufzutauen, stimmten sie, noch ehe etwas vom Postdampfer zu sehen war, den „Björneburger Marsch“ an. Da sprach sich herum, daß der Stadtvogt Mantel und Gummischuhe angezogen habe. Und mitten in der Marschmusik kam ein ganz gewöhnlicher Kerl mit der Nachricht vom Postdampfer, daß Gardar Holm sich nicht unter den Passagieren befände; alles wäre ein Mißverständnis, denn zur selben Stunde gäbe er in Paris ein Konzert. Die Blechmusiker verstummten, gossen das Regenwasser aus den Blasinstrumenten und verkrümelten sich. Wie verlautete, hatte der Stadtvogt seine Gummischuhe wieder ausgezogen. Die kleinen Mädchen liefen mit ihren Blumen im Regen nach Haus, und die mit Blumengewinden geschmückte Ehrenpforte wurde abgebrochen.

Genauso hatte ich es mir gedacht.

Ungefähr eine Woche später stand ich ganz verblüfft auf der Suldurgata. Ich sollte wohl etwas in der Stadt besorgen. An der Ecke, wo der Kirchhofsweg steil ansteigt, kam mir plötzlich ein feiner Herr entgegen, der mit seinem Spazierstock promenierte. Für gewöhnlich blickte ich Leuten, denen ich auf der Straße begegnete, nicht ins Gesicht, aber man spürte meistens schon von weitem, wer da auf einen zukam. Zufällig schaute ich den Herrn an, und da war es wahrhaftig niemand anderes als Gardar Holm.

Zuerst wußte ich wirklich nicht genau, ob ich richtig gesehen hatte, denn dieser Mann wirkte ein wenig mitgenommen. Fünf Jahre sind eine gehörige Zeitspanne im Leben eines Menschen, und er war augenscheinlich gealtert, zumindest im Gesicht: die Züge waren schärfer, die Falten tiefer geworden. Er war nicht nur sonnengebräunt, sondern auch wetterhart, und er schielte ein bißchen. Nun gehörte er gewiß zu jenen, die das himmlische Licht sehen, wie es im lateinischen Lehrbuch vom Adler heißt – adspicit lucem caglestem. Deshalb bestand wohl nur geringe Hoffnung, daß solch ein Mann mich, Alfgrimur, wiedererkennen würde. Aber wie er da, in Gedanken versunken, Zeit und Raum vergessend, ging, lugte er gleichwohl mit dem schielenden Blick, den er sich zugelegt hatte, zu mir hin. Wie kam es nur, daß ich im selben Moment, als ich die Gestalt des Mannes und den Ausdruck seines Gesichts mit meinen Augen verschlang, ihn mit dem Bild aus meiner Kindheit verglich, auf dem der Jüngling mit dem himmelwärts gerichteten Blick zu sehen war, und mit dem anderen Bild, das in den Läden auf Ansichtskarten und Broschen verkauft wurde? Jetzt erschien er mir plötzlich nicht mehr so unalltäglich; jedenfalls war nichts mehr von seinem einstigen Schwung zu merken. Und irre ich mich nicht gründlich, so trug er noch denselben Hut wie vor einigen Jahren. Dagegen hatte er neue Schuhe an, was in meiner Jugend etwas Ungewöhnliches war – ich erinnere mich tatsächlich nicht, vorher jemand mit neuen Schuhen gesehen zu haben. Sie glänzten von weitem. An seiner Kleidung gab es weder Fleck noch Falte, genau wie vor fünf Jahren, aber ich war nicht sicher, ob er sich seitdem einen neuen Anzug gekauft hatte – jedenfalls war der, den er trug, aus dem gleichen blauen Stoff mit schmalen roten Streifen.

Ich blieb stehen, als er an mir vorbeiging, und ich konnte nicht anders, ich mußte mich nach ihm umsehen.

Unversehens drehte er sich auf seinem Absatz um und blieb ebenfalls stehen.

„Kennst du mich?“ fragte er.

„Ja“, sagte ich.

„Wer bist du?“ fragte er.

„Alfgrimur“, sagte ich.

„Na, da ist es also kein Irrtum“, sagte er und blickte mich dunkel lächelnd an. Ich blieb wie angewurzelt auf der Straße stehen. Schließlich ging er einfach zu mir hin und gab mir die Hand. „So, du existierst wirklich. Ich glaubte, ich hätte es nur geträumt. Du warst es also, der die Fünförekuchen gegessen hat?“

„Ja – doch. Ich war eingeladen. A-aber ich aß nur einen“, sagte ich.

Gardar Holm schien sich von der Bürde seiner Weltberühmtheit zu befreien und lachte. „Jedenfalls warst du es, der in der Stadt Pfeffer besorgen sollte. Hast du ihn besorgt? Hast du ihn abgeliefert?“

Ich glaubte darauf nicht antworten zu müssen und sprach von etwas anderem! „Wir dachten, du wolltest nicht mehr kommen“, sagte ich. „Die Ehrenpforte ist abgebrochen.“

„Wie ihnen das gleicht“, sagte er und lachte gezwungen, was mir fast weh tat. „Kannst mich bald einmal besuchen. Dann wollen wir wieder Fünförekuchen kaufen.“

„Hm“, sagte ich. „Besten Dank für Ihre Liebenswürdigkeit.“

„Ganz überflüssig, daß du mich siezt“, sagte er. „Das wäre ja, als ob man zu sich selber Sie sagt.

Aber wenn es was gibt, das ich für dich tun kann, so sag es mir. Denk daran.“

Er schien Eile zu haben, mir Lebewohl zu sagen und seiner Wege zu gehen, denn er glaubte wohl nicht, daß ich gerade jetzt einen Wunsch haben könnte. Aber just das war der Fall. Seit Jahren hatte ich einen Wunsch. Und nun war der Augenblick gekommen.

„Ich möchte so gern, daß du für mich den ‚Erlkönig‘ singst.“

„Den ‚Erlkönig‘?“ sagte er verblüfft. „Welchen ‚Erlkönig‘?“

„Wer reitet so spät durch Nacht und Wind“, sagte ich.

„Was redest du da?“ sagte er. „Wie kommst du darauf?“

„Ich habe mich ein ganz klein wenig mit Schubert abgegeben“, sagte ich.

„Schubert?“ sagte er. „Wieso denn?“

„Ganz zufällig“, sagte ich.

„Darüber müssen wir ausführlicher miteinander sprechen“, sagte er. „Besuch mich also einmal: Hotel d'Islande. Ich will nachdenken, ob ich etwas für dich tun kann.“

Er drückte mir zum Abschied die Hand – und ich fühlte, daß seine Hand hart und schwielig war.

24
Erlkönig

Während des Sommers begann es ein wenig lichter in mir zu werden. Seit vielen Jahren hatte ich nicht mehr gewagt, den Mund zum Singen zu öffnen, wenn andere dabei waren, aus Angst vor Mißtönen. Hatte ich jedoch kleine Besorgungen zu machen und konnte mich niemand sehen, südwärts am Skerjafjord oder landeinwärts nach Sog, dann fühlte ich in der Brust viele Melodien, und im Laufe des Sommers kamen mir unversehens Laute, die, wie ich meinte, nicht weit von den Tönen, die ich treffen wollte, liegen konnten. Seitdem suchte ich, sooft ich dazu Gelegenheit hatte, entlegene Plätze auf, um meine Stimme wieder zu üben.

Eines Tages geschah es, daß ich den jetzt über achtzig Jahre alten Pastor Johann erblickte, wie er gekrümmt, das Kinn tief in der Halskrause, hinter dem Sarg eines Ortsfremden herhumpelte. Ich schloß mich wie einst als kleiner Junge dem Leichenzug an, sang dann unaufgefordert für den Toten „Wie die einsame Blume", und zwar den größten Teil dieses langen frommen Liedes. Als ich zu Ende gesungen und Ehrwürden Johann etwas Erde ins Grab geworfen hatte, kam er gerührt zu mir, nahm meine Hand und sagte: „Du bist nun ein so großer und tüchtiger Bursche geworden, lieber Alfgrimur, daß ich mich wirklich schäme, dir zehn Öre zu geben. Statt dessen will ich Gott bitten, dir beizustehen."

„Vielen Dank", sagte ich, obgleich ich lieber zehn Öre genommen hätte. „Übrigens finde ich, wegen meines Geheuls habe ich gar nicht verdient, daß Gott mir beisteht. Lange glaubte ich, überhaupt nie mehr einen Ton hervorbringen zu können."

Da sagte Ehrwürden Johann: „Einige werden nie mit dem Stimmwechsel fertig. Aber in allen guten Menschen lebt der richtige Ton – ich will nicht sagen, wie eine Maus in der Falle, eher wie eine Maus zwischen Bohlen in einem Haus. Es ist jedoch eine besondere Gnade, wenn Gott den Menschen erlaubt, den Ton zu singen, den sie hören. Ich bin nun recht alt und konnte nie mit dem Stimmwechsel fertig werden. Mir war es nie vergönnt, den Ton zu singen, den ich gehört habe. Aber der Ton ist gleich schön."

Es versteht sich, daß ich in diesem Sommer ein wenig an Gesang dachte, nachdem ich meine Stimme zurückerhalten hatte. Außerdem war ich überglücklich, daß der Sänger wieder heimgekehrt war. Nach seiner freundlichen Einladung und in der Hoffnung, vielleicht den „Erlkönig" zu hören, wartete ich nicht lange mit meinem Besuch bei ihm, sondern machte mich bald auf den Weg zum Hotel d'Islande. Vorher schmierte ich meine Schuhe gründlich mit Schaftalg ein, versuchte mein widerspenstiges, borstiges Haar mit Wasser glattzubürsten und stiefelte dann hinunter in die Stadt. Ohne zu zögern, ging ich in die Empfangshalle des Hotels und zum Hotelbesitzer, der in der Portiersloge saß. Dann sagte ich: „Guten Tag!"

Er ließ sich Zeit, ehe er aufblickte und mich

über den Rand seiner Brille hinweg betrachtete; aber obwohl ich „Guten Tag“ gesagt hatte, blätterte der Mann weiter in seinen Papieren und antwortete nicht. Hinter ihm hing ein Bauer mit Vögeln. Echt dänisch. Ich räusperte mich.

„Wer bist du?“ fragte da der Mann mit dänischem Akzent.

„Ich heiße Alfgrimur.“

„So, und was willst du?“

„Gar nichts. Ich möchte nur jemand sprechen.“

„Jemand?“ sagte der Hotelbesitzer und musterte mich von oben bis unten. „Hier wohnt kein Jemand.“

„Verzeihung, wohnt nicht Gardar hier?“

„Ich verstehe nicht“, sagte der Mann.

„Ich habe eine Verabredung mit Gardar Holm.“

Der Mann stand auf und nahm feierlich die Brille ab, um mich anzusehen. „Meinen Sie den Opernsänger?“

Ich sagte ja.

„Was wollen Sie von ihm?“

„Er bat mich zu kommen.“

„Lieber junger Mann“, sagte der Wirt, indem er sich über seine Theke beugte. „Sie sind sicher vom Lande.“

„Ich wohne auf dem Brekkukot hier in der Stadt“, sagte ich.

„Beim alten Björn im Brekkukot?“ fragte der Wirt. „Wie kommen Sie auf den Einfall, daß Sie mit einem Opernsänger sprechen könnten?“

„Ich bin bei-beinahe mit ihm verwandt“, sagte ich.

„Wie kann man das wissen?“ sagte der Wirt. „Und was kann ich für Sie tun?“

Ich wiederholte, was ich gesagt hatte.

„Sollten Sie tatsächlich Gardar Holm kennen, so müßten Sie wissen, daß es nicht so einfach ist, mit einem Opernsänger zu sprechen“, sagte der Wirt, der jetzt richtig dänisch redete. „Wollte man nur einen einzigen zu ihm hereinlassen, würde bald die ganze Stadt ankommen. Die glauben, daß er ihnen gehört. Und Sie sagen, daß Sie mit ihm verwandt sind, und ich habe keine Beweise zur Hand, daß es nicht stimmt. Ich muß Ihnen also aufs Wort glauben. Aber ich erlaube mir, zu bezweifeln, daß Sie besonders gut freund mit Ihrem Anverwandten sind, da Sie glauben, man könnte so leicht zu Ihrem Vetter hineinspazieren, wie man ein Butterbrot mit Preßsülze verzehrt. Es ist richtig, daß hier bei mir seine Adresse ist, solange er sich auf Island aufhält. Ich habe die Ehre, seine Briefe in Empfang zu nehmen und zu sagen, daß er nicht anwesend ist; und dann und wann überreicht er mir ein echtes Goldstück. Aber selbstredend treffen nie Briefe für ihn ein, denn keiner seiner Freunde schätzt ihn so gering, um ihm zuzutrauen, daß er im Hotel d'Islande wohnen könnte. Er nennt uns ‚Pension de famille‘. Geschieht es aber hin und wieder, daß er aus irgendeinem dringenden Grund hier auftaucht, so braucht er nur die Kanarienvögel zu hören, um spornstreichs wieder zu verschwinden.“

„Wollen Sie nicht so liebenswürdig sein, mir zu sagen, wo er wohnt?“ sagte ich.

„Wohnt!“ wiederholte der Wirt höhnisch. „Gardar Holm wohnt nirgendwo. Er sitzt selbstredend auf dem französischen Kriegsschiff, das ihn neulich nacht nach Island gebracht hat: es liegt draußen vor den Inseln. Aber ist er mitten am Tage im Lande, so wohnt er natürlich beim Statthalter.“

Einige Tage später wurde wieder einmal ein

Mensch, den niemand kannte, begraben, oder war es nur eine Groppe? Jedenfalls schickte Ehrwürden Johann jemand zu mir mit der Aufforderung, für dreißig Öre bei der Beerdigung zu quinkelieren.

Ich fand mich zur festgesetzten Stunde auf dem Kirchhof ein. Dort traf ich Ehrwürden Johann mit dem Sarg, dem Polizisten und den mir bekannten alten städtischen Kirchhofswärtern, die sich auf ihre Schaufeln stützten. Die Trauer merkte man wie gewöhnlich nur am Geruch von Kienruß. Ehrwürden Johann warf dann mit seinem Spaten etwas Erde ins Grab und versprach nach dem in seinem Handbuch stehenden Ritual dem Toten die vom Heiland gelobte Auferstehung am Tage des Jüngsten Gerichts, worauf er mir ein Zeichen gab, mit dem Gesang zu beginnen. Ob es nun daher kam, daß mich Hallgrimur Peturssons Lied „Wie die einsame Blume" allmählich langweilte und daß ich mich nach ein wenig Abwechslung auf dem Kirchhof sehnte oder daß ich dachte, es sei besser, bei sich selber Rat zu holen als bei seinen Brüdern – wie dem auch sei, ich stimmte Schuberts „Erlkönig" an: „Wer reitet so spät durch Nacht und Wind ..."

Wie alle wissen, ist der deutsche „Erlkönig" nichts anderes als unser Volkslied „Olafur reitet unter den Klippen dahin"; nur werden die lockenden Worte, welche die verliebten Mädchen Olafur zuflüstern, im deutschen Gedicht einem dritten Wesen in den Mund gelegt, und zwar – man staune! – einem Mannsbild, nämlich dem Erlkönig, in dessen Gestalt der Tod erscheint, statt wie in unserm Volkslied in Gestalt des letzten Mädchens. Wie fremd es auch dem isländischen Gefühl ist und wie unvereinbar mit dem Leben im Brekkukot, daß ein Mann versucht, einen Knaben den Armen eines andern Mannes zu entreißen, so rührte dennoch die deutsche Melodie verborgene Saiten in mir an. Waren es vielleicht die Triolen einer schreckerstarrten Schellentrommel, die irgendwo in tiefer Nacht über Alftaness' Strand verborgen hing, wenn Großvater mich zum Fang von Seehasen mitgenommen hatte?

„Ich habe nie etwas gegen neue Melodien gehabt", sagte Ehrwürden Johann, als ich für den Leichnam eines Unbekannten den „Erlkönig" auf Deutsch zu Ende gesungen hatte, „und zwar deshalb, weil die alten Melodien nicht schlechter werden, wie gut auch die neuen sein mögen. Hier sind fünfundzwanzig Öre. Aber das ist nicht genug."

„Ich wollte diese neue Melodie nur mal versuchen", sagte ich. „Ich wußte ja, daß nicht viele zuhören."

„Das ist völlig richtig", sagte Ehrwürden Johann, „denn hier im Kirchhof sind alle taub – außer Gott. Und Gott gefallen die neuen Melodien ebensogut wie die alten. Ich glaube gar, mein Geldbeutel hat ein Leck bekommen. Aber hier finde ich doch noch zwei Öre."

„Vielen herzlichen Dank, Ehrwürden Johann", sagte ich. „Und von jetzt an sollen Sie mir kein Geld mehr geben. Ich weiß ja, daß Sie selber nichts bekommen, wenn Sie arme Menschen beerdigen."

„Ich könnte natürlich für sie genau wie für die anderen etwas bekommen", entgegnete Ehrwürden Johann, „wenn ich die Obrigkeit darum bitten würde. Um die Wahrheit zu sagen, begrabe ich lieber Arme als Reiche. Denn je geringer sie sind, desto mehr Platz bekommen sie im Herzen unsres

Erlösers. Hier finde ich endlich noch ein Zweiörestück. Ich werde mir wohl einen ordentlichen Geldbeutel anschaffen müssen. Die dreißig Öre, die ich dir halb und halb versprochen habe, kann ich heute nicht zusammenbringen. Drum gestatte mir, dir einen Öre schuldig zu bleiben."

Ich setzte mich mit meinem Sängerlohn in der Hand auf den Grabstein des seligen Erzengels Gabriel, und Ehrwürden Johann ging fort. Alles war wieder still. Man hörte nur von weitem die Totengräber, die sich beeilten, das Grab des Unbekannten zuzuschaufeln.

Plötzlich saß ein Mann neben mir. Er nahm den Hut ab, denn die Luft war mild, und strich sich mit der Hand das Haar glatt. Er war recht grau, und seine Stirn hatte querüber Falten. Schließlich sah er mich an.

„Wie hast du diesen Ton treffen können?" fragte Gardar Holm.

„Welchen Ton?" sagte ich.

„Du hast Stimme", sagte er.

„Ich singe hin und wieder ein bißchen für Ehrwürden Johann", sagte ich.

„Du solltest dich lieber etwas in acht nehmen", sagte er.

„Ich versuchte dich neulich zu erreichen", sagte ich. „Aber du warst auf dem französischen Kriegsschiff."

„Weshalb standest du so dicht am Rand des Grabes, als du sangst? Glaubst du, wer singt, darf sich vor die Witwe drängen?" fragte er.

„Es gab keine Witwe", sagte ich. „Man läßt mich nie für Tote singen, die Witwen haben."

„Man soll nicht zum eignen Vergnügen singen", sagte er.

„Hätte ich dich gesehn, so würde ich dich gebeten haben zu singen“, sagte ich.

Wie angeekelt stand er auf. Zürnte er mir? Oder war seine überreizte Art ein Wesenszug, den man häufig bei berühmten Menschen findet?

„Es gibt einen Ton“, sagte er gleichsam als Fortsetzung von Ehrwürden Johanns Worten. „Aber wer den gehört hat, der singt nicht – mehr.“

Während ich seine Schuhe und seine Kleidung betrachtete, an der es weder Fleck noch Falte gab, sah ich plötzlich, daß ein Hälmchen Heu in der Kniekehle eines seiner Hosenbeine hing. Gewiß war er heute nicht sonderlich nett zu mir gewesen, abgesehen von den paar vorsichtig anerkennenden Worten. Trotzdem erschien es mir, milde ausgedrückt, wie ein Unglück, daß auch nur ein Staubkörnchen an seinem Anzug zu sehen sein sollte. Ich stand auf und entfernte das Hälmchen Heu.

„Was soll das?“ sagte er etwas ungehalten.

„Es war nur ein Hälmchen Heu“, sagte ich.

„Ach, ich habe vorhin auf der Erde gesessen“, sagte er lächelnd, wenn auch ziemlich von oben herab, und er gab mir die Hand, sagte Lebewohl und verschwand zwischen den Gräbern.

25
Ein Mensch auf dem Kirchhof?

Wie man auf der Laungustett, der Hauptstraße, sehen konnte, mußten wieder einmal große Dinge im Anzuge sein; diesmal im Haus der Zeitung „Foldin“. Ihr Redakteur schien sich nicht damit zu begnügen, dem Haus einen neuen Anstrich gegeben zu haben; denn jetzt wurde auch noch das Geländer des Balkons erneuert, und zwar durch hübsch gedrechselte Säulchen. Gewiß hatte man davon gemunkelt, daß nach der nächsten Althingswahl wahrscheinlich kein anderer als der Redakteur königlicher Minister werden würde. Jetzt jedoch verbreitete sich die aufsehenerregende Nachricht, daß dieser hervorragende Mann nächsten Sonnabend eine große Abendgesellschaft veranstalten wolle, zu der sämtliche besseren Ladenbesitzer und die angesehensten Konsuln im Lande sowie die Offiziere des dänischen Inspektionsschiffes, falls es im Hafen liegen sollte, eingeladen seien. Als Ehrengast aber werde der Mann erscheinen, den das französische Kriegsschiff wieder zu uns gebracht hatte: der Opernsänger Gardar Holm!

Kein Blatt wagte im voraus auch nur eine Zeile darüber zu schreiben, denn man wußte aus Erfahrung, wie vorsichtig man sein muß, wenn es sich um Berühmtheiten handelt. Trotzdem erriet die ganze Einwohnerschaft sofort, daß das neue Balkongeländer nur angebracht wurde, damit Gardar Holm, wenn er gegessen hatte, auf dem Balkon erscheinen und seinem Land mit Gesang huldigen könne.

Es ist frühmorgens im Spätsommer auf der Sudurgata. Der Seewind hat noch nicht die Landspitze erreicht; die Wasserfläche unseres Teiches liegt noch spiegelblank und ganz still da, nur hier und da bewegt von nach Fliegen schnappenden Fischen, und ich bin wie gewöhnlich vor allen anderen im Brekkukot auf den Beinen, um die Kuh zu beaufsichtigen, die das bißchen Gras zwischen den Pflastersteinen um das Haus herum abnagt. Ich halte sie an einem Strick, damit sie das morsche Staket um unsern Kohlgarten in Ruhe läßt.

So hocke ich auf der Steinmauer an der Straße, höre, wie die Kuh friedlich in der Windstille grast, und sehe aus Großmutters Schornstein den ersten Rauch emporsteigen. Sonst scheinen alle Menschen noch zu schlafen – bis auf einige Arbeiter mit roten Bärten, die feierlich gleich Bildern aus der Bibel in einem Leiterwagen sitzen. Einer von ihnen peitscht auf einen trägen Klepper los, der sie nach dem Wassermoor ziehen soll, wo es mehr Torfgräben als sonstwo auf der Welt gibt. Das Gakkern der Hühner erreicht seinen Höhepunkt, mit all der humorlosen Emsigkeit, die dem Hühnerhof eigen ist.

Plötzlich merke ich, daß die Gitterpforte des Kirchhofs geöffnet wird. Ihre eisernen Angeln knarren. Ich wende mich um und sehe ein weibliches Wesen aus dem Kirchhof kommen und die Pforte hinter sich zuwerfen, ein feistes Mädchen mit fettig glänzendem Gesicht und nach dänischer

Mode gekleidet. Ihr offener Mantel flattert, und sie trägt in der einen Hand ihren Hut am Gummiband wie einen Eimer. Sie starrt mich an, ohne mich zu sehen; sie scheint mit ihren Gedanken weit fort zu sein. Sie ist wohl so zeitig auf dem Kirchhof gewesen, um das Grab eines teuren Freundes zu besuchen. Sie schlägt den Weg nach der Stadt ein. Ihr Gang verrät Verdruß, so kommt es mir vor. Jedenfalls kümmert sie sich nicht darum, wie wenig schön sie ihre Füße setzt, und ihr Haar ist wie vom Wind zerzaust, obwohl es windstill ist.

Als sie ein paar hundert Meter weit gekommen war, blieb sie auf einmal stehen, blickte sich um, sah mich nun wirklich und nickte von weitem. Vielleicht war ihr inzwischen eingefallen, wer der Bengel war, der dort auf dem Steinpflaster saß und eine Kuh hütete. Dann drehte sie sich um und kam geradewegs auf mich zu. Sie war wirklich ein großes Mädchen. Sie erschien von vorn noch größer als von hinten. Gewiß hatte sie zuviel Weißbrot gegessen. Mir war gar nicht wohl zumute; weibliche Wesen machten mich befangen, sie wirkten geradezu unangenehm auf mich. Hätte sie nur wenigstens ihren Mantel zugeknöpft! Als ich sah, daß sie tatsächlich zu mir wollte, blickte ich in eine andere Richtung, auch noch, als sie dicht vor mir stehenblieb. Die Kuh fraß unbekümmert weiter.

„Guten Tag", sagte das Mädchen.

„Guten Tag", erwiderte ich langsam und guckte in die Luft.

„Schönes Wetter heute", sagte das Mädchen herablassend freundlich.

„Ja, einigermaßen", sagte ich.

„Ich bin zu meinem Vergnügen ausgegangen", sagte sie. „Der Arzt meint, ich sei zu dick."

Als ich sie genauer betrachtete, fand ich, daß ihr Gesicht schlaff wirkte. Ihre Augen waren ohne Glanz, unter den Augen gab es dunkle Ringe, und sie hatte Heu im Haar.

„Kennst du mich nicht wieder?" sagte sie. „Jedenfalls kenne ich dich. Wie heißt du doch?"

„Langdumm", sagte ich.

„Lang – was? Weshalb lügst du mich an? Hältst du mich für so dumm?"

„Du hast Dreck im Haar", sagte ich.

Sie strich mit der einen Hand über ihr Haar und entfernte ein paar Halme.

„Da hängt noch etwas Moos drin", sagte ich.

„Nett von dir, daß du es mir sagst. Willst du es wegnehmen? Ich habe keinen Taschenspiegel bei mir."

Als ich den Rest Heu aus ihrem Haar gezupft hatte, sagte sie: „Darf ich dich nach einer Kleinigkeit fragen?"

Sie nahm eine Photographie aus ihrer Manteltasche und gab sie mir. Darauf war eine Frau mittleren Alters zu sehen mit zwei Kindern, einem Knaben und einem Mädchen. Zuerst glaubte ich, es sei ein Bild aus Amerika; denn die Photos, die wir mitunter von dort bekamen, zeigten Frauen mit dem Gesichtsausdruck von Hinterwäldlern, wie diese auch, und mit Händen, die vom Graben oder dem Ringen mit großen Steinblöcken und Baumstämmen deformiert oder vom Waschen geschwollen waren. Kleidung und Frisur aber gehörten irgendeiner ausländischen vergangenen Mode an. Die Kleider der Kinder waren auf Zuwachs geschneidert; sie sahen aus, als seien sie zum Photographieren eilig zusammengenäht worden. Das Haar des kleinen Mädchens war in zwei Rattenschwänze geflochten, die steif abstanden, und ihre weit aufgerissenen Augen sahen ängstlich und neugierig drein, während der Knabe einen forschend anzublicken schien. Am meisten aber wunderte ich mich darüber, daß der Name des Photographen unverkennbar dänisch und sein Wohnort, der unter dem Namen gedruckt war, eine kleine Stadt in Jütland war.

„Wer sind wohl die Menschen auf diesem Bild?“ fragte das kleine Fräulein Gudmunsen.

„Wie kann ich das wissen?“ antwortete ich. „Woher hast du das Bild?“

„Ich fand es auf dem Kirchhof“, sagte das Mädchen.

„Merkwürdig“, sagte ich und sah sie erstaunt an.

„Es lag auf einem Grab“, sagte das Mädchen. „Weißt du genau, daß du die Frau nicht früher mal gesehen hast?“

„Ausgeschlossen“, sagte ich.

„Entschuldige bitte“, sagte sie, „und auf Wiedersehen. Doch sag mal, wie weit bist du jetzt in der Lateinschule gekommen?“

Ich erzählte es ihr kurz.

Sie fragte: „Und was willst du danach werden?“

„Ich habe vor, Quabben zu fangen“, sagte ich.

„Hör doch endlich mit der Fopperei auf“, sagte sie. „Ach, ich werde jetzt nach Hause gehn und schlafen. Findest du nicht, daß ich schon etwas schlanker geworden bin? Aber, um von etwas anderem zu sprechen – wie bist du eigentlich mit Gardar verwandt?“

„Das weiß ich nicht“, sagte ich.

„Doch, doch“, sagte sie, „ihr seid miteinander verwandt. Bring ihn einmal mit, wenn du zu uns kommst. Das darfst du gern.“

„Danke", sagte ich.

Als sie einige Schritt weit gegangen war, blieb sie wieder stehen und stampfte mit dem Fuß auf die Erde oder, richtiger ausgedrückt, mit der schmalen Spitze ihrer neumodischen Schuhe. „Sag mal, wie heißt sie, Gardar Holms Frau? Und woher stammt sie? Und wo ist sie?"

„Gardar Holms Frau?" sagte ich. „Du bist wohl nicht ganz gescheit?"

„Nein, natürlich bin ich nicht ganz gescheit", sagte sie. „Es wäre wohl auch schändlich, zu denken, daß er verheiratet sein könnte, solch ein weltberühmter Mann – und einem nichts davon erzählt hat! Kann ich übrigens die Photographie nicht bei dir lassen?"

„Was soll ich damit?" fragte ich.

„Vielleicht bist du so nett und gibst das Bild später für mich zurück – auf dem Kirchhof."

„Ich will nichts mit dem Bild zu tun haben", sagte ich.

„Du könntest mir doch diese kleine Gefälligkeit erweisen, nicht?" sagte sie. „Wer weiß, ob ich dir nicht auch mal eine Gefälligkeit erweisen kann?"

„Ich will das Bild gern für dich über die Kirchhofsmauer werfen", sagte ich.

„Nein, nicht werfen", sagte sie, „sondern gib es dem, der drüben auf dem Kirchhof schläft; denn dort schläft jemand auf einem Grab – ein Ausländer."

„Hoffentlich hast du nicht deine Finger in die Tasche eines Ausländers gesteckt, während er schlief?" sagte ich.

„Pfui, was für ein gemeines Biest du bist!" sagte sie. „Denkst du wirklich so schlecht von mir, so sprich wenigstens nicht zu einem andern darüber.

Vielleicht tu ich dir auch mal einen Gefallen. Auf Wiedersehn."

Nach diesen Worten begab sich das Mädchen auf den Heimweg. Diesmal wandte sie sich nicht um. Ich saß auf dem Steinwall mit der Photographie in der Hand und starrte dem Mädchen nach. Die Kuh fraß unentwegt weiter Gras. Erst jetzt merkte ich, wie herrlich der Torfrauch duftete, der aus Großmutters Schornstein quoll. Als ich das Mädchen nicht mehr sehen konnte, ging ich auf den Kirchhof, um den Ausländer zu suchen, dem, wie ich verstanden hatte, das kleine Fräulein Gudmunsen die Photographie seiner Frau aus der Tasche genommen hatte, während er auf einem Grab schlief. So vermutete ich. Aber wie lange ich auch suchte, ich fand auf dem Kirchhof niemand, der auf einem Grab schlief.

26
Der Ton

Festlich gekleidete Gäste strömten um die Dämmerstunde des Spätsommerabends ins Haus des Redakteurs von „Foldin“, wo man mit der Beleuchtung nicht geknausert hatte. Je später es wurde, desto größer wurde die Menschenmenge auf der Straße vor dem Zeitungshaus. Darunter waren in erster Linie jene Leute, die sich weder über die Vorbereitung des Festes hatten den Kopf zerbrechen müssen noch am Fest teilnahmen: Hafenarbeiter und Fischer in Joppen über gestrickten Wolljacken, solche, die in meiner Jugend Strandhüttenvolk genannt wurden und das Haus voller Kinder, aber keine Kuh hatten; weiter Bäcker und Handwerker, die eigentlich die bürgerliche Zivilisation auf Island begründet hatten, indem sie sich einen steifen Filzhut, Gummikragen und Spazierstock anschafften und in ständiger Angst lebten, aus Versehen für die Missetat eines anderen gehängt zu werden; und ihre Frauen. Außerdem sah man viele alte Salzträgerinnen, die wegen ihres Alters keine Arbeit mehr fanden und Altersversorgung erhielten – Island hatte sie als erster Staat gesetzlich eingeführt, wenn man auch kaum Zwiebäcke dafür kaufen konnte –; und da und dort hübsche Mädchen in Nationaltracht, einige wohl vom Lande, andere aus der Gegend der Fjorde im Süden. Ungehobelte halbwüchsige Burschen meines Schlages trieben sich dort herum, und selbstverständlich fehlte es nicht an frechen Spottvögeln, die seit den Tagen der griechischen Komödien nun einmal auf allen Märkten zu finden sind.

Habe ich erzählt, daß es regnete?

Langsam verstrich die Zeit, und wir standen draußen im Spätsommerregen. Manchmal, wenn oben jemand durch ein Fenster guckte oder sich hinter einer Gardine ein Schatten bewegte, fuhr es wie ein heftiger Windstoß durch die Menge, die auf der Straße wartete: Er!

Aber kein einziges Mal war er es.

Was wollten wir eigentlich von diesem Sänger? Waren wir etwa ein Volk von Sängern, das in grauer Vorzeit hier an einem stummen Strand Schiffbruch erlitten hatte und seitdem auf dies eine wartete von Geschlecht zu Geschlecht?

Ich will nicht zu langatmig werden: Es war schon recht spät, die meisten Menschen auf der Straße waren naß, ja bis auf die Haut durchnäßt; die Stadt lag dunkel. Plötzlich wird die Balkontür geöffnet, Lichtglanz und Duft von Gästen, Braten und Tabak quellen zu uns nieder, und ein Mann in Feststaat tritt auf den Balkon. Viele von uns klatschten in die Hände; es war der Gastgeber. Er winkte, daß man still sein solle. Dann ergriff er das Wort. Er bat die Leute auf der Straße, nach Hause zu gehen, denn der Ehrengast sei nicht gekommen, man habe den ganzen Abend auf ihn gewartet. In diesem Augenblick sei aber ein Brief von ihm eingetroffen, worin er mitteilte, daß das französische Kriegsschiff, das Fahrzeug, dessen Kommandant ihm Gastfreundschaft gewähre, gerade in See gestochen sei. Gardar Holm sei also abgereist und bäte, alle zu grüßen, ja alle Leute auf Island, ob hoch oder niedrig, und er wünsche, daß das isländische Volk leben, blühen und gedeihen möge.

Jetzt bleibt nur noch zu berichten, daß die geduldigen Menschen, die so lange stumm und vergeblich auf Gesang gewartet hatten, ruhig im Regen auseinandergingen, ohne aufzumucken, woran man erkennen kann, daß sie schon öfters enttäuscht worden waren.

Ich drehte den Schirm meiner Mütze nach hinten, damit mir der Regen nicht länger unterm Hemdkragen den Rücken hinunterrieseln konnte, und ging nach diesem verpfuschten Abend heimwärts. Wie erwähnt, hatten wir Spätsommer, die Straßenbeleuchtung war noch nicht wieder in Betrieb, nur da und dort drang etwas Licht aus den Fenstern. In der Sudurgata sah ich beim Melsteth-Haus eine Frau vor mir. Ihre dunklen Umschlagtücher hatten die Farbe des schummrigen Abends. Sie ging recht unsicher. Man hätte glauben können, sie sei beschwipst. Plötzlich stolperte sie an der Straßenkante, geriet mit einem Fuß in die Gosse und fiel hin. Ich eilte hinzu, um ihr zu helfen. Und da war es unsre alte Kristin vom Küsterhaus.

„Hast du dir weh getan, liebe Tante Kristin?“ fragte ich, indem ich sie wieder auf die Beine brachte. Sie war naß und beschmutzt von der Gosse.

„Schrecklich, wie nachtblind man geworden ist“, sagte Tante Kristin, als wolle sie sich entschuldigen, und dabei wußten wir alle, saß es seit langem mit ihren Augen schlimmer und schlimmer geworden war. Als ich sie kaum auf die Beine gebracht hatte, bückte sie sich und suchte etwas auf der Erde. Schließlich fand sie es – ihren Korb.

„Ich war nur mal schnell bei Fridriksen", sagte sie.

Das stimmte ohne Zweifel, denn aus ihrem Korb drang ein Duft von getrockneten Nelken, Zimt und anderen Gewürzen, die man zum Backen braucht. Ich sagte, ich wolle sie nach Hause begleiten, womit sie einverstanden war, denn sie nahm sofort meine Hand. Ich merkte, daß sie ganz naß war. Sie mußte sicherlich ebenso lange im Regen gestanden haben wie ich.

„Solch ein gesegneter Regenschauer", sagte sie, „daß man ganz durchweicht wird, wenn man bloß zu Fridriksens Bäckerei geht."

Ich stützte sie den ganzen Weg zum Küsterhaus hinauf. Dort waren alle Fenster dunkel, und das Haus schien ausgestorben, denn der Küster war seit fünfundzwanzig Jahren tot und die Kuh ebenfalls.

„Dank auch schön, daß du mich gestützt hast, liebes Kind", sagte Tante Kristin – daß ich jetzt ein recht großer Bursche war, bedeutete nichts für sie, nur hatte sie seit langem aufgehört, mir wie einst regelmäßig zehn Öre zu geben – leider. „Komm nun mit hinein und trink was Warmes."

Das Küsterhaus lag in der allernördlichsten Ecke des Kirchhofs, wo er am höchsten ist. Es war ein geteertes Holzhaus, gefugt oder geriefelt, wie man sagte, mit einer kleinen Küche mit Herd, einer Stube unten und zwei Kammern oben. Hier hatte der alte Küster mehrere Menschenalter lang gewohnt. Nach seinem Tode durfte Küsters Kristin weiter im Haus bleiben. Das kleine Stück Grasland davor ließ die Stadt im Sommer mähen, und das Heu bekamen die Leichenwagenpferde als Futter. Hinterm Wohnhaus lag des seligen Küsters Kuhstall, in dem die Kirchhofsverwaltung Gerätschaften des Kirchhofs aufbewahrte. Das Heu von dem Stückchen Land vorm Haus, zehn bis zwanzig Bündel, war im Dachboden untergebracht, wo es den Winter über lag, bis der Mann, der die Pferde der Stadt betreute, es abholte.

„Milch gebe ich dir nicht", sagte Tante Kristin, „denn es ist ja eure Milch vom Brekkukot. Aber hier habe ich etwas kalten Kaffee; der wird dich erfrischen. Und du kriegst auch was dazu."

Sie steckte die kleine Küchenlampe über dem Herd an und goß mir Kaffee in eine grobe Tasse; dann öffnete sie ihren Korb, in dem das bei Fridriksen gekaufte Gebäck, nach seinem Wohlgeruch zu schließen, trotz Tante Kristins Mißgeschick auf dem Rückweg keinen Schaden erlitten hatte. Aber sie gab mir nur eine Schnecke und nichts von dem feinen Kopenhagener Gebäck, das ich wegen seiner grünen Zuckerglasur und Erdbeergeleefüllung viel lieber gegessen hätte. Schnecken sind jedoch auch gut, vor allem wegen der Korinthen, die im Kopenhagener Gebäck fehlen; dazu kommt noch die leckere Zimtmasse tief innen. Es stellte sich heraus, daß Tante Kristin nur ein einziges Stück Kopenhagener Gebäck gekauft hatte. Ich war überzeugt, das müsse seinen Grund haben. Wie großzügig man auch auf beiden Seiten des Kirchhofs war, wenn man Leute bewirtete, man war doch nie verschwenderisch und kaufte nie aufs Geratewohl.

Jetzt nahm Tante Kristin ein Weißbrot, schnitt einige Scheiben davon ab, strich Butter und

Fleischpastete darauf und holte einen hübsch bemalten Kuchenteller, auf dessen eine Hälfte sie die Butterbrote legte. Dann nahm sie das Kopenhagener Gebäck, zerschnitt es in drei Teile und legte sie auf die andere Hälfte des Kuchentellers. Schließlich goß sie aus einem Topf Milch in eine Kanne.

Dann sagte sie: „Da ich nun so nachtblind geworden bin, kannst du mir wohl einen Gefallen tun, nämlich den Teller und die Kanne in den Kuhstall bringen und beides dort oben auf den Rand der Luke zum Heuboden für die arme Maus hinstellen."

„Was für eine Maus?" fragte ich.

„Was für eine Maus!" wiederholte sie. „Auf so eine Frage kann man überhaupt nicht antworten, lieber Alfgrimur. Und sei vorsichtig, wenn du ein Streichholz anzündest."

„Ich fürchte, die Maus ist viel zu klein, um aus einer so hohen Kanne trinken zu können", sagte ich. „Sollte sie aber doch bis an den Rand der Kanne krabbeln können, so bekommt sie sicher Übergewicht und ertrinkt in der Kanne. Wenn ich bei uns eine Maus habe, gieße ich die Milch für sie stets in eine Untertasse."

„Was so ein Kind nicht alles weiß", sagte Tante. „Bildet sich wohl ein, die Maus wüßte nicht, wie man aus einer Kanne trinkt! Geh jetzt und rede nicht mehr so einen Unsinn, Junge. Und erschreck die Ärmste nicht. Alle wollen ihr zu Leibe, nicht nur die Menschen, auch Hunde und Katzen."

Ich strich ein Zündholz an und fand oben in der Dachstütze einen Kerzenstummel. Ich steckte ihn an. Sehr vorsichtig stieg ich die Leiter empor, um keinen Tropfen Milch zu verschütten und die

Maus nicht zu erschrecken. Aber ich konnte nicht widerstehen, ich hob die brennende kleine Kerze über den Rand der Bodenluke. Vielleicht würde ich diese merkwürdige Maus zu sehen bekommen, die man nicht allein mit Kopenhagener Gebäck und belegten Butterbroten, sondern auch noch mit einer Kanne voll Milch bewirten mußte. Oder hatte Tante Kristin nicht an eine einzelne Maus, sondern an das ganze Mäusegeschlecht auf Erden gedacht?

Der Boden war durch eine Bretterwand geteilt. Die eine Hälfte war für Heu bestimmt und die andere für Vorräte und Gerümpel. Der Teil, der am nächsten zur Luke hin lag, war fast leer. Jetzt im Spätsommer war das Gras vom Küsterhaus längst gemäht und unter Dach und Fach gebracht. Vom hinteren Teil des Bodens kam der Duft trocknenden Heus. Als ich die Kerze hochhielt, sah ich im vorderen Teil des Bodens, also an der mir zugekehrten Seite der Bretterwand, Heu zu einem Lager ausgebreitet und darauf einen recht umfangreichen Ballen, der in ausländische Zeitungen eingepackt war, einige Nummern der „London Times", die in meiner Jugend als die größte Zeitung der Welt galt und die wir manchmal um englische Waren gewickelt zu sehen bekamen. Was für Kostbarkeiten mochte Tante Kristin wohl hier auf dem Heuboden in der weltbekannten „Times" verpackt aufbewahren? Hätte ich die Sache nicht genauer untersucht, wären mir vielleicht nicht, gerade als ich das Licht wieder senken wollte, neben dem Ballen ein Paar spiegelblank polierte Schuhe zu Gesicht gekommen; und dicht neben den Schuhen lagen ein gestärkter Kragen und ein gepunkteter Schlips. Da beleuchtete ich die Sachen genauer.

Und nun kam es mir so vor, als ob sich unter dem Weltblatt „Times“ etwas rührte, wenn auch sehr vorsichtig, vielleicht weil die Zeitung nur Papier war. Während ich dies alles beobachtete, kamen aus dem mir zugekehrten unteren Teil des Ballens Zehen zum Vorschein. Es spielt keine Rolle, wie mir bei diesem Anblick mitten in der Nacht auf dem Heuboden des Kuhstalls von Tante Kristin selig zumute war, und ich will es hier auch nicht beschreiben.

„Stell das Licht dort auf den Lukenrand, mein Lieber, ich möchte mit dir sprechen“, sagte Gardar Holm.

Während ich das Licht auf den Lukenrand stellte, schlüpfte der Sänger aus den großen Zeitungen heraus, und zwar so geschickt, daß keine einzige Zeitung zerrissen wurde. Alsdann faltete er eine Zeitung nach der anderen säuberlich zusammen, schichtete sie sorgsam zu einem Haufen, stieg in die Schuhe und legte Kragen und Schlips um; hierauf holte er einen kleinen, in einem Futteral steckenden Kamm aus der Tasche, kämmte sich mit geübter Hand und strich mit den Fingerspitzen die Bügelfalten seiner Hose glatt. Und da saß nun der Mann, dem niemand zugetraut hätte, daß er woanders als in den vornehmsten Hotels, wenn nicht gar beim Statthalter wohnte. Selten bin ich so froh darüber gewesen, daß es nicht wohlerzogen ist, wenn Jünglinge unaufgefordert erwachsene Männer anreden. Ich setzte mich auf den Lukenrand, nahm meine Kneifzange aus der Hose und begann Nägel aus meinen Stiefeln zu ziehen.

„Freund“, sagte Gardar Holm, als er sich zurechtgemacht hatte, „wie ich dir neulich erzählt habe, fand ich, daß du beim Singen zu nahe am Rand des

Grabes gestanden hast. Wenn ich dir einen guten Rat geben darf: Denke daran, daß jemand, der singt, sich geziemend weit weg vom Rand des Grabes zu halten hat."

„Wenn es aber eine Groppe war?" sagte ich.

„Jaja!" entgegnete er. „Großartig. Jedenfalls danke ich dir für den Gesang. Sing stets, wie du neulich gesungen hast. Sing, als sängst du für eine Groppe. Jeder andere Gesang ist falsch. Gott hört nur diesen Ton. Wer zum Vergnügen anderer singt, ist ein Narr. Wer zu seinem eignen Vergnügen singt, ist ein noch größerer Narr. Ich will, daß du dir von Anfang an darüber im klaren bist, mein Lieber, denn ich bin hier am Kirchhof aufgewachsen, genau wie du."

„Glaubst du, daß ich singen lernen könnte?" fragte ich.

„Ach was, niemand kann singen lernen", sagte er. „Ich sehe aber, daß du schlechte Schuhe anhast. Ich will dir gern meine Schuhe geben."

„Da-das ist wirklich unnötig", sagte ich.

„Nein", sagte er, „es ist durchaus nicht unnötig. Wir sind Freunde. Du singst. Ich gebe dir Schuhe. Und, bitte schön, hier ist eine Schnitte mit Fleischpastete. Oder möchtest du lieber Kopenhagener Gebäck haben?"

Dann saßen wir Sänger auf dem Lukenrand und verzehrten die leckeren Sachen, die Tante Kristin für die Maus besorgt hatte. Ich mußte mich fügen und seine Schuhe anziehen, und er zog meine Botten an.

„Darf ich dich jetzt um eine Kleinigkeit bitten", sagte er, „nämlich unten die Stalltür zuzuriegeln und heute nacht hier auf dem Heuboden bei mir zu schlafen? Sollte jemand unten an die Tür klopfen, dann sei so gut und geh hinunter und sag jedem, der fragt, daß der Opernsänger Gardar Holm nicht hier ist."

Als ich seinen Wunsch erfüllt und die Stalltür ordentlich von innen verriegelt hatte und wieder oben auf dem Lukenrand saß, begann er aufs neue dort, wo er aufgehört hatte.

„Mein lieber Freund", sagte er, „du hast mich gefragt, ob du singen lernen könntest. Ich weiß es nicht. Es ist möglich, daß du Anlagen zu einem Sänger hast. Es ist möglich, daß die Welt dir alles Beste gibt, was sie zu vergeben hat, Reichtum, Macht, Ehre. Was gibt es sonst noch? Vielleicht Schlösser und herrliche Gärten? Oder lustige Witwen? Was weiß ich!"

„Ich möchte so gern, daß du mir ein bißchen Gesangunterricht gibst", sagte ich, „oder mir wenigstens ein einziges Mal den ‚Erlkönig' vorsingst."

„Es gibt *einen* Ton, und der ist der Ton aller Töne", sagte Gardar Holm. „Wer *den* gehört hat, braucht um nichts mehr zu bitten. Mein Gesang bedeutet nichts. Aber denk daran: Wenn die Welt dir alles gegeben und dir das unbarmherzige Joch des Ruhms auf deine Schultern gelegt und das Brandmal des Ruhms auf deine Stirn gedrückt hat, unauslöschlich wie bei einem Verbrecher, der sich gegen die ganze Menschheit vergangen hat – denk daran: dann gibt es keine andere Zuflucht als dieses Gebet: Gott, nimm alles von mir – außer diesem einen Ton!"

27

Der Konferenzrat

Jemand versuchte die Tür zu öffnen. Ich wachte auf, denn die windschiefe Tür quietschte, und die eisernen Angeln knarrten laut. Im ersten Augenblick wußte ich nicht, wo ich war, aber ich merkte, daß ich nicht lange geschlafen hatte. Ich fühlte mich benommen von dem schweren Heuduft. Ganz oben am Giebel unterm First stand ein viereckiges Dachfenster offen, durch das im Tanz wirbelnder Staubkörnchen ein blutigroter Strahl der aufgehenden Sonne hereinleuchtete. Was hatte ich hier zu suchen?

Die Tür unten quietscht immer noch. Ich blicke mich auf dem Boden um und sehe, daß ich allein bin. Wie bin ich eigentlich hierhergekommen? Da fällt mir ein, daß man mich wegen der Maus in den Kuhstall geschickt hat. Aber wie ich auch suche, ich sehe weder die Kanne noch den Kuchenteller. Es gibt keine Spur, daß außer mir noch jemand anders hier war, nicht einmal eine Ecke des Weltblattes „The London Times". Es muß alles ein Traum gewesen sein, denke ich. Doch wenn mich jemand hier findet, was soll er von mir glauben? Schließlich wird unten die Tür ein wenig geöffnet, und eine junge weibliche Stimme ruft: „Wo bist du?"

„Hier", antworte ich, springe auf und klettre die Leiter hinunter.

Und wer steht da auf der Schwelle im goldenen Leuchten der frühen Morgensonne? Niemand anders als das kleine Fräulein Gudmunsen, dieses dicke, fettglänzende Mädchen. Ich kann ihr ansehen, daß sie enttäuscht ist, mich hier zu finden.

„Jesus", sagt sie, „was hast du hier zu tun?"

„Überhaupt nichts", sage ich.

„Bist du allein?" fragt sie, und nachdem ich mit einem kurzen Ja geantwortet habe, frage ich sie: „Und was hast du hier zu tun?"

„Ich glaube, ich bin verrückt", sagt sie. „Jesus! Ist wirklich niemand hier?"

Sie schiebt den Kopf durch den Türspalt und quetscht sich dann ganz hinein, klettert die Leiter empor bis zum Lukenrand, guckt sich von dort den Boden an, steigt wieder hinunter, geht bis zur Türschwelle, ist außer sich.

„Sag mir, was du hier getan hast!" fordert sie abermals.

„Nichts", sage ich. „Ich bin nur eingeschlafen."

„Allein?" fragt sie. „Ist es ganz sicher, daß sonst keiner hier war?"

„Niemand als Leute, die einem im Traum erscheinen können."

„Hast du von jemand geträumt?"

„Was weiß ich? Jetzt bin ich jedenfalls wach."

„Und ich habe die ganze Nacht kein Auge zugetan", sagt sie und flennt plötzlich.

„Warum denn?" frage ich.

„Warum denn? Was geht dich das an?" sagt sie. „Natürlich, weil Papa und Mama mich in eine Kammer eingeschlossen hatten. Doch als es wieder hell wurde, bin ich zum Fenster hinausgestiegen."

Sie setzt sich achtlos auf die Türschwelle. Ihr Haar ist verwuschelt, auf ihren Backen sind Spuren von Tränen, sie ist völlig erschöpft. Ihr Kleid ist zerknüllt, sie hat gewiß kein Schnürleibchen an. Sieht wie ein Haufen Fleisch aus, wie sie da auf der Schwelle hockt mit ihren groben Knien, die in den Falten ihres Kleiderrocks sichtbar sind. Mit den Händen hat sie das Gesicht bedeckt, und sie stöhnt wieder und wieder den Namen des Erlösers.

Schließlich hat sie ihre Verzweiflung überwunden, sie reißt die Hände vom Gesicht, blickt mich in plötzlicher Raserei an und keift: „Du steckst mit ihm unter einer Decke! Wo ist er? Sag mir, wo er ist!“

„Wer denn?“ frage ich.

„Wer denn? Wer denn? Hältst du mich für blödsinnig? Glaubst du, ich merke nicht, daß du dich verstellst? Was ist hier heut nacht los gewesen?“

„Soviel ich weiß, nichts“, antworte ich. „Übrigens habe ich gar nicht nötig, vor dir oder vor anderen Leuten Rechenschaft darüber abzulegen, was ich geträumt habe.“

„Du bist immer schon ein gemeines Biest gewesen“, sagt sie, und da blickt sie auf meine Füße. „Ha, du hast seine Schuhe gestohlen! Du hast ihn ermordet! Sicher!“

Jetzt erst, als ich sehe, was für Schuhe ich anhabe, blitzblanke, feine, ausländische Schuhe, wird mir klar, daß ich nicht geträumt habe. Meine Schuhe sind ja viel wunderbarer als Träume!

„Fragst du etwa nach einem gewissen Mann“, sage ich da, „so weiß ich nur, daß er mir seine neuen Schuhe gegeben und dafür meine alten Schuhe bekommen hat.“

„Und wo ist er hingegangen?“ fragt sie.

„Soviel ich weiß, zu einem Kriegsschiff.“

„Es gibt überhaupt kein Kriegsschiff“, schreit sie. „Ahahaha. Du lügst. Uhuhuhu. Ihr solltet euch was schämen. Ihihihi.“

Ich schwieg einfach und ließ sie heulen, soviel es ihr Spaß machte. Um die Wahrheit zu sagen, spürte ich keine Lust, meine Zeit mit einer Person zu vergeuden, die mich unsinnig beschuldigte. Im Brekkukot kannte man solche Worte überhaupt nicht. Aber sie schimpfte weiter und plärrte in ihre Hände hinein, die schon ganz naß waren: „Und mein Papa, der hat seit Jahren für ihn die feinsten und teuersten Hotels bezahlt, damit er in der ganzen Welt berühmt werden könnte. Hunderte und aber Hunderte und aber Hunderte. Tausende und aber Tausende. Eine Million. Das Gold, mit dem er so flott um sich schmeißt, ist Papas Gold. So benimmt er sich gegen uns. So verunglimpft er uns, noch dazu jetzt, wo man ihn am meisten braucht. Und ‚Foldin‘, das Papa mit den lumpigen paar Kronen über Wasser hält, die sein Fischereibetrieb abwirft, dies Blatt macht er überall im Land lächerlich. Jesus! Lieber Gott! Dabei hat er mir versprochen, mir die ganze Welt zu zeigen. Aber jetzt glaub ich schon, daß er mit diesem Salzweib verheiratet ist, das die beiden verlausten Blagen hat.“

Mit Leuten, die so in Rage geraten sind, kann man sich nicht vernünftig unterhalten. Das sah ich allmählich ein. Fängt man an zu schreien, dann wird bald jedes Wort sinnlos. Werden Tonleitern zu Naturlauten, dann hört alle Musik auf. Ich schwieg und betrachtete stumm das feiste Mädchen, das in sich zusammengesunken auf der Türschwelle dieses Stalles hockte, der so durch und durch morsch und verwahrlost war, daß man ihn seit langem nicht mehr ein Haus nennen konnte.

Dann hatte sie alles gesagt, und mehr gab es nicht zu sagen, und ich hatte ein in Wasser aufgelöstes Mädchen gesehen. Endlich versuchte sie, wieder feste Form zu bekommen, nahm, ohne sich vom Fleck zu rühren, das untere Ende ihres Kleides und wischte sich damit die Tränen ab. Doch ihr Kopf war noch nicht so klar, daß sie mich für einen Menschen, geschweige denn für ein Mannsbild ansehen konnte. Sonst hätte sie ihr Kleid wohl nicht so schamlos bis über das Gesicht gehoben. Nachdem sie schließlich Augen und Wangen abgetrocknet hatte, stand sie auf und stieß mit einem tiefen Atemzug allen Trübsinn von sich.

Der Glanz der frühen Morgensonne lag rot über den blauen Höhen jenseits des Fjords, über dem Grummet des grünen, taufrischen Tuns und über den sommermüden Rainfarnbüscheln der vielen Grabhügel. Es war so früh am Morgen, daß aus Großmutters Schornstein noch nicht das kleinste Rauchwölkchen aufstieg. Ich nahm mich zusammen und sagte, daß ich hier nichts mehr zu suchen hätte und lieber heimgehen wollte, ehe die andern bei uns aufstanden. „Leb wohl. Ich gehe jetzt."

Sie zog ihre Strümpfe hoch, glättete ihr Kleid ein wenig und schnaubte enttäuscht durch die Nase, als wollte sie bekennen, daß ihr ganzes Getue zwecklos gewesen sei. Dann blickte sie mich hilflos und ermattet an und bettelte: „Laß mich nicht allein. Geh wenigstens mit mir hinunter in die Stadt. Auf den Straßen gibt es so viele bissige Hunde und betrunkene Kerle."

Sie strich sich das Haar aus der Stirn und fragte: „Seh ich nicht gräßlich aus?"

„Ja", sagte ich.

„Seh ich nicht aus, als hätte ich überhaupt nicht geschlafen?"

„Ja", sagte ich, „aber das macht nichts."

„Doch, das macht was", sagte sie. „Aber wie kann man auch anders aussehn, wenn man zu Hause aus dem Fenster klettern mußte? Komm jetzt!"

Als wir die Hälfte des steilen Kirchhofwegs hinter uns hatten, begann sie von neuem: „Warum kannst du mich eigentlich nicht leiden?"

„Du meinst wohl, warum ich dich so gut leiden kann, daß ich so früh am Morgen mit dir nach Haus gehe, anstatt nach dem Brekkukot, um zu schlafen?" sagte ich.

„Kannst du mich deshalb nicht leiden, weil du arm bist und ich reich bin?" fragte sie.

Ich wußte zuerst nicht, was ich antworten sollte, und guckte sie nur ganz verwundert an. Ich war arm? Nie im Leben hatte ich etwas so Dummes gehört. Wollte sie mich foppen?

„Wenn ich dich nicht leiden kann, kommt es daher, weil du arm bist und ich reich bin!" sagte ich.

„Du solltest dich schämen", sagte sie, und ich glaubte, sie wollte jetzt wieder loslegen wie vorhin. „Ja, schämen solltest du dich wirklich, denn du hast seine Schuhe an und willst mir nicht mal erzählen, wo er hingegangen ist."

„Was willst du eigentlich von ihm?" fragte ich.

„Das werde ich dir verraten, nachdem du mir erzählt hast, wo er steckt", sagte sie.

„Das hat nichts miteinander zu tun", sagte ich.

„Gut, dann sage ich dir auch nicht, was ich von ihm will."

„Länger geh ich nicht mit“, sagte ich.

„Nein, du darfst nicht weggehn“, sagte sie und hielt mich am Arm fest. „Ich will auch nicht mehr fragen. Ich werde schweigen. Ich weiß, ich kann nichts verlangen. Ich bin weiter nichts als ein dummes Mädchen, das aus dem Fenster gestiegen ist. Aber eins könntest du mir wohl sagen: weißt du, wo er ist, wenn du es mir auch nicht verraten willst?“

„Ich weiß von keinem Menschen etwas“, sagte ich, „am allerwenigsten aber etwas von ihm.“

Auf der Laungustett vor dem Haus der Zeitung „Foldin“ bis zum theologischen Seminar hinunter wurde weiter gefeiert. Eine merkwürdige Schar hatte sich dort zusammengefunden, damit das Fest vom vergangenen Abend nicht ein allzu schnelles Ende nähme. Es war durchaus keine so üble Gesellschaft. Soviel ich sehen konnte, war es das Tausendjährige Reich selbst, wie es in der Heiligen Schrift beschrieben ist.

Mitten auf der Straße standen an die fünfzig Packpferde, paarweis mit den Schwänzen zusammengebunden, so daß sie sich nicht rühren konnten. Viele Gäule schliefen im Stehen mit hängenden Mäulern. Die Tragsättel waren unter ihren Bauch gerutscht, und die Ladung, lauter Dorschköpfe, lag ringsherum im Straßenschmutz.

Einige Pferde aus der Stadt und mehrere Füllen hatten sich zu den Packtieren gesellt, als wollten sie ihnen Gesellschaft leisten. Drei Bauern mit Fellsocken an den Füßen saßen auf einer Haustreppe und versuchten, obwohl sie fast keine Stimme hatten, „Übern kalten Wüstensand“ zu grölen, wobei sie eine Schnapsflasche kreisen ließen. Ein Rudel müder läufiger Köter mit heraushängenden Zungen lag nicht weit davon mitten auf dem Bürgersteig.

Zwei sportlich gekleidete dänische Ladengehilfen, die vielleicht den Hekla besteigen wollten, standen mit ihren Fahrrädern da und betrachteten das Volksleben in Dänemarks Kolonialland.

Auf dem schönen Balkon des Zeitungshauses mit den hübsch gedrechselten Säulchen saßen einige Katzen, erhaben in doppeltem Sinne, denn sie schienen weder einander noch ihre Feinde, die Köter unten auf der Straße, zu sehen.

Zwei französische Fischer schliefen süß in der Gosse, im überirdischen Glanz der Mitternachtssonne dicht am Nordpol, ihre Holzpantinen dienten ihnen als Kopfkissen.

Auf der Treppe des theologischen Seminars, schräg gegenüber vom Gudmunsenladen, stand ein Mann und hielt, während die ganze Welt im Schlaf lag, eine Sonnenaufgangsrede.

In Anbetracht der Umgebung, in der er seine Ansprache hielt, hätte man glauben können, es sei der heilige Franz von Assisi oder einer der anderen berühmten Heiligen, die so geistreich vor geistesarmen Geschöpfen gepredigt haben:

„Liebe Brüder, ha,
Pferde und Franzosen,
Radfahrer und Köter,
Pferdetreiber und Katzen!
Wenn der Konferenzrat kommt –
Das ist nämlich das!
Dreißig Fischzeiten auf See.
Wer für Gudmunsen fischt, soll ein Kriegsschiff haben.
Die Frau mit den Kindern, ha,

Sie schenkt dir Fisch,
Und man sieht Halm und Stern
Durchs Vaterunser im Brekkukot.
Aber wer für Gudmunsen fischt, soll ein
Kriegsschiff haben.
Wenn der Konferenzrat kommt, ha!
Dann guten Tag!
Das ist nämlich das.
Dreißig Fischzeiten auf See.
Wer für Gudmunsen fischt, soll ein Kriegs-
schiff haben.
Nach dreißig Fischzeiten, ja, dann guten Tag:
Dann wirst du nach Haus geschickt,
Nach Haus aufs knochentrockne, starre Pfui,
Das sie ‚Land' nennen,
Und das ist nämlich das.
(Die Alte zog allein ostwärts nach Landbrot.)
Ich hatte ja auch was ins Auge bekommen;
Dies trockne, starre Pfui Deibel von Land,
Von dem ich nie mehr weiß, wie es heißt –
Aber wenn der Konferenzrat kommt, ha,
Wenn der Konferenzrat kommt, haha,
Wenn der Konferenzrat kommt, hahaha,
Ja, dann guten Tag –
Das ist nämlich das!
Liebe Brüder, Pferde und Franzosen –
Wer für Gudmunsen fischt, soll ein Kriegs-
schiff haben.
Der Mann, der Kriegsschiffe steuert, hat
keinen Beutel.
Aber es scheinen gut duftende Sterne durchs
Fenster,
Wenn du von der Jauche kommst.
Ihn zu kennen ist, als besäße man alle die
Kriegsschiffe,

Die er dir schenken würde,
Wenn er ein Kriegsschiff besäße.
Der Mann, der die Beutel hat,
Ist der, der anderen Leuten Kriegsschiffe schenkt,
Dann sticht man in See von den Wunderwerken auf Skildinganess,
Den mirakulösen Zisternen in Grotta
Und lebt dann flott;
Das ist nämlich das.
Denn wer für Gudmunsen fischt, soll ein Kriegsschiff haben.
Nun gibt's nur einen Grashalm.
Aber wenn der Konferenzrat kommt, haha,
Liebe Brüder,
Pferde und Franzosen,
Radfahrer und Köter,
Pferdetreiber und Katzen,
Wenn der Konferenzrat kommt, ha-ha-a-a,
Ja dann guten Tag,
Das ist nämlich das!"

„Der Saufbold da verhöhnt ja meinen Papa!" sagte das Mädchen, packte meinen Arm fester und hatte plötzlich Eile. „Sehen wir zu, daß wir schnell über die Straße kommen."

Wir machten, daß wir weiterkamen, dicht an der Nase des Mannes vorbei, der die Rede hielt. Aber er sah uns nicht. Oder er hielt uns für Pferde und Franzosen.

28
Geheimlehre im Brekkukot

Eines Tages im Spätwinter kam ein Mann mit seiner Frau, die er stützte, durch unser Drehkreuz in den Brekkukot.

„Sie heißt Kloe“, sagte der Mann.

„Gloey?“ fragte Großvater erstaunt. „Mit Verlaub, woher stammt der Name?“

„Von einer griechischen Hirtin, die bei Daphnis in hoher Gunst stand“, sagte der Mann, „und eine von den Lieblingen des Dichters Horaz war.“

Da fiel mir von der Schule her ein, daß seine Frau Chloë heißen mußte. Diesen Namen kann man aber im Isländischen nur schwer richtig schreiben und noch schwerer deklinieren. Mit der Zeit nannten wir sie gezwungenermaßen einfach Klo.

„Ach“, sagte Großvater, „was du nicht sagst!“

„In diesem Leben jedoch“, fuhr der Gast fort, „stammt sie von einem der allerältesten Geschlechter im Nordland ab.“

„So?“ sagte Großvater. „Doch hoffentlich von keinem Geschlecht, das älter als Adams Geschlecht ist. Aber bitte schön, kommt nun ins Haus, damit wir euch etwas Warmes geben können. Und mit Verlaub, wie heißt du selber, mein Guter?“

„Ich heiße E. Draummann“, sagte der Gast. „Ebeneser Draummann, vom Thingeyjarsysla-Geschlecht. Agronom von Beruf mit Realschulexamen."

„Und weshalb mußtet ihr hierherreisen?" fragte Großvater, indem er dem Mann behilflich war, seine Frau zu stützen, denn ihre Beine waren offenbar sehr schwach.

Die Frau hatte sehr langes Blondhaar und blaue Augen und sah aus wie die isländische Märchenkönigin, die damals bei uns zulande große Mode war. Sie hatte ein schönes Gesicht, mit einer Nase, die in dänischen Romanen oft „griechisch" genannt wird, aber ihre Figur war etwas zu füllig, was wohl eine Folge ihrer Krankheit und häufiger Bettlägerigkeit bei zu reichlicher Kost sein mochte.

„Wir sind hierhergekommen, um einen Arzt aufzusuchen, lieber Björn", sagte der Mann dieser edlen Frau, „und ich bitte dich, ihr vorläufig bei dir in einer gemütlichen Ecke ein Bett zu geben, bis wir uns später hier in der Stadt häuslich einrichten können."

Das Ehepaar wurde in unserm Zwischenstock einlogiert, und zwar in der Butze, wo der Unterzeichnete geboren und die Frau aus Landbrot gestorben war.

Ebeneser Draummann muß wohl zwischen dreißig und sechzig gewesen sein, als er bei uns im Brekkukot seiner Frau durchs Drehkreuz half, ein kleiner, rundlicher Mann mit breiten Schultern. Sein Kopf wackelte immerzu, und seine Hände zitterten; er war sehr bleich, aber unter seiner Haut gab es einen Farbton, der zugleich rot und blau schimmerte. Seine Hände waren sommersprossig, und er war kahlköpfig wie einer, der als Kind Schorf gehabt hat. Statt Augenbrauen sah man zwei dünne rote Striche, die entzündet wirkten, als habe man ihm die Brauen kurz vorher mit den Haarwurzeln herausgezupft. Betrachtete man sein Gesicht genau, bemerkte man, daß er einen spärlichen rötlichen Bartwuchs hatte, den er jedoch stets heimlich entfernte, aber sicherlich mit einem anderen Werkzeug als einem Rasiermesser. Er hatte strahlendblaue Augen und einen unglaublich durchdringenden Blick. Hätte man sie bei einem Tier, etwa einem Seehund, gesehen, so hätte man verwundert und begeistert ausgerufen: „Nein, du großer Gott, dies Geschöpf hat ja Menschenaugen!"

Als das Ehepaar zu uns kam, hatte E. Draummann eine quergestreifte Weste an. Seine Jacke aus blauem Cheviot war in den Schultern zu eng, und die Ärmel waren zu kurz. Er trug einen Gummikragen und eine lose Hemdbrust, gleichfalls aus Gummistoff; der Kragen war vorn an der Hemdbrust befestigt. Einen Schlips benutzte er nicht, und nie trug er unter der Hemdbrust ein richtiges Leinenhemd, denn er gehörte zu den hemdlosen Männern. Seine ungefärbte graue Lodenhose war wiederum eng und zudem lächerlich kurz, was um so mehr auffiel, als er Schuhe ohne Strümpfe trug. Es waren ausländische Leinenschuhe, eine Fußbekleidung, die für unser Land mit seinen strengen Wintern wenig geeignet ist. Ich weiß nicht mehr, wer von uns ihn zuerst gefragt hat, warum er keine Strümpfe anhabe. Jedenfalls erwiderte er: „Die ‚Meister des Ostens' tragen auch keine Strümpfe."

Seine Stimme war recht schwach, und fragte man ihn etwas, so hatte er die Angewohnheit, still vor sich hin zu lächeln, mit den Augen zu blinzeln und, wenn er geantwortet hatte, weiter stumm die Lippen zu bewegen, was so aussah, als ob er leise für sich selber weitersprach.

Später hat er unsere Frage, weshalb er ohne Strümpfe gehe, mit folgender Erklärung beantwortet: „Leute, die keine Strümpfe brauchen, können sich Sachen leisten, für die Leute, die Strümpfe brauchen, kein Geld übrig haben. Wer kein Geld für Strümpfe ausgibt, hat Geld für Freimarken und kann Briefe an weise Männer in der ganzen Welt schicken und von ihnen schwer entzifferbare Sanskritausdrücke gedeutet bekommen. Um nur wenige Beispiele zu nennen: Was bedeutet das Wort Prana? Oder Karma? Oder Maja?"

Selbstverständlich wußte niemand im Brekkukot eine Antwort darauf.

„Weißt auch du es nicht, junger Mann, obwohl du die Lateinschule besuchst?"

„Nein", sagte ich.

„Da seht ihr es", sagte Ebeneser Draummann, „alle miteinander habt ihr Strümpfe an, aber keiner von euch weiß, was Prana ist. Nicht einmal der junge Mann, der die Lateinschule besucht!"

„Wie hast du eine so schöne Frau bekommen können, Kamerad?" fragte Kapitän Hogensen, der mit seiner angeborenen Ritterlichkeit von Frauen stets so sprach wie ein Mann, der gesunde Augen besitzt.

„Selbstverständlich habt ihr alle von dem Launguhlid-Geschlecht gehört", sagte E. Draummann. „In diesem Geschlecht gibt es, wie ihr wißt, seit Urzeiten hohe Beamte, Dichter und Verwalter von Krongütern. Meine Frau entstammt jenem Zweig des Geschlechts, der ganz besonders mit Geistesgaben und Tugenden ausgestattet ist, dagegen in bezug auf weltliches Ansehen und Geldbesitz weniger begünstigt wurde. Aber auch in dem Zweig, dem meine Frau angehört, hat man von jeher hochgebildete Hauslehrer für die Kinder angestellt. Chloë hatte vierzehn Geschwister. Ich will nicht behaupten, daß der Kinderreichtum in diesem Zweig des Geschlechts stets im richtigen Verhältnis zur Tüchtigkeit der Hauslehrer stand, falls man mit der in der Welt gebräuchlichen Elle mißt, die, wie viele erfahren haben und noch mehr erfahren werden, an ihrem einen Ende kürzer ist als am anderen. Eines aber weiß ich, nämlich daß vor mir kein Hauslehrer in ihrer Familie gewesen ist, der Chloë verstanden hat. Denn sowie damals meine Augen auf dies junge Mädchen fielen, wußte ich sofort, daß ein vergöttlichtes Wesen im Launguhlid-Geschlecht geboren worden war. Und ich sagte zu mir selbst: Siehe da – eine von den Ägyptischen."

„Die Eyjarfjord-Leute, ja, ja", sagte Hogensen. „Aber vor allem bedeutete es wohl, daß sie dir von Anfang an gefiel."

„Daß sie mir gefiel? Nein, im Gegenteil", sagte E. Draummann, „mir gefiel sie nicht. Mir gefällt überhaupt nichts. Ich weiß sehr gut, daß alles Leben Maja ist, Täuschung, Trug, Schein. Aber ich hatte im vergangenen Sommer das Glück, mich ein wenig mit der ‚Geheimlehre' zu beschäftigen, dank einem Manne aus Akureyri, der gerade von London zurückgekommen war. Darin las ich nun, daß diese Inkarnation eines vergöttlichten Wesens, wenn ich mich so ausdrücken darf, nämlich meine Ehefrau, einem fernen Bereich angehört. Sie stammt aus einer anderen Zeit."

„Eben", sagte Kapitän Hogensen, „sie hält sich

gewiß an die Denkart der guten alten Zeit, was auch bei vielen Launguhlid-Leuten der Fall sein soll."

E. Draummann lächelte still vor sich hin, blinzelte mit den Augen, und seine Lippen bewegten sich stumm, als lese er in einem geheimen Text, aber er antwortete nicht. Runolfur Jonsson tat überhaupt keinen Mucks, sondern legte sich mit den Beinen auf sein Bett, denn die Unterhaltung hatte sich bedenklich weit vom Leben auf Schuten und von den neuen Wunderwerken auf Seltjarnarness entfernt.

Die Butzentür, hinter der Draummanns Frau lag, war geschlossen, doch man hörte, daß die Frau ächzend versuchte, das Federbett um sich zu stopfen. Da ging Ebeneser Draummann zu ihr hinein, um ihr zu helfen. Wenn er sich vom Stuhl erhob, so hatte er die Angewohnheit, die Schultern zurückzupressen, als müsse er eine Tonne hochstemmen.

„Jetzt werde ich die Bettdecke richtig um dich stopfen, Liebste", hörte man ihn hinter der Butzentür sagen.

Aber die Schmerzen schienen die Frau nicht zu verlassen, denn sie stöhnte ohne Unterlaß weiter.

„Jetzt werde ich dir ein paar Klapse versetzen, Liebste", sagte da der Mann.

Alles war jedoch vergeblich, sie ächzte, als ginge es ihr ans Leben. Da sagte der Mann: „Jetzt werde ich dir meine Hände auf die Schläfen legen, Liebste."

Danach schienen die Schmerzen immerhin ein wenig nachzulassen.

„Und jetzt beten wir zusammen das indische Gebet", sagte der Mann nun. Und das taten sie. Kurz darauf war die Frau eingeschlafen, und E. Draummann kehrte wieder in unsere Kammer zurück.

„Wie heißt doch deine Frau, Kamerad?“ fragte Kapitän Hogensen.

„Sie heißt Chloë“, sagte E. Draummann.

„Richtig, Kloi – wie ein armseliger Hund also“, sagte Kapitän Hogensen. „Und sie hat die Kränke. Ob das nicht von ihrem Namen herrührt?“

„Es ist eine große, mühevolle Aufgabe, ihr Arzt zu sein“, sagte E. Draummann. „Ihre seelische Vervollkommnung ist höher, als ihr irdischer Stoff ertragen kann. Sie dürfte vor ihrer letzten Wiedergeburt stehen.“

„Na, es kommt eben vor, daß in einem Geschlecht die Kräfte abnehmen“, sagte Kapitän Hogensen. „Immerhin hat das Launguhlid-Geschlecht eine ganze Masse getaugt. Ihm entstammten seit je ganz besonders fähige Pastoren im Nordland, ausgezeichnete Weiberhelden, tüchtige Trinkkumpane und gewaltige Raufbolde, ebenso tüchtige Seeleute, berühmte Pferdetreiber und Stegreifdichter.“

Zu diesen aufschlußreichen Mitteilungen nickte Ebeneser Draummann langsam mit frommem Gesicht.

„Man muß der Vorsehung dankbar sein“, sagte er darauf, „daß die Mitglieder eines und desselben Geschlechts nicht gleichen Geistes sind. Deine Schwester kann Königin in Atlantis sein, während du ein Schafdieb aus dem Ruglutal bist.“

„Um mein Gehör steht es nicht mehr sehr gut“, sagte Kapitän Hogensen, und im Dunkel des Zwischenstocks klangen die Worte zwischen Mann und Mann ferner und ferner. Runolfur Jonsson hatte zu schnarchen begonnen.

29

Eine gute Ehe

E. Draummann hatte, wie er weiter berichtete, seit langem geahnt und am Ende des vergangenen Jahres Gewißheit darüber bekommen, daß seine Ehefrau, obwohl sie zum berühmten Launguhlid-Geschlecht gehörte, überhaupt nicht mit ihrem Vater und ihrer Mutter verwandt war, ebensowenig mit anderen Leuten auf Island oder überhaupt mit Menschen des jetzigen Jahrhunderts oder der letzten tausend Jahre in unserm Teil der Welt.

„Oft, wenn ich stundenlang zu ihr sprach", sagte E. Draummann, „hörte sie überhaupt nicht, was ich sagte, sondern starrte nur in die Luft. Da versuchte ich es mit dem Einschläfern. War sie endlich in Schlummer gefallen, so berührte ich ihren kleinen Finger und begann sie auszufragen. Dabei kam es denn eines Tages ans Licht, daß sie in einem früheren Dasein unter Ziegen gelebt und die Hirtenflöte geblasen hatte. Also Chloë. Später wurde sie in Rom wiedergeboren, und zwar als eine berühmte Buhlerin. Doch das war erst der Anfang. Alles um diese Frau gehörte stets einer fremdartigen Welt an. Schließlich war sie so, wohl als Folge eines kleinen Fehltritts in ihrem vorigen Dasein, wiedergeboren worden, möglicherweise auch als Folge einer etwas unziemlich verrichteten guten

Tat, ähnlich wie es dem Meister Santajana ergangen sein soll, der im Laufe von achttausend Jahren ungezählte Wiedergeburten hat durchmachen müssen, in einen Stier oder sonst eine Kreatur verwandelt, und zwar deshalb, weil er sich einer mannstollen Frau erbarmt hatte."

Diesem bildungshungrigen Mann aus Nordland war es also zur Lebensaufgabe geworden, seinem Eheweib beizustehen, dieser Frau, die nur sehr selten das Bett verlassen konnte, weil sie geistig zu vollkommen war, um hier in dieser Welt zu leben. Er hatte sie, als sie sechzehn Jahre alt war, geheiratet, und seitdem hatte er sie auf Händen getragen.

Sein Sinnen und Trachten hatte nur ein einziges Ziel, nämlich diesem geheimnisvollen Wesen auf die beste Weise zu dienen, und alle seine Gedanken kreisten nur um die Erforschung ihrer Herkunft in Raum und Zeit. Um andere Dinge kümmerte er sich überhaupt nicht. Er betete seine Frau an, wie es Götzendiener zu tun pflegen, nicht aber sogenannte Rechtgläubige, deren Gott in einem Buch und in Dogmen wohnt, wohingegen jene ihre Gottheit in greifbarer Materie formen. Für diesen Mann war kein Weg zu weit oder zu anstrengend, um dieses Wesen höchster Reife oder, wie er es nannte, diese Inkarnation zu begreifen. Er scheute keine Mühe, um ihr all das Gute zu verschaffen, das ihr Leben während des jetzigen unwürdigen, grauen Daseins, zu dem sie bis auf weiteres verurteilt war, einigermaßen erträglich machen konnte. Wie bereits erwähnt, diente ihm die „Geheimlehre" als Wegweiser, dieses Buch, das vor nicht langer Zeit nach dem Nordland gekommen war. Er unterließ nichts, wenn es galt, seiner Frau die besten, tüchtigsten Ärzte zu verschaffen, obgleich die Ehegatten der Überzeugung waren, daß alle Heilkunst, wie Ärzte sie studieren, ja sogar die üblichen Medikamente, wie man sie in Apotheken herstellt, Gaukelei und Zauberwerk seien. Und deshalb versuchte der Mann unermüdlich, seiner Frau mit neuen Beschwörungen und Mirakelsprüchen verschiedenster Art zu helfen, mit Atmungsübungen nach der Vorschrift des Yoga, Eintröpfeln von Salzwasser durch die Nase, Handauflegen und verschiedenem anderen, von dem später noch gesprochen werden soll. Und diese Frau, die in den Augen ihres Mannes ein übernatürliches Wesen war, das ein irdischer Mensch niemals ganz würde ergründen können, blickte zu ihrem Manne auf als zu dem einzigen Menschen, der imstande sei, ihr in ihrem großen Ungemach in diesem Leben beizustehen und den Zwiespalt zu besänftigen, der infolge der vielen Wiedergeburten zwischen der groben Materie und der übergroßen Reife ihrer Seele herrschte. Dieser Mann war der alleinige Halt und die letzte Hoffnung seiner Ehefrau, obwohl er ihr weder Haus noch Heim, nicht einmal ein Ehebett und kaum einen Fetzen zum Verhüllen ihrer Nacktheit schenken konnte. Und jetzt war er mit ihr in den Zwischenstock bei uns im Brekkukot eingezogen. Was er auch in seiner Frau sehen mochte, eine griechische Hirtin oder eine Liebste des Dichters Horaz oder was sonst, für ihn war sie vor allem Seele, die Seele an sich. Ohne zu übertreiben, kann ich ruhig behaupten, wenn irgendein Mensch hierzulande während meiner Jugend überhaupt eine Seele besessen hat, so war es Ebeneser Draummann. Wer dieses Ehepaar kennengelernt hatte, mußte als ein denkendes Wesen jedenfalls bezweifeln, daß die Fische das Alleinrecht auf eine Seele haben, was einige zeitgenössische Gelehrte behaupten sollen. Dabei weiß ich gut, daß ich nicht zuviel sagte, wenn ich vorhin erklärte, diese Frau sei die Seele ihres Mannes gewesen, denn sie war zudem seine Blume, sein Fisch, sein Edelstein aller Edelsteine, seine Heilige, sein Engel und Erzengel. Der Mann besaß einen kleinen orientalischen Teppich, einen Gebetsteppich, den er ständig mit sich herumtrug und sein einziges Eigentum nannte. Diesen Teppich legte er oft vor das Bett seiner Frau und ließ sich wie ein Buddha darauf nieder. Viele Stunden lang saß er so vor ihrem Bett, um Atmungsübungen wie ein Yogi zu machen oder sich innerlich zu sammeln und tote Dinge, die irgendwo im Nordland auf einem Wandbrett standen, vom Fleck zu bewegen oder in Gedankenverbindung mit weisen Männern im fernen Morgenland zu treten oder gar seinen Körper zu verlassen; auch sog er viel Salzwasser durch die Nasenlöcher ein. Sobald es Nacht war, legte er sich auf seinen Teppich und schlief darauf vor dem Bett seiner Frau.

Ich lauschte mit halbem Ohr den langen Vorlesungen Draummanns über die Wiedergeburten und Seelenwanderungen seiner Frau, während ich, ein unreifer Bursche noch, mit meinen Schulbüchern auf den Knien in unserer Kammer saß. Da Kapitän Hogensen nicht mehr gut hörte und Runolfur Jonsson eingeschlafen war, wäre die Zuhörerschaft recht dürftig gewesen, hätte sich nicht manchmal spätabends unser Aufsichtsbeamter eingestellt, um ebenfalls zuzuhören. Er war ein Mensch, der gegen keine Lehre Zweifel hegte, sondern allem, was andere sagten, seinen Beifall spendete, als ob er daran glaube, obwohl er sich meist nur an das hielt, was die Fliege, die sich hinter seinem Ohr niedergelassen hatte, ihm zuflüsterte.

Und Ebeneser Draummann fuhr fort, von seiner Frau zu berichten.

„Immer, wenn ich versuchte, sie im Rechnen oder im Dänischen zu unterweisen“, sagte er, „sah ich ihren Augen an, daß sie mit ihren Gedanken weit fort im Gebirge war. Ehe ich mich's versah, begann sie auf einem Stück Papier, das vor ihr lag, oder sogar auf einer nackten Tischplatte eine Menge seltsamer Zeichen zu kritzeln. Ließ man sie allein, konnte sie eine Stunde nach der anderen so kritzeln. Ihre Mutter hatte mir erzählt, daß sie, wenn zufällig Nähnadel und Zwirn auf dem Tisch lagen, beides nahm und damit auf ihre Taschen- und Halstücher, ja sogar auf ihre Kleider seltsame Zeichen stickte. Ich versuchte alle möglichen Alphabete aufzutreiben in der Hoffnung, daß es mir gelingen würde, diese Zeichen zu enträtseln, doch alles war vergeblich. Ich schickte einige Proben des Gekritzels an inländische und ausländische Gelehrte und fragte, was das wohl bedeuten könne. Ich bekam nur wenige Antworten, weil man mich wohl nicht für gelehrt genug hielt. Ein Propst schrieb mir jedoch, daß es sich nicht um Buchstaben handle, wie wir sie gemeinhin kennen, sondern um eine Art Bilderschrift ähnlich jener, die man an einer Teekanne aus Hongkong sehen könne, also Chinesisch. Ein Mann sagte, er finde, sie sähen wie Bilder von Insekten aus. Und ein Pastor vom Ostland meinte, es handle sich um Versuche, Rentierflechten nachzuzeichnen. Damals hatte ich gerade angefangen, mich ein wenig mit der ‚Geheimlehre‘ zu beschäftigen, und dabei fiel mir ein, daß es wohl mancherlei zwischen Himmel und Erde gibt, wovon sich unsre Schulweisheit nichts träumen läßt, wie es bei einem Dichter heißt. Und so fing ich an, Geld für Briefmarken zu sammeln, um an weise Männer in fernen Ländern schreiben zu können. Hierbei wurden mir meine, wenn auch geringen Kenntnisse im Englischen von der Realschule her nützlich, und seitdem schreibe ich an Spiritisten und Okkultisten in London und schicke ihnen Proben von Schriftzeichen meiner Chloë. Aber in England konnte bisher niemand Chloës Runen deuten. Schließlich schrieb ich an weise Männer im Morgenland, und da erhielt ich eines Tages Antwort von dem berühmten Bischof und Lehrmeister höchster Reife Dr. Leadbeater in Australien, der erklärte, er halte die Schrift für so seltsam, daß er sich an einen der fast übersinnlich gelehrten Meister der ‚Geheimlehre' wenden werde, dem es vergönnt sei, in die Akasa-Chronik einzudringen. Dieses Buch ist reicher an Lehren als irgendein Buch sonst, denn es enthält alles, was sich im ganzen Weltall zugetragen hat, Großes und Kleines, seit Anfang der Schöpfung. Um einen Blick in dies Buch werfen zu dürfen, muß man den allerhöchsten Grad von Seelenreife erreicht haben. Und dann erfuhr ich, daß ein indischer Seher vergöttlichten Reifegrades schließlich dem Geheimnis von Chloës Schrift auf die Spur gekommen war. Es ist die Schrift der lepsschen Sprache, die von den Bewohnern eines am Fuße des Himalajagebirges liegenden Reiches gesprochen wurde. Vor viertausend Jahren stand dies Reich in höchster Blüte. Und nach der Schrift zu urteilen, soll Chloë einstmals Königstochter in diesem Reich gewesen sein."

E. Draummann war überzeugt, daß seine einzige

Aufgabe während seines Lebens auf Erden darin bestehe, diese übernatürliche Frau von den übernatürlichen qualvollen Leiden, die sie heimsuchten, zu befreien, und deshalb war er nicht nur selber Arzt geworden, sondern er versuchte, wie bereits erzählt, alle nur denkbaren Mittel und Wege, um bei anderen Leuten, die über eigene Heilverfahren verfügten, Hilfe für seine Frau zu finden. Kaum war er bei uns einquartiert, so begann er unten in der Stadt alle möglichen Menschen aufzusuchen, die sich mit dem Kurieren von Kranken abgaben. Wie selten jemand verstand er es, sowohl mit Laien als auch mit gelehrten Leuten über seine Frau zu reden, so daß sie schließlich an nichts anderes mehr denken konnten. Er sprach immer in seiner nordländischen Mundart mit ihren vielen harten K und P, was bei uns hier im Südland mit unserem weichen Dialekt so große Bewunderung hervorruft. Anfangs schleppte er weniger angesehene Ärzte aus der Stadt zu uns auf den Zwischenstock, die vor allem zur Ader ließen und Klistiere verabreichten, also kaum mehr als Kurpfuscher waren. Aber es gelang ihm auch, angesehene praktizierende Ärzte zu bewegen, mit ihm zu gehen, denn diese Doktoren waren wohl ein wenig neugierig, eine Frau zu untersuchen, die einstmals in Griechenland Hirtin, am Himalajagebirge Königstochter, in Rom Geliebte des Dichters Horaz gewesen war und obendrein vom berühmten Launguhlid-Geschlecht abstammen sollte. Sie verordneten ihr stark duftende Mixturen, so daß Kapitän Hogensen und Runolfur Jonsson das Niesen bekamen; und einmal erschien sogar der Kreisarzt selber mit Spazierstock, Kneifer und Vatermörder. Ein anderes Mal brachte Draummann eine „weise

Frau“ mit, die ein Kopftuch trug, sich auf einen Stock mit Eispickel stützte und Pfeife rauchte. Und schließlich machte er die uralte Zunft der Wunderdoktoren mobil, solche, die Torf als Heilmittel anwenden, und die anderen, die Mist benutzen. Leider befindet sich dies Metier im Aussterben, obwohl es sich gewiß lohnen würde, darüber dicke Bücher zu schreiben. Einige Autoren sind der Ansicht, der Hauptzweck ärztlicher Kunst bestehe darin, daß die Ärzte sich gegenseitig ermutigen. Sicher ist, daß alle Ärzte geradezu versessen darauf sind, einander zu heilen. Jedenfalls wußte E. Draummann sich keinen anderen Ausweg zur Begleichung der Honorare für seine Kollegen, als ihnen und ihren Familien seine eigenen Dienste anzubieten, sowohl Handauflegen als auch Telepathie zum Anbahnen geistiger Verbindungen zwischen seinen Klienten und jenen Weisen, die nach der „Geheimlehre“ im Himalaja wohnen sollen.

Seine Frau war stets mit Freuden bereit, sich jedweder Heilkur zu unterziehen, in der Hoffnung, daß ihre Schmerzen, besonders die im Kopf, nachlassen würden. Selten gab es wohl eine Frau, die so felsenfest von der natürlichen und übernatürlichen Kraft und Klugheit ihres Mannes überzeugt war wie Frau Chloë. Undenkbar, daß sie auch nur den geringsten Zweifel über die Mittel, die er ihr verordnete, hätte hegen können – etwa als man Torfstücke um ihre Oberschenkel band, wodurch die Zauberkraft der Erde sich in ihr steigern sollte, oder als sie gemäß der Vorschrift eines zahnlosen Wunderdoktors mit Hasenscharte, der irgendwo am Strand hauste, ihr Gesicht mit warmem Kuhmist bedeckte, in der Hoffnung, ein wenig Linderung für ihre Kopfschmerzen zu erlangen. Ich glaube, daß es damals auf Island nur wenige Ehen gab, die so gut waren wie diese, und keine besseren. Aber leider hatten die Ärzte kaum die Bodenstiege hinter sich gelassen, als in der Butze aufs neue das herzzerreißende Jammern der übernatürlichen Hirtin und Prinzessin anhub.

In unserem Zwischenstock war es nie richtig hell, denn das winzige Fenster über meinem und Hogensens Bett war zu klein für andere als Blinde, Philosophen und Leute mit Salz in den entzündeten Augen, ja, es war kaum möglich, Latein dabei zu lesen. Aber nebenan in der Butze, wo Menschen bisher zu keiner anderen Tätigkeit Licht gebraucht hatten als zum Gebären und zum Sterben, war es noch dämmeriger, und der einzige falbe Lichtstreifen, der Frau Chloë erreichte, sickerte durch den schmalen Spalt über der kleinen Butzentür zu ihr hinein. Trotzdem verstand sie es, sich dies bißchen Licht, das zum Teilen gar nicht ausreichte, zunutze zu machen. Sobald sie für kurze Zeit frei von Schmerzen war, begann sie mit ihrer Stickerei. Einmal hörte ich, wie sie Großmutter als das Natürlichste von der Welt erzählte, die Bilder, die sie brodiere, seien ihre Erinnerungen aus den Himalajabergen, und die seien so heftig, daß sie jedes ihrer Kleidungsstücke in Fetzen schneiden und jeden Fetzen mit Stickereien füllen müsse. Seit ihrer Hochzeit habe ihr Mann nie Strümpfe getragen, denn alle seine Strümpfe habe sie aufgeribbelt, weil sie das Wollgarn zum Brodieren benutzen müsse.

Diese merkwürdigen Insekten und seltenen Gewächse vom Himalaja stickte Frau Chloë zuerst nebeneinander auf Lappen, und dann, wenn es auf den Lappen keinen Platz mehr gab, stickte sie neue Insekten über die zuerst darauf gestickten Insekten und Rose über Rose, bis plastische Bilder entstanden, die sie dann mit Locken aus ihrem gelben Haar verzierte sowie mit Federn, die sie aus ihrem Bettkissen zupfte. Schließlich war jeder Lappen steif wie ein Brett, das man hinstellen konnte. Diese reliefartigen Stickereien besaßen eine so starke Ausdruckskraft, daß wohl niemand sie vergessen kann, der sie gesehen hat.

Für diese Frau schienen Menschen, die ihr nicht als Ärzte oder Pfleger geholfen hatten, keine Daseinsberechtigung zu haben. Sobald die Ärzte sie verließen, sprach sie fast kein Wort. Zu uns im Zwischenstock sprach sie überhaupt nur, um uns zu bitten, die Tür zur Butze zu schließen. Viele Tage konnten vergehen, ohne daß ich auch nur einen Schimmer von ihr sah, und das geschah einzig dann, wenn jemand zu ihr kam oder sie verließ: diese isländische Märchenkönigin mit sonnenscheinglänzenden Haaren und milchweißen Wangen hatte das Federbett ständig bis zum Kinn hochgezogen, sogar beim Brodieren. Nur ihre Hände und nackten Arme, mit denen sie beim Sticken gleichsam ihre Decke umschlungen hielt, waren dann sichtbar.

Allmählich aber war die Luft über der Stadt förmlich geschwängert von dem Geist, dessen Vermittler Ebeneser Draummann war. In allen Köpfen schien die „Geheimlehre“ herumzuspuken. Sogar in der Lateinschule konnte man seltsame Aussprüche hören, zum Beispiel, daß alles Leben Yoga oder daß alles Leben Maja sei. Ein so weiser Mann wie Ebeneser Draummann wurde jetzt ein gern gesehener Gast bei vielen, nicht nur bei Ärzten und anderen Heilkundigen, die er wegen seiner Frau aufgesucht hatte, sondern auch bei deren Freunden und Freundesfreunden. Jedermann sah in ihm einen hochbegabten Mann. Schließlich fand er kaum noch genug Zeit zur Pflege seiner Frau, da er statt dessen ohne Unterlaß auf allen Straßen und Gassen Predigten über sie hielt. Bei der körperlichen Verfassung dieser Frau war es daher nicht verwunderlich, daß sie hin und wieder ungeduldig auf ihn wartete, wenn er seine Seelenforschungsexpeditionen ihrer Meinung nach etwas zu lange ausdehnte; aber die einzigen Worte, die von ihr durch die Butzenwand drangen, waren an Kapitän Hogensen gerichtet, den sie herzlich bat, ans Fenster zu gehen und zu spähen, ob ihr Mann nicht nach Hause käme.

30

Seele luftumhüllt

Auf der Laungustett, wo die Mädchen spazierengehen, kommt mir ein Mädchen entgegen. Wie gewöhnlich, wenn mir Mädchen begegnen, sehe ich in eine andere Richtung. Vor solchen Wesen empfinde ich fast Abscheu, sie scheinen mir keine richtigen Menschen zu sein, genau wie die feinen Leute. Sie ist von hohem Wuchs und wohlgestalt. Ich fühle, daß sie mich anblickt. Als sie merkt, daß ich vorbeischlüpfen will, faßt sie mich am Arm. Sie sieht mich mit jenem wunderlichen Lächeln an, das irgendwo in der Luft zu wohnen scheint, aber gleich einem Abglanz unsichtbaren Lichts das Gesicht berührt: Luft umhüllt von Seele, oder Seele umhüllt von Luft und Licht: Blaer. Ihre Stimme ist fast wie ein Hauch, als sie „Guten Tag“ sagt. Alles in mir erstarrt wie einst, ich sehe nichts mehr, die Welt verschwindet wie in weißem Nebel. Dies ist der Augenblick, vor dem ich mich während der ganzen Zeit im tiefsten Herzen gefürchtet habe, seit ich vor ihr geflüchtet war – die Stunde des Wiedersehens.

„Unfaßbar, was für feine Schuhe Sie da anhaben“, sagt das Mädchen und blickt mich aus der Luft an.

Ich erwidere nichts.

„Warum meiden Sie uns? Was haben wir Ihnen getan?" sagt sie.

„Nichts", murmele ich fast unhörbar.

„Haben Sie denn nicht gemerkt, wie sehr wir alle Sie schätzen? Mein Vater meint, ich hätte Sie vielleicht verletzt. Was habe ich getan?"

Ich will wirklich antworten und blicke sie an. Da sehe ich, wie es in ihrem lächelnden Gesicht zuckt, während sie mich anblickt, und nun ist mir, als wolle mich jemand erdrosseln.

„Warum?" sagt sie und blickt mich unverwandt an.

Schließlich stammle ich mühselig: „Wenn Sie in der Nähe waren, da, da – meinte ich, ich könnte nicht länger leben."

„Nein, jetzt bekomme ich es wirklich mit der Angst", sagt das Mädchen. „Bin ich so widerwärtig?"

„Adieu", sage ich.

„Wollen Sie mir nicht einmal die Hand geben?" sagt sie.

Ich gebe ihr die Hand.

„Adieu", sagt sie. „Und wie widerwärtig ich auch bin – denken Sie daran, daß mein Papa Sie erwartet. Er sagt immer, Sie hätten alles verschlungen, was mit Musik zu tun hat. Ich habe auch von anderen gehört, daß Ihnen alles Lernen so leichtfällt. Was wollen Sie denn werden?"

„Ich glaube, ich will immer daheim im Brekkukot bleiben", sage ich.

„Darf ich Sie nicht auffordern, mit mir nach Hause zu gehen?" sagt das Mädchen. „Ich weiß, wie mein Papa sich freuen würde. Er glaubt doch, ich hätte Ihnen etwas getan."

„Meine Großmutter hat mich gebeten, bei Bäcker Fridriksen etwas für sie zu besorgen."

„Aber können Sie denn nicht einmal wieder zu uns kommen, damit wir über das, was Sie vorhin sagten, sprechen könnten?“ fragt das Mädchen.

Sie wußte nicht, daß nur sie schuld daran war, wenn ich nicht sprechen konnte.

War es am Abend dieses Tages oder am nächsten Abend, daß ich eine Frau in der Stadt aufsuchte? Sie war Dänin. Es war eine Frau mit einem schwarzen Schnurrbärtchen. Auf ihrer Nase – wohl einer der schärfsten Hakennasen, die es damals in unserer im Werden begriffenen Hauptstadt gab – ritt ein mächtiger Kneifer, an dem eine seidene Schnur befestigt war. Diese Frau hieß Madam Strubenhols, viele Isländer nannten sie jedoch „die Axt Rimmugygi“. Sie war mit der dänischen Frau eines Beamten in der Stadt verwandt, und ein seltsamer Unglücksfall, über den ich sonst nichts weiß, war die Ursache, daß sie vor zwanzig oder dreißig Jahren auf Island hängengeblieben war. Sie verdiente ihren Lebensunterhalt notdürftig damit, daß sie den Töchtern besserer Familien drei, vier Griffe auf der Gitarre oder Mandoline beibrachte, und dadurch genoß sie in den begüterten Kreisen der Stadt großes Ansehen. Solange ich mich entsinnen kann, spielte sie bei allen öffentlichen Veranstaltungen mit Tombolen Liszts Rhapsodien. Später erfuhr ich, daß Handwerker und Ladengehilfen, ja sogar einige Fischer bei Madam Strubenhols Musikunterricht nahmen. Auch hier zeigte sich, daß vor allem in jenen Klassen, die für wenig gebildet und unfein, höchstens für halbfein galten, Musik gepflegt wurde, während Mangel an Musikverständnis, ja sogar Verachtung für diese Kunst eine der hervorstechenden Eigentümlichkeiten gelehrter Männer und feiner Leute auf Island war.

Zu dieser Frau ging ich an jenem Abend. Madam Strubenhols betrachtete mich von der Seite über ihren Kneifer hinweg und fragte, wer ich denn sei und was ich wolle. Ich sagte ihr, daß ich gern bei ihr Gesang und Klavierspiel lernen würde.

„So", sagte die Frau.

Sie betrachtete mich prüfend von oben bis unten und änderte demgemäß die Stellung ihres Kopfes, da sie mich sowohl unter ihrem Kneifer als auch durch ihn sowie über ihn hinweg gründlich mustern wollte. Diese Prozedur nahm eine beträchtliche Zeit in Anspruch, da ich ziemlich lang war.

„Sind Sie Lehrling bei einem Tischler?" fragte sie.

„Nein", sagte ich.

„Fischerjunge?" fragte sie.

„Ich fange Quabben", sagte ich.

„Kommt etwas dabei heraus?" fragte die Frau.

Ich glaubte zu verstehen, daß sie an Geld dachte, und ich war nicht wenig bestürzt, da ich überhaupt nicht daran gedacht hatte, daß Musik Geld kostet.

„Ja, ich muß doch auch leben", sagte die Frau. „Ich hoffe wenigstens, daß Sie ein anständiger Mensch sind."

Danach lud sie mich ein, mit ihr in eine Stube zu gehen, wo es rote Plüschmöbel mit Troddeln gab. Auf einem Möbelstück, das Chiffoniere heißt, standen dicht nebeneinander Familienphotographien in Rahmen, lauter feine Herren in Bratenröcken mit steifen Hüten und vornehme Damen in umfangreichen Kleidern mit märchenhaft großen Schleifen am Hintergestell und Sonnenschirmen in den Händen. Mitten an der Wand stand das Piano und in der Ecke das Harmonium.

„Spielen Sie mir bitte etwas vor, damit ich höre, was Sie können", sagte die Frau.

Und so war ich plötzlich in dieser dänischen Stube gelandet, wo mich niemand kannte, bei einer Frau mit einem Kneifer auf der Nase, die so schlecht isländisch sprach, daß ich es kaum wiedergeben kann. Vor dieser Ausländerin war ich nicht schüchterner, als ich vor einer Holzfigur gewesen wäre. Ich ging sofort zum Harmonium, setzte mich, zog Diaposon und Vox celestis und spielte und sang ohne Noten den „Erlkönig". Madam betrachtete mich dabei erstaunt.

„Gott steh Ihnen bei", sagte sie, als ich mit Spielen und Singen fertig war. Aber sie war eigentlich nicht unfreundlich. Sie kritisierte mich auch nicht besonders, sondern sagte nur: „Na ja, Sie können zweimal in der Woche kommen, und dann wollen wir sehen, was wir aus dem Elend machen können."

Es war mein letzter Schulwinter, und ich hatte im Grunde genommen keinen richtigen Kameraden, seit mein Opa Jon nach Norwegen gezogen war, nach jenem Lande, wo die biblischen Geschichten größer und besser sind als hierzulande und das Christentum höher in Ehren gehalten wird als bei uns, wie ich im Kapitel über den Täufer-Tordur berichtet habe. Dort hat man auch mehr für das Seelenheil der Chinesen übrig als bei uns.

Spätnachmittags komme ich nach Haus, meine Schulbücher in einem Tuch unterm Arm, und Großmutter gibt mir mein Essen. Ich betrachte mit stiller Freude ihre alten blauen Hände mit den vielen Aderknoten, während sie für mich Blutwurst und Fisch auf den Tisch stellt. Ich versuche die Mahlzeit so lange wie möglich auszudehnen und berichte ihr deswegen sehr genau vom Wetter seit dem frühen Morgen, als ob dies die Hauptsache sei und nicht, daß sie noch da ist und ich noch bei ihr bin. Dann gehe ich hinauf zu mir, versuche die Zeit totzuschlagen, sehe mir flüchtig meine Rechenaufgaben an und denke über den fälligen Hausaufsatz nach, oder ich hole mir die feinen Schuhe aus dem Spind, diese Schuhe von Gardar Holm, und es fällt mir oft schwer, zu glauben, daß diese Kostbarkeit, die bei Mannsleuten und Frauensleuten Bewunderung erregt, wirklich mein Eigentum ist; aber ich ziehe sie auch nur an, wenn ich mich besonders fein mache. Jetzt, da es mit dem Winter bald zu Ende geht, kommen mir die Tage oft vor, als hätten sie zu viele Wirbel im Rükken. Kapitän Hogensen ist mittlerweile so alt und hinfä lig geworden, daß er sich während der langen Nachmittagsstunden kaum wach halten kann, darum steigt er ins Bett und legt sich hin. In dieser Zeit des Jahres finden sich nur wenige Gäste bei uns ein, das ganze Leben spielt sich im Haus ab, solange draußen alles vom Eis gefesselt ist. Nichts Wichtiges geschieht, ausgenommen, daß der Silbergrashalm gegen das vereiste Fensterchen pocht, sobald es Wind gibt, und daß nachts die Sterne leuchten, wenn der Himmel klar ist. Und nebenan in der Butze stöhnt die Frau aus dem Nordland.

Soll ich aufrichtig sein, so muß ich bekennen, daß ich anfangs gehofft hatte, diese Frau würde ebenso schnell sterben wie die Frau aus Landbrot, die bekanntlich vor einigen Jahren hier gestorben war. Übrigens hatten wir bei dieser Nordländerin viel weniger Grund zur Mildtätigkeit als bei der Frau aus Landbrot, die Witwe war. Sie, die jetzt bei uns Gast war, besaß ja einen Mann. Doch fand ich es ziemlich unnötig, daß sich dieser Mann Tag für Tag unten in der Stadt herumtrieb und bei allen möglichen Leuten Wunder verrichtete anstatt bei seiner Frau, die sie wahrhaftig nötig hatte. Zumindest hätte er ihr kalte Umschläge um den Kopf machen sollen, seit sich herausgestellt hatte, daß warmer Kuhmist nicht den gewünschten Erfolg hatte. Ich selber versuchte, mir nichts aus dem Gesundheitszustand der Frau zu machen, ja, ich warf nicht einmal einen Blick in die Butze, wenn hin und wieder jemand die Tür zu ihr öffnete. Außerdem meinte ich, daß jeder ein Wesen, das sich dermaßen innig mit Tamas verbunden fühlte, wie der dritte und letzte Stoff auf der untersten Rangstufe der Philosophie dieses Ehepaars hieß, glücklich preisen müßte, zumal er selber ein Nichts war unter den Menschen im Vergleich mit einer so vornehmen Inkarnation vergöttlichter Art, wenn ich andererseits auch keinen Grund sah, ein wenig Prügel auf sie herabzuflehen, wie es Horaz tat, als er folgendermaßen dichtete:

Regina, sublimi flagello
Tange Chloën semel arrogantem.*

Wie so oft während dieser langen, stillen Nachmittage ging ich mit meinen Schulbüchern in den Zwischenstock hinauf. Kapitän Hogensen war ins Bett gestiegen und schlief, wie er es während dieser Zeit des Tages zu tun pflegte, und sein Schnarchen mußte offenbar meine Schritte und das Knarren der Stiege übertönt haben. Als ich halb durch die Bodenluke gekommen war, bot sich meinen

* (lat.) O Herrscherin, berühre die hochmütige Chloë mit der erhobenen Peitsche.

Augen ein Anblick, der mich stutzig machte, denn ähnliches hatte ich nie zuvor gesehen: ich sah eine nackte Frau. Obgleich ich die Lateinschule besuchte, war ich dermaßen unwissend, daß ich zuerst glaubte, da sei ein Tier, welches man in unserem Zoologiebuch vergessen hatte, oder ein Fabelwesen. Ich stand starr und glotzte, und mir war, als sollte ich mitten auf der Stiege tot umsinken. Sie stand am Fußende des Bettes, in dem der alte Hogensen schlief, gegen das kleine Fenster gebeugt, an dessen Scheibe der Silbergrashalm pochte, und versuchte hinauszublicken. Ihr gelbes Haar, das mit einem Wollfaden zusammengebunden war, hing ihr gleich einem Pferdeschweif den Rücken hinunter. Ich sah ihr feines Profil mit der geraden Nase, dem wohlgeformten Kinn und den fast makellos geschwungenen Linien des Mundes und dies reiche, schimmernde Haar. Sonst jedoch war ihr Körper seiner überschwellenden Formen wegen eine Parodie seiner selbst – so daß man sich kaum vorstellen konnte, seine Besitzerin wüßte nicht, daß sie an Übergesundheit litt, falls es solch eine Krankheit überhaupt gibt. Ist es mir damals auch nicht eingefallen, so habe ich mir später doch öfters gesagt: Sollte wirklich auf Island jene Göttin wiedergeboren sein, die „Cornu copiae", das Füllhorn, trug, das bekanntlich das Symbol des Überflusses ist und auf dem Kopf einer berühmten Ziege wuchs, so war es diese Frau aus Nordland, abgesehen davon, daß sie außerdem eine vor viertausend Jahren geborene Prinzessin vom Himalaja mit lepsscher Sprache und eine Hirtin war, die zusammen mit Daphne Ziegen gehütet hatte, und dazu Chloë, die auf Bitten des beachtlichen Dichters Horaz von der Göttin der Liebe ein bißchen gezüchtigt werden sollte. Und gleichwohl war sie die ärmste unter allen Frauen auf Island, von denen ich je gehört hatte, diese nackte Frau ohne Spindel, so nackt und ohne Spindel, daß es über sie nicht einmal ein Sprichwort gibt. Bekam sie aber wirklich hin und wieder einen schäbigen Fetzen zum Anziehen, so zerschnitt sie alles zu Lappen und bestickte sie mit Kunstwerken aus dem Wollgarn der Strümpfe ihres Mannes.

„Guter Gott, steh mir bei und vergib mir", sagte die Frau, als sie merkte, daß hinter ihr jemand in der Bodenluke stand und sie anstarrte. „Ich bin ja nur ans Fenster gegangen, um zu sehen, ob mein Mann nicht kommt."

Bei diesen Worten sprang sie aus Kapitän Hogensens und meinem Bett, stürzte in die Butze, legte sich in ihr Bett und zog die Decke hoch. Und es dauerte nicht lange, bis man wieder ihr lautes Stöhnen hören konnte, als gäbe es kaum noch Hoffnung für sie.

Der Kohlgarten des Organisten lag noch brach, es war erst Anfang März, aber das Haus war rot wie früher, und ich kannte noch gut die Treppe vor dem Haus, wo ich manches Mal in meinen zu großen Stiefeln gestanden hatte, voll Furcht, tot umzusinken, wenn ich darauf wartete, daß jemand die Tür öffnen und ich dann vor lauter Schrecken beim Gutentagsagen nur krächzen würde.

Es regnete. Drinnen hatten sie bereits Licht angezündet. Aber ich wagte nicht, mich auf den Zaun des Organisten zu setzen, aus Angst, irgendwer könnte die Haustür öffnen und mich dann sehen. Ich setzte mich deshalb auf die niedrige Steinmauer, die eine winzige Hütte auf der anderen

Seite der Straße schräg gegenüber vom Organistenhaus umgab. Ich starrte und starrte zu den Fenstern hinauf, in der Hoffnung, daß sich ein Schatten auf einer Gardine zeigen würde. Ein Glück, daß meine Großmutter nicht wußte, wo ich steckte und was ich vorhatte: nämlich einen Schatten zu stehlen. Hätte sie es erfahren, so würde sie mich bestimmt am nächsten Morgen mit einem großen Roggenbrot zur Frau des Organisten geschickt haben.

Ich saß den ganzen Abend über dort, und ich regnete ein. Aus der kleinen Hütte kam ein Greis, durchsichtig vor Alter, mit einem Krückstock, um in seinem Kohlgärtchen nach dem Wetter Ausschau zu halten. Er fragte mich nach meinem Namen.

„Ich heiße Alfgrimur", sagte ich; und wie alle schwerhörigen Leute glaubte er, daß ich Asgrimur gesagt hätte.

„Welch eine gesegnete Nässe", sagte der Mann.

Das war ein Scherz von ihm, denn man spricht nie von Nässe, ausgenommen bei der Heuernte, und da meint man, daß das Gras naß genug sei, um es leicht mähen zu können.

Als er wieder in seine Hütte gegangen war, merkte ich, daß ich bis auf die Haut durchnäßt war. Ich stand auf und ging quer durch das Kohlgärtchen des alten Mannes. Überall lagen dort dünne blecherne Platten, wohl Schrott, und ich konnte nicht begreifen, warum; ich hatte so etwas nie vorher gesehen. Ich setzte mich auf eine andere Stelle des Steinwalls und begann wieder nach den Fenstern auf der anderen Seite der Straße zu starren. Aber es erschien kein Schatten. Nachdem eine geraume Zeit verstrichen war, öffnete sich die

Tür der Hütte aufs neue, und der alte Mann kam wieder heraus, um nach dem Wetter Ausschau zu halten

„Bist du von außerhalb?“ sagte er.

„Ja“, sagte ich.

„Kannst du was Neues erzählen?“ sagte er.

„Nein“, sagte ich. „Aber warum liegen diese eisernen Platten hier im Kohlgarten?“

„Ich benutze sie im Sommer, um die Beete zu wärmen“, sagte er. „Die ziehen Sonnenwärme in die Erde, und dann gibt es größere Kartoffeln.“

Eine Stunde nach der anderen verging, und ich saß im Regen auf dem Steinwall; aber wie lange ich auch wartete und wartete, es kam kein Schatten. Schließlich merkte ich, daß ich nicht nur ganz durchnäßt war, sondern daß mir auch die Zähne im Mund klapperten. Da kam der alte Mann zum drittenmal heraus, um nach dem Wetter zu sehen. Er ging diesmal rund um die Hütte, schaute nach allen Himmelsrichtungen und entdeckte dann, daß ich noch immer auf dem Steinwall saß.

„Wie heißt du doch noch?“ sagte der Mann.

„Asgrimur“, sagte ich.

„Und auf wen wartest du?“ sagte er.

„Ich warte auf einen Schatten“, sagte ich.

31
Vielleicht ein Gott

„Alfgrimur“, sagte die Frau.

Ich war wieder, wie gewöhnlich spätnachmittags, im Zwischenstock und wollte wohl gerade mit meinen Schulaufgaben anfangen. Ich mußte Gleichungen zweiten Grades mit mehr als einer Unbekannten lösen, erinnere ich mich. Kapitän Hogensen lag, wie meist in letzter Zeit, im Bett und schlief. Ich glaubte falsch gehört zu haben, da mir schien, als habe die Frau meinen Namen gesagt. Bislang hatte ich angenommen, ich stünde viel zu tief auf der Stufenleiter der Wiedergeburt, als daß ein so vergöttlichtes Wesen hätte ahnen oder gar wissen können, wie ich hieß.

„Alfgrimur“, sagte die Frau da abermals, und nun war es ausgeschlossen, daß ich falsch gehört hatte, denn im ganzen Lande gab es sonst keinen Menschen mit diesem Namen. Ich schob mein Rechenbuch beiseite, stand auf und öffnete die Tür zur Butze ein wenig. Die Frau hatte die Bettdecke bis zu ihrer griechischen Nase hochgezogen, und ihr Haar überschwemmte förmlich die Kissen.

„Willst du für mich hinunter zur Wassertonne gehen“, sagte die Frau, „und in der Schale da richtig kaltes Wasser holen?“

Selbstverständlich ging ich, ohne ein Wort zu

verlieren, mit der Schale nach unten vor die Haustür und kam mit kaltem Wasser zurück.

„Tu mir den Gefallen und mach mir einen kalten Umschlag“, sagte die Frau.

„Geht es Ihnen schlimmer?“ sagte ich.

„Dafür gibt es überhaupt keine Worte“, sagte die Frau. „Ich wünschte, ich wüßte, was ich in irgendeinem Leben vor langer Zeit Böses getan habe. Mein Kopf brennt wie loderndes Feuer. Faß mal meine Stirn an.“

Ich legte die Hand auf ihre Stirn, wie sie gewünscht hatte. Es mochte schon sein, daß es dort loderndes Feuer gab, aber dann mußte es inwendig sein; außen kam mir die Stirn ganz kalt vor.

„Findest du nicht, daß es ganz fürchterlich ist?“ sagte sie.

„Ja, das kann schon sein“, sagte ich.

„Und wie mein Herz rumort“, sagte die Frau. „Gib deine Hand her! Fühl mal!“

Sie faßte meine Hand und führte sie unter der Decke auf ihre Brust. „Merkst du es?“ sagte sie.

„Nein“, sagte ich, denn ich merkte nur, daß eine Frauenbrust sich viel weicher anfühlte als meine Rippen; außerdem verstand ich mich nicht darauf, festzustellen, ob Leute den richtigen oder falschen Herzschlag hatten.

„Laß die Hand ein bißchen dort liegen und warte, bis du es merkst“, sagte sie, und ich tat ihr den Gefallen, aber ich fühlte nur ihre Brustwarze, die steif gegen meine Hand stand.

„Ich brenne“, sagte die Frau da. „Leg mir schnell den Umschlag auf die Stirn.“

Am Abend waren alle im Haus oben auf dem Zwischenstock, und die Tür zur Butze stand halb angelehnt, damit Chloë die Stimmen der Leute hören konnte und so etwas Abwechslung hatte. Und plötzlich sagte da die Frau in der Butze, daß alle es hören mußten: „Ganz sicher gibt es in Alfgrimurs Händen gar nicht so wenig Seelenkraft. Er wechselte heute den Umschlag für meinen Kopf, und es ist keine Übertreibung, wenn ich sage: kaum hatte er meine Stirn berührt, als ich auch schon den Strom fühlte, und kurz danach kam das richtige Beben, und dann schlief ich ein, und als ich danach wieder erwachte, fühlte ich mich frischer als seit langer Zeit. Ich bin sicher, daß er sich auf das Handauflegen viel besser versteht als die meisten anderen Seelenärzte, die bisher an mir herumexperimentiert haben."

Der Mann der Frau erhob sich von seinem Platz, ging zu mir hin und begann meine Hände zu untersuchen, und als er wie ein Sachverständiger daran herumgefingert hatte, ließ er sich in Verzückung sinken, um nach seinem Erwachen feierlich zu verkünden: „Diese Hände hier sind Seelenhände. Ganz klar, daß Chloë mit ihrer übersinnlichen Veranlagung sofort alles Seelische in ihrer Nähe aufspüren mußte. Diese Hände, wiewohl von größter Sorte und zudem ein wenig klobig, enthalten weniger von Tamas und mehr von Sattva, als viele glauben möchten. Wer weiß, ob dieser Jüngling nicht Bodhisattva ist. Etwas an diesen Händen erinnert mich an Robbenhände. Ich muß vor allem an Pharao denken."

„Oh, gepökelte Robbenhände", sagte die Frau da, „kann man sich etwas Köstlicheres ausdenken – wenn man sie nur essen dürfte, ohne sich gegen die Seele zu versündigen."

„Du meinst die Erlösung, Chloë", sagte E. Draummann.

„Robbenhände nennt man bei uns am Breidafjord Pfoten“, sagte Kapitän Hogensen.

„Ja, das ist Pharaos Volk, wie wir wissen“, sagte E. Draummann, „und deshalb haben die Robben Augen und Hände wie Menschen, so viel muß man doch wissen. Sie ertranken im Roten Meer, glaube ich. Das war jenes Volk, das seinerzeit auf der höchsten Stufe des Lebens gestanden hat, wenn nur nicht dies schwere Karma auf seinen Schultern gelegen hätte.“

„Was für ein Karma war das?“ fragte da jemand, denn die Worte Karma, Prana, Sattva und dergleichen konnte man damals tagtäglich bei uns im Zwischenstock zu hören bekommen.

„Ja, danach braucht man eigentlich nicht groß zu fragen“, sagte E. Draummann. „Ein wenig sollte wohl jeder Mensch wissen. Dies Volk hat andere unterjocht und gezwungen, die Pyramiden zu bauen, und die Steine dafür mußten diese Sklaven auf ihrem Rücken dort hinschleppen.“

Einige Nachtgäste, die südlich von Njardvik wohnten, schienen bereit, an Handauflegen und andere Heilmethoden seelischer und übersinnlicher Art genauso zu glauben wie an Kuren mit warmem Kuhmist, die in ihrer Gegend noch sehr in Mode waren, aber es fiel ihnen doch schwer, zu glauben, daß der lange Schlaks, der aus seinem Lateinbuch büffelte, der wiedergeborene Pharao sein sollte.

„Ob das nicht Grillen dieses Nordländers sind“, sagten sie.

Es war schon recht spät am Abend, und gegen seine Gewohnheit befand sich der Aufsichtsbeamte im Haus. Das Wetter war ungewöhnlich schlecht, so daß niemand unnötig draußen war, und er hatte darum wohl auch nichts, was er beaufsichtigen konnte. Wie gewöhnlich, wenn er in der Nähe war und man Antworten auf wichtige Fragen haben wollte, wandte man sich an ihn. Endlich antwortete er: „Im Gegenteil. Seit das Ehepaar Draummann bei uns im Zwischenstock wohnt, bin ich zum erstenmal in meinem Leben von Sonderlingen verschont geblieben."

Man fragte ihn, ob es denn nicht Weiberschnack sei, daß die Robben in Wahrheit Pharao und seine wiedergeborenen Mannen wären.

„Darüber kann ich mich nicht auslassen", sagte der Aufsichtsbeamte, „aber ich weiß jedenfalls, daß der Glaube an Karma, das Gesetz von Ursache und Wirkung und die Lehre von der Wiedergeburt und Seelenwanderung mehr Anhänger auf Erden hat als zum Beispiel das Christentum. Ich meine, daß die meisten Menschen in Asien ungefähr die gleichen Vorstellungen haben wie dieses ehrenwerte und prächtige Ehepaar. Europa, wo wir leben, ist nur eine unbedeutende Halbinsel, wenn nicht gar nur eine entlegene Felsklippe wie Island. Was wir glauben, ist weiter nichts als Klippeneinfalt. Mir kommt es so vor, als sei ich zu mir selber heimgekehrt, jetzt, da ich endlich Leute treffe, die den gleichen Glauben haben wie die meisten Bewohner der Erde."

„Soll man denn unbedingt das glauben, was die Mehrzahl glaubt, anstatt auf das Wort der Weisen zu hören?" fragten die anderen.

„Ich will nicht sagen, daß der Rabe kein Vogel ist", antwortete der Aufsichtsbeamte, „es ist sogar oft ein Trost, ihn im Winter krächzen zu hören, wenn alle anderen Vögel auf und davon geflogen sind; und es kann schon möglich sein, daß er recht hat, wenn er neun Nächte vor Sommeranfang mit dem Eierlegen beginnt. Aber die Seeschwalbe ist in gewisser Hinsicht hundertmal mehr Vogel als der Rabe – auf jeden Fall.“

Da sagte einer der Nachtgäste vom Südstrand: „Tja, ich glaubte immerhin, daß die meisten Menschen rundum auf Erden überhaupt nichts wüßten, weder von Pharaos Wiedergeburt noch von etwas anderm. Mir hat man beigebracht, daß nur unehrenhafte Menschen oder Toren auf jede Frage sofort eine Antwort bereit haben.“

„Das ist eine ganz andere Sache“, sagte der Aufsichtsbeamte. „Und dennoch glaube ich, daß man der Wahrheit näherkommt, wenn man sagt, daß es auf die meisten Fragen Antworten gibt, falls sie richtig gestellt werden. Hingegen meine ich, auf Fragen von Toren gibt es nicht viel Antworten und noch weniger auf solche von Leuten mit niedriger Gesinnung.“

„Ach“, sagte der Mann aus Njardvik, „da will ich zwei Fragen an dich richten, ich, ein einfacher, nicht vorbestrafter Mann, der kein größerer Tor ist, als es die meisten Leute für gewöhnlich sind, nämlich: Gehört der Mensch mehr dem Himmel als der Erde? Und was sagst du zum Barbiergesetzvorschlag?“

„Tja“, sagte der Aufsichtsbeamte, „kaum anzunehmen, daß der Adler sich in der Erde eingraben möchte, denn er wohnt, wie es im Gedicht heißt, im Saal der Winde. Ist das Fliegen etwa eine leichte Sache? Ja, wie man es nimmt. Der kleinen Maus gelingt es nicht und der Katze auch nicht. Es ist nicht leicht, auf alle Fragen sofort zu antworten. Doch ich kann euch einen Mann nennen, der auf eigne Verantwortung jede Frage beantwortet, sich aber nicht um solche Fragen schert, die für Adler und Mäuse gleichzeitig ausgedacht sind, und der Mann ist Björn vom Brekkukot, dessen Nachtgäste wir alle sind. Was nun den Barbiergesetzvorschlag betrifft, so möchte ich folgendermaßen antworten: Laß dich barbieren, wie du willst, wann du willst und wo du willst, aber so, daß du andern Leuten nicht in die Quere kommst."

„Jetzt erlaube ich mir, unserm Aufsichtsbeamten zu danken", sagte E. Draummann. „Es gibt nicht viele hier im Süden, die für uns vom Nordland Partei ergreifen. Auch war es keine bestimmte Behauptung von mir, als ich sagte, daß der Jüngling, der heute seine Hände auf meine Frau legte, der wiedergeborene Pharao sei. Dergleichen kann natürlich kein Mensch mit Bestimmtheit behaupten, falls er es nicht in der Akasachronik gelesen hat. Wichtig ist allein, daß der Jüngling heilkräftige Hände hat und daß meiner Frau geholfen wird. Vielleicht ist er der Gott Vishnu."

32

Politische Versammlung im Guttemplerhaus wegen des Barbiergesetzvorschlages

„Alfgrimur, leg mir die Hand auf!"

Das bekam ich fortan jeden Tag zu hören, sobald ich von der Schule nach Haus kam, und in diesen stillen Nachmittagsstunden ging ich dann sogleich in die Butze zu der Frau, legte die Hand auf und verabreichte ihr einen Strom, worauf sich bei ihr pünktlich das richtige Beben einstellte. Wie schon angedeutet, war die Besserung, die der Strom bewirkte, nach den Worten der Frau selber sowohl seelischer als auch übernatürlicher Art, was auch die Ansicht ihres Mannes und aller dem Ehepaar nahestehenden Ärzte und Heilkundigen war. Gelehrte Männer hingegen, die zwar alle Knochen in einem Hund genau kennen, das Vorhandensein der Seele jedoch bezweifeln, da ihr Besitz den Menschen weder durch einen notariellen Akt noch durch eine Urinprobe nachgewiesen werden kann – diese Leute waren wahrscheinlich anderer Meinung. Mag es sich nun damit verhalten, wie es will, jedenfalls muß ich, um es nicht zu vergessen, hier einflechten: Als eines schönen Tages das prächtige Ehepaar den Brekkukot für immer verließ, war die Frau völlig gesund und bedurfte keiner Stütze mehr, und ihr Mann wurde in unserer künftigen Landeshauptstadt längst als anerkannter

Bahnbrecher auf dem Gebiet der Seelenforschung angesehen, war berühmt als Hellseher und tiefsinniger Denker, galt als Prophet und Wunderdoktor, Eingeweihter der Meister und noch alles mögliche andere, was bei uns damals in Mode kommen sollte, schrieb geistige Betrachtungen für Zeitungen und trug, als er uns verließ, funkelnagelneues Zeug und, was nicht übersehen werden darf, Socken.

Als ich der Frau zum erstenmal die Hand aufgelegt hatte, kam ich mir vor wie ein Mensch, den man im eigenen Haus überfallen hat. Als ich am nächsten Tag das Handauflegen wiederholte, war ich womöglich noch mehr über die Frau verblüfft; mich selber aber konnte ich noch weniger begreifen. Nach und nach aber mußte ich mich fragen, wer von uns beiden närrisch war, die Frau oder ich; schließlich jedoch war mir die Sache nicht ganz gleichgültig.

Damals sollten Neuwahlen zur Stadtverordnetenversammlung stattfinden, und im Guttemplerhaus war eine Bürgerversammlung anberaumt. Wie bereits früher stand auch jetzt wieder die Barbiergesetzvorlage zur Debatte. Ich kümmerte mich eigentlich nicht um Politik, aber aus irgendeinem Grunde ging ich ins Guttemplerhaus und hörte mir an, was die Leute zu sagen hatten.

Die Barbiergesetzvorlage war seit langer Zeit eine sehr umstrittene Angelegenheit in der Stadt gewesen. Der Kampf ging darum, ob überhaupt Barbiersalons erlaubt sein sollten, und wenn ja, mit welcher Geschäftszeit. Sollte es gestattet werden, daß die Barbiersalons um sechs oder um sieben Uhr morgens geöffnet würden und die Leute sich ununterbrochen bis gegen Mitternacht barbieren lassen könnten? Oder sollte man eine etwas spätere Stunde, zum Beispiel neun Uhr morgens, festsetzen und auch eine vernünftigere Stunde am Abend als Ladenschluß vorschreiben?

Man hatte bereits lange für und wider alle Vorschläge geredet, als ich in die Versammlung kam, und trotzdem hatten sich noch viele zu Wort gemeldet. Der Saal war überfüllt, so daß ich in der Tür stehenbleiben mußte. Ein Zimmermann mit mächtigem Schnauzbart redete gerade in sehr würdiger Haltung, wenn ihm das Reden auch nicht leicht wurde, wie es häufig bei verständigen Leuten der Fall ist. Er sagte, seiner Ansicht nach sei es eine Unsitte, sich morgens zu barbieren, und es wäre verkehrt, wenn einfachen Leuten Gelegenheit gegeben würde, dieser Unsitte zu verfallen. Er sagte, Barbieren sei ein Luxus, den man sich vielleicht erlauben dürfte, wenn man abends eine Versammlung oder eine Gasterei bei Freunden besuchen wollte oder wenn junge Menschen zusammen sein wollten, um sich auf ehrbare Weise zu amüsieren, vor allem, wenn sittsame Jünglinge, die öffentlich verlobt seien, ihre Bräute treffen wollten, doch höchstens einmal wöchentlich. Dagegen sei es unstatthaft, sagte er, mitten am Tage; wo man zu arbeiten habe, solchem Luxus zu frönen. Nachdem öffentliches Barbieren nun einmal unseligerweise zugelassen worden sei, sollte man es, meinte er, auf die Abendzeit beschränken, etwa zwischen sieben und acht Uhr, und vor allem auf Leute, die öffentliche und vom Stadtvogt genehmigte Veranstaltungen besuchen wollten. Dabei sei es nicht mehr als recht und billig, daß diese Leute eine Bescheinigung vorzeigten, wonach sie keine Gelegenheit gehabt hätten, sich zu Hause zu barbieren.

Nach ihm bestieg ein Mann mit einem großen

Vollbart die Rednertribüne, ein früherer Bauer vom Strand, der in der Stadt Bürgerrecht erworben hatte, im Laugarveg einen Kolonialwarenladen besaß und seitdem bei kommunalen Angelegenheiten eine große Rolle spielte. Dieser Redner betonte, es sei ein Beweis für die Faulheit und Leichtfertigkeit unserer Zeit, daß Männer mitten am Tage in Barbierstuben herumlungerten, dort ihre Zeit vergeudeten, einer auf den andern wartend, dabei oft boshaften Klatsch über andere Bürger verbreiteten und die Anordnungen der Stadtväter lästerten und kritisierten, um schließlich ihr Bargeld an solche Tagediebe zu verschwenden, die sich Barbiere nennen. Er sagte, Gunnar auf Hlidarende habe sich nie barbieren lassen, ebensowenig andere Sagahelden, ausgenommen jene, die mit einem Gebrechen behaftet gewesen wären, wie der Bauer Njal von Bergthorshvol. Leute, die dieser neumodischen Mode huldigen wollten, sollten sich damit begnügen, dies einmal wöchentlich zu tun, und zwar in aller Stille bei sich zu Haus, ohne zu krakeelen und ohne unbefugte Leute aus der Stadt hinzuzurufen. Das Barbieren sei eine Privatangelegenheit, die jeder daheim im verborgenen erledigen solle, höchstens könne man sich von seiner Frau dabei helfen lassen, falls man zittrige Hände habe, aber es sei unsinnig, für ein Vorhaben Geld und Kräfte zu vergeuden, bei dem nichts herauskommen könne.

Danach bestieg ein schwarzhaariger Mann die Rednertribüne, der einen eingefallenen Mund hatte, immerzu kaute und rund um sich spuckte. Er war redegewandt, aber etwas zu hitzig. Er sagte: „Ich habe keine Lust, länger in der Stadt zu wohnen, wenn ich nicht in Freiheit und jederzeit, ob bei Nacht oder bei Tag, Handwerker aufsuchen darf, um sie zu bitten, für mich gegen Bezahlung eine Arbeit zu verrichten, die ich ihnen also abkaufe. Sonst könnte man ja ebensogut den Ärzten verbieten, nachts offen zu haben, wenn man dies den Barbieren untersagt. Es ist eine alte Lüge, daß Gunnar auf Hlidarende sich den Bart stehenließ. Und ich fordere den letzten Redner auf, seine Behauptung bei einem Notar zu wiederholen. Kein vernünftiger, gesunder Mann hat sich jemals den Bart stehenlassen. Es gibt keine Arbeit, bei der ein Bart einem nicht im Wege wäre. Lange Bärte tragen nur Leute, die eine kranke oder überempfindliche Haut haben. Dagegen gibt es nur ein einziges Heilmittel, nämlich solche Leute an ihren Bärten mehrmals durch die Stadt zu schleifen. Wenig Männer sind so nötig für die Gesellschaft wie die Barbiere. In alter Zeit wurde das Amt des Barbiers und das des Arztes von ein und demselben Manne ausgeübt. Er hatte damals nicht nur zu barbieren, sondern auch Beulen zu öffnen und Geschwüre wegzuschneiden, und zwar deshalb, weil er so feine Messer besaß. Alle ordentlichen Leute barbieren sich jeden Tag. Es ist ein guter Brauch, zum Barbier zu gehen und sich dort mit seinen Mitbürgern über das Wohl und Wehe des Landes zu unterhalten, bis man selber an die Reihe kommt. Und es ist gut angelegtes Geld, das man beim Barbier läßt, ob man nun nachts oder am Tage zu ihm geht."

Darauf ergriff ein hagerer Mann mit einem gelblichen, pergamentartigen Gesicht das Wort. Er hatte einen Prinz-Albert-Rock an und trug einen Kneifer und riesige Vatermörder. Er betonte vorweg, daß einst der Beruf des Arztes und der des Barbiers viel Gemeinsames gehabt hätten, wie man ebenso auch sagen könne, daß das Barbieren heilsam für die Gesichtshaut sei. Hingegen aber sei es kaum moralisch, christlich oder in Übereinstimmung mit dem Sozialismus, sich dabei von einem anderen Menschen bedienen zu lassen, denn dadurch mache man diesen Mann zum Sklaven oder mindestens zum Lakaien. Derartig erniedrigende Dienste gereichten keinem der Beteiligten zur Ehre, weder dem, der sie annehme, noch dem, der sie leiste. Dienste solcher Art sollten innerhalb der Familie geleistet werden. Es sei schon richtig: Man solle barbiert sein. Aber es stimme ebenfalls, daß man sich selber barbieren solle. Es gebe nur eine einzige Entschuldigung, wenn man zu einem andern gehe, um sich das Haar schneiden oder barbieren zu lassen, nämlich, wenn man an Haarausfall oder an Bartflechten leide; aber in beiden Fällen solle man einen Arzt aufsuchen. Im übrigen wolle er noch ausdrücklich betonen, daß sein Standpunkt in bezug auf das, was er als unmoralisches und asoziales Benehmen bezeichnet habe, vollständig mit dem Kommunistischen Manifest von Marx und Engels aus dem Jahre 1848 sowie mit anderen Grundlehrsätzen aus London und schließlich mit Bebels Reformismus übereinstimme.

Danach erschien ein nicht minder gelehrter Mann auf der Rednertribüne, der jedoch einen total entgegengesetzten Standpunkt vertrat. Er hatte wildes, rötliches Haar, einen ungepflegten Schnauzbart, eine halbe Glatze, einen zerknitterten, unsauberen Hemdkragen, ziemlich schlechte Zähne und einen Schmerbauch; er schnupfte unablässig, und die Aufschläge seiner Weste hatten Eselsohren. Er sagte, er sei bekanntlich seit fünfunddreißig Jahren „Studiosus perpetuus“ in Kopenhagen, aber Ansichten wie heute habe er noch nie zuvor gehört. Er wolle sich nicht mit den Leuten herumstreiten, was diese Sache mit dem Kommunismus oder anderen Lehren aus London oder mit Bebels Reformismus oder mit dem Christentum zu schaffen habe, und auch nicht, ob das Barbieren heilsam für den Bartwuchs sei oder nicht, denn er wolle betonen, es sei ein unübertrefflich heilsames Verfahren, das ganz einfach darin bestehe, die Leute einzuseifen, um dadurch leichter die Bartstoppeln zu entfernen. Das sei eine bedeutend angenehmere Heilmethode, als Leuten warmen Kuhmist ins Gesicht zu schmieren, wenn sie Kopfschmerzen hätten, obgleich der hochgeehrte Vorredner, Bankdirektor, Sozialist und Theologe letzteres bisher unerwähnt gelassen habe.

Er fuhr fort: „Ich halte es für höchst notwendig, daß wir auf Island öffentliche Barbiersalons haben, wo ein guter Geruch herrscht, wo man höflich guten Tag sagt, weiße Leinenkittel trägt und versucht, mit scharfen Messern so umzugehen, daß man nicht mehrmals am Tage anderen Leuten den Hals abschneidet – was zu tun doch in dieser Gemeinde unleugbar eine große Versuchung wäre. Um jetzt aber zu der Frage überzugehen, inwieweit es ein Verbrechen ist, sich barbieren zu lassen, so kommt es natürlich vor allem darauf an, welche Bedeutung man dem Begriff Moral beimißt; ja, und außerdem, wieviel man für ein Pfund Moral bezahlen will. Doch jetzt will ich euch eine Geschichte erzählen, die zeigt, wie verschieden man in verschiedenen Ländern Moral bewertet. Wie Sie selbstredend wissen, hat Goethe, dieser deutsche Mann, einmal ein kleines Buch verfaßt, das er ‚Faust' nannte. Es handelt von einem Mann, der zur Hölle fahren soll, weil er bei einem Mädchen geschlafen hat. Selbstverständlich geschieht auch vieles andere in dem Buch, aber das ist die Rosine im Kuchen. Schließlich tut es Goethe leid, den Mann in die Hölle zu schicken, weshalb er ihn erlösen läßt sowohl durch die Gnade Gottes als auch wegen seines Interesses für die Trockenlegung von Sümpfen, und er macht eine Engelschar mobil, die den Mann in den Himmel hinaufschafft. Aber nun will ich Ihnen eine Geschichte erzählen, in der es gerade umgekehrt hergeht. Als ich in Kopenhagen war, gab es dort einen vortrefflichen Mann, der Pedersen hieß. Er war rothaarig, glatzköpfig, hatte schlechte Zähne und ging sparsam mit Seife um. Im übrigen war er in seinem Äußeren und auch sonst mir ziemlich ähnlich, bis auf die Tatsache, daß er mit fünfundvierzig Mädchen verlobt war. Unbegreiflicherweise schleppten die Dänen diesen vortrefflichen Mann vor ein Gericht, und dort wurden er und seine Bräute verhört. Und die Bräute standen eine neben der anderen im Gerichtssaal und weinten, und obgleich sie sich hin und wieder ein bißchen kabbelten, einander sogar ein wenig die Haare zausten und sich zwischendurch anspuckten, waren sie sich doch alle in einem Punkte einig, nämlich darin, daß sie alle miteinander für ihren Verlobten um Gnade flehten, denn jede von ihnen war überzeugt, daß sie das Gretchen war – oder wollen wir sie auf gut isländisch Magga nennen? –, diejenige, der seine wahre Liebe gegolten habe. Jede von ihnen hatte ihm aufrichtig ihr Herz geschenkt, und jede von ihnen war bereit, ihm ihren letzten Schilling zu geben, damit er sich dafür eine Flasche Bier kaufen könnte. Alle hatten etwas Gutes an Pedersens Charakter entdeckt, das gar nicht hoch genug gepriesen werden konnte, und für jede von ihnen war er ohne Makel, wiewohl nachgewiesen wurde, daß er gleichzeitig mit vierundvierzig anderen Frauen gesündigt hatte. Nicht allein, daß sie ihm vor Gott und den Menschen verziehen, nein, sie waren auch allesamt bereit, sich für ihn aufzuopfern. Viele baten, statt seiner ins Gefängnis gehen zu dürfen, falls überhaupt jemand ins Gefängnis gehen sollte, und einige sagten: „Ist jemand schuldig, dann bin ich es, nicht er!" Und der Richter saß viele Stunden und grübelte, um sich darüber klarzuwerden, ob es ein größeres Verbrechen sei, wenn ein Mann mit fünfundvierzig Frauen gleichzeitig zu schaffen habe oder wenn fünfundvierzig Frauen gleichzeitig mit einem Mann zu schaffen haben. Das Ende von allem war, daß Pedersen zu einer Geldbuße von fünfzig Kronen verurteilt wurde. Und da Pedersen wie alle Frauentröster blank war, so legten die fünfundvierzig Bräute das Geld für den Verurteilten zusammen, was, wie ich ausgerechnet habe, für jede von ihnen eine Krone und elf Öre ausmachte. So betrachteten die Dänen diesen Fall. Wofür der Deutsche einen Mann in die Hölle senden wollte, dafür hatte man in Dänemark pro Person eine Krone und elf Öre zu zahlen. Ob es sich mit dem Barbiergesetzvorschlag nicht ähnlich verhalten dürfte ..."

Ein gutes Werk oder das Gegenteil? Mir brummte der Kopf von all den Spitzfindigkeiten, die ich wegen des Barbiergesetzvorschlages zu hören bekommen hatte, als ich endlich wieder ins Freie gelangt war.

Seit einiger Zeit hatte ich mich recht bedrückt gefühlt wie jemand, der sich gegen etwas vergangen hat. Mir war, als hätte ich wider besseres Wissen gehandelt, etwas getan, das unter meiner Würde lag. Aber was für einen Wert hat das sogenannte „bessere Wissen“, wenn es verbietet, anderen in Leibes- und Seelennot Hilfe zu bringen? Und was für eine Würde besitzt schon ein armer, einfältiger grüner Junge? Als ob es nicht Gott und den Menschen einerlei ist, auf welcher Seite man hängt, wenn man ohne Sattel drauflos reitet! Konnte ein gutes Werk böse sein? Meister Santajana wollte lieber achttausend Jahre auf sein Nirwana warten und während dieser Zeit immer wieder als Stier geboren werden, als sich weigern, ein gutes Werk an einer Frau zu tun, die ihn wahrscheinlich gut leiden konnte, will man ihr nicht etwas Ärgeres zutrauen. Wozu auch solche Eile? Gibt es nicht Zeit genug im Kreislauf von Nirwana zu Nirwana? Oder gibt es etwas auf Erden, das vollkommener ist als ein prächtiger Stier? Vielleicht war ich der Gott Vishnu, was jedenfalls Frau Chloës Mann für möglich hielt, als sie ihm berichtete, was vorgefallen war.

Aber eines stand fest: Blaer war für mich verloren. Dies war in Wirklichkeit mein größter Kummer. Ich hatte das von Wollust erlöste Weib betrogen, das himmlische Weib, das Ewigweibliche, wie es am Schluß jenes Buches heißt, über das sich der rothaarige Kerl in der Versammlung wegen des Barbiergesetzvorschlages so lustig gemacht hatte. Mit meinem Handauflegen hatte ich dies Ideal von seinem Himmel herabgezogen und es in die Fesseln der Fleischwerdung gelegt, es in den schwarzen Abgrund des Urstoffs gestoßen. Jetzt konnte ich nicht mehr auf einen Schatten hinter der Gardine warten – das Luftbild war verschwunden.

33
Erfolg

Als ich die Reifeprüfung bestanden hatte, lud Großmutter nachmittags alle im Zwischenstock zu heißer Schokolade ein. Solche Schokolade kocht man jetzt nicht mehr. Sie war sehr sämig, süß und fett, mit Kaneelborke drin. Dazu gab es kalte Pfannkuchen, dick in Zucker gewälzt. Welch ein großer Augenblick für mich, in Gesellschaft der Männer, die mir das Sinnbild des Friedens auf Erden zu sein schienen, mit denen ich so viele glückliche Jahre hindurch alle meine Nächte hatte verbringen dürfen, Schokolade zu trinken! Aber wie damals, als Großvater mir seinen Plan verraten hatte, mich in die Schule zu schicken, fühlte ich mich wieder niedergeschlagen und ängstlich. Damals hatte ich mich so gefürchtet, die Geborgenheit zu verlieren, die bis zu dem Drehkreuz vor dem Brekkukot reichte, und jetzt fürchtete ich mich vor all den neuen, unbetretenen Wegen, die sich mir öffnen würden, wenn ich nicht länger morgens den vertrauten Weg zur Schule gehen konnte, halb um den Teich herum, und nachmittags dann den Weg heim zum Brekkukot. Wohin sollte ich fortan morgens, wenn ich erwacht war, gehen?

„Und was willst du jetzt werden, mein Freund?"

fragte der Aufsichtsbeamte, der sich ganz gegen seine Gewohnheit erlaubt hatte, für eine halbe Stunde seine Aufsichtsarbeit zu schwänzen, um mit uns die gute Schokolade trinken zu können.

Ich wagte nicht sogleich zu antworten.

„Das mindeste Amt, das ich mir für Alfgrimur vorstellen könnte, ist das eines Kreisrichters", sagte Kapitän Hogensen.

„Weiß denn unser gesegneter Junge nicht, was er werden will?" sagte Runolfur Jonsson. „Darüber dürfte kein Zweifel bestehen."

Aber was ich denn werden sollte, sagte er nicht, jedenfalls noch nicht. Er konnte wahrscheinlich nicht darauf kommen, wie der Beruf hieß, an den er für mich gedacht hatte. Aber es würde ihm sicher einfallen, sobald er wieder ein Kriegsschiff genommen hätte, sagte ich mir, und dann würde er bestimmt verlangen, daß ich „Konferenzrat studieren" sollte.

„Ob ich nicht doch bei den Quabben bleibe?" sagte ich halb im Scherz und halb im Ernst, denn wie viele lateinische Deklinationen ich auch gelernt hatte, es gab keinen Fisch vor unserm Strand, den ich so hochschätzte wie den Seehasen.

„Na", sagte Großvater und verzog das Gesicht ein bißchen, „wirklich?"

Mit anderen Worten, ihm gefiel meine Antwort nicht.

„Vielleicht hat sich Björn für dich den Dorsch ausgedacht", sagte der Aufsichtsbeamte.

„Seehasen fangen", sagte Großvater, „ist nur ein kurzes Vergnügen im Frühjahr, doch wenn sie Farbe bekommen, werden eine Menge Leute munter. Aber manche Jahre gibt es überhaupt keine Seehasen. Und jetzt haben der Gudmunsenladen und die andern sich die großen Schiffe verschafft, die im Handumdrehen zwanzigmal so großen Fang an Bord nehmen können, wie ich es mit meinem Boot kann, und damit sind die Leute von meinem Schlag hier in der Bucht erledigt. Aber Runolfur Jonsson kann erzählen, wie man bei Gudmunsen Dorsch fischt. Deshalb meine ich, lieber Junge, daß du Pastor werden sollst. Das ist schon immer auf Island ein Beruf gewesen, der seinen Mann gut ernährt. Was ein Pastor nicht in Fisch bezahlt bekommt, kriegt er in Butter bezahlt."

Ich machte große Augen, denn ich glaubte, Großvater habe plötzlich begonnen, Unsinn zu reden. Oder wurden Leute auf Island etwa Pastoren dank kalter Berechnung dieses oder jenes Großvaters, der am Sonntag aus irgendeiner Laune der Religionsgeschichte in Vidalins Hauspostille las, anstatt dem Vogel Kolibri, dem Stier Apis und dem Götzen Ra zu opfern?

Ich hatte nicht bedacht, daß, wenn Björn sprach, es nicht immer Björn war, der sprach: denn es gab auf dem Brekkukot jemand, der manchmal mehr Björn war als Björn selbst, und das war Großmutter.

Sie sagte: „Björn hat schon immer gewünscht, daß der arme kleine Grimur etwas von uns bekommen sollte, das ihm niemand nehmen kann."

„Och, alle miteinander kommen und nehmen einem alles miteinander, gute Frau", sagte Runolfur Jonsson. „Welche kommen, und andre gehen, und alle auf schwarzen Pferden."

Großmutter sagte: „Wer andern nichts Böses tut, dem schadet nichts, was die andern auch tun mögen. Wissen macht das Herz und auch die ganze

Welt hell. Reichtum ist, was andere einem nicht nehmen können."

„Auf meinem Wandbrett liegen zwei Beutel", sagte der Aufsichtsbeamte. „Auch sie haben den Gang der Zeit zu fühlen bekommen. Beide sind nämlich in Wirklichkeit leer – bis auf ein einziges Goldstück in dem einen Beutel, und das ist dein Goldstück, mein Freund. Willst du es heute haben oder später?"

„Später", sagte ich.

Als ich abends zu Tante Kristin ins Küsterhaus kam, war sie nicht allein, sondern jemand war bei ihr. Ich merkte es sofort an der Luft, als ich die Tür öffnete. Ein junges Fräulein saß in der Stube, fein gekleidet und parfümiert. Sie trug einen breitrandigen Hut und rote Handschuhe mit Fransen: das kleine Fräulein Gudmunsen. Sie las Tante Kristin etwas aus der Zeitung vor. Auf dem Tisch zwischen ihnen lagen Apfelsinen und Blumen.

„Meinen Glückwunsch, Alfgrimur", sagte das Mädchen, als sie mich in der Tür erblickte, und sie hielt mir ihre Hand hin, ohne aufzustehen.

„Wieso?" sagte ich.

„In der Zeitung steht, daß du das beste Examen gemacht hast", sagte sie. „Hier steht es: Alfgrimur Hansson vom Brekkukot. Ich dachte, du würdest mit der Studentenmütze gehen."

„Mir kommt es weit merkwürdiger vor, daß ihr hier einander kennt", sagte ich.

„Das liebe Mädchen! Sie kennt mich überhaupt nicht, aber trotzdem kommt sie mit Apfelsinen zu mir", sagte Tante Kristin. „Oh, wie gut die riechen, viel zu gut für eine, die bald sterben soll."

„Wie kann Gardar Holms Mutter so sprechen!" sagte das Mädchen. Dann reichte sie mir die letzte

Nummer unserer Zeitung, aus der sie bei meinem Kommen gerade etwas vorgelesen hatte.

Die erste Seite zeigte wieder einmal Gardar Holms große Photographie von früher, und darunter stand ein Artikel, der in einer bombastischen Sprache geschrieben war, wie man sie in meiner Jugend stets in allen isländischen Zeitungen finden konnte, wenn darin etwas vom König oder von Schiffskatastrophen oder vom Tod großer Leute berichtet wurde:

„Über Land und Meer haben uns Neuigkeiten erreicht, wonach Gardar Holm, der weltberühmte Sänger, in Bälde auf Island ankommen dürfte. Der große Weltbürger hat seine Fahrt zu uns von Frankreich aus angetreten, da er im vergangenen Winter die Völker südlich der Alpen mit seiner herrlichen Stimme in Entzücken versetzt hat, und zwar die Bewohner der größten Städte in diesem Teil der Welt. Auch ist dieser meisterliche Sänger ein höchst willkommener Gast bei Hoch und Niedrig gewesen, insbesondere aber bei den größten dortigen Fürsten und vornehmen Familien, sogar beim Herrn Papst, in den feenhaften Palästen der Göttin Thalia und anderen wunderbaren Schlössern dieses Landes. Wie uns aus zuverlässigster Quelle berichtet wird, erzählt man in Rom, daß der Heilige Vater bei einem Konzert, welches unser Gardar auf Einladung des Papstes in der Sankt-Peters-Kirche gegeben hat, sich folgendermaßen zu seiner Umgebung geäußert hätte: ‚Ich habe den Klang einer Stimme vernommen, die aus höheren Sphären zu kommen schien und einen Abglanz himmlischen Lichtes ausstrahlte.‘ Danach soll Seine Heiligkeit ihn in seinen Privatgemächern empfangen haben, um ihm seinen Segen zu erteilen, und ihm aufgetragen haben, dem ganzen Volk auf Island seine Grüße, seinen Segen und seine Fürbitte zum Heile des Landes zu übermitteln."

Der Artikel hatte noch zwei weitere Spalten, aber mir genügte, was ich gelesen hatte, und ich gab dem Mädchen das Blatt zurück.

„Jesus", sagte sie, „bist du zu fein, den ganzen Artikel zu lesen?"

„Was dort gedruckt steht, ist wohl wahr, ob ich es lese oder nicht", sagte ich. „Oder was meinst du?"

„Nicht zu glauben!" sagte sie. „Spiel dich nur nicht so auf, lieber Alfgrimur. Ich bin nämlich älter als du. Und ich meine, daß du ruhig wie alle anderen Studenten die Studentenmütze tragen solltest und den ganzen Zeitungsartikel lesen könntest, schon allein deshalb, weil darin etwas von deinem Verwandten steht. Ist es übrigens wahr, daß du jetzt auch Sänger werden willst?"

„Wer sagt das?" fragte ich.

„Madam Strubenhols, bei der ich Gitarre spiele."

„Ich muß jetzt gehen", sagte ich. „Entschuldigt bitte, daß ich gestört habe. Ich wußte nicht, daß Tante Kristin Besuch hat."

„Ich muß jetzt auch gehen", sagte das Mädchen, stand auf und küßte die alte Frau. „Jesus sei mit dir, liebe Kristin, ich komme bald wieder zu dir, wenn ich darf. Alfgrimur, du begleitest mich wohl hinunter in die Stadt. Ich muß mit dir sprechen."

Also begleitete ich sie, und als wir draußen waren, konnte ich es nicht unterlassen, sie daran zu erinnern, daß ich sie bereits früher einmal hinunter in die Stadt begleitet hatte.

„Jesus, da steht der Schuppen", sagte sie und zeigte nach dem alten Stall hin, vor dessen Tür wir einander eines Morgens vor einem Jahr begegnet waren. „War ich nicht ganz verrückt?"

„Ja", sagte ich.

„Aber du hattest auch einen Rappel", sagte sie. „Du hattest seine Schuhe an."

Dann sagte sie eine Weile nichts, während wir den Weg hinuntergingen. Schließlich fing sie wieder an: „Was für eine seltsame Frau sie doch ist!"

„Welche Frau?" fragte ich.

„Seine Mutter. Nun habe ich ihr zum drittenmal Blumen gebracht, aber ich werde immer noch nicht aus ihr klug. Ich glaube ganz bestimmt, daß keine lebende Seele ahnt, was diese Frau denkt. Sie hat nicht ein einziges Mal ihren Sohn singen hören."

„Was hast du mit ihr zu schaffen?" fragte ich.

„Hast du ihn singen hören?" fragte das Mädchen.

„Nein", sagte ich.

„Versuch doch einmal, aufrichtig zu sein, und sag die Wahrheit", fuhr sie fort, „denn du verstehst dich doch auf Gesang. Also sprich!"

„Ich habe den Gesang gehört, den es auf Island gibt", sagte ich, „die Schmeißfliege während des halben und ganzen Sommers und zwischendurch etwas Vogelgezwitscher. Und manchmal im Herbst das Gekreisch von Schwänen, das in dänischen Romanen Schwanengesang genannt wird. Ja, und dann natürlich auch das Gejohle von betrunkenen Kerlen, wenn die Schuten im Hafen liegen. Und ‚Wie die einsame Blume' hier auf dem Kirchhof."

„Glaubst du, es ist gelogen, daß er vor dem Papst gesungen hat?" fragte das Mädchen.

„Das weiß ich nicht. Wer war dabei, als Jesus die Welt erlöst hat?"

„Sie hätte doch wenigstens ja oder nein sagen können, als sie gefragt wurde, ob ihr Sohn verheiratet ist", sagte das Mädchen. „Aber nicht einmal das habe ich aus ihr herausbringen können."

„Was geht dich das an?" fragte ich.

„Was mich das angeht?" sagte das Mädchen. „Du bist schon immer ein gemeines Biest gewesen."

„Sei mal ehrlich und erzähl mir, was du bei Tante Kristin im Küsterhaus zu suchen hast", sagte ich.

„Ich brauche gar kein Geheimnis daraus zu machen, daß ich nie an einen anderen Mann gedacht habe als an ihn, schon seit ich ein kleines Mädchen war, immer nur an ihn. Ich weiß, er ist mehr als alle anderen Menschen. Sollte er verheiratet sein, so hätte ich nichts dagegen, für den Rest meines Lebens seine Geliebte zu sein. Aber nun habe ich alles untersucht, und Gott sei Dank, er war es, aber jetzt hat er mit seinem früheren Leben Schluß gemacht."

„Hast du etwa Tante Kristin mit deinem hysterischen Geschwätz geplagt?" fragte ich.

„Nenn es, wie du willst. Ich spreche nicht mit dir, weil du ein ganz netter Mensch bist, sondern weil du mit ihm verwandt bist und außerdem Student. Und vor allem, weil ich einfach mit einem Menschen darüber sprechen muß. Du weißt ja selbst, welche Angst ich voriges Jahr hatte. Aber hier ist der Brief."

Sie nahm einen Brief aus ihrem Handtäschchen und gab ihn mir; er war aus Dänemark, der Name der Stadt kam mir bekannt vor, und im nächsten Augenblick fiel mir ein, daß ich ihn im vorigen Sommer auf der Photographie gelesen hatte. Das Bild war bei einem Mann gefunden worden, der auf dem Kirchhof geschlafen hatte: es zeigte eine abgerackerte Arbeiterin mit zwei Kindern.

Ich las den dänischen Brief flüchtig durch. Darin

stand, als Antwort auf eine Anfrage, daß in der dortigen Gegend niemand einen Mann kenne, der Gardar Holm heiße, und soweit man wisse, wohne in der Stadt auch kein Isländer, ebensowenig jemand, der mit Island Verbindung habe, außer einem gewissen Hansen, in Reithgotaland* gebürtig, verheiratet mit einer Frau, die ein kleines Fleischwarengeschäft im Ort habe; der Mann lebe recht zurückgezogen, verkehre wenig mit den Einwohnern und sei oft lange verreist. Er habe hin und wieder Heuer auf einem Schiff, das mit Klippfisch von isländischen Häfen nach Spanien fahre. Unter dem Brief war ein Amtsstempel, und darunter stand ein unleserlicher Name.

„Warum zeigst du mir den Brief?" fragte ich.

„Damit du sehen kannst, daß es weiter nichts als Einbildung war oder ein Mißverständnis. Weißt du nicht, daß er bald kommt, weißt du nicht, daß mein Papa ihn eingeladen hat, nach Island zu kommen, damit er zum fünfzigjährigen Geschäftsjubiläum unseres Ladens singt? Es war vielleicht eine Kinderei von mir, ihm zu schreiben und ihn zu fragen. Aber ich konnte es nicht lassen. Ich wollte Gewißheit haben. Denn einzig und allein ich bin es, die ihn erwartet. Und er hat wiedergeschrieben. Jetzt weiß ich: Wenn er kommt, so kommt er meinetwegen. Er kommt, weil er Schluß mit seinem bisherigen Leben gemacht hat."

* (isl.) Jütland

34
Gardar Holms dritte Heimkehr

Wir Isländer sind dem Papst schon immer dankbar gewesen, weil er einen Trostbrief an unsern Bischof Jon Arason schrieb, kurz bevor dieser von den Sendlingen eines gewissen Christian III., eines deutschen Landsknechts in Dänemark, hingerichtet wurde – er, unser höchster Kleriker. Wir hatten seit langem geahnt, daß der Papst über dem Kaiser steht. Aber bislang hatten wir doch gefunden, daß seine Worte auf einem Gebiet recht fern der Wahrheit, ja geradezu lächerlich waren, und zwar, wenn er sich über Dinge des Glaubens äußerte. Jetzt aber war es dahin gekommen, daß wir Zutrauen zu Seiner Heiligkeit hatten, und zwar auf Grund von Neuigkeiten, die gewissermaßen auch in das Gebiet des Glaubens gehörten, da wir ihnen in der Stunde, als sie sich ereigneten, ebenso fern waren wie zu jener Stunde, da die Welt erlöst wurde. Also waren wir in die heikle Lage geraten, an eine Lehre zu glauben, die unglaubwürdiger war als das meiste, was man mit Recht oder Unrecht dem Papst zuschreibt.

Ich darf mit gutem Grund sagen, daß in dem Sommer nach dem Konzert in der Peterskirche Gardar Holms Ruhm auf Island größer war als je zuvor. Und es ist schon begreiflich, daß der Student auf dem Brekkukot es kaum für möglich hielt, im vorigen Jahr mit diesem Mann auf dem Boden über Tante Kristins Stall die Stiefel getauscht zu haben.

„Ich gab sie einem dänischen Seemann, der mit einem Fischdampfer nach Trekyllisvik fuhr", sagte Gardar Holm, als ich ihn fragte, wo meine Schuhe geblieben seien.

Durch Vermittlung des Gudmunsenladens hatte ich den Auftrag erhalten, während dieser Spätsommertage dem weltberühmten Sänger ein wenig zu helfen, nun, wo er aus Anlaß von Gudmunsens fünfzigjährigem Geschäftsjubiläum die Einwohner der Stadt etwas ergötzen sollte. Diesmal war der Sänger Gudmunsens Gast, und selbstverständlich konnte man ihm kein geringeres Logis anbieten als eine Dreizimmerflucht im Hotel d'Islande.

Gardar Holm schickte mich sofort zu Fridriksens Bäckerladen, um zwölf Fünförekuchen zu kaufen und dann zu Mikael Lunds Apotheke, wo ich doppelkohlensaures Natron besorgen mußte. Er trug jetzt anderes Zeug als früher – bestimmt nicht feineres als das alte, dafür aber funkelnagelneues. Körperlich schien er auch nicht mehr so mitgenommen wie das vorige Mal, doch das himmlische Licht auf seinem Jugendbild, das ich noch so gut in Erinnerung hatte, war sozusagen verfinstert. Statt dessen hatte er das Lächeln der Weltberühmtheit bekommen, und das verschwand nie aus seinem Gesicht, solange er mit Leuten sprach. Sowie er jedoch allein war, bekam sein Gesicht etwas Müdes, Verzerrtes, manchmal zeigte es sogar einen Ausdruck von Verschlossenheit, der viele Menschen abschreckte, und dann hatte es ein wenig Ähnlichkeit mit Gesichtern von Tollhäuslern, Gesichtern, wie man sie im vergangenen Jahrhundert bei den großen Genies und weltberühmten Männern finden konnte, besonders bei dem Dichter Baudelaire, falls man nach einer Lithographie auf dem Titelblatt seines Buches „Les Fleurs du Mal“ urteilen darf.

Gardar Holm stellte sich oft vor den Spiegel und schnitt die seltsamsten Grimassen, während er sich frisierte, Brillantine ins Haar schmierte und seine Hände mit Glyzerin einrieb. Er nahm sich seinen Mantel vor, untersuchte ihn von innen und außen und zupfte jedes Fädchen daran weg. Ich mußte ihm behilflich sein, wenn er seine schweren Koffer wieder und wieder umstellte, wobei bald der, der zuunterst gelegen hatte, zuoberst kommen sollte, bald umgekehrt, bis ihm plötzlich einfiel, daß es ja Bedienung im Hotel gab, und dann begann er zu schellen. Er befahl, ihm ein Messer zu bringen, damit er sich an die Sahnetörtchen heranmachen könnte. Brachte man es ihm, fiel ihm ein, daß eine Gabel dafür geeigneter wäre. Kam man mit der Gabel, so verlangte er einen Löffel. War der Löffel gekommen, aß er die Kuchen längst mit den Händen, begehrte aber augenblicklich eine Serviette. Kam man mit der Serviette, so rührte er sie nicht an, sondern säuberte sich die Hände mit dem Taschentuch.

Er sprach gern in Mysterien, die einander zu widersprechen schienen, und verstummte mitten im Satz, der auf die eine oder die andere Weise hätte enden können. Oftmals schien er an etwas anderes zu denken, während er sprach, achtete gar nicht darauf, was man zu ihm sagte, und machte den Eindruck, als habe er den Zusammenhang des Gesprächs vergessen. Dann wieder konnte er über eine alltägliche Bemerkung des Gesprächspartners erschrecken wie ein Mensch, den man aus tiefem Schlaf aufgeweckt hat, und seine Augen leuchteten, als wäre ihm durch die alltägliche Bemerkung des anderen eine große Wahrheit offenbart worden. Im Nu saß er jedoch wieder tief in Gedanken versunken da. Fragte man ihn nach etwas Wichtigem, gab er stets sinnlose Antworten. Machte er sich über die Leute lustig? Ganz und gar hoffnungslos war es, ihn nach persönlichen Eindrükken zu fragen, zum Beispiel, wie ihm der Papst gefallen habe.

Jetzt erst fielen mir Eigentümlichkeiten seines Wesens auf, die mir bisher verborgen geblieben waren, wohl, weil mein Zusammensein mit ihm früher nur immer kurz gewesen war. So konnte er plötzlich Bleistift und Papier aus der Tasche holen, manchmal nur kleine Zettel, und eine Zahl nach der anderen hinkritzeln, um damit nach einem System zu rechnen, das ich nicht begreifen konnte; aber ich mochte ihn nicht fragen, auch nicht zu ihm hinschielen, wenn er schrieb. Hatte er mit gerunzelten Brauen und tiefen Seufzern eine Weile gerechnet, so konnte es geschehen, daß er sich gleichsam besann, aufblickte, einen wie ein Fremder ansah und anlächelte, wenn überhaupt jemand in seiner Nähe war, wie um sich wegen seiner Grübelei zu entschuldigen. Doch sein Blick wirkte so herausfordernd, als wollte er zu verstehen geben: Ich kenne das Resultat, aber ich verrate es nicht. – Waren es vielleicht Geldbeträge, die er wieder und wieder addierte? Eins stand fest: Alle seine Taschen waren voll von zerknittertem und zusammengeknülltem Papiergeld, und fielen ihm Banknoten aus den Taschen, so dachte er nicht daran, sie vom

Fußboden aufzuheben, auch wenn sie einen Wert hatten, daß man dafür ein Schaf hätte kaufen können. Wenn er mich zu Fridriksens Bäckerei nach Sahnetörtchen schickte, gab er mir eine Handvoll Papiergeld.

Ich sagte: „Das ist zuviel. Eine Krone reicht."

Einmal fragte ich ihn zum Spaß, ob es eine Stelle gäbe, wo man so viel Geld bekommen könnte, wie man haben wollte.

Da sagte er: „Eines Abends entdeckst du zu deiner großen Verwunderung, daß du nicht all dein Geld tagsüber hast loswerden können. Am nächsten Morgen wachst du früh auf und gehst aus, um dir einen Hut zu kaufen – und wenn du mit dem Hut wieder nach Haus kommst, merkst du, daß du mehr Geld in deiner Tasche hast. Du lädst einen guten Bekannten ein, vielleicht sogar zwei oder gar drei, mit dir in ein Wirtshaus zu gehen, und dort bekommt ihr vom Besten, was man dort hat, Wein, feinste Leckerbissen. Und wenn du nichts mehr essen und trinken kannst und du dann gehst, da merkst du plötzlich, daß, während du im Wirtshaus gesessen hast, neues Geld in deine Tasche gekommen ist. Du bist ganz verwirrt und gehst sofort und kaufst dir ein Haus und einen Garten, nur um das dreckige Geld schnell loszuwerden, aber kaum hast du Haus und Garten bezahlt, da merkst du schon, daß sich während des Kaufes dein Geld um ein Vielfaches vermehrt hat. Jetzt packt dich richtiger Wahnsinn, was weder Björn vom Brekkukot noch deine Großmutter je verstehen könnte: du reist auf und davon, um die ganze Welt, und streust dein Geld mit beiden Händen aus, schmeißt es anderen herumstrolchenden Verrückten vor die Füße, wohin du immer kommst, wagst nicht einmal, deine Briefe zu öffnen, denn du weißt, daß in ihnen weiter nichts als ein und dasselbe geschrieben steht: Nachricht von all deinen unzähligen Banken rings in der Welt, daß sich dein Geld in ständig größerer Hast vermehrt und vermehrt hat."

„Was ist denn geschehen?" fragte ich.

„Nichts", sagte er. „Es ist das alte Märchen. Du willst die Macht über die Welt gewinnen und bist deshalb bei einem Zauberer in die Lehre gegangen. Er hat dir zwei, drei Zaubersprüche beigebracht. Eines Morgens bittet er dich, Wasser zu holen und die Tonne vor der Tür zu füllen, während er ausgeht, um zu betteln. Es ist eine erbärmliche Arbeit, Wasser zu holen, und du willst lieber einen der Zaubersprüche hersagen. Und du sprichst den Zauberspruch Nummer eins, und der Eimer läuft von allein zum Brunnen. Aber wie du siehst, daß der Eimer nicht aufhört, Wasser vom Brunnen zu holen, obgleich die Tonne bereits voll Wasser ist, da sprichst du den Zauberspruch Nummer zwei, um den Eimer zu stoppen. Aber du hast weiter nichts erreicht, als daß der Eimer sich noch mehr mit dem Wasserholen beeilt und das ganze Haus mit Wasser füllt. In deiner Angst sprichst du den Zauberspruch Nummer drei, und jetzt gibt es überhaupt keine Rettung mehr. Bald ist das ganze Land im Wasser versunken. Und der Eimer hält nicht inne."

„Aber was wird aus dem Zauberer?"

„Er hockt zusammengekauert auf einer Treppe irgendwo unten in der Stadt und streckt die Hand aus, und der Wind saust eiskalt durch sein fadenscheiniges Gewand. Denn der Zauberer ist einer, für den Gewinn keine Lockung hat."

35

Die Schleife

Als Gardar Holm eines Tages früh am Abend heimkam, sagte er zu mir: „Mach, daß du nach Hause kommst, und zieh dir dein feinstes Zeug an, und dann komm schnell zurück. Ich nehme dich nämlich mit ins Hotel de la Gvendur." (So nannte er Gudmunsens Wohnung.) „Dort geben sie ein Fest."

Es war ein langgestrecktes, sehr altes Haus. Früher nannten alte Leute es meist nach einem jüdischen Kaufmann, der im vergangenen Jahrhundert aus Schleswig oder Holstein hierhergekommen war. Der Laden hatte drei Abteilungen. In der ersten Abteilung gab es die Lebensmittel, die man damals gerade anfing, Kolonialwaren zu nennen, denn sie dufteten nach Dingen aus fernen Weltgegenden: Pfeffer, Kaneel, Nelken. Dann kam die Abteilung mit Manufakturwaren. Das war der eigentliche Kramladen. Über der Eingangstür hing ein wurmstichiges Holzschild, auf dem mit schwarzen Buchstaben geschrieben stand: „Gudmunsenladen". Die dritte Abteilung hieß im Volksmund „de Snaps", nach einem plattdeutschen Wort für Branntwein, das die Dänen ins Land gebracht hatten. Früher hatte man Lebensmittel und Branntwein in ein und derselben Abteilung kaufen können. Allmählich aber bekamen die Leute durch den zunehmenden Fischfang mehr Geld in die Finger. Und so kam es, daß oft Raufbolde und Betrunkene in der Ladentür lungerten und grölten. Frauen, die Lebensmittel kaufen wollten, konnten dann kaum in den Laden hinein. Eines Tages wurde der Branntwein in einer eigenen Abteilung untergebracht, und seitdem konnten die Hausfrauen in Ruhe und Frieden ihre Einkäufe besorgen.

Die Wohnung des Kaufmanns lag im ersten Stockwerk. Dort gab es vier oder fünf nebeneinanderliegende, fein möblierte Zimmer, deren Fenster auf die Straße blickten. Die Fußböden waren jedoch so schlecht gegen Schall isoliert, daß man dort hören konnte, wenn unten laut gesprochen oder gesungen wurde.

Wie gewöhnlich in alten Kaufmannshäusern waren auch hier die Stuben recht niedrig. Auf den weißgestrichenen Fensterbänken standen irdene Töpfe mit Unkraut aus den Tropen, wie Pelargonien und Fuchsien, in zierlichen Behältern aus blankem Kupfer, um die grüne Seidenbändchen zu Schleifen gebunden waren.

Im ganzen Haus konnte man überall solche Schleifen sehen, oben an den Gardinen und auch in Höhe der Fensterbänke, wo sie mit Schleifchen gerafft waren. Die Rückenlehne des Sofas zierte ein breites Seidenband mit unförmig großer Schleife. Wer sich dort anlehnte, mußte sich vorsehen, daß er nicht den gräßlichen Schleifenknoten in den Rücken bekam. Die Porzellanhündchen trugen Schleifen. Am Bauer der Kanarienvögel gab es eine blaue Schleife, ebenso am Brotkorb und am kupfernen Kohlenbehälter. Die Katze kam mit steif emporgerichtetem Schwanz hereinspaziert, aber so vorsichtig, als habe sie Angst, ihre Pfötchen an heißen Stellen im Fußboden zu verbrennen. Selbstverständlich hatte auch Mieze ein blaues Halsband mit Schleifchen, denn in diesem Haus trug die Katze die gleiche Uniform wie die Kanarienvögel. Wahrscheinlich gehörten diese Schleifen damals zur Ausstaffierung jedes besseren Bürgerheims im dänischen Königreich, der Urheimat solcher Schleifen, aus der wir sie dann bekommen hatten.

Ich hatte sämtliche Schleifen des Hauses verwundert in Augenschein genommen. Was gab es weiter zu betrachten?

Ich glaube, danach haben vor allem die älteren Mitglieder der Familie meine Aufmerksamkeit erregt, insbesondere die älteren Frauen; einige waren uralt. Hier konnte man leibhaftig die Kreuzung von Großbauern und Kleinbürgern sehen, die in meinen jungen Jahren das Hauptmerkmal aller besseren Familien unserer künftigen Landeshauptstadt war. Ausländer haben neulich in Zeitungen behauptet, diese Hauptstadt sei *der* Ort, wo alle Großhändler kleinbürgerlichen Geschmack hätten. Vielleicht kommt man der Wahrheit näher, wenn man sagt, in meiner Jugend habe den Großbauern alles gefallen, was die Kleinbürger schön fanden, und diesen habe alles gefallen, was jene schön fanden.

Besonders aber fiel mir an diesem Abend auf, daß die so unverfälscht isländisch aussehenden Frauen, die alle unsere schöne Volkstracht trugen, beim Sprechen unglaublich viele dänische Brocken gebrauchten. Einige unterhielten sich gar, wie ich hören konnte, in plattdeutscher Krämer-Mundart, die von allen lebenden Sprachen am wenigsten mit Isländisch gemein hat. Unterhielten sie sich aber zwischendurch auf isländisch, so hatte jedes Wort mit einem „R" einen häßlichen gutturalen Klang, wie man ihn in einigen Gegenden Norddeutschlands und in Dänemark findet, und sie sprachen das „R" so rauh wie ein kehliges „Ch" und so langgezogen, als bereite diese Aussprache ihnen tiefen Genuß. Möglicherweise besteht der Unterschied zwischen der isländischen Bildung von heute und der von damals nicht zuletzt darin, daß die jungen Menschen, bei denen sich unser reines Zungen-R unversehens in ein rauhes Rachen-R verwandelt hat, heute einen Arzt aufsuchen, damit er ihnen das R wieder nach vorn auf die Zungenspitze bringe. Aber um mich wieder unseren unverfälscht isländischen älteren Frauen zuzuwenden: ich mußte feststellen, daß in ihrem Wesen nichts an dänische Herzenswärme, Gewandtheit und Schalkhaftigkeit erinnerte.

Diese Frauen und ihre Männer, Buchhalter, Beamte oder andere höhere Büroangestellte, Leute, die ich völlig aus dem Gedächtnis verloren habe, gehörten alle zur Verwandtschaft der Frau des Hauses, während der einzige Verwandte des Hausherrn sein Vater, der alte Gudmundsson, der Gründer des Geschäfts, war. Er rührte jetzt nicht einmal mehr Butter an, war nur noch Haut und Knochen, wirkte ganz blutlos und stapfte krummrückig mit seinem Stock durch die Stuben. Sein Gesicht erinnerte an Gesteinsformationen, wie man sie in kahlen Felsgegenden sehen kann. Vielleicht könnte man einen alten Mann wie ihn am besten mit grauenvollen hölzernen Götzenbildern vergleichen, die man auch heute noch da und dort verehrt. Es macht auch nichts, daß ihm mehr Schiffe gehörten als anderen Leuten. Im übrigen habe ich keine Ursache, zu bezweifeln, daß er ein so tüchtiger Mensch war, wie die meisten es von ihm behaupteten. Jedenfalls war er zweifelsohne begabt in der Weise, wie Branntweinverkäufer es immer sind.

Er stammte aus Midness, einem der ärmsten Fischerdörfer an der Südküste. Während seiner Jugend gab es für einen armen Teufel in einem elenden isländischen Fischernest keine andere Möglichkeit, zu Reichtum zu kommen, als sich durchzuhungern und Groschen für Groschen, den man sich vom Mund absparte, in Branntwein anzulegen, um ihn dann mit tausend Prozent Aufschlag an andere Fischer zu verkaufen. Wie bereits berichtet, hing über der mittleren Ladentür dieses dänischen Kaufmannsladens ein wurmstichiges Holzschild, dasselbe, das einst der alte Jon Gudmundsson über der Tür einer Torfhütte in dem Fischernest an der Südküste angebracht hatte, also damals, als seine kaufmännische Laufbahn hier im Ort begann, als Fortsetzung seines Schnapsausschanks direkt aus dem Küchenschrank an seine Kundschaft in Midness. Nichts zeugt so sehr von seinem Ehrgeiz wie der Umstand, daß er von Anfang an das Wort „Gudmunsenladen" über seine Tür malen ließ, wenn er sich selber auch nie anders als Gudmundsson nannte.

„Wer ist denn dieser junge Bengel?" sagte der Alte zu seiner Enkelin und berührte mich mit seinem Stock, nachdem er seinen ehemaligen Ladengehilfen Gardar Holm mit einem gleichgültigen Gruß bedacht hatte.

„Das ist der Student Alfgrimur, Großpapa", sagte

das kleine Fräulein Gudmunsen. Sie hatte rote Flecken am Hals und Schweißperlen an der Nasenspitze und konnte knapp atmen.

„Asgrimur?“ sagte der Alte. „Und was sonst noch?“

„Er ist der Pflegesohn von Björn vom Brekkukot.“

„Björn vom Brekkukot!“ sagte Kaufmann Jon Gudmundsson. „Sollte ich Björn nicht kennen? Wir fischten zusammen für Magnus selig in Midness. In einer Sache glichen wir einander: Keiner von uns beiden rührte Schnaps an. Aber im Gegensatz zu mir dachte Björn nie an die Zukunft, und deshalb gab es hier an der Küste auch keinen ärmeren Mann als ihn. Wie man mir erzählt hat, sollen über seine Schwelle auch nie feinere Leute als Armenhäusler, Landstreicher und Auswanderer nach Amerika gekommen sein. Aber immer war er ein Mann, der auf Ordnung hielt, dieser Björn. Und keiner an der ganzen Bucht übertraf ihn in der Zubereitung von getrockneten Quabben. Ich hätte nichts dagegen, einen Jungen von ihm bei uns im Laden als Lehrling anzustellen.“

Ich darf auch drei andere Gäste nicht unerwähnt lassen, die übrigens jeder beachten mußte. Zuerst Madam Strubenhols, die von einigen Isländern den Spitznamen „Die Axt Rimmugygi“ bekommen hatte, meine Musiklehrerin, deren Verdienste ich, wenn ich mich nicht irre, bereits früher erwähnt habe. Nach ihr muß Professor Doktor Faustulus genannt werden, den man sich mit Zylinderhut und Tauben aus Kopenhagen hatte kommen lassen, damit er beim Geschäftsjubiläum die Leute mit seinen Kunststücken unterhalte, gemeinsam mit Gardar Holm. Bei diesem Doktor Faustulus mußte ich an den komischen Deutschen Faust denken, der auf der Versammlung wegen des Barbiergesetzvorschlages erwähnt worden war; aber dieser Doktor stammte von der Insel Falster, und er sollte sich auf Jahrmärkten in Dänemark, vor allem in Jütland, großen Ruhm erworben haben. Hier machte er sich außerdem sehr verdient, indem er die an sich recht steife Stimmung unter den Gästen mit seinem guten dänischen Humor und seinen lustigen Einfällen ein wenig belebte.

Schließlich darf ich den angesehenen reckenhaften Mann nicht vergessen, den man oft auf den Straßen sah, stets im Gehrock, mit silberbeschlagenem Ebenholzspazierstock und goldrandigem Kneifer, mit der Miene eines Kaisers und dem Blick eines Falken, meist emporspähend zu den Dächern, mit steifen Manschetten und einer Weste, die stets Schnupftabakflecke hatte: den Redakteur unserer Zeitung, Althingsmann und – ich will nicht sagen Nationaldichter, denn das waren damals fast alle besseren Leute auf Island – ganz einfach Dichter, was ich bald beweisen werde. Im Kreise der Familie Gudmunsen legte er die kaiserliche Miene ab und machte die tiefsten Verbeugungen, wenn er die übrigen Gäste reihum begrüßte. Er begrüßte auch mich, wohl aus Versehen, entblößte dabei seine spinatgrünen Zähne, gratulierte mir zum Abgang von der Lateinschule, nannte mich Islands Glücksvogel, Student Hansen, Hoffnung des Vaterlandes und mehr dergleichen, was man bei uns im Brekkukot überspanntes Gerede nannte.

Die Worte, mit denen mich der Hausherr selber begrüßte, waren nicht minder geziert. „Bonjour, lieber Landsmann und Herr Stu-dent“, sagte Kaufmann Gudmunsen, wobei er den Ton auf die zweite Silbe legte, wie es damals alle Leute zu tun pflegten, die zeigen wollten, was sich gehörte. „Welch unerwartete Ehre! Italia terra est. Sardinia insula est. Darf ich mir erlauben, den Herrn Stu-dent unserm weltberühmten Professor und Doktor vorzustellen, der mit Geflügel im Hut zu uns geeilt ist, und gleichfalls unserer höchstverehrten dänischen Muse Axt Rimmugygi, die ich jedoch lieber Madam Lorjenet nennen möchte. Madam hat gelobt, uns nach dem Essen Liszts sämtliche Rhamponien vorzuspielen."

Ich glaube, Gudmunsen war der einzige der ganzen Familie, in dessen Blut noch ein Rest dänischen Humors wohnte. Jedenfalls besaß er eine gewisse Geschmeidigkeit im Umgang mit Menschen, und es fiel ihm leicht, ein bißchen zu witzeln, auf welche Weise manch einer seinen Charakter mehr oder weniger verbergen oder zumindest andere bluffen kann. Vielleicht hatte Gudmunsen sich sein Benehmen in Dänemark zugelegt, wo er als junger Mensch in die Handelslehre gegangen war.

Er hakte sich bei mir ein und führte mich vor eine Wand, an der ein riesengroßer Öldruck hing; ein Löwe.

„Lieber Stu-dent Hansen", sagte er. „Ehrenwort! So etwas habt ihr im Brekkukot bestimmt noch nicht gesehen! Das ist ein Löwe."

„Stimmt!" sagte ich. „Nein, leider habe ich noch nie einen Löwen gesehen."

„Genauso sehen Löwen im Zoologischen Garten aus. Nur ist dieser Löwe hier doppelt so groß wie ein gewöhnlicher Löwe. Versteht sich", sagte der Kaufmann. „Übrigens dürfte es nicht angenehm sein, wenn so ein Tier auf einen losgeht und einen beißen will."

„Beißen Löwen?“ fragte ich. „Ich dachte, sie fressen einen mit Haut und Haar.“

„Yes, yes, natürlich, yes, selbstverständlich fressen Löwen einen mit Haut und Haar“, sagte der Kaufmann und lachte schallend. „Es ist am besten, vorsichtig zu sein. You have a map and a ruler, hahaha.“

Die Natur hatte wohl aus Versehen vergessen, diesem Mann von etwa fünfzig Jahren das seinem Alter gemäße Äußere zu geben. Auf der Oberlippe saß eine kleine, sorgfältig gestutzte Bartbürste, und sein Haupthaar war ebenfalls kurz und sorgfältig geschnitten. Betrachtete ich sein Gesicht, so mußte ich unwillkürlich an die prallen Pflaumen in Großmutters Reimen denken. Obgleich er oder, richtiger, gerade weil er dieser stets rotbackige, gutgelaunte Junge war, konnte er unversehens recht ernst aussehen und in seiner Knabenhaftigkeit etwas ganz Gescheites von sich geben. Da er aber nie sicher war, ob er seine Gescheitheit richtig angebracht und passend ausgedrückt hatte, guckte er verstohlen nach rechts und links, um sich zu vergewissern, ob er das Richtige getroffen habe. Konnte er jedoch nicht herausbekommen, wie es damit stand, so begann er schallend zu lachen, als wollte er zu verstehen geben, daß es ihm gar nicht ernst gewesen sei, daß er mit seiner etwas kühnen Behauptung andere nur habe verblüffen oder gar auf die Probe stellen wollen und bereit sei, alles zurückzunehmen. Ich glaube fast, daß Kaufmann Gudmunsen im Grunde seines Wesens sehr scheu war und immer Furcht hatte, sich dem Hohn anderer auszusetzen: so ungefähr beschrieb man in meiner Jugend verschiedene Empfindungen, für die man heute Freudsche Fachausdrücke hat. Aber *ein* Gesicht gab es für ihn, auf dem er wie auf einem Barometer ablesen konnte, ob er das Richtige getroffen hatte, und dies Gesicht gehörte der, die sowohl für die Katze wie für die Vögel, welche die Katze am liebsten gefressen hätte, jene Seidenschleifen gebunden hatte. Das war keineswegs erstaunlich, denn Frau Gudmunsen entstammte einer viel älteren und viel feineren Familie als er; und wenn auch bei uns im Brekkukot ihre Familie nicht für besser als Adams Geschlecht angesehen wurde, was Alter und Verdienste anging, so muß ich doch zum Lob ihrer Familie sagen, daß Island bei Frau Gudmunsen gesiegt hatte, was ihr Gesicht und ihre Gestalt und wahrscheinlich auch ihre Seele, ja ihr ganzes Inneres betraf, denn man sah sie niemals in dänischen Kleidern, und man konnte sie nie bewegen, eine Reise nach Dänemark zu unternehmen. Die isländische Volkstracht hat bekanntlich drei Grade, und sogar der niedrigste Grad ist reicher mit Gold und Silber verziert als andere Kleider, abgesehen von Kaiser- und Generalsuniformen. Die Nationaltracht der isländischen Frauen eignet sich also weniger als Volkstracht für rückständige Kleinbauern in entlegenen Gebirgstälern, als es in anderen Ländern der Fall ist. Frau Gudmunsen trug an diesem Abend den Grad unserer Volkstracht, der sich für ein solches Fest ziemte, nämlich die Miederkleidtracht, und ich möchte nicht erzählen, wie viele Bauernhöfe sie für all das Gold und Silber und für die Juwelen an ihrem Kleid hätte kaufen können; aber darin waren sich alle Gäste einig, daß nicht viele Generäle oder Kaiser ihr Gold mit größerer Würde trugen als diese unverfälscht isländische Frau Gudmunsen – mochte sie auch statt unseres Zungen-R das kehlige dänische Rachen-R sprechen –, während sie durch ihre Stuben schritt und nachsah, ob keine ihrer Schleifen fehlte.

Wie es nun einmal seit alters her auf Island Brauch ist, wenn ein Festmahl abgehalten wird, bekamen die Gäste vor dem eigentlichen Schmaus Kaffee und Kuchen vorgesetzt. Möglicherweise ist dieser Brauch ein Überbleibsel aus jener Zeit, als man den Herd nur mit Torf heizen konnte, der bekanntlich nicht leicht brennt, so daß die Gäste damals oft viele Stunden auf Braten und Grütze warten mußten und man deshalb genötigt war, etwas Leichtes anzubieten, um während der Wartezeit den ärgsten Hunger der Gäste zu stillen. Aber hier konnte man wirklich nicht zu langsamer Zubereitung des Essens die Schuld geben, daß vorerst Kaffee und Kuchen vorgesetzt wurden, nein – man wollte einfach den alten Brauch, der bei Festgelagen geübt wurde, in Ehren halten. Und als die Gäste sich an Pfannkuchen, Schmalzgebäck, Stollen, Torten, Hefeplätzchen und mindestens zwanzig verschiedenen süßen Sachen zu Kaffee und Sahne gütlich getan hatten, da endlich dachte man daran, zum eigentlichen Festschmaus aufzutischen.

Ich habe vorhin gesagt, daß mir die Gesellschaft ein wenig steif vorkam. War es denn nicht merkwürdig, daß eine Säule des Landes wie Gudmunsen sich damit zufriedengeben wollte, im Familienkreise zu Ehren seines Schützlings zu Mittag zu essen, am Tage der Heimkehr dieses weltberühmten Isländers – eines Mannes, der dem Leibblatt des Gudmunsenladens zufolge sogar beim Papst ein Konzert gegeben hatte –, anstatt ein Galadiner zu veranstalten und alle übrigen Säulen des Landes einzuladen? Hätte solch ein Gast nicht einen viel rauschenderen Empfang von seinem Gönner und Beschützer beanspruchen können? Was sollte diese Familiengesellschaft bedeuten? Wollte man sich mit dem Essen im Familienkreis begnügen und weiter nichts zu Ehren Gardar Holms veranstalten? Trotz der Schleifen an Katze und Kanarienvogel, trotz Silber und Gold an den Kleidern der Verwandten, trotz Liszts „Rhamponien" und des üppigsten Traktements, das man sich bei einem Familienessen auf Island denken kann, von Steinbeeren bis Hafergrütze – ich konnte aus diesem Festmahl nicht klug werden. Die Behandlung dieses berühmten Mannes durch Familie Gudmunsen war, milde ausgedrückt, mystisch. Zugegeben, daß die Wertschätzung, die einem berühmten Sänger von einem Volk entgegengebracht wird, das nichts von Gesang versteht, begrenzt sein mußte; aber was war dieser Mann denn in ihren Augen? Oder hatte man den Ladengehilfen Georg Hansson vom Küsterhaus nur für ein paar Abendstunden hergeholt und ihn mit einer Schleife geschmückt, weil man anderen Leuten blauen Dunst vormachen wollte? Verhielt es sich so, dann mußte man sich fragen, wer denn diese anderen Leute waren. Was war vorgefallen, seit man das kleine Fräulein Gudmunsen im vergangenen Sommer zu Haus eingesperrt hatte? War mir denn nicht erst vor wenigen Wochen von ihr anvertraut worden, daß *sie* es sei, von der Gardar Holm erwartet würde? Während des ganzen Abends konnte man jedoch nicht das mindeste Anzeichen bemerken, das auf ein Zusammenspiel zwischen dem Sänger und der Kaufmannstochter hätte hindeuten können. Es schien in diesem Haus heute ein ungeschriebenes Gesetz zu sein, daß die Tochter den berühmten Gast nicht besser kenne als die übrigen Gäste; beide sahen einander kaum an. Für wen aber wurde diese Komödie gespielt? Ich konnte es nicht herausfinden. Etwa meinetwegen oder Madam Strubenhols' wegen? Oder wegen Professor Doktor Faustulus? Sicher kaum wegen des langjährigen Vertrauten des Gudmunsenladens, der auf der Hauptstraße immer eine kaiserliche Miene zur Schau trug, sich jedoch sehr untertänig benahm, wenn er hinter den Ladentisch treten durfte. Aber die roten Flecke, die am Hals und im Gesicht der Haustochter auftauchten und verschwanden wie kleine, treibende Wolken, die waren jedenfalls kein Komödienspiel.

Zuerst wurden braune, glasierte Kartoffeln auf einem großen Tisch im mittleren Zimmer aufgetragen; es folgten viele Sorten von eingemachtem Obst und Soßen, die so dick waren, daß Löffel darin stehen konnten. Alsdann trug man so verschiedene Sachen wie geröstetes Weißbrot und geräuchertes Hammelfleisch, sauer eingelegtes Walfleisch und Sardinen herein, und sofort danach warme Blutwurst wie einen Deus ex machina. In deren Kielwasser segelten geschmorte Hammelköpfe mit Heidelbeeren und herrlichen Himbeeren und danach eine Unzahl anderer Speisen, die man gar nicht alle nennen kann. Man konnte meinen, in einen Lebensmittelladen eingebrochen zu sein. Jeder sollte nach Herzenslust essen dürfen, alles, was sein Magen vertrug, und in der Reihenfolge, die ihm zusagen würde: mit geröstetem Weißbrot beginnend und mit sauer eingelegtem Walfleisch schließend oder mit Himbeeren anfangend und mit Hammelköpfen und Blutwurst aufhörend. Getränke aller Art wurden herangeschafft. Wer Kuhmilch wünschte, für den stand sie bereit,

Abend zu essen – jedenfalls begann man jetzt mit dem gedruckten Zettel in der Hand mehr oder weniger hörbar zu singen. Bedauerlicherweise nahmen nicht allzu viele Gäste am Chorgesang teil, weil mehrere wohl die Brille zu Haus vergessen hatten. Dem Dichter selber schien das Singen seines Poems Genuß zu bereiten, denn er sang wiederholt einen halben Vers und manchmal mehrere Verse hintereinander solo, wenn auch zwischendurch Kaufmann Gudmunsen seine Stimme erhob und laut grölte, so daß alle übrigen Sänger überhaupt nicht zu hören waren, vor allem, wenn es ihm geglückt war, im gedruckten Text die richtige Stelle zu ergattern. Gardar Holm aber saß während des Gesangs mit unerklärlicher Grimasse auf seinem Stuhl, während sich Ahn Jon Gudmundsson um solchen Unfug wie Singen überhaupt nicht scherte, sondern sich über seine Hafergrütze hermachte und etwas in seinen Bart knurrte, was niemand verstand. Und kaum hatte nach Beendigung des Gesangs Madam Strubenhols ihre Mandoline fortgelegt, als Professor Doktor Faustulus aus der Halsrüsche dieser talentvollen Künstlerin sieben Eier und ein Stück Dörrfisch herausholte.

Die erste Strophe dieses Tischliedes lautete einem gedruckten Exemplar zufolge, das man zwischen Broschüren in unserer Landesbibliothek finden kann, folgendermaßen:

Die Götter lieben Hefe sehr,
Lieben nichts auf Erden mehr,
Schaffleisch, Beeren, Schwarte, Schmer
Locken mich dagegen her,
Schaffleisch, Beeren, Schwarte, Schmer
Verhüten hier und dort Beschwer,

Doch Götter lieben Hefe mehr,
Lieben nichts so sehr.

Eine der älteren Frauen in Volkstracht wandte sich an den weltberühmten Sänger Gardar Holm, den sie offenbar mit Professor Doktor Faustulus verwechselte, und fragte würdevoll: „Gibt es in Dänemark nicht furchtbar wenig Fleisch, Herr Doktor? Ich habe gehört, daß dies bedauernswerte Volk meist von Kohl und Bohnen lebt."

Der Gesang war kaum verklungen. Doch unversehens schien hinter dem düsteren, unergründlichen, höhnischen Lächeln des Sängers eine eitle alte Jungfer aufzutauchen, die mit greller Fistelstimme ein paar närrische Verse nach derselben Melodie aus dem „Don Juan" kreischte. Ich war mir nicht klar darüber, wie die übrigen Gäste diesen sonderbaren Einfall beurteilten. Einige glaubten gewiß, es sei die letzte Strophe des Tischliedes, die gesungen wurde. Doch dem Dichter konnte man ansehen, daß er verdutzt war. Bis auf den Ahnherrn Jon Gudmundsson, der unverdrossen seine Hafergrütze löffelte, sahen alle Gäste den Sänger an. Ich weiß es nicht, aber ich könnte mir denken, daß die meisten glaubten, mit solch einem Altjungferngekreisch habe er den Papst begeistert und hingerissen. Jedenfalls wagte niemand auch nur zu lächeln. Zwar hob und senkte Madam Strubenhols ihren Kopf, um Gardar Holm über und unter ihrem Klemmer betrachten zu können, während Professor Doktor Faustulus einen Augenblick aufhörte, aus ihrer Halskrause Lebensmittel herauszuholen, und sich damit begnügte, den Mund aufzusperren. So verblüfft wie jetzt war er wohl noch nie in seinem ganzen Gauklerleben gewesen, denn dies war das erstemal, daß der weltberühmte Sänger seine Stimme auf Island hören ließ:

„Kohl ist Speise in fleischlosem Land,
So hören Sie, liebste Frau, an,
Wie ein Mann, der in der Welt bekannt,
Naßäugig brüllt, so laut er kann,
Einen Mann, der in der Welt bekannt,
Sieht man brüllen im Takt, was er kann,
Kohl ist Speise in fleischlosem Land
Und liebe Frau – tra ha lala."

Nachdem Gardar Holm diese sonderbare Nummer zum besten gegeben hatte, herrschte einen Augenblick Totenstille. Kaufmann Gudmunsen schielte nach links und rechts und reihum, um festzustellen, wie die Gäste sich verhielten, und merkte sofort, daß niemand den Mund zu einem Lächeln verzog. Wohl um diese unerwartete komische Darbietung zu beschönigen, brach er in schallendes Gelächter aus, schrie hurra und bravo und klatschte in die Hände. Dann blickte er noch einmal reihum und hörte bestürzt mit dem Lachen auf. Niemand von den Gästen hatte geklatscht. Und eine Weile wurde stillschweigend gegessen und getrunken, bis sich plötzlich der Kaufmann erhob, zwei Finger an den Mund legte und sich leise räusperte. Dann warf er sich in die Brust, hob und senkte die Schultern und stellte sich in Positur, wie es sich für einen Mann gehört, der weiß, daß er redegewandt ist. Dennoch glich er nicht wenig einem kleinen Jungen, der so tut, als wäre er ein Redner. Er schob seinen Stuhl vorsichtig zurück, hob gemessen den Kopf, blinzelte, indes er nach passenden einleitenden Worten suchte, und begann zu reden: „Ich möchte mir erlauben, einige wenige Worte zu sagen, mit denen ich unsern weltberühmten Freund willkommen heißen will, ihn, der so berühmt ist, daß, wenn wir mit unsern eignen Augen sehen könnten, wie überwältigend sein Ruhm in Wirklichkeit ist, wir überhaupt nicht wagen würden, mit ihm zu sprechen, sondern höchstens über ihn, und kaum das."

Nun suchte der Redner mit den Augen seine Frau, um zu sehen, ob sie nicht ein bißchen stolz war, einen Mann zu besitzen, der sich hinstellen und eine Rede halten konnte. Gleich anderen raffinierten Rednern, an die er dachte, hatte er sich vorgenommen, seine Rede mit einigen Sätzen aus einem deutschen Schulbuch zu würzen.

„In einem berühmten Buch", sagte Kaufmann Gudmunsen, „steht geschrieben: *Ein Engländer, der kein Wort Französisch sprechen konnte, reiste nach Paris.*"

Hier sah der Kaufmann eindringlich seine Frau an. Nun gab es eine lange, gewichtige Pause, während der sich einige winzige Schweißperlen auf der Nasenspitze des Redners zeigten.

„Sagte ich: ein berühmter Mann? Sagte ich: ein großer Mann? Hm. Ja: und daran halte ich fest. Wer daran zweifelt, der mag sich auf etwas Schlimmes gefaßt machen. Nicht wahr, Herr Redakteur? Aber obwohl Gardar Holm ein so großer Mann ist, gehört er doch mehr oder weniger zu unserer Familie und sitzt seit mindestens zehn Jahren an diesem Tisch, wenn er auch inzwischen eine wirkliche Berühmtheit geworden ist, vor allem seit er angefangen hat, bei Muhamed und beim Papst für seinen Lebensunterhalt zu arbeiten. Mit anderen Worten: Italia terra est. Hahaha. Prost, liebe Landsleute! Ja, ein Prosit für euch allesamt!

Und was soll ich nun weiter sagen, damit ich es nicht verschweige? Hm. – – In all diesen Jahren, wo er hier unten im Snaps Ladengehilfe war, ist Gardar Holm, der kleine Gorgur vom Küsterhaus, das heißt Georg Hansson, mein Bruder und Sohn gewesen; nein, nicht nur mein Sohn und mein Bruder und der Bruder und Sohn meiner Frau und meines Vaters, sondern auch der Bruder und Sohn meiner Frau und meiner Tochter. Wie gesagt: Sardinia insula est.

Wir leben in einem neuen Zeitalter. Einstmals, als mein Vater noch in der Blüte seiner Jahre stand, waren die Leute zufrieden, wenn sie Branntwein hatten, der damals auch nicht mehr als fünfundzwanzig Öre den Pott kostete. Damals konnten genügsame Fischer allerhöchstens ein paar Speziestaler für ihre Erben in die Lade legen. Jetzt kann man jedoch nur Fischerei betreiben, wenn man Banken besitzt oder wenigstens mit Darlehenskassen in Verbindung steht. Deswegen haben wir ja auch nicht nur Maschinen in unsre Schuten gesetzt und einen Fischdampfer nach dem andern angeschafft, sondern auch Banken gegründet, wo alle ihre Spargroschen anlegen können. Außerdem haben wir einen berühmten Rechenmeister, Theologen und Sozialisten gefunden, der diese Bank leiten kann.

Aber es genügt wahrhaftig nicht, wenn man Kabeljau nach den Ländern im Süden verkaufen kann. Eines Tages kommt man als feiner Mann nach Kopenhagen, und was geschieht? Man nennt dich in den Zeitungen einen Klippfischgrafen. Wenn auch Klippfisch zu den wertvollsten Ladungen gehört, die man von Land zu Land verfrachtet, weil Klippfisch sich so gut in Massen verstauen läßt, so ist er doch im Grunde genommen eine lächerliche Ware, und das ist es, was ich sagen will, geliebte Kinder, liebe Verwandte und hochverehrte Landsleute: der Klippfisch kriegt eine Schleife. Aber es genügt nicht, daß isländischer Fisch eine dänische Schleife bekommt, sondern er muß auch eine international berühmte Schleife haben. Mit anderen Worten: Wir müssen alle Welt auch davon überzeugen, daß der Fisch eine schöne Stimme hat. Deshalb haben wir, die wir Fisch verkaufen, in die Hände gespuckt und mit aller Kraft weit und breit im Volk einen kulturellen Wettstreit eingeleitet, um hier im Lande und in der Umwelt zu zeigen und zu beweisen, daß wir nicht nur den grauen Kabeljau aus der Tiefe holen können, sondern auch dem Burschen zur Freude der ganzen Welt eine Schleife umbinden können, wie es geschrieben steht: *Er ging in ein Wirtshaus hinein, um zu Mittag zu essen.*

Ich weiß, du bist ganz überrascht, meine Liebe, daß ich so gebildet bin, obwohl mich Papa, anstatt mich in die Lateinschule zu schicken, als kleinen Knirps in den Laden holte, wo ich mit zupacken mußte. Ja, nachts, wenn du schliefst, mein Liebling, da saß ich und brachte mir fremde Sprachen bei, um mich draußen in der Welt in der besten Gesellschaft bewegen zu können. Aber *eine* Sache habe ich hier unten im Branntweinladen doch gelernt, nämlich mich nie zu betrinken. Mein Wahlspruch hieß, wie Papa weiß, schon immer: Mechanik, kein Alkoholismus."

„Ja, lieber Gvendur", sagte der alte Jon Gudmundsson und ließ für ein paar Augenblicke den Löffel in der Hafergrütze liegen, „du sprichst nur, was wahr ist. Ich bin immer Abstinenzler gewesen.

Ich habe immer gesagt, daß die Leute keinen Branntwein trinken, sondern ihre Groschen auf die hohe Kante legen sollen. Sie sollen heiraten und Kinder in die Welt setzen und während der Fangpause zu Hause bleiben; das ist das passendste Vergnügen für die einfachen Leute. Dann freuen sie sich, wenn sie wieder aufs Meer kommen. Leute, die trinken, sind weiter nichts als verdammte Achtersegler und Tagediebe. Ich habe mehr Schaden gehabt durch Sauferei und Liederlichkeit als sonst einer, der hier an der Südküste Schiffe hat."

„Wie gesagt, lieber Herr Papa", sagte Kaufmann Gudmunsen. „So ist es nämlich. Wir sind nicht stehengeblieben. Wir sind mit der Zeit gegangen. Wir haben Maschinen bekommen. Und jetzt langt es nicht mehr, Dorfpastor zu werden, wie es einer meiner Vorfahren war, Ehrwürden Snorri vom Husafell, wenn er auch Gespenster austreiben konnte. Heute verlangt man Kultur. Die schönsten Mädchen wollen berühmte Männer haben, alle, bis auf meine Frau, die sich in mich verliebt hat. Prost, mein Liebling, und erlaube mir, mit dir anzustoßen. Dein Wohl! *Er setzte sich an einen Tisch und nahm die Speisekarte.*

Wir im Laden haben dich hinausgesandt, lieber Opernsänger Gardar Holm, damit du unsere isländische Kultur im Ausland verkündest ..."

„Was?" sagte der alte Jon Gudmundsson da. „Jetzt flunkerst du, mein Junge. Soviel ich weiß, hatten wir ihn rausgeschmissen, weil er unzuverlässig, unpünktlich und ein Großmaul war und immer Stunk im Laden machte."

Kaufmann Gudmunsen redete weiter, als habe er nichts gehört.

wer französischen Rotwein vorzog, für den gab es davon in Hülle und Fülle, selbstverständlich auch Molken. Schließlich wurde auch eine Terrine voll dicker Hafergrütze aufgetragen, die vor das Oberhaupt der Familie, Jon Gudmundsson, gestellt wurde; eine schottische Theorie behauptete nämlich, dies Gericht sei besonders leicht bekömmlich für den Magen.

Als der Strom von Gerichten aus der Küche langsamer zu fließen begann, bat Kaufmann Gudmunsen die Gäste, Platz zu nehmen, und jeder setzte sich, wohin er wollte, ausgenommen die Frau des Hauses, die nach altisländischer Sitte mitten in der Stube stehenblieb und die Bewirtung leitete.

Dann bat Kaufmann Gudmunsen Madam Strubenhols, die neben Professor Doktor Faustulus Platz genommen hatte, ihre Mandoline zur Hand zu nehmen. Der Redakteur griff in seine Tasche und verteilte ein von ihm selber gedichtetes und auf seine Veranlassung gedrucktes Tischlied. Es trug die Überschrift: „Familien- und Freundschafts-Lied, bei Tisch zu singen nach einer Mozart-Melodie aus ‚Don Giovanni'". Aus welchem Anlaß dies Lied gedichtet worden war, ging also nicht aus dem Titel hervor. Jeder mußte es selber mit seinem Gewissen abmachen, ob er sich zur Feier des Geschäftsjubiläums eingefunden hatte oder um einen Landsmann und Freund bei seiner Heimkehr zu begrüßen, einen Mann, der Islands Ruhm über Erdteile und Ozeane getragen und vor dem Papst und dem Sultan Muhamed ben Ali gesungen hatte. Aber welcher Grund die Gäste auch hergeführt haben mochte, und sei es auch nur der Wunsch, mit Familie Gudmunsen zusammen zu

„Hm, ich muß zugeben, daß es uns nicht vergönnt war, sofort zu begreifen, was Opernsänger sind. Wer hier auf Island versteht sich auf einen Sänger? Mit Verlaub, versteht man denn hier auf Island von Gesangskunst mehr als von einer Kuh ohne Kopf und Schwanz, bei der man nicht weiß, was vorn und was hinten ist? Andererseits aber war ich als erster bereit, meine Anerkennung auszusprechen und mich zu beugen, als man ihn in Dänemark anerkannt hatte.

Ich werde wohl nie vergessen, wie verblüfft ich war, als ich ein Jahr nach Gorgurs Hinausschmiß nach Kopenhagen kam und dort bei meinem alten, treuen Freund Schlachtermeister Jensen den Kringelbäckereivorsteher aus Aalborg traf. Wir hatten dich nämlich, wie du sicher noch weißt, Herr Opernsänger, in ein Schlachthaus in Kopenhagen geschickt, nachdem wir uns darüber klargeworden waren, daß du bei uns im Branntweinladen nicht zu gebrauchen warst; wir wollten ja trotz allem dein Bestes, lieber Landsmann. Da sagt Jensen zu mir: ‚Die Geschichte mit unserm Tenor Herold an unserm Königlichen Theater hat sich wiederholt: Der Isländer, den du uns hergeschickt hast, sang lauter als alle Leute im Schlachthaus.‘ Ich ließ den Kerl zu mir kommen. Mein Schwager Direktor Sörensen aus Aalborg, der Tuba bläst, war gerade bei mir. In allen Schlachthäusern ist ständig mächtiger Radau, wie du weißt, noch dazu in einem, wo täglich elfhundert Schweine geschlachtet werden. Wie oft habe ich nicht zu meinem Schwager gesagt: ‚Sören, es gibt kein anderes Schlachthaus in ganz Dänemark, das euer Orchester übertönen kann, als *mein* Schweineschlachthaus hier.‘ – Und als wir beide uns alle eure Lieder von Trollen, Vogelfreien und Gespenstern angehört hatten, die der Kerl uns vorblökte, da zweifelten wir nicht länger, und wir schickten den Burschen schnurstracks zu einem Professor. Am nächsten Tag erschien er mit einer Bescheinigung in der Tasche.' – Da sagte ich zu Jensen: ‚Her mit ihm.' Ja, so wahr ich de la Gvendur Gudmunsen heiße!

Und was glaubt ihr, wen diese meine edlen Freunde in Dänemark also gewissermaßen für uns aufgespart hatten? Keinen andern als unsern Georg Hansson vom Küsterhaus, den Papa ein Jahr vorher aus unserm Snaps rausgepfeffert hatte! Und die Bescheinigung war so echt, wie eine königliche Bescheinigung in Dänemark überhaupt sein kann, mit Stempel und allem, was dazugehört, vom Konservo-Lavatorium: ‚Dieser Mann ist ein Weltwunder, er braucht weiter nichts als eine deutsche und italienische Schule, um weltberühmt zu werden.'

Oder war es vielleicht ein Attest vom Lotterie-Observatorium? Na, ganz einerlei, ich steckte ohne Zuck und Muck die Hand in die Tasche, holte meinen Geldbeutel heraus und sagte zu dem Direktor in Dänemark: ‚Bitte schön, was soll ich bezahlen?'

Ich will nur noch hinzufügen: Ich hatte schon etwas Wind davon bekommen, daß meine Freunde in Dänemark heimlich miteinander verabredet hatten, diesen Isländer nach Deutschland und Italien zu schicken. Da die Sache also nun einmal eingefädelt wäre, meinte ich, gäbe es auch für uns kein Zurück mehr. Und dasselbe meinte auch mein hochverehrter Herr Vater, dem niemand nachsagen kann, daß er jemals ein Verschwender gewesen ist, der zeit seines Lebens der anspruchsloseste Mensch in Island war, seit Jahr und Tag nur Hafergrütze ißt und immer in Zeug geht, das unsre Ladenschwengel abgelegt haben. Wir fanden, daß es eine Schande für ganz Island sein würde, wenn großmäulige Nichtsnutze, die man im Gudmunsenladen nicht brauchen konnte, von dänischen Schlachtern zu Weltberühmtheiten aufgepäppelt würden, vielleicht sogar zu Genies, wie es die Dänen mit Albert Thorwaldsen und Niels Finsen gemacht haben, die beide ja auch von Geburt Isländer waren. Wir, mein Papa und ich, sind Separatisten, was Dänemark betrifft, und unsre Zeitung ist ‚Foldin', die ebenfalls die Trennung von Island und Dänemark auf ihre Fahne geschrieben hat. Ich fragte, und Papa fragte, und unser ganzer Laden fragte: Ist es nicht Zeit, daß wir Isländer, die wir jetzt dabei sind, alle Ruderboote bei uns abzuschaffen und uns Maschinen für unsre Schiffe zuzulegen, uns etwas Eigenes verschaffen, um der Welt zu beweisen, daß hier nicht länger dieselben Robben wohnen wie Anno 874, als Kaufmann Ingolfur Arnarson seinen Laden eröffnete, und zwar genau dort, wo jetzt unser Laden steht? Nachdem also Vorsteher von soliden dänischen Geschäften beeidigen und Atteste von erstklassigen dänischen Professoren vorliegen, daß hier ein Isländer zu sehen ist, der lauter singen kann als ein Schlachthaus, in dem sie täglich elfhundert Schweine abstechen, lauter als eine Tuba in Aalborg, ist es da nicht sonnenklar, daß wir Isländer, die wir bisher nur stumme Fische aus dem Meer geholt haben, uns zusammenreißen und in die Hände spucken und damit aufhören müssen, weiter nichts als armselige Klippfischgrafen zu sein, wie die Dänen sagen, und mit Gewalt den Fischen das Maul aufreißen? Und deshalb befahl ich, für diesen Mann Gehrock und Zylinderhut zu kaufen und aus ihm ein Genie in voller Lebensgröße zu machen, und zwar alles auf Rechnung des Ladens, und ihn in die weite Welt hinauszusenden, um das Land bekannt zu machen. Es ist höchste Zeit, daß wir aufhören, immerzu von Egil Skallagrimsson zu faseln, der den Leuten ins Gesicht kotzte. Jetzt ist die Zeit gekommen, wo man in die Tat umsetzen muß, was – mag es sich auch widersinnig und prahlerisch anhören – so schön zusammengereimt lautet:

Fisch birgt ein holdes Lied,
Wird oft an Land zum Fange,
Bis hinaus aufs Wasser zieht
Es Lamm und Schaf im Zuckelgange.

Ich sage, habe gesagt und werde weiter sagen: Der Fisch, der nicht in allen Ländern der Welt singt, ist ein toter Fisch. Es war wirklich allerhöchste Zeit, daß wir uns hier auf Island einen singenden Fisch verschafften – mit Schleife. Willkommen daheim, lieber Landsmann, an deinem alten und neuen Mittagstisch hier an der Laungustett! Wir glauben an dich. Du bist der singende Fisch dieses Landes, selbst wenn nur ich es bin, de la Gvendur, der es sagt! Prosit!"

Kaufmann Gudmunsen hatte kaum seine Rede beendet und gehörigen Beifall geerntet, aber noch nicht einmal flüchtig seine Frau anblicken können, um zu sehen, was sie dachte, da erhob sich Gardar Holm bereits und fing mit einer Dankrede an:

„Ich habe die Ehre, an einem der herrlichsten Gastmähler mit einer kaum vorstellbaren Überfülle von Speisen und Getränken teilnehmen zu dürfen, die jemals im Europa unserer Tage für allerhöchste Herrschaften mit Tressenröcken abgehalten wurden, in dieser neuen Zeit, die in unserm Kalender angebrochen ist, obgleich wir gar keine Gewißheit haben, daß die Zeit vorwärts geht. Im Gegenteil. Aber einerlei, ob sie vorwärts oder rückwärts geht, jedenfalls ist der Tag gekommen, da ich die Worte sagen muß, die ich diesem Hause schuldig bin, diesem feinen Hause, das nicht nur Katze und Kanarienvogel mit Schleifen schmückt, sondern auch für den Fisch Ruhm kauft und dadurch das alte Wort widerruft: ‚Es stirbt das Vieh!'

Es waren einmal ein König und eine Königin in ihrem Reich und ein armer Mann und sein Weib in ihrer Hütte – ich will versuchen, das Märchen so zu erzählen, wie es sich zugetragen hat. In diesem Hause, genau hier unter uns, wo unser geliebter Großvater Jon Gudmundsson Kaiser über mehr nicht sangeskundige Fische war als irgendein anderer Isländer, begann der Sohn des armen Mannes und seiner Frau mit seinem Gesang – oder richtiger ausgedrückt, hier wurde er wegen seines Johlens und Randalierens übel berüchtigt. Das war zu jener Zeit, da unser Gastgeber, genannt de la Gvendur, weil es damals hier in der Laungustett zum guten Ton gehörte, französisch zu parlieren, ja, das war zu jener Zeit, als er in Kopenhagen mit Speckmillionären, Kringelgroßbäckereidirektoren und Kontrabassisten Umgang pflegte, wie er es heute abend beschrieben hat. Zu gleicher Zeit bekam der Laden hier unten häufig Besuch von nicht wenigen Isländern, denen es keinen Spaß mehr machte, in nüchternem Zustand Kinder in die Welt zu setzen, was man einigen von ihnen durchaus nicht verdenken konnte, denn das trockene Land war für die isländischen Kinder nicht minder gefährlich als die See für ihre Väter. Viele dieser

Väter hatten es sich denn auch zur Gewohnheit gemacht, sobald sie die Hälfte ihrer Kinder, wenn nicht mehr, unter die Erde gebracht hatten, den Rest ihrer Heuer in Kriegsschiffen anzulegen, um ein Wort von Runolfur Jonsson zu gebrauchen, einem der größten Achtersegler und Konferenzräte, die es jemals auf Island gegeben hat. Hatten diese Männer dann ihr Kriegsschiff bekommen, so grölten sie ‚Übern kalten Wüstensand', bis sie weinten; und danach weinten sie ‚O Welt, wie bist du doch mein süßer Trost', bis sie keine Stimme mehr hatten, und danach lagen sie der Länge lang mit der Nase oben auf den Straßen oder quer über Türschwellen, was man auf Island bekanntlich ‚man ist tot' nennt. Und ehrbare Frauen, die im Laden Pfeffer für ihren ewigen Fisch kaufen wollten, mußten über diese Männer steigen."

„Ich war immer für Alkoholverbot", unterbrach Jon Gudmundsson den Redner. Er hatte beim Löffeln seiner Grütze unentwegt eine Hand am Ohr, um besser hören zu können. „Ich bin wohl nicht schuld daran, daß die Leute so niederträchtig dumm sind. In meinen jungen Jahren trank ich immer gern Lebertran, aber ich mischte ihn mit Teer, damit ich nicht zuviel davon trank. Nun bin ich bald neunzig und trinke eigentlich nichts anderes als Molke. Doch zu meiner Hafergrütze nehme ich Magermilch. Gottlob gab es aber auch Leute, die nie sangen."

Der Opernsänger fuhr fort: „Hatten die Männer dann vierzig oder fünfzig von hundert Kindern begraben, und zwar mit läuternder und echter Trauer, wie es damals Sitte auf Island war, so zogen sie zum Laden und forderten ihn zu einem Sängerstreit heraus, und ihre Streitwagen waren die berühmten Andra-Reime, bei denen die Leute wie Unschlitt oder Schaffleischpastete durchgeschnitten wurden. Da galt es zu zeigen, was man konnte, meine Damen und Herren. Ich hatte gerade meinen Stimmbruch hinter mir. Ich will nun nicht lang und breit beschreiben, wie ich damals meinen großen Sieg errang, vielleicht den größten Sieg meines Lebens, als ich entdeckte, daß ich beim Wettsingen einen der rohesten Trunkenbolde, die es damals hier im Ort gab, schachmatt gesetzt hatte, denn er war stockheiser geworden und konnte keinen Ton mehr aus der Kehle hervorbringen, so daß dies Konzert nur mit Hilfe von Maulschellen entschieden werden konnte. Ja, unzählbar sind die Sängerkämpfe, die ich zu Ehren des Ladens siegreich ausgefochten habe. Nicht um mich selber zu rühmen, sage ich dies, sondern nur, weil es die Wahrheit ist; aber ich war noch nicht achtzehn, als ich so gut wie jeden Brüllaffen, der sich in den Laden hineinwagte, mit meinem Gesang augenblicklich zur Hölle beförderte. Alter See- und Branntweinmann Jon Gudmundsson, der du das Meer nur vom Südstrand aus gesehen und nie etwas anderes als Molke gepichelt hast, und du, lieber de la Gvendur, Danebrogmann, Sprachgelehrter und vieles andere noch, was ich gar nicht alles aufzählen kann, hier dankt euch endlich der Ladenschwengel vom ‚Snaps', aus dem ihr in Dänemark einen Schlachtergesellen machen wolltet."

36
Abends beim Erzengel Gabriel

„Willst du vielleicht ihren Vorschlag annehmen und bei ihnen im Laden Gehilfe werden?“ fragte Gardar Holm, als wir unten auf der Straße waren.

Nach seiner Dankrede war er nicht mehr lange sitzen geblieben, hatte sich damit entschuldigt, daß er noch den Minister des Königs besuchen müsse, war aufgestanden, hatte sich bei allen verabschiedet und war zusammen mit mir gegangen. Auf der Straße aber dachte er wohl gar nicht mehr daran, zum Statthalter zu gehen, sondern schlug sofort den Weg nach dem Kirchhof ein.

„Wer weiß“, sagte ich. „Großvater will eigentlich, daß ich studiere und Pastor werde. Leider hatte ich jedoch das Unglück, in der Schule Primus zu sein, und es heißt, daß Leute, die in der Schule Primus waren, es im Leben zu nichts bringen.“

„Ich zweifle nicht daran, daß sie dich in eine Gesangschule schicken und die Kosten dafür tragen werden, falls sie entdecken, daß du lauter singen kannst als die Saufbolde unten bei ihnen, und besonders, wenn die Dänen sagen, daß du lauter schreien kannst als Schweine. Doch will ich dir im voraus sagen, daß man kein Doppelkinn bekommt, wenn man geistig ihr Kostgänger wird. Gegen Weihnachten wird man dich in einer ausländischen Stadt in eine Seitenstraße schleichen sehen, wo du in deinen Taschen nach den letzten Kupferpfennigen suchst und ausrechnest, ob sie zu einer Tasse Kaffee in einer Kneipe reichen, die einen warmen Ofen hat. Denn der Scheck, den du aus Island erwartest, ist zu diesem Weihnachtsfest ebensowenig angekommen wie zum vorigen. Du hast keinen Freund. Du gehst heim. Du wickelst dich in die fadenscheinige Decke, die zu deiner gemieteten Stube gehört, und du legst auch noch deinen schäbigen Mantel darüber in der Hoffnung, daß die Weihnachtskälte aus deinem Körper verschwindet. Ich weiß, es gehört ein ganzer Kerl dazu, den reinen Ton zu erlangen; viele haben alles, was sie besaßen, hingegeben, die Gesundheit von Leib und Seele, und starben, ohne ihn zu erlangen. Und dennoch waren sie zu beneiden, verglichen mit denen, die berühmte Sänger geworden sind, ohne zu wissen, daß es den reinen Ton wirklich gibt, und waren glücklich, verglichen mit den wenigen, die einen Augenblick in seine Nähe gekommen sind, ja ihn sogar erreicht haben."

Wir saßen neben dem Grab auf der Bank des seligen Erzengels Gabriel.

„Kommt denn die Postanweisung nie?" fragte ich.

„Jedesmal, wenn der Briefträger klingelt, pocht dir das Herz zum Zerspringen, und der Briefträger kommt dreimal am Tage, mitunter sechsmal. Du hast gewartet und gehofft, daß das Wunder eine Viertelstunde vorm Weihnachtsabend eintreffen werde. Einen Weihnachtsabend nach dem andern wartest du in ausländischen Städten auf den letzten Briefträger, doch der berühmte Scheck aus Island kommt nicht. Es gibt in der ganzen Schöpfung auf Erden kein Tierchen, das sich so tief verborgen hält wie der Scheck aus Island. Nun darfst du nicht glauben, daß der Gudmunsenladen ein schlechter Laden ist. Aber er ist kein Spezialladen für Gesang. Hat man rund zwanzig Schuten mit Schiffszwieback verproviantiert, dem Kohlenkasten eine neue Schleife umgehängt, dem Kneifer des Redakteurs eine neue Schnur gestiftet und Stecknadeln für die neunundvierzigste Schwägerin besorgt, da kann es schon vorkommen, daß Gvendur plötzlich etwas einfällt und er ausruft: ‚Teufel auch, jetzt hätte ich fast die Bildung vergessen. Wo habe ich nur mein englisches Schulbuch hingelegt? Ich wollte doch heute nacht darin studieren, wenn meine Frau eingeschlafen ist. Übrigens, hat der Laden nicht einen Sänger irgendwohin in die Welt geschickt?‘ Da kann es längst Februar sein, wenn nicht gar Mitte März. Wer weiß, ob du dies Frühjahr überhaupt ein einziges Pfundstück zu sehen bekommst."

„Ich glaube, ich würde mir einfach im Ausland etwas Arbeit bei der Fischerei verschaffen, statt abzuwarten, bis ich tot wäre", sagte ich.

„Und nicht mehr singen?" fragte er.

„Ja, vielleicht", sagte ich. „Großvater meint jedenfalls, daß der Fisch im Leben jedes Menschen an erster Stelle käme."

„Bist du nicht bereit, Weihnachten in diesem Jahr genauso zu hungern wie Weihnachten im vorigen Jahr und wie Weihnachten im nächsten Jahr und im übernächsten Jahr und mitten in der Nacht mit steifgefrorenen Fingern und mit Schüttelfrost in der Brust aufzuwachen und zu meinen, daß die Qual aller irdischen Kreatur dich heimsucht, so liegt es daran, daß dir *eine* Saite fehlt."

„Ich bin sicher zu dumm“, sagte ich. „Was für eine Saite?“

Er sagte: „Sie, die keine Macht über Himmel und Erde gibt.“

„Sondern?“ fragte ich.

„Eine Träne Auge in Auge mit der Schöpfung des Alls“, antwortete der Sänger.

Wir saßen eine Weile schweigend unter dem Marmorbild des Erzengels im Dämmerlicht der Spätsommernacht, und der Rainfarn rührte sich kaum in der sachten Brise.

„Dann kommen andere Tage“, sagte Gardar Holm. „Im wunderschönen Monat Mai, als alle Knospen sprangen. Schumann. Heine. Und der Rhein. Eines Morgens unternimmt eine Schar junger Menschen einen Ausflug mit einem Rheindampfer, und ihr bleibt den ganzen Tag über fort. Ihr kommt in einen alten Garten, und ihr tanzt Ringelreihn, ihr sucht einen Weinkeller auf, der aus dem Mittelalter stammt, und ihr trinkt aus uralten Zinnkrügen. Eure Mädchen tragen Volkstracht, wie es bei der dortigen Landbevölkerung Sitte ist. Abends, wenn ihr heimfahrt und der Mond hoch am Himmel steht, hat sich, unerwartet für dich, eins der Mädchen, mit denen ihr achtern im Dampfer sitzt, bei dir angelehnt, während der laue Nachtwind fächelt und ihr das rauschende Kielwasser betrachtet. Es ist dasselbe Mädchen, das sich vorhin beim Tanz so fest in deinen Arm gelegt hat. Jetzt verbirgt sie müde das Gesicht an deiner Wange. Du glaubst, sie schläft. Und beim Abschied flüstert sie: ‚Willst du mich morgen wiedersehen?‘

Aber am nächsten Morgen trägt sie natürlich keine Volkstracht wie gestern, als sie Ringelreihn mit dir tanzte. Da ist sie eine feine, gebildete junge Dame, nach neuester Mode gekleidet, ganz und gar wohlerzogenes Stadtfräulein. Das Restaurant, das sie dir als Stelldichein empfohlen hat, bietet als erlesenste Delikatesse seinen frischen Störkaviar an. Sie fragt dich, wann du mit dem Gesangsunterricht fertig sein wirst. Später sagt sie: ‚Ach, diese Singerei!' Schließlich sagt sie: ‚Gesang, was für eine Narretei!' Mit anderen Worten: Wann gedenkst du endlich mit diesem blödsinnigen Unfug aufzuhören? Was antwortest du?

Anwortest du ‚Niemals', so findet sie deine Antwort unerhört witzig und lacht und lacht; und ihr Lachen ist obendrein aufrichtig. Sie fragt, was in aller Welt du tun willst, wenn du die Gesangschule absolviert hast. Anwortest du ‚Gar nichts', so lacht sie aufs neue: selten, daß man einen so witzigen Kerl trifft. Du bist merkwürdiger als alle anderen Männer. Du scheinst Millionär zu sein, da du dir gestatten kannst, so witzig zu sein. Ich bin vom Gudmunsenladen auf Island, sagst du. Begreiflich, daß sie einen so witzigen Mann so oft wie möglich treffen will. Schließlich nimmt sie dich mit in ihr Heim zu ihren Eltern: Sonntagsmahlzeit mit Weißwein und danach sittsamer Spaziergang im Park. Da sagt sie: ‚Könntest du nicht mit deinem Singen Schluß machen und bei meinem Vater als Kontorist eintreten? In seiner Großbäckerei werden täglich hundert Tonnen Kringel gebacken' oder ‚elfhundert Schweine geschlachtet', oder waren es achtzehnhundert Schweine –, ‚und sonntags spielt Papa Kontrabaß. Vielleicht heiraten wir; und ein Jahr später bist du Oberkontorist bei ihm. Und übernächstes Jahr vielleicht Unterdirektor. Zu guter Letzt gehört uns die Großbäckerei', falls es eine

Großbäckerei ist, ‚die Großschlachterei', falls es eine Großschlachterei ist – ‚dir und mir. Und jeden Sonntag spielst du mit Speckmillionären und Großkringelbäckern Kontrabaß.'"

Als Gardar Holm mir diesen Teil meiner Lebensgeschichte erzählt hatte, richtete er eine der schwersten Fragen an mich, die jemals beim Grab des Erzengels Gabriel vernommen worden sind. Er sagte zu mir: „Was gedenkst du zu tun?"

Viele würden wohl die Antwort schuldig geblieben sein.

„Großmutter hätte sicher gesagt: ‚Was du selber bist, das bist du, sonst nichts!'" sagte ich.

„Da irrt sich die alte Frau gründlich", sagte Gardar Holm. „Was man selber ist, das ist das einzige, was man nicht ist. Was andere von dir glauben, das ist man. Denkst du etwa, der Kaiser von Japan sei ein Kaiser? Ach nein, er ist nur ein ganz armseliger Sterblicher. Deshalb sagst du zu dem Mädchen: ‚Nein, danke, ich will ein berühmter Sänger werden.'"

„Ich weiß, es ist ein schwerer Augenblick in deinem Leben", fuhr Gardar Holm fort. „Du betrachtest das Mädchen von oben bis unten, siehst, wie frisch ihr Gesicht ist, wie nett sie frisiert ist, sagst vielleicht im stillen: Mein Gott, diese Haltung, wie ein Schiff mit prallem Klüver! Kannst du dir überhaupt in der ganzen Welt eine bessere Partie vorstellen? Nun sind wir im Märchen zu *der* Stelle gekommen, wo der Sohn des armen Mannes und seiner armen Frau die Königstochter gefunden hat: am Tag, da du Schluß mit deinem Gesang machst, bekommst du die Königstochter und das Königreich dazu. Was tust du?"

„Du sagst nichts", fuhr Gardar Holm fort. „Sie

blickt dich an und wartet auf deine Antwort. Aber du schweigst nur, denn die Frau, die dich verstehen könnte, ist noch nicht geboren. Hast du es nicht vorher schon geahnt, so weißt du es in diesem Augenblick, daß es nichts auf Erden gibt, das vollkommener ist als eine Frau – das heißt auf ihre Weise und in ihren Grenzen. Und du nimmst stumm Abschied von ihr und gehst – für immer.

Nachts, wenn du wieder in deiner Stube bist, packst du das wenige, was du besitzt: ein Paar Strümpfe und ein Hemd und die alten Schuhe, die du bei nassem Wetter anziehst, zwei Schlipse, denn du bist ein feiner Kerl, und sieben Taschentücher, weil Franz Schubert bei seinem Tod auch nicht mehr als sieben Taschentücher besaß; außerdem bekommst du wie alle Sänger leicht ein bißchen Schnupfen. Und vergiß nicht das Buch mit den Stimmübungen. Und die Passionslieder von deiner Mutter auf Island, lieber Freund, vergiß sie nicht, denn die soll man dir auf die Brust legen, wenn du tot bist. Du verläßt mit dem Nachtzug die Stadt. Und du kehrst nie zurück."

Nun waren wir so weit in meiner Lebensgeschichte gekommen, daß es ziemlich gleichgültig war, was ich antwortete, und ich sagte deshalb auch nichts.

„Bitte, sieh nicht so betrübt aus, mein Lieber", fuhr Gardar Holm fort. „So sind alle Gedichte von Heine. Nur Bauern lachen nicht über sie oder Calvinisten. Siehst du auf der Straße sehr betrübt aus, so ist es überall in der Welt gang und gäbe, daß fette Leute sofort mit einem Scheckheft zu dir gelaufen kommen und dir einen Vertrag für ein Varieté anbieten. Diese Leute bringen dir bei, auf einem Fahrrad zu fahren, das kaputtgeht, sobald du es besteigen willst, oder auf einer Geige ohne Saiten mit einem Besenstiel zu spielen.

Sag mal, hättest du nicht Lust, mit einem Sängerchor nach Amerika zu reisen, mein Lieber? Hun dert Dollar im Monat und alles frei. Da hat das Glück bei dir angepocht, das Kartenspiel-Glück, das Räuber-Glück, das einzige Glück, das ein guter Isländer anerkennt, Schlump.

Und wieder einmal ist plötzlich eine dieser feierlichen, aufgeblähten deutsch-skandinavischen ‚Liedertafeln' in Amerika eingetroffen, die sowohl die europäische Hochkultur repräsentieren als auch für besseres Verständnis zwischen beiden Kontinenten wirken sollen. Solch eine Gesellschaft tritt selbstverständlich furchtbar nobel gekleidet auf, nämlich stets im Frack, wie man in Amerika hauptsächlich Leichen kostümiert. Außerdem pflegt man Chorgesang in Amerika als ‚komische Nummer', so daß es doppeltes Gelächter gibt, wenn die Gaukler in Leichenzeug auftreten. Die wenigen Holzfäller, die Billetts kaufen, weil sie mit den Sängern verwandt sind, schlafen bald ein oder flüchten, und schließlich besteht die Zuhörerschaft nur noch aus ein paar griesgrämigen Zeitungsschreibern und mehreren Frauensleuten, die einen Bräutigam erwischen möchten, oder zwei, drei Varietédirektoren auf Jagd nach einer Nummer. Eines Tages geschieht es, daß man dich bittet, eine Solopartie in einem Chorwerk zu übernehmen, sagen wir, es ist von Händel. Du stellst dich oben auf der Bühne in Positur, wenn du an der Reihe bist. Das Licht wird auf dein Gesicht gerichtet, das ernster ist als irgendeins der Eisklumpengesichter dieser in Leichenzeug auftretenden Berserkergesellschaft. Du hebst deine Augen; da scheinen die

Leute zu erwachen. Und wenn du den Mund öffnest und die ersten Töne in deiner Kehle Form annehmen, aus der Tiefe deines Herzens aufquellen – hm, nein, nicht doch, wir wollen es nicht so ausdrücken; niemand ahnt, was das bedeutet: ein Herz. Aber trotzdem hat man seit langem kein so ernstes Gesicht in diesem Lande gesehen, wo das Wochenblattlächeln Bürgerpflicht ist. Auch im Gesang gilt das Gesetz: ‚Immer lächeln', sempre sorridente. Deine Stimme schwillt an, doch im Ansatz ist es ungewiß, ob sie einer Hirtenflöte oder einer Kriegstrompete entströmt. Flötengetön aus der Brust eines Heldentenors! Das Komischste der Welt! Und wildes Gelächter bricht los."

Kein Wunder, daß mir jetzt angst und bange wurde, und ich fragte hastig: „Singe ich so?"

„Ja, so singst du", sagte er. „Und gerade, als der deutsch-skandinavische Gesangverein seinen Triumphzug antreten will, zerstört der verdammte Isländer alles, und nun donnert der Dirigent los: ‚Läßt du dich auch nur noch ein einziges Mal in unserm Chor blicken, so kannst du dich darauf verlassen, daß wir hier in Amerika zum Gelächter werden und schleunigst verduften müssen!'

Am selben Abend schließt du dich in deinem Hotelzimmer ein, versuchst zu denken, was natürlich völlig zwecklos ist, und sprichst vielleicht zu dir selber: Schuld an allem ist Gardar Holm, denn er saß beim Erzengelgrab und hörte, als ich ‚Wie die einsame Blume' bei der Beerdigung eines Menschen ohne Gesicht sang. Danach hat er gemeint, ich hätte in meiner Stimme diesen gesegneten Ton, der Herzen rührt und jenes unnütze Salzwasser hervorbringt, das man Tränen nennt.

Doch am selben Abend, an dem man deine Sängerlaufbahn zerstört hat, wird plötzlich deine Zimmertür sperrangelweit aufgerissen, und ein berühmter Impresario steht mitten im Zimmer. Er umarmt dich und küßt dich. ‚Liebe, prachtvolle Nummer', ruft er begeistert und schwenkt ein Scheckheft, ‚du bist fast ebensogut wie der Kerl, der mit dem Besenstiel die Geige ohne Saiten spielt. Du hast diese müden, hoffnungslosen Bluthundaugen im Brägen, fast wie Grock. Ich ziehe dir einen Seemannspullover an und schicke dich zusammen mit anderen blökenden Halbidioten kreuz und quer durch die USA. Ich verlange weiter nichts von dir, als daß du diese urkomische Solopartie von Händel singst, wie heute abend, wie wenn du für dich allein singst und dich um die Leute, die unten im Saal sitzen, überhaupt nicht scherst; nur mußt du versprechen, dabei mehrmals diese makellosen isländischen Augen aufzureißen.'"

An dieser Stelle meiner Lebensgeschichte machte Gardar Holm wieder eine kleine Pause und fragte dann: „Was tust du nun?"

„Ich habe keine Lust, ein berühmter Halbidiot zu werden", sagte ich.

Er antwortete: „Berühmtheit ist Berühmtheit, einerlei, wie man sie erlangt, mein Lieber. Berühmtheit, damit verhält es sich wie mit dem Edelstein Koh-i-noor: den stahlen Räuber im Pandschab, und sie gaben ihn dann dem König von England; und der König schmückte mit dem Edelstein seine Krone. Die deutsch-skandinavische Kulturgesellschaft, zu der du gehört hast, ersuchte dich, zur Hölle zu fahren. Im selben Augenblick kommt eine amerikanische Gauklergesellschaft, die dir so viel Geld und Berühmtheit anbietet, wie ein Possenreißer hier auf Erden überhaupt einheimsen kann. Was tust du? Du hast die Wahl: Willst du ein lächerlicher, erfolgloser Sänger werden, dem von aller Welt die Tür gewiesen wird, oder ein trübsinniger Possenreißer, dem alle Türen der Welt offenstehen? Nun gilt es, sich klar darüber zu werden, was man mit seiner Kunst will: Namenlosigkeit oder Berühmtheit! Was also willst du mit deiner Kunst?"

Ich sagte: „Berühmtheit, die man nicht verdient hat, ist keine Berühmtheit; höchstens für andere."

Gardar Holm fragte: „Hat der König von England verdient, den Edelstein Koh-i-noor zu tragen?"

„Ich finde, nur der verdient es, einen Edelstein zu tragen, der in sich selbst den vollen Gegenwert dafür besitzt."

„Das ist ein Mißverständnis, mein Lieber", sagte Gardar Holm. „Ein solcher Mensch bekommt nie einen Edelstein. Was gedenkst du zu tun?"

Ich sagte: „Wieder nach Haus zu fahren."

„Das kannst du nicht", sagte Gardar Holm. „Du hast kein Geld. Und deine Großmutter ist tot. Natürlich kannst du in den Nächten Wagen waschen oder in einem Hotel Teller spülen und dir hoffentlich im Laufe von drei, vier Jahren das Geld für die Rückreise zusammensparen – und dann schließlich wieder heimkehren als ein gescheiterter Mensch und wieder im ‚Snaps' bei Gudmunsen arbeiten, dort, wo du einst begonnen hast. Aber damit hast du deine schwierige Lage noch nicht überwunden. Weshalb willst du nicht Geld und Erfolg gewinnen, anstatt in Gudmunsens ‚Snaps' zu stehen?"

„Kann ich nicht den reinen Ton erreichen, so mache ich mir nichts daraus, berühmt zu werden", sagte ich.

„Ja, wäre dieser Ton nur eine Garantie für Berühmtheit", sagte Gardar Holm. „Leider ist er jedoch eher der Weg zu völliger Namenlosigkeit. Wenn man in Nachschlagewerken blättert, kann man feststellen, daß gemeine Diebe, ganz zu schweigen von Mördern, besonders von Massenmördern, darin viel ausführlicher erwähnt werden als die größten Gelehrten und Künstler. Als junger Sänger ziehst du aus, um Ehre und Reichtum zu gewinnen; man bietet dir an, die ganze Welt zu erobern – als Narr – vielleicht als Verbrecher. Wähle! Wähle hier und jetzt!"

Ich habe ungefähr so geantwortet: „Ach, das meiste, was man mir über Berühmtheit und dergleichen erzählt, kann mein Verstand gar nicht fassen, wenn ich auch gern ein wenig singen möchte. Ich hänge so am Brekkukot. Ich hatte alle Jahre so sehr gehofft, Quabbenfischer zu werden, und ich weiß, wenn ich hundert Jahre alt bin und Gesicht, Gehör und Geschmack und Geruch verloren habe, werde ich irgendwo in einer Ecke sitzen und an die ferne Zeit denken, als ich mit Großvater im Skerjafjord die Seehasennetze untersuchte, frühmorgens, ehe andere Leute aufgestanden waren, wenn alles noch dunkel war außer einer Hütte auf Alftaness, in der ein winziges Talglicht brannte."

„Du bist ein seltsamer Bursche", sagte Gardar Holm in jener Spätsommernacht und sah mich an. „Du glaubst an nichts, überhaupt an gar nichts. Nicht einmal an den Barbier von Sevilla!"

„Wer ist das?" sagte ich.

„Der Barbier von Sevilla!" sagte Gardar Holm. „Kennst du nicht den größten Barbier der Welt?

Was lernt ihr eigentlich in der Lateinschule, wenn ihr nichts über diesen Barbier lernt, gegen den alle anderen Barbiere blasse Schemen sind?"

„In Barbierfragen sind wir leider noch nicht sehr fortgeschritten", sagte ich. „Entschuldige, daß ich so dumm bin. Bitte sag, wo barbiert der Barbier, von dem du sprichst? Und wen barbiert er?"

„Das hat mit der Sache nichts zu tun", sagte Gardar Holm. „Es ist sogar sehr zweifelhaft, ob der Barbier von Sevilla barbieren konnte. Jedenfalls ging es schief, als er im dritten Akt Bartolo barbieren sollte, denn unversehens stand Don Bartolo, kaum daß er eingeseift war, auf und ging mit geballten Fäusten auf den Grafen Almaviva los. Alles, was wir über diesen Barbier wissen, ist, daß er mit Hilfe seiner Gitarre Leute miteinander verkuppeln wollte. Aber sollte es sich herausstellen, daß Figaro nicht barbieren kann, würdest du dann den Barbier von Sevilla gänzlich ablehnen, zusammen mit Rossini und dem ganzen Orchester?"

„Ich habe mir die großen Wortgefechte wegen der Barbiersache, die eine der wichtigsten Fragen auf Island ist, angehört", sagte ich. „Aber ich habe nie gehört, daß man einem Barbier Glauben schenken soll, der nachgewiesenermaßen nicht barbieren kann."

„Du glaubst doch hoffentlich an Gespenstergeschichten", sagte Gardar Holm.

„Ach, verschon mich mit Gespenstergeschichten", sagte ich.

„Im Gegenteil", sagte er. „Ich merke, du bist ein etwas aufgeblasener Bursche. Du betrachtest die anderen ein wenig von oben herab, wenn ich mich so ausdrücken darf. Die Menschen glauben nämlich aus Überzeugung an Gespenstergeschichten.

Das ist ihre Stärke. Respektierst du diese fundamentale Wahrheit über die Menschen nicht, so fürchte ich, daß es dir übel bekommen wird, mein Lieber."

„Ich glaube nicht, daß es Gespenster gibt", sagte ich.

Er sagte: „Die geistigen Schätze der Menschheit sind erzeugt worden vom Glauben an das, was die Gelehrten bestreiten. Ich fragte dich vorhin: ‚Was wählst du am Kreuzweg deines Lebens?' Du hast nicht geantwortet. Jetzt frage ich dich, wie du denn leben willst, wenn du nicht nur den Barbier von Sevilla ablehnst, sondern auch den Bildungswert von Gespenstergeschichten bestreitest?"

„Ich werde versuchen, so zu leben, als ob es keine Gespenster gibt, und ich will mich sowenig wie möglich mit diesem weltberühmten Barbier beschäftigen, der nie jemand barbiert hat."

Gardar Holm fragte: „Falls es naturwissenschaftlich oder historisch oder sogar gerichtlich bewiesen wird, daß die Auferstehung nur durch recht zweifelhafte Zeugen erhärtet werden kann – würdest du dann auch die h-Moll-Messe ablehnen? Würdest du die Peterskirche schließen, falls es an den Tag käme, daß sie ein Sinnbild unrichtiger Lebensanschauung sei und mit größerem Nutzen für die Menschheit als Pferdestall verwendet werden könnte? Welch fürchterliches Unglück, daß Giotto und Fra Angelico als Maler falschen Ideen nachgerannt sind, anstatt sich an den Naturalismus zu halten! Die Geschichte von der Jungfrau Maria ist selbstverständlich ein Märchen wie manches andere, was Schwindler erdacht haben, und der Mensch ist ein Betrüger, der sich untersteht zu seufzen, wenn er sagt: Pietà Signor."

37

Eine Nacht im Hotel d'Islande

So schloß vorläufig meine Lebensgeschichte, und Gardar Holm erhob sich vom Grab des seligen Erzengels Gabriel.

„Geh in mein Hotel und schlaf dort statt meiner heute nacht", sagte er zu mir. „Falls jemand nach mir fragt, so sag, ich sei zu einem Fest des Statthalters gegangen."

Er war aufgestanden und gegangen. Ich hörte, wie der Rainfarn am Weg ihn streifte, und dann war er in der Dunkelheit zwischen den Gräbern verschwunden. Ich ging wieder hinunter in die Stadt, wie er mich gebeten hatte.

Es brannte Licht in der Flucht seiner vielen Zimmer. Dort saß das kleine Fräulein Gudmunsen und wartete. Und ich war es, der kam. Sie sah mich verdrießlich an und fragte ohne weiteres: „Wo ist Gardar Holm?"

„Er ist beim Statthalter, der ein Fest gibt", sagte ich.

„Lügst du nun auch?" sagte das Mädchen.

„Auch?" sagte ich. „Wie wer?"

„Wie alle", sagte sie. „Hörst du denn nicht, wie alle lügen? Gleichgültig, ob sie es mit Willen oder unabsichtlich tun, ob sie sprechen oder schweigen. Mir ist es einerlei, wenn er lügt. Aber er hat keinen

Grund, mich zu verachten, wenn er auch meine ganze Familie verachtet. Ich habe ihm nichts Böses getan."

„Wie kannst du nur auf den Einfall kommen, daß er dich und deine ganze Familie verachtet?" sagte ich.

„Du siehst doch, wie er sich benimmt", sagte sie. „Und du hörst doch, wie er spricht. Er nickt mir zu, als sei ich für ihn ein fremder Mensch. Er hat mich nicht einmal angesehen; und dabei hatte er doch geschrieben, daß er ein neues Leben begonnen hat und daß er, wenn er kommt, meinetwegen kommt. Aber er braucht deshalb doch nicht zu lügen. Mir ist es doch ganz gleich, ob er in einigen Ländern in Schlössern wohnt, von denen ich nicht einmal weiß, wie sie heißen, oder nicht. Und er braucht sich vor mir auch nicht zu schämen, wenn er auch weiß, daß ich es weiß. Hat man einen Menschen gern, so macht es nichts, daß er nicht in einem Schloß wohnt und daß alle die Banken, in denen er sein Geld liegen hat, und alle die Weltstädte, in denen er berühmt ist, überhaupt nicht existieren."

Ich sagte gar nichts. Sie trocknete sich die Augen, aber ihre Tränen flossen weiter.

„Willst du mich zu ihm bringen?" sagte sie schließlich. „Ich werde diese Nacht nicht überleben, wenn ich nicht mit ihm sprechen kann."

„Er übernachtet beim Statthalter", sagte ich. „Ich habe es dir doch erzählt."

„Ja, ich weiß wohl, daß er oben auf dem widerwärtigen Boden des alten Kuhstalls liegt", sagte sie. „Aber du kannst mich trotzdem gut dorthin mitnehmen. Du weißt ja sowieso alles."

„Was weiß ich?" sagte ich. „Ich weiß überhaupt

nichts. Aber du mußt doch begreifen, wenn er sich nicht mit dir verabredet hat, so rechnet er nicht damit, dich heute abend zu treffen."

„Du bist und bleibst das gleiche gemeine Biest wie früher. Danach braucht man nicht erst zu fragen", sagte das Mädchen, und sie hörte für einen Augenblick auf zu flennen, und ihr Blick wurde sogar etwas hart. Dann sagte sie: „Als ob ich nicht wüßte, daß er sich über mich lustig macht. Er macht sich über uns alle miteinander lustig. Ich weiß zwar nicht, ob er selber alle die Geschichten erfunden hat; aber jedenfalls hat er Apostel und andere Marktschreier aufgetrieben, um sie überall auszuposaunen. Ihm macht es ja nichts, daß wir dafür bezahlen müssen."

„Glaubst du, dein Vater gibt Geld für etwas, woran er nichts verdient?" sagte ich.

„Wie dir das ähnlich sieht, so was zu behaupten!" sagte sie. „Im Grunde mache ich mir überhaupt nichts aus Gesang. Ich weiß nicht mal, was Gesang ist. Aber mir ist es einerlei, ob er gut oder schlecht singt. Ich war ein kleines Mädchen, das Märchen liebte, und ich verschlang die Schilderungen von Konzertsälen, wo alle den Atem anhielten, wenn er den Mund öffnete, und von riesigen Hotels, wo alle sich vor ihm bis auf die Erde verbeugten, und von den Banknoten, die ständig größer wurden. Sobald er wieder im Land war, kam ich mir vor, als ob ich in der Luft schwebte, und unser kleines Land, das man überhaupt nur kennt, weil es ein winziges Anhängsel von einem noch weniger bekannten Land ist – mein Gott, man war ja reineweg ein Teil von der Welt geworden. Wenn ich hier auf der Laungustett neben ihm ging, kam ich mir vor, als stände ich hoch über dem Leben, das wir hier führen; und er nahm Goldstücke aus seinen Taschen für alle, die sie haben wollten. Doch jetzt ist mir alles längst einerlei, und meinetwegen können die Goldstücke alle miteinander falsch sein."

„Was ist denn geschehen?" fragte ich.

„Geschehen?" sagte sie. „Nichts ist geschehen. Ich liebe ihn nur. Ich schrieb ihm, wenn er auch nur ein Tagelöhner sei in einem Land, das niemand kennt und das Jütland heißt und das nicht einmal ein Land ist, ja, wenn er auch Frau und Kinder dort habe, so wäre ich doch jederzeit bereit, ihm alles zu geben, was er nur haben wolle. Er ist der einzige Mann in meinem Leben, in den ich verliebt war und bleibe, solange ich lebe, und kein anderer Mann kann mich jemals bekommen. Und das kannst du ihm sagen und kannst ihn von mir grüßen, wenn du mich nicht mit zu ihm nehmen willst. Einem mußte ich es ja sagen!"

„Es ist nicht klug, seine Geheimnisse in den Wind zu flüstern", sagte ich.

Sie sah mich nachdenklich an und fragte finster: „Bist du der Wind?"

„Ein Teil von ihm", sagte ich.

Die Domkirchenuhr schlug eins; oder war es vielleicht zwei? Mehr gab es im Augenblick nicht zu sagen. Jedenfalls konnte ich nicht erzählen, daß ich in einer Winternacht bei strömendem Regen auf einem Steinwall gesessen und gewartet hatte, daß sich hinter einer Gardine ein Schatten zeigen würde und daß ich diesen Schatten für immer verloren hatte.

„Es ist spät geworden", sagte ich.

„Spät?" sagte sie. „Wieso?"

Ich sagte, es sei späte Nacht geworden.

„Nicht für mich“, sagte sie.

Sie starrte leer vor sich hin wie jemand, der vor Not nicht aus noch ein weiß. „Weiter nichts als ein neuer Tag“, setzte sie hinzu.

Ihre roten Handschuhe mit Fransen lagen auf dem Tisch. Sie saß zusammengesunken auf dem Sofa und ließ die Hände über die Knie herabhängen. Im Sitzen wirkte sie fülliger, als wenn sie in ihrem langen Kleid aufrecht im Zimmer stand. Das Eigentümliche an ihr war, daß sie sich im Gegensatz zu den meisten anderen Mädchen ihres Alters und ihres Standes stets ungekünstelt gab und sich nie zierte, nie versuchte, anders zu sein, als sie von Natur aus war. Ihre roten Handschuhe waren das einzige, was dagegen sprechen konnte, daß sie das wiedergeborene Gretchen war, das Faustens Erlösung völlig kaltließ, so daß es ein böses Ende mit ihm genommen hätte, wären die Engel ihm nicht zum Lohn für sein Interesse, Torfgräben zu ziehen und Sümpfe trockenzulegen, schleunigst zu Hilfe gekommen.

Aus irgendeinem Grunde hat die Welt nur selten Tränen fetter Frauen ernst genommen, und ein fetter Märtyrer ist stets als unvereinbar mit den Gesetzen der Vernunft betrachtet worden, weshalb man ihn auch nie auf einem Bilde dargestellt sehen kann. Nur solches Salzwasser wird in unserer Kunst und Kultur anerkannt, das ein mageres und abgezehrtes Menschengeschöpf im Namen der christlichen Lehre vergießt. Eine Geschichte, wie das Mädchen sie mir erzählt hatte, wirkt immerhin etwas natürlicher, wenn sie in nasser, salziger Verpackung berichtet wird. Aber nun konnte ich merken, daß es mit der Geschichte und deshalb auch mit den Tränen zu Ende war.

„Findest du nicht, daß es Zeit wird zu gehen?“ sagte ich.

Sie erwachte aus ihren trüben Gedanken und sagte kurz und barsch: „Du kannst ja gehn. Ich bestimme selbst, wo ich sein will. Das hier ist mein Heim. Ich habe diese Stuben möbliert, und ich bin es, die zahlt.“

„Ich bitte um Verzeihung“, sagte ich, „um so mehr habe ich Ursache, mich zu empfehlen.“

Ich begann nach meinem schäbigen Hut zu suchen.

„Hast du solche Eile?“ sagte sie. „Das ist ja ganz was Neues, du Teil des Windes, der fix dahinweht.“

Ich suchte weiter, bis ich den Hut endlich fand.

„Kannst du denn nicht noch etwas sitzen bleiben und mich trösten, während ich warte?“ sagte sie.

„Hast du die Absicht, hier zu warten, so fürchte ich, daß du bis morgen warten mußt“, sagte ich.

„Sollten wir nicht die Dienstboten wecken, damit sie uns Erfrischungen bringen?“ sagte sie.

Ich sagte: „Erfrischungen – nach alldem, was wir vorhin bei euch vorgesetzt bekommen haben?“

„Ich habe den ganzen Tag weder getrunken noch gegessen“, sagte sie. „Glaubst du, daß man auf der Gesellschaft bei uns was essen und trinken konnte?“

„Ich habe mich satt gegessen“, sagte ich.

„Du hast auch keine Seele“, sagte sie.

„Wenn du hungrig bist“, sagte ich, „da im Schrank auf einem Brett sind Fünförekuchen, fällt mir ein.“

„Her damit“, sagte sie und wischte mit dem Taschentuch die Reste ihrer Tränen von der Nase. „Es sind ja sowieso meine Kuchen.“

Ich setzte die vom Tag übriggebliebenen Cremetörtchen auf den Tisch, ohne ein Wort zu sagen.

„Als wenn du einem Hund was hinschmeißt! Nicht mal ‚bitte schön‘ hast du gesagt“, sagte sie.

„Soviel ich weiß, habe ich dir sogar Messer, Gabel und Löffel hingelegt“, sagte ich.

„Du willst doch nicht, daß ich wie eine Ratte hier allein seine Törtchen esse! So viel Kavalier bist du hoffentlich, daß du mir Gesellschaft leistest. Setz dich bitte.“

„Nein, danke“, sagte ich. „Ich habe mich in der Wohnung geirrt. Mehr Kavalier bin ich nicht. Leb wohl.“

Meine Worte hatten die Wirkung, daß sie sich wie ein undichtes Gefäß benahm, das man bis zum Rand mit Wasser gefüllt hatte und das nun aus allen lecken Stellen fürchterlich tropfte.

„Jesus, nein, was bist du für ein Schweinebiest!“ sagte sie unter strömenden Tränen. „Nie im Leben hätte ich mir vorstellen können, daß es so einen Schurken überhaupt gibt. Und dazu stinkst du nach Ruß und Muff.“

Daß ich solch ein Unhold war, hatte ich dennoch nicht geglaubt; und so empfand ich es als meine heilige Pflicht, mich zu ihr hinzusetzen, und dann versuchte ich, sie ein wenig zu trösten. Doch wie es oft der Fall ist: Wenn man ein Kind beruhigen oder ein Vergehen verzeihen will, schweigt die Vernunft, und andere Gesetze machen sich geltend; vielleicht das Leben, wie es wirklich ist.

Und die paar Nachtstunden im Hotel d'Islande vergehen.

Frühmorgens, als die Hafenarbeiter anfingen, auf die Beine zu kommen, tauchte Gardar Holm in seiner Zimmerflucht bei mir und dem kleinen

Fräulein Gudmunsen auf. Er gab uns die Hand und sah uns mit seinem finsteren Rechenmeisterlächeln an. Die Nachtgesellschaft schien ihn nicht mitgenommen zu haben. An seinem Anzug gab es weder Fleck noch Falte, höchstens ein bißchen Heu auf seinem Rücken; er sah ein wenig blaß aus. Aus der Tasche nahm er ein paar Nummern des Weltblattes „The London Times", die er auf den Tisch legte. Als er uns begrüßt hatte, ging er zum Spiegel, betrachtete sein Gesicht und strich sich das Kinn.

„Wirklich nett von euch, daß ihr hier auf mich gewartet habt", sagte er, nachdem er sich gründlich im Spiegel betrachtet hatte. Er entblößte die Zähne und untersuchte sie ebenfalls gründlich. „Ich hoffe, daß ihr gut geschlafen habt, liebe Kinder. Das Fest, auf dem ich war, dauerte bis zum lichten Morgen. Hm. Ich glaube, ich muß mich barbieren. Danach trinken wir Kaffee."

„Leider haben wir deine Sahnetörtchen aufgegessen", sagte ich.

Das Mädchen hatte noch nichts gesagt, denn sie brachte ihre Frisur in Ordnung. Als sie damit fertig war, fragte sie wie von weit her: „Wo ist mein einer Schuh, Alfgrimur?"

Ich suchte eine Weile in der Stube, bis ich den Schuh fand; er lag unter dem Sofa, wo sie am vergangenen Abend gesessen hatte. Gardar Holm hatte die Jacke ausgezogen und begann sich vor dem Spiegel einzuseifen.

„Nach dem Fest ging ich über den Hafenplatz. Dort fühlte ich mich wie im Himmel", sagte er.

„Wohin die Engel mit Doktor Faust flogen", sagte ich, denn ich mußte wieder an den Barbiergesetzvorschlag denken.

„Dort riecht es immer so herrlich nach Apotheke", sagte Gardar Holm, „viel mehr als in der Apotheke selber. Dort in dem kleinen Häuschen sitzt mein alter Freund jeden Morgen hinter seiner geöffneten Schalterluke und betrachtet das Meer und sieht alle Möwen des Nordmeers vorbeifliegen."

„So reden nur berühmte Männer", sagte das kleine Fräulein Gudmunsen. „Nicht wahr?"

„Du brauchst doch nicht mein Bett zu machen, meine Gute", sagte Gardar Holm. „Es gibt Dienstboten im Haus."

„Ich muß mit dir sprechen, Gardar", sagte sie, „unter vier Augen, und gleich."

„Ich gehe", sagte ich.

„Nein, das tust du bestimmt nicht, das weiß ich", sagte Gardar Holm und seifte sich weiter ein. „Wie kannst du das kleine Fräulein Gudmunsen und mich verlassen, wo wir gerade unsern Morgenkaffee trinken wollen? Ich glaube doch, daß wir drei keine Geheimnisse voreinander haben. Ist übrigens noch genug Kuchen da?"

Das kleine Fräulein Gudmunsen hatte sich auf einen Stuhl gesetzt.

„Ich und Alfgrimur", sagte sie, „wir sind verlobt. Wir haben uns heut nacht verlobt."

„Hurra, bravo", sagte Gardar Holm, „das ist prachtvoll. Meinen herzlichsten Glückwunsch. Jetzt barbiere ich mich. Danach wird Verlobung gefeiert. Wir bestellen Champagner."

Ich stand am Fenster und sah auf die Straße, wo ein Knecht Kühe vorwärts trieb. Jetzt, da die Nacht zu Ende war, konnte ich mir wahrhaftig nicht alles bieten lassen.

„Ist es nicht etwas verfrüht, davon zu sprechen,

Kleine?" sagte ich. „Sollten wir überhaupt so ein Gespräch mit Gardar Holm anfangen?"

„Was meinst du?" fragte sie.

„Ich meine, hm, daß im Grunde nicht viel geschehen ist – daß wir uns nur wie andere Menschenkinder benommen haben", sagte ich.

„Nicht viel geschehen?" sagte sie. „Menschenkinder, sagt er! Nicht zu glauben! Sprich aus, was du meinst! Zeig, was für ein Geselle du bist!"

„Ich meine, daß weiter nichts geschehen ist als das, was unter solchen Umständen nun einmal geschieht. Mann ist Mann, und Frau ist Frau. – Was dann kommt, ist reiner Zufall."

„So? Und nichts geschehen?" sagte sie. „Nichts anderes als das Gewöhnliche? Was? Mit anderen Worten: Ich bin eine gemeine Dirne? Meinst du das?"

„Lieber Alfgrimur", sagte Gardar Holm; er war mit dem Einseifen fertig, und er ging zu mir und gab mir am Fenster eine Handvoll Papiergeld, das er aus der Tasche geholt hatte. „Ich glaube, uns fehlen Sahnetörtchen. Jetzt gehst du schnell für uns zu Fridriksens Bäckerei."

Er nahm sein Barbiermesser und fing an, es am Handballen zu schärfen, und ich verließ unsere ungelösten Probleme, um Sahnetörtchen zu kaufen.

Ich mußte lange in der Bäckerei warten, denn die Uhr war kaum sieben.

„Fridriksen füllt gerade Kuchen mit Creme", sagte das Ladenmädchen.

Mir gefiel es nicht, so lange warten zu müssen. Hatte ich auch nur wenig dänische Romane gelesen, so dachte ich doch plötzlich daran, daß ich die Liebste des Sängers mit ihm allein gelassen hatte –

mit einem Barbiermesser an einem solchen Morgen!

„Ich glaube“, sagte ich schließlich, „ich kann nicht länger warten. Ich nehme die Kuchen mit, die Fridriksen schon gefüllt hat. Den Rest kann ich später holen.“

38
Gardars letztes Konzert

Als ich mit den Sahnetörtchen zurückkam, hatte Gardar Holm sich barbiert. Das kleine Fräulein Gudmunsen war gegangen.

Der Sänger saß vor dem Schreibtisch, ganz versunken in seine Arbeit, Zahlen auf kleinen Zetteln zusammenzurechnen. Erst nach einer Weile merkte er, daß ich wieder in der Stube war, oder aber er hatte sich von seiner Rechnerei nicht losreißen können; doch endlich steckte er alle Zettel, die mit Zahlen bedeckt waren, in die Tasche und wandte sich zu mir um. Sein Lächeln verschwand ebenso plötzlich, wie es gekommen war. Er sagte: „Während du fort warst, habe ich einen Entschluß gefaßt. Ich werde morgen ein besonderes Konzert geben."

„Ja, es hat auch in den Zeitungen gestanden: Gudmunsens Jubiläumsfeier im Guttemplerhaus", sagte ich.

„Das ist es nicht, was ich meine", sagte er. „Ich will am Vormittag ein anderes Konzert geben, ein Kirchenkonzert. Nur für Eingeladene, für meine Gäste, für Leute, denen es nie einfallen könnte, zu einer Veranstaltung von Gudmunsen zu laufen. Ich möchte dich bitten, mir ein wenig bei dem Konzert behilflich zu sein."

„Wahrscheinlich müssen die Einladungen schnell verschickt werden“, sagte ich.

„Heute noch werden die Einladungen verschickt“, sagte er. „Und ich spreche mit Ehrwürden Johann wegen der Überlassung der Kirche.“

„Madam Strubenhols ist natürlich zu haben?“ sagte ich.

„Ich dachte daran, dich zu bitten, mich zu begleiten“, sagte Gardar Holm.

Ich will nicht behaupten, daß ich über seinen Vorschlag völlig in Verwirrung geriet, aber man wird begreifen können, daß ich mich heftig zur Wehr setzte und sofort alle möglichen Einwände machte, die wahrhaftig nicht pure Ausflüchte waren, denn niemand wußte so gut wie ich selber, weshalb das gar nicht in Frage kommen konnte.

„Ich habe außer der klapprigen Stubenorgel oben im Küsterhaus eigentlich kaum ein Instrument angerührt“, sagte ich, „und bis vor kurzem gaben mehrere Tasten auf ihr überhaupt keinen Ton von sich. In der Domkirche dagegen haben sie die große Kirchenorgel mit Pfeifen, und die muß von einem besonderen Mann getreten werden, was allein schon eine schwere Kunst sein soll.“

„Dort in der Sakristei steht ein handliches Harmonium, das wir benutzen können“, sagte der Sänger. „In meiner Knabenzeit war jede zweite Taste darauf stumm. Hoffen wir, daß die übrigen Tasten inzwischen ebenfalls stumm geworden sind.“

Ein so melancholischer Scherz über ein Konzert, das er selbst veranstalten wollte, machte mich sprachlos. Aber daraus erkennt man am besten, wie einfältig ich war: anstatt zu lachen, kam ich mit triftigen Einwänden. Der weltberühmte Sänger sah mich an, und auf seinem Gesicht zeigte sich wieder einmal jenes seltsame Lächeln – das vielleicht im Grunde genommen im Widerspruch zu seinem Innern stand.

„Besuch meine Mutter, wenn du nach Hause gehst, und sag, daß sie morgen früh zum Konzert in der Domkirche eingeladen ist“, sagte er. „Ich komme und hole sie ab.“

Als ich an diesem Vormittag auf dem Heimweg war, ging vor mir ein alter Mann mit Vollbart, der seine Pfeife rauchte. Unter dem einen Arm hatte er Plakate, die so groß wie eine Zeitung waren, und in der anderen Hand trug er einen Topf mit Kleister, und er kleisterte diese großen Plakate an verschiedene Häuser. Es war die Ankündigung der für den nächsten Tag anberaumten Abendunterhaltung zu Ehren von Gudmunsens Geschäftsjubiläum im Guttemplerhaus, und auf dem Plakat gab es drei Bilder: ein großes von Gudmunsen selber mit Zigarre und Orden und darunter zwei kleinere, das eine von Gardar Holm als Jüngling, wie er zum himmlischen Wagen blickt, das andere von Professor Doktor Faustulus mit Zylinderhut und Taube. Die Bilder waren von vielen Druckzeilen umrahmt, die im Sagastil die Verdienste dieser drei vortrefflichen Männer wie auch ganz besonders des Gudmunsenladens gebührend hervorgehoben.

Als ich am Guttemplerhaus vorbeiging, sah ich, daß es neu angestrichen war, nämlich hellgrau oder, wie man heute wohl sagt, grauviolett. Später, wenn ich mich an diese Farbe erinnern wollte, bezweifelte ich oft, daß es sie wirklich gab – bis ich sie viele Jahre danach in Paris, und zwar nur auf Tapeten in Hotelzimmern und anderen Menschenwohnungen, zu sehen bekam. Abenteuerlicherweise bewohnte ich sogar einmal so ein grauviolett tapeziertes Mietszimmer in dieser Kulturhauptstadt der Welt. Der Papst nennt diese Farbe Büßerfarbe, und sie wird am Gründonnerstag verwendet.

Man war dabei, das Haus außen und innen mit künstlichen Blumenkränzen und Laubzweigen zu schmücken, so daß ein Dummerjan, der dergleichen nur auf Bildern in der Bibel gesehen hatte, unwillkürlich an Palmsonntag denken mußte.

Wie ich früher bereits erwähnt habe, mußte ich jeden Morgen und Abend Tante Kristin im Küsterhaus besuchen und ihr Milch und Fisch bringen, besonders seit sie so alt geworden war, daß sie nicht mehr gut gehen und sehen konnte. Diesmal aber hatte ich einen wichtigeren Auftrag zu erledigen.

„Du bist nicht ganz bei Trost, Kind“, sagte Tante Kristin. „Mein Junge ist erst vor einer kleinen Weile fortgegangen, und er hat kein Wort von Gesang in der Kirche gesagt.“

„Ja, aber es stimmt trotzdem“, sagte ich. „Es ist ein Konzert für nur wenige geladene Leute, und zwar für solche, die nicht mit den Gästen vom Gudmunsenladen zusammenkommen.“

„Ja, na ja“, sagte sie nachdenklich. „Er will wohl der Obrigkeit danken, weil sie ihm ganze hundert Kronen jährliche Unterstützung geschenkt hat, solange er Gesang lernte.“

„Vielleicht will er auch gern für seine Mutter singen“, sagte ich.

Sie antwortete: „Ja, das konnte er wohl begreifen, mein Georg, daß es lange mein Traum war, ihn singen zu hören. Aber ich habe so viele Träume gehabt, und wenn auch nur wenige in Erfüllung gegangen sind, so bedeutet das nichts, weil ich doch diesen Jungen habe. Ich freue mich auch, daß er nicht nur für den alten Branntweinhändler Jon Gudmundsson und seine Leute singen will, sondern auch für solche, die es verdienen, Statthalter und Bischof, und natürlich die Dänen. Ja, und nicht zu vergessen die Katholischen im Kloster! Aber sag meinem Georg, daß es beileibe nicht nötig ist, so eine Alte wie mich einzuladen, über die man sich nur schämen muß, wenn man sie Leuten zeigt."

Ich trieb mich lange in der Nähe des Küsterhauses, auf dem Kirchhof und auf dem Tun herum und fühlte mich so bedrückt, daß ich die Pferde, die dort grasten, beneidete, denn sie brauchten ja nicht bei dem Konzert am nächsten Morgen zu begleiten, sondern durften unbekümmert weitergrasen. Ob er nicht nur seinen Spaß mit mir macht? dachte ich, oder will er sich an mir rächen, weil ich unversehens und gegen meinen Willen bei seiner Liebsten gelandet bin, wo er doch jetzt nach Island gekommen ist, um sie zu holen? War er vielleicht in seinem Leben auf eine Klippe verschlagen worden? Hatte die Flut ihn jetzt erreicht? Und war ich es vielleicht, der ihn auf diese Klippe getrieben hatte? Und wenn er sich so verhielt, wie konnte ich mich aus der Gefahr, in der ich mich befand, retten? Jetzt endlich verstand ich die Menschen, die Selbstmord verüben, um so dem Tod zuvorzukommen.

Abends ging ich wieder zu Tante Kristin. Sie saß auf ihrem Holzschemel, starrte aus ihren weitgeöffneten blinden Augen vor sich hin und war so dankbar, diesen Sohn zu besitzen.

Als sie hörte, daß ich kam, sagte sie: „Gott sei Dank, daß du gekommen bist, Kind. Ich muß so dringend mit dir sprechen! Kannst du Neues berichten?“

„Ach, nicht viel“, sagte ich.

„Hält nicht die ganze Stadt den Atem an?“ sagte die alte Frau.

„Darauf kannst du dich verlassen“, sagte ich.

„Ich kann nicht mehr so schnell denken“, sagte sie. „Erst nachdem du gegangen warst, fiel mir ein, daß ich dich um einen kleinen Dienst bitten muß. Es gehört sich wohl, daß man einem Sänger Blumen gibt. Wenn ich auch, wie alle wissen, ganz arm bin, so möchte ich doch, daß du für mich Blumen pflückst und sie dann morgen, wenn er singt, dicht bei ihm hinstellst. Und sag ihm nicht, von wem sie sind. Dann glaubt er vielleicht, daß irgendeine gute und vornehme Frau sie geschickt hat.“

Ich kann nicht behaupten, daß ich, der ich morgen begleiten sollte, eine klarere Vorstellung von einem Konzert hatte als Tante Kristin im Küsterhaus. Ich wußte nicht einmal, daß Blumen dazu nötig waren. An Blumen hatte ich nicht im entferntesten gedacht.

„Wir sind schon weit im Herbst“, sagte ich, „die Heuernte ist im Gang, und alle Blumen sind längst verblüht, vielleicht mit Ausnahme von Kamillen und anderen, die weiter nichts als Unkraut sind.“

„Nicht doch, nicht doch“, sagte Tante Kristin, „es gibt viele Pflanzen, die wild wachsen und bis in den Spätsommer hinein in voller Blüte stehen. Das Mädelsüß mit seinen Samenkapseln duftet jetzt so prächtig! Oder die tiefrote Bachnelkenwurz mit ihrem süßen Honigduft, die sich so schön neigt, wenn der Sommer zu Ende geht; und das Steinbeerkraut mit seinen roten Beeren, so leuchtend rot wie nichts sonst auf Island im Herbst! Und dann meine ich, auch das Heidekraut braucht sich nach der Erntezeit nicht zu verstecken."

„Man müßte schon weit über Land gehen, um solche Blumen zu finden", sagte ich. „Und dazu haben wir jetzt keine Zeit."

„Ich glaube bestimmt, daß deine Großmutter im Brekkukot dir gern Grane leiht, wenn du für mich draußen Blumen suchen willst", sagte Tante Kristin. „Oben bei der Mosfellheide gibt es einen hübschen Hügel und davor einen kleinen See mit zwei Schwänen auf dem Wasser. Auf dem Hügel wachsen viele Blumen. Dort war ich manchmal als junges Mädchen."

„Aber ist es nicht einfacher, wenn ich hier auf dem Kirchhof einige Blumen pflücke, Tante, zum Beispiel vom Grab des seligen Erzengels Gabriel oder von den Gräbern einiger anderer Ausländer, die seit fünfzig Jahren dort liegen und keine Nachkommen mehr im Leben haben? Wenigstens nicht hier."

„Schrecklich, dich so sprechen zu hören, Kind", sagte Tante Kristin. „Nicht einen Halm vom Kirchhof, sage ich. Keine Kamille. Das würde uns angerechnet! Der Kirchhof gehört einzig dem Heiland."

„Gibt es nicht Blumen auf dem Grab des seligen Küsters?" fragte ich.

„Doch, aber das sind dem Küster seine Blumen", sagte sie. „Ach, der gesegnete Küster – er wollte meinen kleinen Georg nie im Leben hören oder sehen. Seine Blumen lassen wir stehen."

Es half nichts, ich mußte versprechen, für sie die richtigen Blumen zu pflücken. Darauf sagte sie: „Das ist wirklich gut von dir!" und fuhr fort: „Ich muß dich noch um etwas bitten, nämlich meinen Sonntagskleiderrock zu suchen. Er hängt sicher dort in der Ecke hinter dem Vorhang. Zu einer schwarzen Tuchjacke habe ich es nicht gebracht, noch weniger zu einem brodierten Mieder, denn ich war ja nur Küsters Wirtschafterin und brauchte nicht in der Kirche auf dem Platz zu sitzen, wo seine Frau hätte sitzen müssen, wenn er eine Frau gehabt hätte. Aber ich habe seit vielen Jahren eine ganz hübsche Miederjacke, blau mit schwarzen Rosen."

Es war nun fast Abend geworden, und ich hatte wirklich keine Lust, nach Mosfell hinaufzuwandern, um Blumen zu suchen, sondern ich begnügte mich damit, auf dem Kirchhof einige Stiefmütterchen und Tausendschönchen zu pflücken. Außerdem meinte ich, daß die Bewohner des Kirchhofs mir Blumen schuldig wären, weil ich doch als Junge oft für sie gesungen hatte.

Tagsüber war ich viele Male im Hotel gewesen, um Gardar Holm zu treffen, denn ich fand, daß ich noch so vielerlei mit ihm wegen des nächsten Morgens besprechen müßte. Aber Gardar Holm ließ sich überhaupt nicht im Hotel blicken, und es gelang mir nicht, ihn anderswo zu finden. Abends kam ein kleiner Brief zu mir, worin er mich bat, die Nacht wieder in seiner Hotelwohnung zu schlafen, da er irgendwo eingeladen sei und dort bis zum Morgen bleiben wolle. „Und stell dich morgen frühzeitig in der Kirche ein; geh in die Sakristei!" hieß es in dem Brief.

An diesem Morgen stand ich in aller Herrgottsfrühe mit meinen gestohlenen Blumen vor der Kirche wie jemand, der im Traum tun muß, was der Herr der Träume ihm befiehlt, und trotzdem voll böser Ahnungen ist. Nie habe ich mich so vor einem Konzert gefürchtet!

Ich stand vor der Kirche und lugte nach allen Richtungen wie ein Mensch, der nicht weiß, ob er seine fünf Sinne beisammen hat und gern Gewißheit darüber haben will, betrachtete verwundert die Blumen in meiner Hand und hoffte dabei immer noch, daß alles nur ein Spuk und die Tür zur Sakristei verschlossen sei. Eines war sicher: Auf dem Markt war alles still und nirgendwo ein lebendes Wesen zu entdecken, das aussah, als wolle es zu einem Konzert gehen. Zwei Zimmerleute arbeiteten etwas weiter in der Straße an einem Neubau. Ein Bauer in Fellstrümpfen war mit seinen Packgäulen aufgebrochen, um gedörrte Dorschköpfe ostwärts zu transportieren. Ohne Zweifel hatte er eine mehrtägige Reise vor sich, und ich beneidete ihn heimlich darum. Als ich aber die Türklinke anfaßte, merkte ich, daß die Sakristei offen war. Der Angsttraum hielt immer noch an. Hatten sich vielleicht die Gäste bereits in der Kirche versammelt und warteten nur auf mich?

In der Sakristei herrschte Halbdunkel, und ich tastete mich vorwärts, bis ich die Tür zum Chor fand. Sie war nur angelehnt. Die Strahlen der Morgensonne konnten nicht eindringen, denn solche Gebäude haben an ihrer Ostseite keine Fenster. Überall herrschte ein farbloses Schummerlicht, glasig und trüb mit helleren Flecken, dem Widerschein vom blanken Anstrich der Kirchendecke, der Wände und der Bänke, das an das Glitzern von strömendem Wasser unter bewölktem Himmel erinnerte, und dieser bleiche Widerschein fiel auf das fahle, gelbliche Altarbild mit dem auferstandenen Erlöser.

Ich stand mit den Blumen im stillen Chor der Domkirche, dicht vor den Rundstufen des Altars, und blickte mich um. Und wahrhaftig, sah ich da nicht ein altes, staubiges Harmonium – und dabei hatte ich bis zum letzten Augenblick gehofft, daß es nur im Traum existiere. Aber wie sehr ich auch über das Vorhandensein dieser jämmerlichen Orgel, mit der ich nichts zu schaffen haben wollte, erbost war, so kam es mir doch noch viel unglaublicher vor, daß ich selber hier stand. Wenn man mich hier sehen würde! Ich legte hastig die Blumen auf den Fußboden, als hätte ich nichts mit ihnen zu tun. Doch da fiel mir ein, daß der Fußboden kaum die richtige Stelle für Blumen sein dürfte. Ob ich sie nicht besser auf eine der Stufen zum Altar legen sollte? Oder auf den Altar? Aber was würde Ehrwürden Johann sagen, wenn er diese Blumen auf seinem Altar fand? Denn er würde sie ohne Zweifel kennen und merken, daß sie gestohlen waren. Ich nahm die Blumen wieder vom Boden auf. Jetzt, viele Jahre später, da ich diese Zeilen schreibe, ist es mir, als hätte ich noch immer die Blumen in der Hand. Ich kann mich nicht entsinnen, wie ich mich von ihnen befreit habe. Wohin soll ich diese Blumen legen? Was soll aus diesen Blumen werden?

Da wird das Haupttor der Kirche geöffnet, und zwei Gäste erscheinen, ein festlich gekleideter, stattlicher Mann in der Blüte seines Lebens und an seiner Seite eine arme, alte Frau. Er geleitet sie in die Kirche. Sie schleppt sich auf ihren siechen alten Beinen dahin und lehnt sich gegen ihren Sohn, um von ihm Kraft für diesen Kirchgang zu erhalten. Sie hat ihren Sonntagsrock und ihr feines Mieder an, und ihr Feiertagsschal bedeckt die schmalen Schultern. Sie ist wieder so klein geworden, wie es Menschen werden, wenn sie welken, sie gleicht einem kleinen gelähmten Mädchen; und ihr Gesicht hat den sanften, beseelten Ausdruck der Leute, die schon viel vom Jenseits wissen.

Gardar Holm schreitet dahin in der stolzen Haltung eines weltberühmten Mannes, ein Kaiser im Reiche der Kunst, der sich in Thalias Tempel zeigt, begleitet von tausend Blicken edler, erlesener Zuhörer und zudem von der Sympathie eines Publikums, das gerührt ist, weil er an seinem Arm eine alte Frau geringer Herkunft führt, seine Mutter: denn auf der Höhe seines Künstlerruhmes erinnert er sich seines Ursprungs. Und er nickt mit geziemendem Lächeln grüßend nach beiden Seiten zu den Kirchenbänken hin, als sähe er vornehme Gesichter, denen er in dieser weihevollen Stunde geflissentlich seine Ehrerbietung erzeigen will. Auch solche Gäste gibt es, vor denen man zumindest in der Kirche stehenbleiben, die Hacken zusammennehmen und sich verneigen muß. Und die alte Frau schmiegt sich noch fester an ihren Sohn, wenn er stehenbleibt und sich vor den Großmächtigen verneigt.

Und er geleitet seine Mutter durch die ganze Kirche, empor in den Chor zu einem Stuhl, der vor den Rundstufen des Altars steht. Dort läßt er sie Platz nehmen und hilft ihr, damit sie gut sitzt, mit Ehrerbietung und Zärtlichkeit in seinen Gebärden, als wolle er ihr sagen: Mögen auch viele Leute vornehmeren Standes als du hier sein, so brauchst du dich nicht zu schämen, denn dieser Platz hier ist dein Platz vor Gott und den Menschen.

Jetzt sitzt die alte Frau dort vor dem Altar, verwandelt und erhöht, in ihrem faltigen Sonntagsrock und ihrem Festtagsschal, und legt die Hände mit den knotigen Fingern kreuzweise in den Schoß, diese verarbeiteten, geschwollenen Hände mit schwarzen Adern und weißen Knöcheln.

Gardar Holm dreht sich zu mir um.

„Setz dich an die Orgel“, flüstert er.

Ich tue es.

„Fang an zu spielen“, sagt er.

„Aber – aber ...“, sage ich.

„Das macht nichts“, sagt er.

„Aber ich, ich, ich ...“

„Einerlei, was du spielst. Ich singe zu allem. Tritt die Pedale!“

Kaum habe ich die Pedale berührt, da beginnt die Orgel von selbst zu spielen, und zwar so dröhnend, daß es in der leeren Kirche widerhallt und alles darin zusammenstürzen muß. So undicht ist die Orgel in allen Fugen, daß ihr, wenn man nur sacht die Pedale berührt, gewaltig gellende, saugende Laute entströmen.

Und jetzt zieht Gardar Holm alle Register seiner Stimme. Das Konzert hat begonnen.

Ich muß abermals daran erinnern, wie ich es früher auf diesen Seiten angedeutet habe, daß ich nicht der rechte Mann bin, um Gardar Holms Kunst mit den richtigen Worten zu beschreiben. Wir waren beide am selben Kirchhof geboren, und zwar jeder an seinem Ende des Kirchhofs, und man hat in uns stets nahe Verwandte gesehen, und viele haben uns miteinander verwechselt und uns manchmal gar für eine und dieselbe Person gehalten. Aber selbst wenn dies nicht der Fall gewesen wäre, so müßte es gleichwohl, wenn ich von diesem Heiligenbild meiner Jugend berichte, meine Pflicht sein, bei meinen Worten jene Höflichkeit zu beobachten, die jedermann sich selbst schuldig ist unter Beherzigung dessen, was der große englische Meister in seinem neununddreißigsten Sonett sagt:

Wie mag ich sittsam denn von deinem Werke singen,
Wenn du der beßre Teil nur bist von mir?

Man hat mich früher und auch später gefragt: Sang er gut? Ich antworte: Die Welt ist Gesang, aber wir wissen nicht, ob es guter Gesang ist, denn wir besitzen keine Vergleichsmöglichkeit. Manche meinen, daß die Gesangskunst ihren Ursprung im Brausen der Sonnensysteme hat, wenn sie durch den Weltraum rasen; andere sagen, sie entstamme dem Rauschen jener Esche, die Yggdrasil heißt, von der in alter Zeit gedichtet wurde: „Brausend im greisen Baum". Es mag sein, daß Gardar Holm dem grenzenlosen Meer des ungeborenen Gesangs näher gekommen ist als die Mehrzahl anderer Sänger. Ich will Gardar Holms Gesang nicht mit der Kunst anderer Sänger vergleichen, die vielleicht ebenfalls in Thaliens Palästen rings auf Erden gesungen haben, im Teatro Colon, in Küßnacht, in der Peterskirche (oder war es in Sankt Petersburg?) oder vor Muhamed ben Ali. Aber einen Gesang, wie ich ihn in dieser am wenigsten berühmten aller Domkirchen gehört habe, hat kein anderer Mensch gehört; und ich glaube, daß wohl jeder, der diesen Gesang gehört hätte, durch ihn ein anderer Mensch geworden wäre. Doch die Ohren, denen er geweiht war, waren taub.

Es mag sein, daß dies das einzige Mal in meinem Leben war, daß ich wahren Gesang gehört habe.

Denn dieser Gesang war so wahr, daß er allen anderen Gesang zu Narretei und Heuchelei machte und andere Sänger zu Betrügern; und nicht nur andere Sänger, sondern auch mich und uns alle: die Frau von Landbrot nicht minder als Chloë und Ebeneser Draummann, und Kapitän Hogensen ebenso wie Runolfur Jonsson und den Aufsichtsbeamten. Und seine Töne erschütterten mich so, daß ich mir nicht anders helfen konnte, als diese undichte, jämmerliche Orgel aus allen Leibeskräften zu treten, um diesen Gesang zu übertönen oder wenigstens gegen ihn aufkommen zu können, denn sonst hätte ich ihn nicht ertragen.

Was sang er, fragte man. Ich antwortete mit einer Frage: Ist es nicht ganz einerlei? Gewiß, es gab kein gedrucktes Programm. Welche Lieder? Vielleicht waren es Lieder mit Melodien ganz neuer Art, die erst dann Anerkennung finden werden, wenn die Welt auf ihrem rückwärts gerichteten Weg näher zu ihrem Ursprung gelangt ist und alle Ausdrucksmittel einfacher und einfacher geworden sind, bis man sich am Ende damit begnügt, allein den Vokal a zu schreien, um das auszudrükken, was man fühlt und denkt, anstatt wie bisher bei jedem Thema viele Verben und Substantive abzuwandeln. Es kann auch sein, daß man eine Melodie gehört hat, als in der Weihnacht Esel und Ochs vor den Engeln gesungen haben, wobei, scheint es mir, in diesem Gesang einer noch ungeborenen Zeit ein tolles Durcheinander von zusammenhanglosen Bruchstücken aus denkwürdigen, uralten Texten enthalten gewesen sein muß: Exultate, jubilate; si tu ne m'aimes pas, je t'aime; se i miei sospiri.

Zuerst sang er mit großen, heftigen Gesten, die,

wie ich fand, eigentlich nur Schauspielern erlaubt seien. Aber vielleicht näherte sich diese unsinnige Mischung von Lachen und Schluchzen mehr der wahren Melodie als irgendein anderer Gesang, enthielt mehr Seele der Kreatur als die schonungslose Zucht, die auf der Bühne bei uns im Brekkukot geübt wurde – bis schließlich der Sänger nur noch stoßweise atmen konnte, wie er da vor dem Altar stand mit krampfhaften Zuckungen im Gesicht, nach Luft rang, keinen Laut mehr hervorbrachte, zu Füßen seiner Mutter in die Knie sank und sein Gesicht in ihrem Schoß verbarg.

Und das Konzert war zu Ende.

39

Der Laden feiert Jubiläum

Abend. Es wird Herbst. Wir können hören, wie der Wind zwischen den Gräbern stöbert und der Regen auf die Farnbüschel trommelt. Ich schlendere vor unserm Haus auf und ab, bleibe manchmal im Regen am Drehkreuz stehen, horche, ob Schritte zu hören sind, warte auf etwas. Am Morgen waren seine letzten Worte an mich gewesen: „Bleib zu Haus, damit man dich findet, wenn du gesucht wirst." Aber niemand ist zu uns unterwegs. Die paar Leute, die ich sehen kann, eilen südwärts nach Grimstadeholt. Bis plötzlich das Mädchen dahergelaufen kommt. Sie bleibt draußen beim Drehkreuz im Regen stehen und ruft meinen Namen. Hatte ich nicht etwas Ähnliches geahnt? „Er singt nicht", sagt sie.

„Nein", sage ich.

„Er wohnt nicht mehr im Hotel. Ich war auch schon – an der anderen Stelle. Ob er nicht wieder ins Ausland gereist ist – wie gewöhnlich?"

„Habt ihr was anderes erwartet?"

„Ich komme, um dich zu bitten, uns zu helfen", sagt sie. „Der Saal ist voll. Der Redakteur hat seine Rede gehalten. Die Hornmusik hat schon dreimal gespielt. Madam Strubenhols hat die Rhapsodien von Liszt auch schon hinter sich, und der Zauberkünstler hat seine Nummer bereits zweimal zum besten gegeben, nun wird er sie wohl zum drittenmal wiederholen. Doch jetzt mußt du mitkommen und singen."

„Ich kann nicht singen."

„Alle wissen, daß du singen kannst. Komm nur!"

„Nein!"

„Willst du denn, daß Papa sich in der ganzen Stadt lächerlich macht?"

„Was geht mich dein Vater an!"

„Ich kann nicht glauben, daß du ein böser Mensch bist, Alfgrimur." Und jetzt fließen bei ihr die Tränen.

„Und ich kann nicht begreifen, welchen Nutzen dein Vater davon haben könnte, wenn *ich* mich vor allen Leuten lächerlich mache."

„Madam Strubenhols hat oft erzählt, daß du singen kannst."

„Nicht einmal ein geübter Sänger, glaube ich, würde sich darauf einlassen, unvorbereitet und ohne rechtzeitig eingeladen worden zu sein, irgendwo öffentlich zu singen."

„Ich weiß doch, daß du bei Madam Strubenhols aus einem deutschen Liederbuch vom Blatt gesungen hast. Und du kannst den Anzug des Zauberkünstlers geliehen bekommen."

„Nein, ganz ausgeschlossen!"

„Willst du es denn nicht Gardar Holm zuliebe tun, wo er doch dein Verwandter ist?"

„Hätte Gardar es für nötig gehalten, so würde er wohl selber gesungen haben."

„Möchtest du denn nicht, daß Papa dir zu dauerndem Dank verpflichtet ist? Er könnte dir diesen Abend sicherlich niemals vergessen."

„Ach, glaubst du, dein Vater wüßte nicht, was er

tut? Ich kann mir wahrhaftig nicht vorstellen, daß er über Gardar so enttäuscht ist."

„So, mehr hast du nicht für mich übrig, Alfgrimur? Kann sein, daß du nichts für Papa tun willst. Aber nun kann ich merken, daß du auch bereit bist, mir einen Tritt zu geben. So einer bist du also: Verführst mich, wenn du mich mitten in der Nacht weinen siehst, lockst mich weg von dem Mann, den ich liebe, und deswegen ist er weggereist und kommt nie wieder, und nun machst du mich zur liederlichsten Person in der ganzen Stadt, ahaha, uhuhu, ihihi ..."

Die Hornmusik hatte dreimal den Björnborger Marsch durchgespielt. Als wir durch die Hintertür ins Guttemplerhaus kamen, sahen wir, wie Professor Doktor Faustulus zum drittenmal die Taube aus seinem Zylinderhut holte. Dann eilte er hinter die Bühne, man riß ihm sein Zeug vom Leib und zog es mir an. Es ist überflüssig, zu beschreiben, wie ich in seinem Gehrock aussah, da er so klein und dick und ich so schmächtig und lang war, und wie weit mir seine Vatermörder waren, die er bei seiner schweren Arbeit auf der Bühne völlig durchgeschwitzt hatte. Ohne einen Mucks sagen zu können, wurde ich auf die Bühne geschubst, und hinter den Kulissen stand in Unterhosen mit Taube und Zylinderhut der Professor. Und dies war die größte Verwandlungsnummer des ganzen Abends: der lange Schlaks vom Brekkukot auf der Bühne als Stellvertreter des weltberühmten Sängers. Madam Strubenhols saß vorm Piano.

Hoffentlich erwartet auch niemand, daß ich den Gesang, den ich nun anzustimmen hatte, beschreibe. Aber ich darf wohl mit vollem Recht behaupten, daß dieser Gesang ohne die geringste Eitelkeit dargeboten wurde und daß der einzige Gedanke, der mich hier auf der Bühne beherrschte, der war, nicht aus eigenem Antrieb hier zu stehen. Obwohl meine Stimme kaum geboren war, noch ich selbst als Mensch, und obwohl niemand weiß, was aus der Larve wird, wenn es ihr überhaupt je gelingt, die Puppenhülle zu sprengen, so war doch die Treue gegen Gardar Holm kein neues Gefühl in mir, sondern der eigentliche Leitstern meiner entschwundenen Kindheit. Ich sang meine grenzenlose Dankbarkeit, die ich diesem weltberühmten Tenor gegenüber empfand, der sich durch Gottes Gnade über den Baß daheim bei uns im Brekkukot erhoben hatte; sang, weil ich wußte, daß Gesang Zeugnis des Dankes ist, den wir Gott schulden – nicht aber, weil ich singen konnte. Und ich ging an meine Aufgabe bereits mit meinem ersten Ton so mutig heran, daß das Hohngelächter, das mich empfing, mich ebensowenig anfocht wie ein Windhauch von den nahen Bergen im Osten. So unerschütterlich war meine Überzeugung, daß ich, da ich nun einmal hier stand – und ich hatte im tiefsten Innern stets gewußt, daß ich einmal hier stehen würde –, kraft eines Auftrags hier stand, der so erhaben war, daß ich selbst bedeutungslos wurde.

„Ruhn in Frieden alle Seelen …“

Wie es nun auch zugegangen sein mag: die Zuhörerschaft, Angehörige eines kleinen großen Volkes, steife, verknöcherte Verkörperung von allem, was richtig und wahr ist in einer kleinen großen Stadt am Meer, unmusikalische, behäbige isländische Bürgerschaft mit einigen Studierten darunter, in einer Zeit, da wir noch nicht als Volk angesehen wurden, diese gesangloseste Schar, die es überhaupt jemals irgendwo auf Erden in einem Saal gegeben hat – sie begann zu lauschen. Nach dem ersten Lied blickten gewiß die meisten zum Statthalter und zum Bischof hin. Doch einige gab es bereits, die unwillkürlich mit dem Dargebotenen einverstanden waren und einfach kapitulierten, die Hände vom Schoß nahmen, um sie schließlich gegeneinanderzuführen und zu klatschen. Es fiel mir nicht ein, zu glauben, daß ihr Beifall mir zugedacht war. Und gleichwohl, man ließ das Lied gelten, und das ist stets der Anfang. Nach dem zweiten und dritten Lied klatschten zwei Gäste, und das waren der Bischof und der Statthalter – was die gleiche Wirkung hatte wie eine Kundgebung von allerhöchster Stelle: „Wir können unmöglich zugeben, daß Wir schlechtem Gesang gelauscht haben. Da Wir nun einmal zu einem Fest eingeladen sind und Wir gekommen sind und Platz genommen haben, ist dieses Fest laut Definition ein gutes Fest." Und es wurde so nach jedem Lied, das ich sang, geklatscht, bis ich die wenigen Lieder, die ich kannte, alle hintereinander gesungen hatte. Ich stand wie im Traum auf der Bühne und sah zu, wie alle Leute weiterklatschten, bis mir jemand einen Wink gab zu verschwinden; und ich kam erst wieder zu mir, als ich hinter den Kulissen stand und Professor Doktor Faustulus anfing, mir seine Hosen auszuziehen.

Der Abend war noch nicht zu Ende. Wie ich da völlig erschöpft gegen eine Wand gelehnt stand, kam unerwartet ein Angestellter vom Gudmunsenladen zu mir mit dem Bescheid, daß ich auf dem Heimweg ins Kontor des Ladens kommen sollte.

Der Gudmunsenladen war von oben bis unten illuminiert. Zwei Laufjungen standen neben der

Ladentür, betrachteten mich mit Mienen, als wären sie Hofmarschälle, und geleiteten mich durch den mittleren Laden hinein. Sie hoben die Klappe im Ladentisch, gingen dann mit mir durch den Raum der Buchhaltung, in der heute kein Mensch zu finden war, und bis zu einer Tür, auf der das geheimnisvolle Wort „Comptoir“ geschrieben stand. Kaufmann Gudmunsen stand in seiner Schreibstube, angetan mit Bratenrock, Zylinderhut, Orden und steifen Manschetten, die ihm bis über die Knöchel reichten. Seinen Mantel hatte er über einen Stuhl gelegt. Er wollte sich gerade eine Zigarre anstekken. Es war eine ganz andere Erscheinung als der Gudmunsen auf der Gesellschaft am vorgestrigen Abend: er zog die Mundwinkel herunter, wenn er rauchte, und runzelte die Augenbrauen. Sein rotbäckiges Gesicht hatte jetzt etwas Welkes, wie man es manchmal bei alten Jungfern findet.

„Guten Tag, und bitte, nehmen Sie Platz, Student Hansen“, sagte er auf dänisch. Diesmal hatte er offenbar keine Lust, sich einer noch feineren Sprache zu bedienen. Er selbst setzte sich nicht.

„Eher hätte ich meinen Tod erwartet als das vorhin“, sagte er, als ich mich gesetzt hatte. „Darf ich fragen: Wen wollen Sie retten?“

„Niemanden“, sagte ich, „die Kleine kam zu mir.“

„Mit Verlaub: Glauben Sie, ich bin ein Idiot? Glauben Sie, ich hätte nicht gewußt, daß Georg Hansen sich drücken würde?“

Ich stotterte: „Gardar muß wohl ... ernstlich ... verhindert gewesen sein, wenn er nicht gekommen ist.“

„Verhindert?“ wiederholte Kaufmann Gudmunsen. „Über wen wollen Sie sich lustig machen, Student Hansen? Was soll diese Heuchelei?“

„Da Sie Gardar Holm so gut kennen", sagte ich, „haben Sie sich vorstellen können, daß Gardar heute abend gegen seinen Willen auftreten würde?"

„Natürlich nicht", sagte Kaufmann Gudmunsen. „Dagegen sagte ich ihm, daß ich ihn an der ganzen Faxabucht verfolgen lassen würde; und sollte er versuchen, an Bord eines Schiffes zu kommen, würde man ihn wegen Betrügerei verhaften."

„Sie müssen doch am besten wissen, weshalb Sie ihn haben heimkommen lassen", sagte ich.

„Weshalb ich ihn habe heimkommen lassen?" sagte Kaufmann Gudmunsen und kam dorthin, wo ich saß. Er trat dicht an mich heran. „Das will ich Ihnen offen und ehrlich sagen, Herr Stu-dent, da Sie sich in die Sache gemischt haben. Wir ließen ihn heimkommen, weil es so einfach nicht mehr weitergehen konnte. Wir waren der Sache müde geworden. Er hatte seine dänische Frau sitzenlassen, die ihn während der letzten Jahre ausgehalten hatte. Und das Taschengeld, das er jeden Monat mit der Post von dem alten Sonderling Jon, dem Lokuswärter unten am Hafen, bekam, reichte natürlich nicht zur Bestreitung seines Lebensunterhalts aus. Und zu allem Unglück hatte meine Tochter den Einfall bekommen, sie sei mit ihm verlobt. Mit anderen Worten, wir waren gezwungen, ihn zu entlarven. Deshalb haben wir ihn heimgerufen, lieber Landsmann."

„Ich erlaube mir aber, dagegen Einspruch zu erheben, wenn Sie behaupten, ich hätte mich in diese Sache gemischt", sagte ich. „Ich habe ihm nur in den Tagen seines Hierseins ein wenig beigestanden, und zwar nach Aufforderung durch den Laden. Nichts lag mir ferner, als mit dem Fest heute abend etwas zu schaffen zu haben. Ich war nicht eingeladen. Ich hatte nicht einmal ein Billett gekauft. Ich blieb im Brekkukot. Man hat mich jedoch geholt. Man flehte mich an – in Ihrem Namen, um Gottes willen. Ich ließ mich in die Stadt schleppen. Man schubste mich auf die Bühne. Jetzt begreife ich, daß man mich zum Narren gehabt hat, daß ich meinen Angehörigen Schande gemacht und Ihnen Ungelegenheiten verursacht habe. Hat man übereilt gehandelt und Dummheiten angestellt, so muß man dafür büßen, und ich weiß, daß es vergeblich ist, um Entschuldigung zu bitten, wenn man nichts als eine Entschuldigung vorbringen kann. Da hat man seiner Wege zu gehen und den Mund zu halten."

Und ich wollte aufstehen.

Aber so war nun einmal Kaufmann Gudmunsen: War es ihm nicht geglückt, seine Ware zu verkaufen, und der Kunde machte ein unwilliges Gesicht, dann kam plötzlich der gemütliche Däne bei ihm zum Vorschein, redselig und mit einem gutmütigen Witz, wovon es hier auf Island allzu wenige gibt. Sogar in dieser ernsten Angelegenheit blieb er seiner Gewohnheit treu. Er strich mit seinem Handrücken über mein Gesicht, als wollte er ein kleines Kind tätscheln, und lachte schallend.

„Poeta cum agricola pugnavit", sagte er und war demnach in seinem Lateinbuch eine ganze Lektion weitergekommen seit dem letztenmal, als ich ihn hatte zitieren hören.

„Darf ich Ihnen eine Zigarre anbieten?"

Ich sagte ihm, wie es sich verhielt, nämlich daß ich eigentlich nichts vom Rauchen verstand.

„Na ja, lieber Stu-dent", sagte er. „Auch kein Gläschen? Aber Sie brauchen sich nicht zu beeilen.

Wir können ruhig noch ein bißchen miteinander sprechen. Nun weißt du, mein Freund, wo ich stehe und wo wir alle stehen. Du bist der Sohn vom alten Björn im Brekkukot, oder bist du sein Enkelkind? Ein Ehrenmann, der Alte, wenn es nun auch bald Schluß mit allen offenen Booten ist und die kleinen Fischer aussterben. Und wenn die Kleine auch sagt, daß du nach Ruß und Muff riechst, was ja nicht verwunderlich ist, da du aus der armseligsten Torfhütte kommst, die es auf ganz Island gibt, so will ich trotzdem ein paar Worte auf ein Stück Papier schreiben, das du mit auf deine Reise nehmen kannst."

Er setzte sich hin und schrieb etwas auf ein Blatt Papier, faltete es zusammen, legte es in einen Briefumschlag und gab ihn mir.

„Bitte schön", sagte er. „Aber nun muß ich mich wohl um meine Gäste kümmern, den Minister des Königs und die andere Gesellschaft. Leb wohl!"

Großmutter saß mit ihrem Strickzeug beim Herdfeuer und überwachte das Backen ihres guten Roggenbrotes. Ich hatte keine Lust, ihr alles zu erzählen, was sich an diesem Abend zugetragen hatte, sondern begnügte mich damit, ihr vom Wetter zu berichten.

„Ach ja, diese Sommerstürme", sagte sie, „mit denen ist es jetzt auch bald zu Ende."

Dann nahm ich den Brief von Gudmunsen und erzählte ihr, was darin stand: Der Gudmunsenladen verpflichte sich, die Kosten für meine Ausbildung an Gesangschulen im Ausland fünf Jahre hindurch zu tragen.

„Das finde ich allerhand", sagte Großmutter und strickte ruhig weiter. „Er ist sicherlich ein guter Mensch. Tu mir doch den Gefallen, lieber Grimur, und nimm den Kasten und hol mir ein paar Stück Torf von draußen."

Als ich mit dem Torf zurückkam, bedeckte sie sorgfältig die Glut damit und strickte dann weiter.

„Ich weiß nur nicht, was Björn davon hält", sagte sie. „Was Gudmunsens Geld angeht, so kann man nur sagen, daß es bis jetzt bei uns nicht gültig war. Und so verhält es sich, glaube ich, auch mit Gesang, wie es bei uns auf Island nicht anders für die Dichtkunst gilt: ‚Ich mache mir Verse als freundliche Speise und nicht, damit die Welt mich preise.' Wie war es mit dem kleinen Georg der armen Kristin, der nach seinem Stiefvater hätte Küster werden können? Er ging auf Reisen. Und die Glocke kam in die Hände anderer Leute."

40
Ein Öre

Gestern abend war mit dem Wind der Herbst zu uns gekommen, und heute hatte der Wind ihn wieder mitgenommen. Auf den Grasbüscheln zwischen den Pflastersteinen vor unserm Haus, am unerschütterlichen Löwenzahn und an den Fischschuppen in den Pfützen glitzerten alle Regentropfen, und der Rainfarn war im Sonnenschein rot geworden.

An diesem Morgen geschah es, daß unser Aufsichtsbeamter mit einem flachen Handkarren unten vom Hafen kam, und neben ihm ging der alte Polizist Jonas; sie waren auf dem Weg zum Kirchhof. Auf dem Karren lag ein länglicher Gegenstand, groß wie ein Mensch, und darüber war ein Segel gebreitet. Den Gegenstand legten sie auf Latten quer über die Bänke in der Kapelle. Das Segel hatten sie nicht fortgenommen.

Der Aufsichtsbeamte war letzte Nacht nicht zu Haus gewesen. Jetzt kam er zusammen mit seinem Begleiter, um seinen Morgenkaffee zu trinken. Großvater saß in der Tür zur Scheune bei seinen Netzen und wünschte beiden einen guten Tag. Aus Großmutters Schornstein stieg an diesem klaren, stillen Spätsommermorgen der Rauch steil empor.

Ich fragte nicht, was geschehen war oder wie es geschehen war. Ich wollte nichts wissen. Hinterher hörte ich, daß einige unserem Aufsichtsbeamten wegen seines Anteils an dem, was geschehen war, Vorwürfe gemacht hatten. Viele Jahre später konnte ich ein wenig in alten Polizeiprotokollen herumschnüffeln, und da stieß ich auf den Rapport eines kurzen Verhörs, das eben an jenem Tag mit unserm Aufsichtsbeamten angestellt worden war. Darin hieß es, daß kurz vor Mitternacht ein Gast in sein Häuschen am Hafen gekommen sei.

Der Stadtvogt fragte, was der Gast gewollt habe.

„Och, eigentlich gar nichts", sagte der Aufsichtsbeamte, „er bat nur, bei mir sterben zu dürfen."

„Und was haben Sie geantwortet?" fragte der Stadtvogt.

„Ich sagte: Bitte schön, mein Freund", antwortete der Verhörte.

Der Stadtvogt: „Und dann?"

Der Verhörte: „Er nahm eine kleine Kapsel aus seiner Tasche und bat mich hinauszugehen."

Mehr will ich von diesem Polizeiprotokoll nicht wiedergeben. Nachdem man den Toten in einen Sarg gebettet hatte, wurde er zu seiner Mutter, der seligen Tante Kristin, getragen. Da ich ihm während seiner letzten Tage hier ein wenig beigestanden hatte, traf es sich, daß ich mich im Hotel aufhielt, als man sein Gepäck öffnete und die Taschen seiner Kleider leerte. In seinen Koffern, die solide und fast neu waren, lagen Ziegelsteine, in Heu verpackt, sonst nichts. In den Taschen fand man etwas dänisches Papiergeld, Fünf- und Zehnkronenscheine, zusammen kaum hundert Kronen, und eine Unmenge Zettel, die mit Zahlen vollgeschrieben waren, großen Zahlen in Rechenspielen, die immer aufgehen und zu lustigen Resultaten führen.

Ich habe Gardar Holms Leiche nicht gesehen, aber ich habe an seinem Grab gesungen. Und ich ging bei der Beerdigung neben Tante Kristin und durfte ihre Hand halten.

Die Trauerandacht fand in der Kapelle unseres Kirchhofs statt, nicht in der Domkirche. Wir, seine nächsten Angehörigen, saßen auf der vordersten Bank, Björn vom Brekkukot, Großmutter, Tante Kristin und ich. Ehrwürden Johann hielt die Leichenpredigt. Er war jetzt hochbetagt, ich kann wohl behaupten, daß er damals einer der ältesten amtierenden Pastoren auf Island war. Sein Alter war wohl schuld daran, daß er bei seinen Leichenpredigten häufig die Namen der Toten, die er begrub, vergaß. Er predigte über jene, die kein Gesicht haben und deshalb vom Heiland mehr als alle sonst geliebt werden. Glaubte er vielleicht, in diesem Augenblick einen solchen Toten zu beerdigen? Ich wußte häufig nicht genau, was Ehrwürden Johann dachte. Ich wußte auch weder, was Tante Kristin im Küsterhaus dachte, noch, was Großvater und Großmutter dachten. Was mich betrifft, so war ich nie so sicher wie jetzt, daß der Mann, den man beerdigte, nicht im Sarg lag.

„O selig Stund, wenn alle Nebel schwinden."

Dann wurde der Sarg auf den Kirchhof hinausgetragen. Die Kupferglocke läutete. Man gab mir einen Wink, ans Grab zu treten und zu singen.

Es war einer von diesen Spätsommertagen mit weißer Sonne, die nur wenig Wind haben. Ich hoffe jedoch, daß mein Gesang von der leichten Brise zu irgendeinem kleinen Knaben getragen wurde, der in irgendeinem Kohlgarten zwischen

Rainfarn und Ampfer in der Nähe saß und den Tod als unschuldigen Zeitvertreib betrachtete.

Als man das Grab zuschaufelte, wankte Ehrwürden Johann zu uns, um uns zu begrüßen; zuerst Björn, dann die beiden Kusinen und schließlich auch mich. Er nannte jeden von uns mit Namen, auch mich, ja, er wußte genau, wie wir hießen; aber ich fand es am merkwürdigsten, daß er mich noch kannte, obwohl er so alt geworden war und ich mich so verändert hatte. Ich glaubte, daß mein recht ungewöhnlicher Name schuld daran sei. Doch darin irrte ich mich. Er sagte, daß er etwas mit mir zu ordnen habe.

„Ich bin dir immer noch ein wenig Geld schuldig, lieber Alfgrimur, und ich schäme mich schon lange deswegen", sagte er.

„Irren Sie sich auch nicht, Ehrwürden Johann?" sagte ich.

„Nein", sagte Ehrwürden Johann und steckte die Hand in die Tasche unter seinem Talar. „Ich weiß immer ganz genau, wenn ich was schuldig geblieben bin. Ich weiß noch genau, daß ich dich vor vielen Jahren bat, für einen Mann zu singen. Ich hatte dir dreißig Öre für den Gesang versprochen, aber mein Geldbeutel war so alt, ich glaube, er hatte ein Leck, und so kam es, daß ich nur neunundzwanzig Öre darin finden konnte. Doch nun hat mir meine Tochter in Kopenhagen einen neuen Geldbeutel geschickt."

Er holte den feinen neuen Geldbeutel aus der Tasche unter seinem Talar hervor und versuchte ihn mit seinen blauen, zittrigen Fingern zu öffnen. Um nicht ganz stumm zu sein, während er sich mit dem Geldbeutel abmühte, sagte er: „Ich habe eigentlich nie ordentlich singen können. Aber ich habe keinen Tag erlebt, an dem ich nicht wußte, daß es *einen* Ton gibt, der rein ist."

Schließlich glückte es Ehrwürden Johann, den neuen Geldbeutel zu öffnen, und da fand er den Öre, den er mir seit Jahren schuldete, und er gab ihn mir.

„Es ist gut und wacker, zu singen", sagte er dabei, „besonders wenn man nicht höher hinaus will, als über dem Staub von solchen zu singen, die kein Gesicht haben."

Es war ganz bestimmt am Abend dieses Tages, als ich Großvater von der Stadt unten zurückkommen sah. Er hatte seinen Hut unter dem Kinn mit Bändern festgebunden, als wäre draußen Sturm gewesen. Aber ich dachte nicht darüber nach, was Großvater in der Stadt zu tun gehabt haben mochte, denn ich hatte meinen Kopf sowieso voll. Doch später am Abend, als ich ein wenig ins Freie gehen wollte, um in bessere Stimmung zu kommen, traf Großmutter mich in der Haustür und bat mich, mit ihr zu ihrem Herd zu gehen.

„Vielleicht willst du ein Stück Zucker von mir haben, wie du es früher manchmal bekamst, als du kleiner warst, lieber Grimur?" sagte sie.

Und sie gab mir einen Klumpen schwarzen Kandiszucker.

„Hör mal, Großmutter", sagte ich, „denkst du nicht vielleicht an einen anderen Grimur? Ich weiß doch, daß du immer zu mir sagtest, Zucker sei schädlich für die Zähne."

„Nein, es ist derselbe Grimur", sagte sie. „Aber es ist richtig, Zucker ist nicht gesund für Zähne, außer bei Festen. Zum Glück hat es in diesem Haus nicht viel Feste gegeben."

„Sagtest du glücklicherweise, Großmutter?"

„Spätes Glück ist bestes Glück“, sagte sie.

„Das ist wirklich herrlicher Zucker, Großmutter“, sagte ich.

„Aber hör mal, lieber Grimur“, sagte sie dann. „Irre ich mich nicht, oder habe ich es geträumt, daß du ein Papier vom Handelsmann Gudmunsen in der Hand hattest?“

„Doch, das ist richtig“, sagte ich. „Der Gudmunsenladen will fünf Jahre lang meine Ausbildung im Ausland bezahlen.“

„Ja, das nenne ich prächtig“, sagte sie. „Ich habe auch immer gehört, daß sie die besten Menschen sein sollen. Aber ich weiß nicht recht, lieber Grimur, ob es deinem Großvater paßt, daß du das Papier da hast.“

„Etwas muß ich doch für die Reise haben“, sagte ich, „wo Großvater doch nicht will, daß ich Quabbenfischer werde.“

Sie antwortete: „Ich habe es ja einmal durchgesetzt, daß der Name Grimur deinem Namen zugefügt wurde. Es kann gut sein, daß ich damals und später bei mir dachte, daß einer, der Grimur heißt, lieber meinen Namen nennen würde, wenn es nötig sein sollte – als den Namen von denen im Gudmunsenladen.“

„Ich will mit Freuden den Brief da ins Feuer werfen und Pastor studieren“, sagte ich. „Vielleicht bringe ich es dabei so weit, daß ich eines Tages jenen reinen Ton hören kann, den Ehrwürden Johann hört.“

Ich hatte den Brief bereits aus der Tasche geholt und wollte ihn in Großmutters Herd werfen.

„Du sollst ihn nicht ins Feuer stecken“, sagte sie da. „Das wäre nicht wohlerzogen. Du sollst ihn lieber wieder in den Laden bringen und sagen, daß du ihn nicht brauchst. Großvater will, daß du für sein Geld das lernst, was du lernen willst."

„Ich wußte nicht, daß Großvater Geld hat", sagte ich.

„Der Brekkukot hat Björn und seiner Familie gehört, solange man denken kann, doch er hat ihn heute verkauft", sagte sie. „Wir schaffen es nicht mehr. Aber den Winter über sollen wir noch hier wohnen bleiben. Nächstes Frühjahr wollen wir jedoch in einen Keller am Laugaweg ziehen. Hoffentlich haben wir sowieso nicht mehr so viele Jahre. Dein Großvater will, daß du mit dem nächsten Schiff fährst und das lernst, was du dir vorgenommen hast."

41
Ende

Eine Zeitlang hatte man kein Ticken von unserer Uhr gehört, so daß man glauben konnte, sie sei nicht mehr da. Aber in diesen letzten Tagen war es ganz still in der Stube, und da hörte ich, daß sie doch noch tickte. Sie ließ sich nicht verwirren. Ruhig und bedächtig rannen die Sekunden in Großvaters unübertrefflichem Uhrwerk, und die Uhr sagte wie immer: E-wig, e-wig. Lauschte man genau, so konnte man im Ticken einen singenden Ton hören; und die helle Silberglocke schlug. Wie gut war es doch, wieder diesen Ton in dieser Uhr hören zu können, darin ein merkwürdiges Tier wohnte und hier im Brekkukot hatte Gast sein dürfen, in diesem kleinen Torfhaus, das die Idee aller anderen Häuser auf Erden darstellte, dem Haus, das anderen Häusern erst ihren Sinn gab.

„Bestell König Christian in Dänemark von mir", sagte Kapitän Hogensen, „daß ich gut weiß, was einer zu gewärtigen hat, der vom Ausland hergerufen wird, um Herrscher über die Dänen zu sein. Sie holten mich, einen kleinen Bauern mit unversorgten Kindern am Breidafjord, und setzten mich über Kriegsschiffe. Genauso holten sie ihn, der auch ein kleiner Bauer mit unversorgten Kindern war, aus Deutschland und setzten ihn über alles

Land in Dänemark; und er konnte selbstverständlich genauso wie ich nicht ein Wort von ihrer Sprache verstehen. So setzten sie verarmte Ausländer an die höchsten Stellen, um sie sich gefügig zu machen. Sag ihm, ich lege Seiner Majestät nicht zur Last, daß die Dänen eine der schlimmsten Missetaten in der Weltgeschichte begangen haben, nämlich als sie Gudmunsen wie auch den Engländern, Färingern und verschiedenen anderen Völkerschaften erlaubten, in den wichtigsten Buchten unseres Landes, in der Faxabucht und im Breidafjord, mit Zuggarn und Schleppnetz zu fischen, den Grund des Meeres leerzukratzen und alles, was im Wasser lebt und kreucht, auszurotten, Großes und Kleines. Dadurch sind natürlich Leute wie Björn vom Brekkukot hier erledigt. Sag Majestät, daß ich keine Mühe gescheut habe, jeden Neujahrstag, seit ich hier im Süden bin, bei seinen höchsten königlichen Dienern in unserm Lande, bei den Statthaltern, Bischöfen und Ministern, gegen solch ein Verhalten zu protestieren. Das war das."

Ich brachte Tante Kristin zum letztenmal ihre Milch ins Küsterhaus. Sie saß auf ihrem Stuhl in der Ecke, völlig blind, fast taub, aber mit reinen, milden Zügen, und die Sonne schien in ihr Gesicht.

„Wie geht es dir heute, Tante Kristin?" fragte ich.

„Oh, ich habe hier in unserm Kirchhof viele herrliche Tage mit Sonnenschein und Westwind erlebt, wie heute", sagte sie.

Als ich wieder gehen wollte, sagte sie: „Ich hatte seit vielen Jahren etwas feines Wollgarn hier, und als ich hörte, daß du reisen sollst, habe ich mich beeilt, etwas davon zu stricken. Ich habe zwei Paar kleine Strümpfe gestrickt, und nun bitte ich dich, sie in dein Gepäck zu legen. Ich möchte gern, wenn du übers Meer gekommen bist, daß du eine arme Frau besuchst, sie heißt Frau Hansen in Jütland. Sag ihr, daß ich die Strümpfe hier selber gestrickt habe, und gib sie ihr für den Jungen und das Mädchen mit Grüßen von mir."

„Gib mir deinen Reisesack, mein Junge", sagte Großvater. „Meine Schultern sind breit genug."

Wir gingen durch das Drehkreuz vom Brekkukot. Dies war die Grenze zwischen zwei Welten, und Großmutter folgte uns. Wir waren auf dem Weg zum Schiff. Es dämmerte, und Regen träufelte auf herbstgelbes Gras. Das Boot, das die Fahrgäste zum Schiff brachte, sollte bald kommen, als wir die Anlegebrücke erreicht hatten. Ich hatte versprochen, dem Aufsichtsbeamten Lebewohl zu sagen. Ich brauchte nicht lange nach ihm zu suchen. Er saß in der kleinen Hütte, die Wand an Wand mit den Schuppen am Hafenplatz stand und immer nach Karbol und Seife duftete. Er saß auf einem Schusterschemel vor einem wackeligen Tisch und band Bürsten. Kam ein Mann in die Hütte, gab es darin keinen Platz mehr. Im Abort selber, Hafenklosett genannt, gab es keine Handbreit Holzwerk, die nicht weiß gescheuert war. Ich glaube, daß es damals auf der nördlichen Halbkugel kein Hygieneinstitut gab, das sauberer war als dieses. Wir nannten ihn stets den Aufsichtsbeamten. Als ich klein war, glaubte ich, er sei der Mann, der die Aufsicht über die ganze Stadt, ja über das ganze Land hatte. Jetzt, da ich selber in die Jahre gekommen bin und an verschiedene berühmte Einrichtungen denke, die ich samt ihren Vorstehern kennengelernt habe, meine ich, daß hier der Mann war, der der Aufsichtsbeamte über die ganze Welt hätte sein sollen.

„Ja, ja“, sagte er, stand auf und sah mich mit seinem warmen, wachen, frohen Blick an, „jetzt bist du also an der Reihe, lieber Freund, in die Ferne zu segeln, um mir etwas Vogelfutter zu kaufen, wie sie es im Ausland haben.“

„Ich wußte gar nicht, daß du hier Vögel hast“, sagte ich.

„Och, das habe ich auch nicht“, sagte er. „Aber ich versuche nur, so gut ich kann, einer kleinen Maus einen guten Bissen zu verabreichen, wenn sie mich hin und wieder besucht, zum Beispiel bei Frostwetter.“

Dann gab er mir für diesen Zweck ein paar Kronen in Kleingeld, worauf ich aus Spaß zu ihm sagte: „Wenn ich mir aber dafür Branntwein in Kopenhagen kaufe?“

„Macht nichts“, sagte er. „Das hast du selber zu bestimmen. Und nun wünsche ich dir eine gute Fahrt.“

„Hab tausend Dank“, sagte ich.

„Gut, daß es mir noch einfällt! Es ist wahrhaftig höchste Zeit“, sagte er. „Kannst du dich entsinnen, daß ich dir einmal ein Goldstück abgenommen habe?“

„Ach, das habe ich doch längst vergessen“, sagte ich.

„Hier ist dein Goldstück“, sagte der Aufsichtsbeamte. „Möge es dir gut ergehen. Möge es dir nach Verdienst ergehen, wie allen, die etwas ausrichten wollen, ob Großes oder Kleines, das ist einerlei, wenn man nur darauf bedacht ist, keinem andern etwas zuleide zu tun. Und sollte es dir einmal an Kleingeld fehlen, so schreib mir, denn ich habe jetzt schon Schwierigkeiten, meinen Monatslohn loszuwerden."

Großvater öffnete sachte die Tür, guckte herein und sagte, daß das Boot, das mich an Bord bringen sollte, gleich anlegen werde.

Ich ging zu Großmutter. Sie stand in ihrem langen, feinen Sonntagsrock am Strand, einen schwarzen Schal um Schultern und Kopf. Ich hatte sie nie früher umarmt. Das war bei uns nicht Sitte. Jetzt wunderte ich mich, wie zart und leicht sie in meinen Armen war, und ich dachte, ihre Knochen seien wohl hohl wie bei den Vögeln. Während des kurzen Augenblicks fühlte ich sie, als hätte ich welkes Laub in den Armen.

„Gott sei mit dir, mein Grimur", sagte sie und fügte einen Augenblick später hinzu: „Solltest du draußen in der Welt eine alte Frau wie mich treffen, so bitte ich dich, sie zu grüßen."

Dann gab mein Großvater Björn vom Brekkukot mir mürrisch einen Kuß und sagte diese Worte: „Fürder kann ich dir nicht mehr raten. Aber ich kann dir vielleicht mit dem Mittwinterschiff einen Bund getrockneten Heilbutt schicken, und dann muß man sehen, wie es weitergeht; und leb wohl."

Als das Boot wenige Ruderschläge von Land gekommen war, standen sie noch am Strand und blickten dem Jungen nach, den eine fremde Frau nackt bei ihnen zurückgelassen hatte. Sie hielten einander bei den Händen, und andere Menschen wichen vor ihnen zurück, und ich sah nur sie beide. Oder waren sie beide so eigentümlich, daß andere Menschen sich in ihrer Nähe zu Nebel auflösten und verschwanden?

Als ich mit meinem Reisesack an Deck des Postdampfers „Nordstern" gekommen war, sah ich, daß die beiden Hand in Hand heimwärts gingen, heimwärts zum Drehkreuz, heimwärts zum Brekkukot, unserm Haus, das morgen dem Erdboden gleichgemacht werden sollte. Sie gingen Hand in Hand wie Kinder.

Inhalt